從獸、妖到仙，狐狸精的千年演變

狐魅考

呼延蘇 著

序

二十多年前，我第一次讀《閱微草堂筆記》時，感覺滿紙的狐狸精氣息撲面而來。粗略統計了一下，與狐相關的故事多達兩百餘則。聯想到《聊齋誌異》中嬌娜、青鳳、嬰寧、小翠、封三娘、辛十四娘等搖曳多姿的狐女所占的分量，遂以為若無狐狸精的存在，這兩座代表清代文言小說水平的高峰就會轟然倒塌。

中國古代相當長的時間裡，很多人在一定程度上相信狐狸精（有時表現為民間信仰中的狐仙）的存在。蒲松齡和紀曉嵐也不例外，紀氏還煞有介事地在《閱微草堂筆記》中討論狐狸精的性質及發展史，如：

人物異類，狐則在人物之間；幽明異路，狐則在幽明之間；仙妖異途，狐則在仙妖之間。故遇狐為怪可，遇狐為常亦可。三代以上無可考，《史記》稱篝火作狐鳴曰：「大楚興，陳勝王。」必當時已有是怪，是以托之。吳均《西京雜記》稱廣川王發欒書塚，擊傷塚中狐，後夢見老翁報冤。是幻化人形，見於漢代。張鷟《朝野僉載》稱唐初以來，百姓多事狐神，當時諺曰：「無狐魅，不成村。」

是至唐代乃最多。《太平廣記》載狐事十二卷，唐代居十之九，是可以證矣。

中國農村有些地區現在仍祭祀狐神，「狐仙附體」也是神漢巫婆跳大神的慣用伎倆。二十世紀九〇年代，美國學者康笑菲在陝北調查過「狐巫」雷武一的事蹟，此人靠降狐仙治病，在當地有廣泛影響，受訪者評價：「病有千百種，而狐仙有千百種治病的方法。」（康笑菲《說狐》）

對於現代社會大多數人而言，狐狸精之虛妄無稽乃是不言而喻的。它只是想像的虛構之物，是一種心理真實和文化象徵。它根植於傳統社會集體無意識的深處，或許可以被理解為一種中國特色的心理原型。

「狐狸精」一詞的本義是指狐狸變成的人，而動物能成精變人是具有十足中國特色的觀念，即所謂「物老成精」，培育它的土壤是發端於戰國且對中國歷史產生了深遠影響的神仙思想。物老成精是神仙思想類比推理的邏輯結果，是以追求長生不老為終極目標的理念向自然界投射而轉化出的觀念。因此，人成仙，物成精，有著同一的思想源頭。不僅如此，以神仙思想為核心的道教，千百年來一直在裝扮狐狸精的面容。唐代牛僧孺所撰《玄怪錄》已有狐狸精修仙的記錄，明清時期的狐狸精多被稱為「狐仙」，是民間宗教的重要祭祀對象。在文人筆下，狐狸精的生命歷程則被描述為踐行成仙理想的修煉過程。據紀曉嵐等人的說法，狐狸精的修仙術還有正邪之分，邪道是所謂「配合雌雄煉成內丹」，此即丹鼎道末流之採補術，這個曖昧的環節又把狐狸精的修仙與妖媚結合在一起。狐狸精的種種超能，如變化、隱形、飛天、攝取等等，都直接來自道教法術。很多故事中的狐道相爭，看上去很像道士內部正邪兩派的鬥法。

此外，佛教思想甚至儒家的正統觀念也對狐狸精形象的塑造產生過影響。佛教強調因果報應和六道輪迴，狐狸精由獸而人，天然具備前世今生的轉化基因。這種題材可以表現人狐之間的友誼，如《聊齋誌異・劉亮採》寫劉某與一狐友往來如兄弟。劉某無子，經常為此煩憂。狐友寬慰他不用擔心，自己死後投胎成了他的兒子。在紀曉嵐等人的筆下，狐狸精的輪迴轉世經常表達報應思想。如《閱微草堂筆記・如是我聞一》寫弓手王玉射死拜月黑狐，狐魂到地府告狀，方知自己前世是刑官，私收賄賂害死了負冤告狀的王玉前身，所以轉世為狐被王玉射死也是報應。而被張愛玲詡為中國「最好的寫實作品」的清初長篇小說《醒世姻緣傳》，其情節安排簡直就是「狐狸精兩世復仇記」。

狐狸精與傳統社會主流思想的關係，僅從紀曉嵐身為大儒卻高度關注這個話題，就可窺見一斑。他經常藉此題材宣揚綱常倫理，如《閱微草堂筆記・灤陽消夏錄三》的狐翁教小狐狸們讀書，有人問讀書為何，狐翁搖頭晃腦地答：「吾輩皆修仙者也……故先讀聖賢之書，明三綱五常之理，心化則形亦化矣。」使用的課本皆「五經」，如《論語》、《孝經》、《孟子》之類，但有經文而無注；這夥狐狸精不僅熟讀孔孟之書，還特別注重對原文的理解！《如是我聞四》寫里人范某與狐友相善，經常暢飲對談；後來范某與自家兄弟打官司，狐友便避而不見了。一日偶遇，范某問何以見棄，狐友道：「親兄弟尚相殘，何況我倆是結拜兄弟呢！」此狐友顯然也是儒家核心價值觀的堅定維護者。傳統社會的主流生活方式也影響著人狐之間的男女關係，袁枚《子不語・狐讀時文》寫四川臨邛縣人李生，家貧無依，讀書備考。狐女來了，表示願為婚姻，但說：「我家無白衣女婿，須得功名，我才和你成婚。」李生因此更加努力，狐女則盡心陪讀，時時指點。李生文思日進，最終考取舉人。據《子不語・狐生員勸人修仙》記載，狐界還有科舉考試：「群狐蒙泰山娘娘考試，每歲一次，取其文理精通者為生員，劣者為野狐。」

「狐狸精」是個口語詞，最早出現於明代話本小說，並沿用至今；文言作品中，則多稱為「狐」。在文言語境中，「狐」可以指動物，也可以指狐狸變成的妖精，沒有性別指向；而「狐狸精」只是妖精，且一開始就偏指女性。狐狸精的喻義古往今來一以貫之，即風騷善媚的女子。狐狸精的話題包含著豐富的文化內容，其最核心意象則與性有關，而且，從晉唐至明清直到現代，這種色情意象越來越與女性重合，包括「淫」、「色」、「媚」三個方面。

「淫」是過度的性慾，「色」是基於性的視覺美感，「媚」則是對異性的超常誘惑力。集此三者於一身，狐狸精遂成為男人們又愛又恨的超級尤物。在古人連篇累牘有關狐狸精的文字中，到處可見對她們的責罵、詛咒。白居易曾作《古塚狐》，詩云：「古塚狐，妖且老，化為婦人顏色好。頭變雲鬟面變妝，大尾曳作長紅裳……忽然一笑千萬態，見者十人八九迷。假色迷人尤若是，真色迷人應過此。彼真此假俱迷人，人心惡假貴重真。狐假女妖害尤淺，一朝一夕迷人眼。女為狐媚害即深，日長月增溺人心……」《二刻拍案驚奇》則說：「天地間之物，唯狐最靈，善能變幻，故名狐魅……又性極好淫，其涎染著人，無不迷惑，故又名狐媚，以比世間淫女。」但這些警告還是止不住登徒子們對狐狸精的迷戀，甚至表現出一種「石榴裙下死，做鬼也風流」的豪邁。在蒲松齡、紀曉嵐等人筆下，還有那種性情落拓的書生，懷著「得狐亦佳」的希望，流連於荒圃頹園，夜宿於廢屋古寺，尋找與狐狸精的豔遇。

狐狸精的色誘經常發生於婚姻關係之外，因此，她們又被視為妓女式的存在，好言狐事的小說家屢屢妓狐並舉，如《九尾狐》曰：「狐是物中之妖，妓是人中之妖，並非在下的苛論。試觀今之娼妓敲精吸髓，不顧人之死活……雖有幾分姿色，打扮得花枝招展，妖豔動人，但據在下看起來，分明是個玉面狐狸。」《壺天錄》亦云：「人之淫者為妓，物之淫者為狐。」即便是對狐狸精有再造之恩的蒲松齡，也說過「妓皆狐也」。

狐狸精故事的主要載體是文言筆記小說。它的第一個高峰出現在唐代中後期，傳奇裡此類作品不少，以《任氏傳》成就最高，影響最大。第二個高峰在清朝的康乾時期，出現了蒲松齡的《聊齋誌異》、紀曉嵐的《閱微草堂筆記》和袁枚的《子不語》。白話小說以狐狸精為主角的作品不多，《三言二拍》中有三兩篇，其中之一還是唐傳奇的改寫。長篇為人所知者有《封神演義》、《醒世姻緣傳》和馮夢龍版《三遂平妖傳》。因此，筆記小說無論從體量還是題材上都是母體，這些作品大致分兩類：一類是傳聞事件的記錄，大致相當於現在的「非虛構類」作品；另一類則完全是小說家言，屬於「虛構類」作品。在蒲松齡筆下，狐狸精題材大多表現人間男女之情，這個範式為後世長白浩歌子（《螢窗異草》）、和邦額（《夜譚隨錄》）、解鑑（《益智錄》）等人所繼承，成為清代「狐說」的主流。紀曉嵐文章與蒲氏之流大異其趣，少言風情，多講道理，以期「不乖於風教」、「有益於勸懲」。袁枚的風格處於二者之間，有些作品具備某種詭異的另類氣質。

狐狸精作為一個文化話題至今很少進入學者的視野，中國的專著僅見李建國先生的《中國狐文化》。該書極盡蒐集之力，幾乎將上下兩千年的狐文一網打盡，歸納出了一條明晰的狐文化發展史，不僅提出、明確了狐文化範疇中的一些基本概念，也梳理了很多故事類型和主題的來龍去脈，因此，說該書對此專題的研究有奠基之功，殆不為過。李先生曾如此評價：「可以說狐與狐精挾帶著許多極為重要的傳統觀念——世俗的和宗教的，倫理的和哲學的，歷史的和審美的，因此，它才能在漫長歷史歲月中形成一種獨特的內涵豐富的文化現象。」

葛兆光先生在《中國思想史·導論》中提出「一般的思想史」的概念，以區別於以往我們通常所見的「精英的思想史」。他認為精英的思想與實存世界有很大差距，當我們的學者在大學裡宣講孔子、老子、柏拉圖、亞里斯多德和佛陀的時候，書報攤上在熱火地銷售著各種各樣載滿了明星逸事的小報……思想與學術，有時是一種精英知識分子操練的場地，它常常是懸浮在社會與生活的上面；真正的思想，也許說是真正在生活與社會支配人們對於宇宙的解釋的那些知識與思想，它並不全在精英和經典中。

狐狸精的故事對於古人的意義，可能要勝於明星八卦對於今人的意義，它在中國延綿了一千多年，現在仍是綿綿不息的思想暗流，那麼，它所包含的各種觀念不正是「一般思想史」的材料嗎？

目錄

第一章

狐之成精

一、何謂狐狸精

狐狸精這個概念的本義是「狐狸變成的人」。

兩千多年來，數百個故事講到：有一個書生在夜晚讀書時，一個迷人的美麗少女來到他的房間，與他相愛。她每日朝逝夕來，書生便越來越虛弱。直到後來，一個道士告訴書生，這美女是個狐狸精，她要吸乾書生的精氣，以變成狐仙。這是美國學者W・愛伯哈德在《中國文化象徵詞典》中關於狐狸精的描述，這段描述非常符合中國人對於狐狸精的一般性理解。動物寓言和童話在世界各地都有流傳，以狐狸為主角的動物故事在中世紀歐洲幾乎家喻戶曉，但狐狸精卻是中國特產。可以說，歐洲有關狐狸的童話或寓言是「狐狸的故事」，而中國古代絕大多數與狐狸有關的故事都是「狐狸精的故事」。

按照動物分類學，狐屬犬科，狸屬貓科，但「狐狸」這個詞並非指狐和狸，而是偏指狐。「狐狸」一詞在先秦的典籍中就已出現，也是偏指狐類。大多情況下，古人分不清狐與狸，因此古籍中「狐」與「狸」經常互為異文出現，如《搜神記・張茂先》：「燃之以照書生，乃一斑狐。」同一個橋段在《太平廣記》中則為：「燃之以照書生，乃一斑狸。」

上古初民以為自然界的萬物都和人一樣具有靈魂，其靈魂還可以與本體分離變成別的東西，這些東西在中國古代被稱為「物精」。漢魏時期的文字中有各種物精的記錄，略舉幾例：

《異苑》云：「孫皓時，臨海得毛人，《山海經》曰：山精如人，面有毛。此即山精也。故《抱朴子》曰：山之精，形如小兒而獨足，足向後，喜來犯人……」

《錄異記》記載帝堯時有五星自天而墜，其精化為圯上老人，以兵書授張良說：「讀此當為帝王師，功成之後到谷城山下找黃石公，就是我。」張良佐漢功成，到谷城山下找師父，結果找到一塊黃石。

《八廟窮經錄》寫了一個虹精：後魏明帝正光二年，山中晚虹下飲於溪，化為二八少女，被樵夫看見，告訴了文顯將軍，虹女被捕獲。明帝聽說此事，召虹女入宮，見其容色姝美，便上前動手動腳。虹女道：「我，天女也，暫降人間。」聲如鐘磬，隨即化為虹上天而去。

所謂「成精」，是在萬物有靈的觀念影響下甲物變成乙物的過程。這個過程中，甲物可以是生命體（動植物），也可以不是生命體（山川星辰），而乙物則必須是生命體。植物成精可以變成動物也可以變成人，動物成精早期可變人也可變其他動物，後來則幾乎只變成人。非生命體或植物成精時，原物可以消失也可以不消失，而動物成精時原物必會消失。因此，「精」本指精神或者靈魂，這時卻成了一個實體名詞，指由甲物變成的乙物。

動物在什麼條件下可以成精，古人自有一套理論，其核心觀點即所謂「物老成精」。王充《論衡・訂鬼》中講道：「鬼者，老物精也。夫物之老者，其精為人。亦有未老，性能變化，像人之形。人之受氣，有與物同精者，則其物與之交。」《搜神記》則舉例說：「百年之雀，入海為蛤。千歲龜黿，能與人語。千歲之狐，起為美女。」精的成色與物的壽命長短呈正比，年壽越高，成色越好；老得不夠火候就只能「像人之形」，而不充分具備人性。

宋代以前並沒有「狐狸精」這個詞，甚至連「狐精」也很少出現，那時使用的概念是「狐」、「野狐」、「妖狐」、「妖魅」、「狐媚」、「魅」等等；這些概念多數情況下既可以指狐狸，也可以指狐狸精。「狐精」一詞較早出現於北宋人劉斧撰輯的《青瑣高議》，後集中一篇《小蓮記》，副題為「小蓮狐精迷郎中」。南宋人洪邁編寫的《夷堅志・宜城客》也有「古墓狐精」的說法。元人輯錄的《湖海新聞夷堅志》收錄了六則狐狸精故事，其中兩則標題為《狐精嫁女》和《狐精媚人》。

隨著明代話本小說的流行，「狐精」使用頻率增高。這時，也出現了更加口語化的詞——「狐狸精」。而且「狐狸精」開始用於比喻放蕩善媚的女子。如《金瓶梅》中吳月娘罵潘金蓮是「九條尾的狐狸精」。「狐狸精」的使用在明代已經很普遍了，往後發展，其本義用得越來越少，喻義反而用得越來越多。

在口語中，「妖」、「精」、「怪」幾個字經常連用，有時候還能相互替換。但仔細分析，三詞之義略有不同。一般來說，稱為「精」的東西大多具備人形人性，而「妖」則是比較怪異的東西，如《聊齋誌異．宅妖》寫長山李公家裡一張肉紅色的凳子，被人一摸便四腳移動走進牆壁裡。同類情形，袁枚則喜歡稱之為「怪」。《子不語．羊骨怪》記杭州人李元珪調麵糊黏信封，夜間發現一寸大小的羊偷吃麵糊。他跟蹤小羊，至門外樹下不見蹤影，於是挖地三尺，發現一段朽羊骨，麵糊還在骨穴裡。《太平廣記》「妖怪」條所收盡是怪異事件，如《房集》記尚書郎房集家裡來了一個拎著布袋的陌生男孩，房集問他是誰，對方不回答；又問布袋裡裝的什麼，男孩說：「眼睛！」隨即解開布袋，眼睛跑了出來，四處亂爬。一家人正驚慌失措，男孩瞬間消失，一地的眼睛也不見了。

二、中國的狐狸能變人

在世界各地的神話、童話和寓言中，動物人格化是普遍存在的現象。西方文化傳統中，動物的人格化主要是以擬人化的方式完成的，動物無須改變形體便能具備人性。在中國，擬人化不是主流，動物人格化是透過人形化而完成的，動物必須先變成人形，才能具備人性。這就是中國式的動物成精，是中國動物故事的突出特色。

以狐狸為主角的擬人化動物故事從希臘時代就廣泛地流傳於歐洲，在中世紀誕生了著名的《列那狐傳奇》。故事主角列那是一隻美麗的紅毛雄狐，他和妻子（雌狐）及三個孩子（幼狐）生活在一座叫馬貝渡的城堡裡。這傢伙儼然是動物世界的〇〇七，神通廣大，無所不能，幾乎與所有動物為敵，尤其喜歡作弄比他強大的狼和熊。動物們忍無可忍，到獅子國王那裡告狀。獅王先後派狗熊勃侖、公貓梯培去召他，都被作弄得奄奄一息。最後列那被擒至王宮，他巧舌如簧，說東道西，上絞刑架時表示要向獅王獻寶。獅王的貪慾被勾起，派兔子和山羊跟他去取寶藏。結果兔子成了他的盤中餐，兔頭被裝在一個袋子裡，讓山羊拿去當作寶藏獻給獅王。騙局穿幫後，獅王大怒，帶領動物部隊攻打馬貝渡城堡。相持了幾天，獅王一朝君臣居然全被列那捆綁在地。列那還乘機誣陷山羊倍令，說他私吞寶藏，害死了兔子蘭姆。不管別人信不信，反正當了俘虜的獅王信了，對列那產生強烈的好感，緊緊地擁抱了他。於是列那作為大臣陪獅王回到了王宮，受到熱烈歡迎。

這個故事在西歐廣泛傳播，十二至十三世紀法國有很多民間詩人以此題材寫詩，保留下來的有二十七組詩，共三萬多行。德國、英國、比利時的法蘭德斯、義大利都有譯本或模仿作品，後來，大文學家歌德依此寫成敘事詩《列那狐》。

狐狸的形象也經常出現於歐洲著名的童話作品中。如《格林童話》有《狐狸與馬》、《狐狸和乾媽》、《狼和狐狸》；《拉封丹寓言》有《狐狸與山羊》、《狐狸、猴子與群獸》；《克雷洛夫寓言》有《狼和狐狸》、《狐狸建築師》、《獅子、羚羊和狐狸》。從公元前五、六世紀的希臘，到十八至十九世紀的歐洲各國，狐狸的形象有著明顯的傳承關係，拉封丹和克雷洛夫筆下的一些狐狸形象直接取材於《伊索寓言》，如著名的《狐狸與烏鴉》、《狐狸與葡萄》等故事。

擬人化的狐狸故事在中國古代也曾出現，這就是《戰國策》中那個狐假虎威的騙子：

> 虎求百獸而食之，得狐。狐曰：「子無敢食我也。天帝使我長百獸，今子食我，是逆天帝命也。子以我為不信，吾為子先行，子隨我後，觀百獸之見我而敢不走乎？」虎以為然，故遂與之行。獸見之，皆走。虎不知獸畏己而走也，以為畏狐也。

但這個狐狸形象在中國豐富多彩的狐文化中顯得非常孤單，幾乎是前無古人，後無來者。相反，狐狸精卻有著比較明確的誕生發展史，我們先講一段《史記》：

> 秦二世元年七月，朝廷發九百人戍漁陽，陳勝、吳廣都是屯長，隊伍到大澤鄉遇雨被阻。這些人知道不如期到達按秦法當斬，陳勝與吳廣商量：趕去漁陽是死，不去也是死，乾脆起義，轟轟烈烈地幹一場算了！吳廣表示同意，於是找來巫師卜算吉凶。巫師相告：舉事肯定成功！但為了使眾人信服，還得借助一下鬼神。陳、吳二人便裝神弄鬼，在一塊帛上寫了「陳勝王」，放在魚腹中。士卒買魚烹食，發現帛書，大為驚異。吳廣又在晚上躲進附近的破廟，燃了一堆篝火，學著狐狸叫：「大楚興，陳勝王。」

這是《陳涉世家》的一段情節，此文因被選入中學課本（編注：《陳涉世家》原收錄於中國初中語文教材中，現已刪除）而廣為人知，但對於吳廣學狐鳴一事，注意的人可能不多。這段敘事被紀曉嵐認為是狐狸精出現的明證，他在《閱微草堂筆記．如是我聞四》說：「（狐精）三代以上無可考，《史記．陳涉世家》稱篝火作狐鳴曰：『大楚興，陳勝王。』必當時已有是怪，是以托之。」晚上燃篝火作狐鳴，固然是裝神弄鬼，但之所以採取這樣的手段懾服人心，說明當時人們相信他的存在。

到了漢代，人形化的狐狸精漸漸以各種形式出現了。劉歆《西京雜記》說廣川王好盜墓，一次挖開墳塚，有白狐見人驚走。左右追不上，射傷了白狐左腳。晚上，廣川王夢一白眉老人對他說：「何故傷我左腳？」舉起手杖敲擊他的腳。廣川王驚醒，發現腳上腫痛生瘡，這毛病至死未癒。

《風俗通．怪神》記北部督郵郅伯夷降狐妖：晚上黑燈瞎火獨坐房裡，一邊誦讀《六甲》經文，一邊拔劍解帶做準備。這時，「有正黑者四五尺」朝他撲來。伯夷與之鬥，揮劍擊傷其腳；舉火一照，是隻無毛赤皮老狐。

一個「正黑者四五尺」，模模糊糊，似人非人；一個則出現於廣川王的夢裡，人形化顯然還不完整。到《搜神記》轉載「伯夷降狐」故事時，情況就不一樣了。正是在這部成書於魏晉時代的志怪集中，最早一批完全成人的狐狸精正式登場：

> 吳中有一書生，皓首，稱胡博士，教授諸生。忽復不見。九月初九日，士人相與登山遊觀，聞講書聲，命僕尋之。見空塚中群狐羅列，見人即走。老狐獨不去，乃是皓首書生。（《胡博士》）
>
> 董仲舒下帷講誦，有客來詣。舒知其非常。客又云：「欲雨。」舒戲之曰：「巢居知風，穴居知雨。卿非狐狸，則是鼷鼠。」客遂化為老狸。（《老狸》）

此外，《搜神記》中還有《阿紫》、《狸婢》、《吳興老狸》、《張茂先》諸篇，主角也都是狐狸精。因此，狐狸精的形成過程，大約肇始於戰國後期，發展於秦漢，完成於魏晉。非但狐狸，其他動物成精變人的經歷也與此相似。而這個時間段正好與中國古代神仙信仰思潮的產生、發展的軌跡相吻合。神仙思想不僅是狐狸精產生的土壤，還一直是他成長壯大的營養素。

三、狐仙

中國狐狸能成精變人的根本原因，是受到古代盛行的神仙信仰的影響。神仙信仰的核心理念是長生不老，因此，這個思想體系的立足之根本就是必須證明長生不老的可能性。古人在論證這個觀點時經常運用類比思維，以彼證此。由於對事物的性質缺乏正確了解，他們經常會在論點和論據之間找到奇怪的關聯。如葛洪《抱朴子內篇．論仙》：「謂冬必凋，而松柏茂焉。謂始必終，而天地無窮焉。謂生必死，而龜鶴長存焉。」以龜鶴長壽證明人能長壽多少還有些道理，以松柏常青說明人的長生就非常牽強，而舉天地無窮說生命現象則根本是驢唇不對馬嘴。這個論證方式在今人看來無疑是邏輯混亂的，但那個時代的人顯然可以接受，否則葛大師也不會言之鑿鑿地記錄於書中。

動植物經常被用作論據，於是提供各種各樣的長壽動物就成為神仙理論家的重要工作。據葛洪的記錄，當時的書籍如《玉策記》、《昌宇經》等就有大量這方面的內容，包含的動物多種多樣，豺狼虎豹、猴狐鹿兔，甚至蟾蜍老鼠都在此列。如此則帶出一個明顯的問題：這些尋常動物憑什麼表明已有百年千年之壽呢？神仙家於是又說，長壽動物的體形外貌都會發生明顯變化，「千歲之鳥，萬歲之禽，皆人面而鳥身」。「虎及鹿兔，皆壽千歲，壽滿五百歲者，其毛色白。熊壽五百歲者，則能變化。狐狸豺狼，皆壽八百歲；滿五百歲，則能變為人形。」於是，動物長壽則能變化（也就是物老成精）就和人的長生不老掛上了鈎，兩種現象被視為同一個道理的不同表現形式。

在神仙信仰中，長生不老、肉身不死謂之成仙，要到達這個境界則必須經過一連串的身心修煉。葛洪說：「學仙之法，欲得恬愉淡泊，滌除嗜欲，內視反聽，屍居無心。」、「若夫仙人，以藥物養生，以術數延命，使內疾不生，外患不入，而舊身不改。」落實到操作層面，便產生了種種修仙術。秦漢時代是尋找不死藥，魏晉之後則是煉丹，煉了外丹煉內丹，還有胎息、服氣、房中等等，不一而足。神仙信仰透過道教的傳播，兩千多年來一直具有強大的生命力，求仙之徒遍布社會各階層，從帝王到平民都大有人在，中國文化的很多方面都留下了它的烙印。

成精的動物很多，但古人以為狐狸是最有靈性的動物，與人的性質最為接近，因此，狐狸成精便得到更多關注，衍生出更豐富的故事。對此題材的演繹漸漸也被納入神仙思想的框架，狐狸精的生命歷程遂被描述為透過修煉而成精成仙的過程。

最早的狐狸精修仙故事載於唐代牛僧孺的《玄怪錄．華山客》。此文寫同州人黨超元隱居華山之南。一夜有美女來就，年可十八，容色絕代。超元想入非非，以為一場爽快的豔情就要發生。不料美女笑道：「我不是神仙，也不是凡女，我乃南塚之狐。學道多年即將成仙，現有一劫，非君不能救，想請你幫忙。男歡女愛的事，已經很多年沒想過了。」原來狐狸精掐準自己五日後必死於獵人之手，請黨超元想法討回屍體送還舊穴，以便屍解成仙。黨超元貪歡不成，對美女的求救倒也沒有拒絕，於是出手相助，自己也撈了一筆酬勞。

這個故事雖然寫了狐狸精的修煉，但並沒有說明她修的是哪種仙術。明清之後，民間普遍認為狐狸精都能修仙。袁枚筆下的狐狸精都被稱為狐仙，說明在他的意識裡此二者是合而為一的。非但如此，他的《子不語》還有一則故事寫人向狐狸精學習修仙之術：雲南監生俞壽寧是個仙道信徒，習仙家符籙之術，經常仗一古劍替人驅妖。對長生之術卻一直不得要領，乃廣拜狐仙請教，結識了很多狐男狐女。酒肉飯菜吃喝了半年多，狐仙們也有點不好意思了，吩咐他搞一個雅集，場面隆重些，屆時將傳授長生祕訣。俞監生正經地擺了酒宴，狐仙們吃呀喝呀，眼見就要傳授祕訣了，友人張某經此躲雨，排闥而入。狐仙們受驚，立馬消失了。俞某氣得捶胸頓足，從此雲遊於外，不知所終。

紀曉嵐《閱微草堂筆記》談及狐仙之處頗多，而且經常是理論總結，這些內容又都以狐狸精修仙談體會的方式轉述，如《閱微草堂筆記．灤陽消夏錄三》：

凡狐之求仙有二途：其一採精氣，拜星斗，漸至通靈變化，然後積修正果，是為由妖而求仙。然或入邪僻，則干天律，其途捷而危。其一先煉形為人，既得為人，然後講習內丹，是為由人而求仙。雖吐納導引，非旦夕之功，而久久堅持，自然圓滿，其途紆而安。顧形不自變，隨心而變，故先讀聖賢之書，明三綱五常之理，心化則形亦化矣。

紀氏認為狐狸精修仙有兩條途徑：一者由妖直接成仙，可謂一次成仙，是捷徑；方法是媚惑採補、吸精拜月等邪僻之術，效率高，風險也大。一者先成人再成仙，是正途；方法是運神、服氣、煉內丹，難度高、時間長卻很安全。走正途的狐狸精還得讀聖賢之書，明三綱五常之理，這樣才「心化則形亦化」。

四、狐神

在所有與狐狸精有關的文字中，有一段記錄意義特殊，這就是《朝野僉載》中作者對「狐神」的描述：

> 唐初以來，百姓多事狐神，房中祭祀以乞恩，食飲與人同之，事者非一主。當時有諺曰：無狐魅，不成村。

這段文字包含如下信息：第一，「狐神」概念首次出現；第二，唐初以來，民間祭祀狐神很普遍；第三，祭祀目的為「乞恩」，即得到實際好處；第四，民諺表明了「狐神」、「狐魅」的對應關係，被祭祀的狐神顯然也屬邪神；第五，百姓祭祀狐神的方式是在室內供奉飲食，至於狐神以何種面目示人則未講明，很可能只是牌位之類的符號物。

從以上情形判斷，祭祀狐神是典型的淫祀。古代中國是一個泛神論流行的國度，天神地祇、人鬼物精都會作為神靈享受祭祀。有些祭祀是統治者提倡且積極實行的，是為「正祀」，如祭天、祭祖以及佛道等正統宗教的主神，而民間各種五花八門的祭祀則被視為淫祀。淫祀對於民眾而言，大多不是一種精神性的追求，而是出於實用的目的，如求財、求子、求雨、求長壽、求功名、求避禍、求免災等等。求福祿與求免災禍實際是一個願望的兩個方面，而不管大神小神、正神邪神，都有賜福降災的能力，因此正神得拜，邪神也得拜。

在淫祀的對象中，動物神靈占有一定的比例，據日本學者龍澤俊亮於二十世紀四〇年代對中國華北、東北地區的考察，民間祭祀的神祇除佛教的諸佛外，還有二三三種之多，其中直接以動物為神祇的就有十種，而狐、蛇、蝟、鼠和黃鼠狼統稱「五大家」或「五仙」，地位較高。狐、蛇、鼠、蝟之屬，對人的威懾不及虎豹豺狼，與人的親近不及牛羊豬狗，為什麼卻能列為五大家受人供奉？這個現象值得分析。

五大家中沒有一種猛獸，因為虎豹之類雖能食人，但居於深山老林，一般情況下和人類井水不犯河水，即便是人煙稀少的古代，虎豹出入市井村落的事也很少發生，所以猛獸襲人的機率並不大。五大家中也沒有一種是已經馴化的動物，因為馴化的動物已完全受控於人，牛馬再大，除了貢獻勞力皮肉，並不能為福為禍。而狐、鼠、蛇等五類動物雖是小獸，卻行動自主，不受人的擺布；雖是野獸，卻與人雜處，經常活動於人的生活圈子裡。鼠的情況自不必說，狐與人共處能力雖不及鼠，但在古代也是活動於人類的周圍，「無狐魅，不成村」所透露的訊息，就說明當時狐狸和人的聯繫是何等緊密。

《閱微草堂筆記》的許多記錄告訴我們，很多狐狸甚至就生活在人們的深宅大院裡。鼠要嚙衣壞物，狐要偷吃家禽，對於農耕之家，都是不勝煩擾之事。人們對付牠們的辦法，首先當然是驅趕，但這樣的辦法不能徹底解決問題，就只好將其供奉起來，哄牠們高興，請牠們高抬貴手。這種動機加之古代的生活條件，是五種小動物成為「五大家」的最主要的原因。

由此可知，民間對這幾種神祇的祭祀完全是功利性的。小動物們雖然上了神壇，卻沒有像正神那樣得到人們的頂禮膜拜。人們一方面供奉牠們，另一方面又滅鼠殺狐，完全是一套胡蘿蔔加大棒的政策。

唐代的祭狐之風，宋金時期繼續流行於民間。當時多種著述都記錄了邠州令王嗣宗毀狐神廟之事，如《宋史》卷二八七：

城東有靈應公廟，傍有山穴，群狐處焉。妖巫挾之為人禍福，民甚信之，水旱疾疫悉禱之，民語為之諱「狐」音。此前長吏，皆先謁廟然後視事。嗣宗毀其廟，熏其穴，得數十狐，盡殺之，淫祀遂息。（《王嗣宗》）

這段關於狐神祭祀的文字所包含的信息較《朝野僉載》更為豐富：第一，祭狐習俗呈擴大深化之勢，不僅家中奉食祭祀，還在城外建廟專祀；第二，不僅民間祭拜，地方官也很當回事，上任前先得謁奠，再辦公務；第三，祭拜目的仍為求福避禍，巫婆等民間神職人員乘機利用其裝神弄鬼；第四，祭狐神已被明確定性為淫祀，「嗣宗毀其廟」得到統治階層的充分肯定而載入了正史；第五，整個祭祀活動只與狐有關，沒有出現與狐狸精相關的內容，說明此時的祭狐是對動物神靈的祭拜，還沒有受到狐狸精或狐仙觀念的太多影響。

在漢語言中，「神仙」這個詞的意思不是「神＋仙」，而是偏指「仙」，就像「狐狸」偏指「狐」一樣。而神與仙是兩個不同的概念。神指人格化的神靈，主要有自然神（包括動植物神）和祖先神兩大類，源於初民對自然力的敬畏和對祖先的敬重；神是精神性的存在，是崇拜的對象。對神的崇拜是全世界普遍存在的現象，祭神一般帶有非偶像崇拜性質。空空如也的神龕就是土地神之所在，一個簡單的牌位則可以代表祖宗，此所謂「祭如在，祭神如神在」。唐宋時期的祭狐大約也是這種性質。仙則是中國神仙思想的產物，指長生不死的仙人，是不死靈魂和不老肉體的結合體；從原理上講，仙本不是崇拜的對象，而是求仙之人追求的目標。到後來這個目標被道教徒越推越高，也漸漸獲得了與神差不多的地位，成為崇拜的對象。

有學者認為中國古代的民間神靈有一條獨特的演化規律，就是不斷被仙化，這在狐神崇拜中表現得很充分。明清之世，祭狐仍是北方地區流行的民間宗教活動，但「狐仙」之稱全面取代了「狐神」。各地不僅有專門的狐仙廟，狐仙的牌位還被供奉在百姓家中或官署內，對此很多作品都有記載。如《清稗類鈔》：「陝西宜君縣署故有狐，設木主以祀之，新令尹至，必參謁如禮。」

《子不語．狐仙知科舉》裡的狐仙，既無聲亦無形，也無須透過靈媒與人溝通，行為方式別具一格：吳某家素奉狐仙，一日宴賓，客人到齊卻未見酒餚上桌。一會兒吳某匆匆出來，面有愧色地告訴大家，酒餚剛備好，卻被狐仙攝去了，真是對不起。眾人不以為然，覺得他捨不得花錢又死要面子，拿這話糊弄大夥。一位蔡姓朋友說，不妨到廚房看看，如果做過飯菜，定有些跡象。眾人擁進廚房，果見餘火未熄，盤碗蔥薑之物尚在，的確是剛做過飯菜的樣子。賓朋掃興欲散，蔡某卻突然對空喊道：「狐仙聽告，我有一言奉問：我等今年都將參加科考，如有一人高中，請狐仙還我們這桌酒菜；如無一人中者，酒菜你儘管全部享用，我們也沒有心情在這裡飲酒聚餐。」言罷，飯菜酒飲全部回到桌上，於是眾客歡飲而散。考後放榜，果然一人高中。

狐神成了狐仙，雖未顯聲露臉，但免不了有濃厚的人間煙火氣，和人們打成了一片。狐仙本來就是狐狸精的升格品種，文人們的筆墨稍加點染，此二者就幾乎沒有區別了。

《耳談類增．東嶽行宮夫人》就講述了一個狐狸精升格為狐仙，從而走上神壇受人祭拜的故事。此狐狸精名叫毛三姑，長期在河南固始奇絲村搗亂，弄得村民苦不堪言。一天，毛三姑忽然告訴村民，自己做了東嶽行宮夫人，如果大夥兒修個廟祭祀，她將改邪歸正，為大家消災降福。村民試著照辦，毛三姑果然不再搗亂，還為村民解疑答難，廟裡因此香火很旺。久而久之，人們只知進廟拜的是東嶽行宮夫人，幾乎忘了裡面供著的是一隻狐狸精。

神靈往下墮落，妖精往上提升，狐神、狐狸精就在狐仙這個環節結合在了一起。狐仙的樞紐作用，體現為神仙思想使神靈肉體化同時也使肉體神靈化的雙向改造。

五、天狐

「天狐」概念出自《玄中記》：「狐五十歲能變化為婦人，百歲為美女，為神巫。或為丈夫與女人交接，能知千里外事。善蠱魅，使人迷惑失智。千歲即與天通，為天狐。」這段文字顯然是物老成精觀念的引申，而所謂天狐，無非是年壽特別高的極品狐狸精。但「千歲即與天通」則暗示該級別狐狸精可能與上天有某種特殊關係，這就為後人演繹故事留下了很大的想像空間。

第一個出來混的天狐是《搜神後記》裡的伯裘。酒泉郡太守是個凶險的官位，任此職者多暴斃橫死。渤海人陳斐得授此任，憂悶不樂，找算命先生打了一卦，解曰：「遠諸侯，放伯裘。」陳斐到任，發現幾個衙役分別叫張侯、王侯、史侯和董侯，就處處提防這幾個「侯」。某晚，陳斐抓住一隻狐狸，這就是名叫伯裘的千年狐狸精。伯裘說：「若能釋我，大人有急難之事，只要喊我的名字便來解救。」陳斐靠伯裘的幫助，不僅徹底制服了幾個謀反的衙役，還把酒泉郡治理得井井有條。月餘，伯裘來辭：「今後當上天，不復與府君相往來也。」

「伯裘報恩」開啟了天狐故事的一種模式，情節設計包含以下步驟：一是天狐在原形狀態下被捉或被奪走隨身寶物；二是有條件地獲釋或將寶物退回；三是天狐兌現承諾。

天狐的超能主要表現為「能知千里外事」或未卜先知，即所謂「預言休咎」。《太平廣記》收錄的《李自良》、《袁嘉祚》、《鄭宏之》等故事都屬於此類。

伯裘之類的天狐信守諾言，與人為善，可視為狐友；還有一類天狐卻是令人頭疼的搗蛋鬼，《廣異記．長孫無忌》就記錄了一起太宗李世民親自出面處理的天狐迷姦人妻案。

長孫無忌是唐朝開國功臣，又是李世民的大舅子。李世民曾賞賜美人一名，頗得無忌寵愛。不料，美人被自稱「王八」的狐狸精迷惑，一天到晚想著他，見到無忌就喊打喊殺。請來的幾個術士也制不住，後聽說相州的崔參軍擅長治狐，李世民便發詔書要他速來長安。王八得知崔參軍將至，果然連夜逃走。第二天，崔參軍到無忌家施法，唐太宗也跟著去看熱鬧。參軍擺案書符，家裡的門神、廁神、灶神、井神等都被召來。參軍發話：「爾等為貴官家神，責任不小，怎麼讓個狐狸精混進來搗亂？」這幫倒楣的家神連忙申辯說不是自己的責任，這是隻天狐，實在打不過他。崔參軍不跟他們囉唆，吩咐趕緊去追王八。庸神們出去沒多久便回來了，滿身箭傷刀傷，嗚呼哀哉地告饒：「與王八苦戰一番，都已掛彩負傷，還是捉他不住。」崔參軍只得祭出狠招，又飛一道符上天。不一會兒，有五位天神下凡，列隊致敬，崔參軍屈膝還禮，還讓太宗與長孫無忌出面接見。

崔參軍說相公家有一隻媚狐，煩請各位大神抓捕。天神應諾，各自散去，空中傳來兵馬之聲，隨即一隻被捆住的狐狸墜落階前。無忌怒從心頭起，拔劍欲砍，被崔參軍止住：「這畜生已經手眼通天，你殺不了祂，弄不好還會惹麻煩。」接著判狐狸精的罪：「淫人妻女，神道所忌，罰五大板。」長孫無忌不幹了，說：「祂霸占我小老婆，咋就打幾板屁股了事呢？」崔參軍解釋：「天刑五板，相當於人間五百大板，是很重的刑罰了。祂是天狐，我只能代天行刑，殺祂不得。但祂受此刑罰，以後再不敢來了。」言罷拿出桃樹枝抽打五下，果然打得王八血流滿地。過一會兒，受傷的狐狸爬起身飛走了。

天狐與天界的聯繫在《太平廣記》中也有交代，如《傳記．姚坤》裡的天狐說自己「躡虛駕雲，登天漢，見仙官而禮之」；《河東記．李自良》裡的天狐道士為了證明自己的身分，「超然奮身，上騰空中，俄有仙人絳節，玉童白鶴，徘徊空際，以迎接之」。

從上述內容分析，所謂「天狐」是指修煉到了很高級別、能「與天通」的狐狸精，而非本來就生活在天上的狐狸精。但到了明清時期，一部分天狐也逐漸被理解為來自天界。馮夢龍版《三遂平妖傳》裡的聖姑姑是個雌狐精，其經歷是一典型的天狐煉成記。最初，那老狐也不知歲月，頗能變化，自稱一個美號，叫作聖姑姑，在這雁門山下一個大土洞中做個住窟；後來，這老狐精曾與天狐往來，果然能辨識天書；再往後，聖姑姑多年修煉，已到了天狐地位。最終聖姑姑因為犯事被玄女娘娘收服，叫猿公解上天庭。這時，出現了一個宏大的場面：

> 猿公進了天門，剛跪在凌霄殿下啟奏其事，早有天宮十萬八千聽差的天狐，齊來殿下叩頭，都替聖姑姑認罪求饒。聖姑姑聞得眾天狐聲息，才敢開眼，見了玉帝，喘做一團，哀求不已。玉帝降旨，許她不死。

這裡面一個明確的信息就是天宮有十萬八千聽差的天狐，其中像聖姑姑這樣由凡間上來的老狐可能不少，但大多數天狐也許本來就是天官天吏。至於天宮為什麼存在如此多的原生天狐，清人李汝珍「武則天是心月狐下凡」的說法為我們提供了一個思路：

原來這位帝王並非鬚眉男子，系由太后而登大寶。乃唐中宗之母，姓武，名曌，自號則天。按天星心月狐臨凡……適有心月狐思凡獲譴，即請敕令投胎為唐家天子，錯亂陰陽，消此罪案。心月狐得了此信，歡喜非常，日盼下凡吉期。（《鏡花緣》）

其實，古人很早就用動物代表四方：青龍代表東方，白虎代表西方，朱雀代表南方，玄武（龜蛇）代表北方，這就是所謂的「四象說」。每一方下轄七個星座，加起來便是「二十八宿」；每個星座也用動物代表，如青龍七宿中角（星座名）是木蛟、亢是金龍（應該是四象中青龍的兄弟）、氐是土貉、房是日兔、心是月狐、尾是火虎、箕是水豹——狐居然本來就是天上的星宿！這應該就是心月狐的來歷吧。這種以動物代表四象、二十八宿的觀念在神話傳說和文學作品中很容易被形象化，譬如在《西遊記》中，二十八宿就是動物形象的神靈，祂們如果私自下凡就會成為動物妖精，如碗子山波月洞的黃袍怪就是二十八宿中的奎木狼。

明人錢希言對天狐謫居人間的話題尤感興趣，其小說集《獪園》有數則天狐故事都涉及這一題材。其中一個下凡天狐，其形象和行為方式都十分怪異：

武將沈三官看見一團黑影鑽進門前大樹茂密的枝葉裡，他叫人搭梯子上去找卻找不著，把庭院找了個遍也不見蹤影。沈三官心裡煩躁，吩咐營卒把樹砍了。當晚，熄燈將寢，忽見這團東西從屋脊飛下，在床前旋轉，越轉越小，最後只有樟腦丸那麼大，順著他的手指爬到了身上。沈三官從此渾身燥痛，莫能醫治。幾天後，他聽見有東西在自己肚子裡說話：「我是天狐，犯了點小錯謫居凡間。本來只想住在樹上，你卻無端將樹砍了，我現在只好寄居你的肚子裡。你也別大驚小怪，日子一到我自當離開，不會傷你。」

沈三官很氣憤，又不能剖腹驅妖，就寫了一篇訟文禱告神靈。

晚上他又聽見腹內出聲：「多大點事兒，還往天庭告狀！上帝派了天神來討伐，明天我當應戰，你能幫我嗎？」沈三官想：老子請來天神降妖，你居然要我幫你，有病吧！第二天中午，風雷暴至，陰雲中一場惡戰，眼見得空中飄下團團黑毛，鮮血淋漓。看熱鬧的士兵一陣高呼：「妖精被殺了！」晚上，沈三官心情輕鬆，上床安歇。不料肚子裡的天狐又說話了：「天神殺死的只是我的皮囊，滅不掉咱本來面目。我跟你說了，只是借居你腹中反省思過，不出一年就離開，不會為難你。」沈三官請了天神也沒搞定這隻神出鬼沒的天狐，只好聽之任之。大約一年之後，果然有東西從拇指尖宛轉而出，沈三官的燥熱病也不治而癒了。

明代小說中的天狐形象，給人感覺是在發生著由邪而正的轉變。這種思路繼續延伸，到清人筆記小說《醉茶志怪》的狐降妖，就成正經的天界公務員了。

《醉茶志怪》寫無業游民王某閒逛時發現了一隻狐狸醉臥石窟，便捆住帶回家。狐狸甦醒後對他說：「我是天狐，今日貪杯為你所擒。趕快放了我，不然，對你我都無好處。咱倆結為兄弟，以後有急事呼叫我，保證立馬趕來為你解難。」王某問用什麼辦法通知，天狐說自己貪杯，只要備上一壺酒，再燃香禱告，他就能知道。次日，王某想試試狐狸精的誠信度，就設酒焚香，嘰哩咕嚕念了幾句。果然一白鬍老翁自天而降，問何事見召。王某說沒什麼，就想試試靈不靈。老頭很生氣：「我奉天職，公務繁忙。你倒好，大老遠叫我來鬧著玩兒！下次再這樣，我就不來啦！」言罷拂袖而去。

後來，王某表兄家鬧妖精，眼看性命不保，王某自告奮勇請來天狐降妖。老翁問明情況，說妖不難治，但須眾人迴避，只留他和病人在屋裡。王某想看熱鬧，說多大個事兒，還不讓人看看！老翁解釋：

「並非不讓看，是擔心你看了害怕。想看也沒關係，躲著別出聲兒就行。」老翁於是手持利劍作起法來。不一會兒，屋梁上出現一條巨蟒，頭頂赤紅如丹砂，遍身鱗甲黑亮如漆，盤旋而下幾乎堆滿了一間房。老翁騰空而起，跳到屋頂。巨蟒也從窗戶探出頭去，往屋頂張望，貌似惶恐。老翁喝道：「爾數百年功力，奈何忽起塵念，害人誤己？我念你修煉不易，姑且饒你一命，速回山洞服氣煉形，以求正果。如若再出來為害人間，定取你性命！」巨蟒垂淚點頭，御風而去。老翁從屋頂下來，囑咐病人幾句，留下些藥丸離開了。

從酒泉郡的伯裘到《醉茶志怪》的降妖狐，一條天狐形象的發展線索似乎隱約可見，天狐數量最多、形象最豐滿的時代出現於唐傳奇，此後逐漸式微。在清代幾位喜歡狐狸精題材的大家中，蒲松齡和袁枚幾乎沒提過天狐，紀曉嵐的《閱微草堂筆記》與狐有關的故事兩百餘則，提及天狐的只有寥寥幾處，而且都是一筆帶過。究其原因，大約是狐仙觀念廣為流傳，「天狐」遂被棄而不用吧。

六、狐丹

在道教丹鼎派理論中，金丹是最重要的長生之藥。葛洪說：

> 余考覽養性之書，鳩集久視之方，曾所披涉篇卷以千計矣，莫不以還丹、金液為大要焉。然則此二事，蓋仙道之極也。服此不仙，則古無仙矣。（《抱朴子》）

從魏晉到明清，道士的煉丹史是一個由外丹到內丹的過程。所謂金丹，是「金液還丹」的簡稱，這種神祕的東西到底是什麼呢？用現在的化學原理解讀其實很簡單，就是燒煉紅色的硃砂礦（硫化汞），析出白色的水銀（汞），再燒煉水銀又變成紅色的氧化汞；硫化汞、氧化汞都呈紅色，故曰「丹」。在燒煉的過程中紅色硫化汞先變成白色水銀再變回紅色氧化汞，故稱「還丹」，而液態的水銀就是「金液」。

這種現象對古人而言肯定很神奇，也很有趣，但道士們將「金液還丹」當作靈丹妙藥就實在莫名其妙了。因水銀是劇毒物，自從這種「神藥」橫空出世，食之成仙者肯定沒有，服後發癲作狂一命嗚呼者卻比比皆是。即便如此，道士們仍然眾口一詞地說它就是長生不老的主藥，一些想成仙又怕死的人便只好敷衍，北齊文宣帝就是這樣的主兒。《北史．藝術傳》記載，道士張遠遊煉成了一粒九轉還丹獻給文宣帝，他不敢吃，放在一個精美的玉盒中，說：「我貪愛人間作樂，不能飛上天，待臨死時服取。」從秦漢開始，最想長生不老的人就是權勢無邊、享樂不盡的帝王們，這個群體是煉丹道士的主要客戶，其中雖不乏文宣帝這樣的葉公好龍者，但更多的還是忠實信徒。中唐時期的皇帝幾乎個個為汞毒所害：憲宗「日加躁渴」，「躁甚，數暴怒，恚責左右」；武宗「藥躁，喜怒失常。疾既篤，旬日不能言」；宣宗「餌長年藥，病渴且中躁」。他們不僅沒能長生不老，反而都因金丹而短命橫死。

於是，道士們另闢蹊徑，提出了以自己的身體為爐子、用血氣為材料、以精神為火力的「內丹法」，而之前的金丹術也就相應地被稱為「外丹術」。道士們的理論投射到狐狸精身上似乎總有些時間滯後，狐狸精沒趕上外丹時代，一上來就是煉的內丹。這一點我們可從明人的著作中找到證據：

《五雜組》：狐千歲始與天通，不為魅矣。其魅人者，多取人精氣以成內丹。

> 《二刻拍案驚奇》：好教郎君得知，我在此山中修道，將有千年，專一與人配合雌雄，煉成內丹。
>
> 《蕉帕記》：（狐狸精）修真煉形，已經三千餘歲，但屬陰類，終缺真陽，必得交媾男精，那時九九丹成，方登正果。

狐狸精煉成的內丹稱「狐丹」，通常呈現為紅色或金色的藥丸，有時也可以是火苗一樣的東西，隱藏於狐狸精體內，必要時可以吐出來。狐狸精修仙本有正邪二途，但筆記小說中煉內丹的狐狸精大多走邪門歪道。明代《狐媚叢談．狐丹》記載：

> 趙氏兄弟居於城外偏僻之地。哥哥趙才之一日夜歸，見妖嬈女子口中含燈而行，覺得奇怪，正想搭訕幾句，忽然感覺一陣迷眩。女子吐出小燈放在路邊，寬衣解帶與之野合，事畢又穿衣含著燈離開。雖然迷糊被姦，但爽快的感覺令趙才之回味無窮。第二天他又原地等待，含燈女子果然來了，同樣劇情再次上演，此後一發不可收拾。弟弟趙令之見老兄每夜行為詭異，便尾隨盯梢，終於發現了哥哥的小祕密。不料含燈女子來者不拒，此後，兄弟倆便輪番被迷姦，樂不思歸。朋友聽說此事後提醒道：「你倆糊塗啊，哪有燈火可以含嘴裡的！下次把那盞燈吞了，看她咋辦！」令之有所醒悟，當晚事畢，便拿過燈要吞。女子急忙搶奪，結果燈掉水裡滅了。女子痛不欲生：「奈何！奈何！我乃千年修行老牝狐，仙道將成，只差些男人精血，與你倆再交合幾回就能立地成仙了。那燈火就是內丹，今天被你給搶沒了，真是天絕我也！」言畢僵死於地，果然變成了一隻狐狸。

《耳食錄．胡夫人墓》故事情節和上述差不多，只細節有所不同，但人物刻畫顯得更生動，格調也高雅許多。這個故事中的狐狸精不是與人在外野合，而是去書生住處，婉轉衾席之時，拿一粒明珠放在書生口中，吩咐不可吞下，清晨離開時取走。後來，教書先生察覺了此事，警示書生該女子很可能是妖孽，要他伺機吞下明珠。書生當晚就吞了那粒珠子。女子抱頭痛哭道：「為這粒珠子我已經修煉了五百年！死於此珠者已九十九人，都是聰明富貴之人。若達百人，我便修成正果。誰料敗於君手！邪道求仙，終究是靠不住，我也不怨你。但我倆纏綿多日，望你念枕席之情，為我收屍，清明寒食也來我墳上澆兩杯薄酒，則我感恩不盡。」次日，書生葬了狐屍，還寫了一篇祭文，晚上夢見狐狸精來謝。書生自從吞了那粒狐丹，五體輕安，精神煥發，後來不僅當了大官，還高壽而終。

以上兩個以邪道求仙煉內丹的狐狸精都功敗垂成，一命嗚呼，可見，狐丹對於狐狸精而言，不僅關係到能否成仙，還關乎生死存亡。兩個故事都可謂苦口婆心，既告誡各位書生提高警惕，不要和妖精搞情色交易，也提醒狐狸精修仙須走正道，以免竹籃打水一場空。

不論正道、邪道，煉出的狐丹總歸都是寶物。它藏在體內是成仙的保證，吐出來還可以治病救人。《聊齋誌異．嬌娜》中，書生孔雪笠胸口長一碗大腫塊，痛苦不已。狐女嬌娜前來療疾，用刀割掉膿包，口吐紅丸如彈大，著肉上按令旋轉。轉一圈，覺熱火蒸騰；又一圈，習習作癢；第三圈，遍體清涼，沁入骨髓，偌大的傷口竟痊癒了。後來，孔雪笠被雷擊昏，嬌娜再次吐狐丹施救，以舌送紅丸入孔生之口，又接吻吹氣，紅丸隨氣入喉，格格作響。不一會兒，孔生豁然甦醒。蒲公筆下的嬌娜，一身懸壺濟世之慈，毫無傷身害命之邪。

一般而言，狐丹的形狀就是指頭大小的彈丸，功能是強身健體、延年益壽。但袁枚《子不語》中的狐丹形狀和功能都非常另類。書中寫了常州武進縣的一個男狐，經常為人打卦算命。外出時若有人問卦，只須將所問之事寫在一張紙上焚燒，把紙灰放在罈子裡。他回家後吐出一個小鏡子似的寶物，往紙灰上一照，便能準確無誤地將所焚之語朗誦出來，然後作批答，再派人傳給問卦者。

狐丹作為超級能量包，有多種神奇功效。凡夫吞食狐丹，除了「精神智慧盡倍於前」、「登上壽」，還會發生什麼情況呢？《小豆棚．金丹》就講述了這樣一個故事：

劉哥好飲，某日喝得爛醉如泥，躺在孔廟廡廊裡酣眠。夜半酒醒，見院子裡有十幾個小孩玩弄金光閃閃的小球，劉哥撒了一陣酒瘋，小傢伙四散而逃。其中一粒金球不及收走，在地面上下跳動，劉哥一把撈住送嘴裡吞了，體內酒氣立馬從腦門呼呼冒出，渾身上下有種說不出的清爽。他腦子一清醒，意識到自己可能吞了狐丹。接著，更神奇的事情發生了。他想回家，剛動這個念頭，人就在家裡了。老婆見門窗未啟，便問他是如何進來的。劉哥得意地說：「我學了隱形五遁法！」老婆催他睡覺，他想，慢著，這玩意兒太神奇了！何不乘著夜色穿牆入戶，把城裡的美女看個遍呢？邪念一生，他想哪個美女就到了哪家，一直風流到天亮才回。老婆得知實情後問：「這會兒你成仙了，我咋辦呢？」劉哥倒也不是喜新厭舊之人，答道：「這好辦，那幫小狐狸精還有這東西，今晚我再去搶一個。」

當晚劉哥再去孔廟埋伏，不見小狐狸精出來，只聽有人對話，一個說昨晚馬二水的狐丹被人拾去，另一個說此人就是從走廊裡衝出來的，不妨搜搜。劉哥越聽越不對勁，剛想溜，一夥狐狸精已經衝了進來，揪住他要他退還狐丹。劉哥說已經吞了，沒法退還。狐狸精便將他倒吊在屋梁上，拿一把秸稈從他嘴裡捅進去，直到腸胃，狐丹順著一股子鮮血被吐了出來。狐狸精拾起狐丹散去，劉某還被吊著，口中滴血不止，也喊不出聲。第二天他才被人發現抬回家，後大病三月，從此經年咳血，成了廢人。

狐丹，狐之至寶也，其實乃是人類對於超能力的幻想。

七、避雷劫

妖精們都想修煉成仙，但仙界不可能每個都發簽證，這就需要使用一些淘汰手段。走正道的耗時費力，能煉成的本來就不多，因此，淘汰制主要是針對那些走邪道的狐狸精。這些淘汰手段中，最嚴厲、最有威懾的是天打雷劈，專業術語稱「雷劫」。

在古人道德意識中，雷鳴電閃絕不只是一種單純的自然現象，而被賦予了懲惡揚善的意義。雷神在道教的神譜中具有很高的地位，北宋末興起的神霄、清微諸派還專以施行雷法為事，聲稱總管雷政之主神為「九天應元雷聲普化天尊」，雷師、雷公是其下屬。《九天應元雷聲普化天尊玉樞寶經》即假托普化天尊之口，向雷師皓翁講經說法，要求對不孝父母、不敬師長、不友兄弟、不誠夫婦、不義朋友、不畏天地、不懼神明、不禮三光、不重五穀、身三口四、大秤小鬥等惡行劣跡，「即付五雷斬勘之司，先斬其神，後勘其形，斬神誅魂，使之顛倒……以至勘形震屍，使之崩裂」。

古籍中有很多雷劈凶頑的記載。如《子不語・雷誅王三》記無賴王三姦汙弟媳，致其自縊身亡。他又掘墓姦屍，盜取隨葬的珠翠首飾，正準備上路，忽聞空中霹靂一聲，被震擊身亡。此書另一則故事則記錄了雷神對蛤蟆妖的定點清除：乾隆年間，遂安一縣民家被雷擊，天晴後查看，一無所損，只覺得屋子裡有股焦臭味。十幾天後，天花板有血水滴下，啟開一看，是隻三尺大的蛤蟆，頭戴鬃纓帽，腳蹬烏緞靴，身穿玄紗衣，顯然已經成精了。

妖精想成仙是追求進步，沒有什麼不對。如果他們都遵紀守法、循序漸進地修煉，也就沒雷神什麼事了。實際情形卻是成仙的誘惑太大，認真修煉的方式又太苦，因此老老實實走正道的妖精並不多，大多想成仙的妖精都選擇歪門邪道。狐狸精到處媚人採補，正說明這個問題有多麼嚴重。不僅狐狸精如此，其他妖精也一樣，一些大仙老祖開辦的成仙培訓班也就投其所好，教妖精徒弟走捷徑。孫悟空的真正師父斜月三星洞的菩提祖師就是這樣的角色，而神功蓋世的孫悟空貌似也是從這條道上走出來的。

據孫悟空早年簡歷，他離開花果山求道凡二十年，而找到菩提老祖就花了十幾年，那麼在三星洞學道的時間總共也不過七、八年，比起狐狸精動輒百年、千年的修煉，完全就是速成班畢業。這麼短的時間裡卻學得了長生不老，外加七十二變化和十萬八千里的筋斗雲，不走捷徑如何能得？

猴子入門之時，老祖就明確交代：「道字門中有三百六十傍門，傍門皆有正果。」意思很明白：我這兒都是旁門左道，但包你學會。然後列了很多培訓套餐供選，其中的「動門之道」就是採陰補陽、攀弓踏弩、摩臍過氣、用方炮製、燒茅打鼎、進紅鉛、煉秋石、並服婦乳之類——乖乖，幸好石猴子沒選這個套餐，否則，後來的齊天大聖就得是採花大聖了。孫悟空都沒看上這些學習套餐，老祖便偷偷摸摸教了一套神祕的口訣，如：「月藏玉兔日藏烏，自有龜蛇相盤結；相盤結，性命堅，卻能火裡種金蓮。」孫悟空依訣煉了幾年，就煉成了。

出師之時，老祖仍不忘把醜話說在前頭：「此乃非常之道，奪天地之造化，浸日月之玄機；丹成之後，鬼神難容。雖駐顏益壽，但到了五百年之後，天降雷災打你，須要見性明心，預先躲避。躲得過，壽與天齊；躲不過，就此絕命。」後來，孫悟空離開三星洞回花果山，師父還說了這麼一番話：「你這去，定生不良。憑你怎麼惹禍行凶，卻不許說是我的徒弟。你說出半個字來，我就知之，把你這猢猻剝皮挫骨，將神魂貶在九幽之處，教你萬劫不得翻身！」何其絕情，實則用心良苦：教出這麼一大能耐的徒弟，搞的都是歪門邪道，萬一天庭追究下來，真不好意思說！

齊天大聖的學習經歷尚且如此上不得檯面，狐狸精修仙搞點歪門邪道又有什麼不可以呢！而且，菩提祖師的訓導和孫悟空的成功經歷充分說明：出身不由己，道路可選擇。搞歪門邪道和雷劫之間並沒有必然的聯繫，「躲得過，壽與天齊；躲不過，就此絕命」。可見，遭劫或不遭劫只是機率問題，這實在是為妖精開了方便之門。

據前面的幾則記載，雷神應該是明察秋毫、罰無遺漏的。但據菩提老祖洩露的天機，雷劫這種威嚴的天刑居然還可以躲過，因此，我們還得考查一下雷神的執法問題。

在道教神靈中，雷神是個很大的譜系，最高領導普化天尊當然是極威嚴、極有派頭的，他手下管理著一大批雷師、雷公、電光婆婆之類的小神。如果雷劫都由天尊親自執行，自然會絲毫不差。但妖界的邪門歪道太多，天尊根本忙不過來，因此大部分雷刑都要交雷師、雷公們執行；而這些低級別雷神的能力有很大差別，執行不到位甚至導致冤假錯案的情況時有出現。不僅如此，作為基層執法天神，雷公的形象非常猥瑣，長得跟鬼怪差不多。很多文學作品中雷公的標準形象是：身形如猴，袒胸露腹，背插雙翅，額生三目，足如鷹爪，左手執錘，身上背一串鼓。

不僅其貌不尊，一些雷公的品德還大有問題。據《子不語．雷部三爺》記，一天雷雨後，杭州人施某正要在樹下小便，忽然發現地上蹲著一個雞爪猴腮的怪物，他大驚而逃，當晚暴病，口裡不斷狂呼：「得罪雷公！得罪雷公！」家人到樹下給怪物磕頭求祂寬恕。怪物道：「你們拿酒讓我喝，殺羊給我吃，我就饒他性命。」家人乖乖照辦。三天後，施某果然痊癒。不久，有個道士來杭州，施某便以此事請教。道士聽後說，那怪物名叫阿三，是雷神中的臨時工，沒執法資格，經常幹些詐人酒食的勾當，正式編制的雷神哪能這樣呢？

事實上，無執法資格的阿三們是經常跑出去執法的。《搜神記·霹靂被格》講晉朝扶風縣有個叫楊道和的農民，某個夏日在田裡勞作時突遇大雨，便到桑樹下躲雨。不知為何雷神閃擊他，他是個硬茬兒，舉起鋤頭就迎戰。沒幾個回合，雷神居然被打斷了腿，墜落於地，不能起飛。這雷神長得「唇如丹，目如鏡，毛角長三寸餘，狀似六畜，頭似獼猴」，顯然是阿三之類的角色，不僅業務能力低下，執法的合理性也很成問題。

不僅如此，雷神執法時還公然接受賄賂。據《子不語·雷公被紿》記，明代某地治安不好，潑皮無賴橫行鄉里，鄉民敢怒不敢言。有趙姓義士挺身而出到縣裡告狀，上面派人整治，斷了無賴的財路。這些人怨恨趙某，但懾於他武功高強，不敢上門找事兒，於是想出一損招：在陰雨天備下酒肉，集體跪拜雷神，高呼：「雷神啊，求你劈殺惡人趙某某！」雷神吃了幾斤冷豬頭肉，果真就去找趙某的麻煩。趙某正在院子裡種花，看見雷公轟隆隆殺將過來。他心想我沒做虧心事，雷公為何跟我過不去？於是手提尿壺朝雷神扔過去，罵道：「我年過半百，從沒見你擊㲋吃人的老虎，只見你擊㲋耕田的黃牛，欺善怕惡，何至於此！我若做過虧心事，你只管劈死我；我若沒做虧心事，你又能把我怎樣？！」雷神本來就師出無名，被趙某一頓斥責，也有些慚愧，停在空中眨巴眼睛。不一會兒，便栽落田中，號叫了三天方才脫險。

雷公們這種執法水平，無疑為搞歪門邪道的狐狸精開了方便之門。但他們對於雷神既不能理直氣壯，更不能暴力抗法，只能智取。雷神們不是懲惡揚善嗎？他們就找善人家裡住著。雷神滿世界找邪人惡人劈，根本沒想到善人家還住著狐狸精。而且，雷劫是有時效性的，過了追訴期就不能秋後算賬。再說了，時間一長，狐狸精煉成了狐仙，洗清了原罪，和雷公們平起平坐了，雷公怎能奈何他們？

還是講個狐狸精躲雷劫的故事吧，它載於《閱微草堂筆記·槐西雜志一》，說的是山東有戶農家住著個狐狸精，不見其形，也不聞其聲，但一旦主家發現火燭盜賊，他會打門敲窗發出警示；房屋漏損需要維修，他會在桌上留下銀錢；逢年過節他也會在窗外擺些小禮物。忽一日，農戶聽到屋簷間傳出聲音：「君雖農家，但子孝弟友，婆媳和睦，因此上天能佑。我在你家借住多年，是為了躲避雷劫，現雷劫已過，我也要告辭了。」這個狐狸精的成仙之路看來已是一馬平川。

紀曉嵐對雷公這種不嚴肅的執法方式頗不以為然：「夫狐無罪歟，雷霆剋期而擊之，是淫刑也，天道不如是也；狐有罪歟，何時不可以誅，而必限於某日某刻，使先知早避？即一時暫免，又何時不可以誅，乃過此一時，竟不復追理！是佚罰也，天道亦不如是也。」看來，這個紀公愣沒弄清楚雷公誅狐憑據什麼法律原則。這個狐狸精既然擔心遭雷劫，肯定不是走的正路，但看他對待主家的態度，似乎並不是什麼惡狐，到底是該劈呢還是不該劈呢？

更有甚者，狐狸精躲雷劫還並不一定找正人君子，隨便找個官擋在前面，雷公也沒法子下手。《益智錄．瓊仙》是一個俗套的人狐戀故事，男人錢禧正想著地久天長地過幸福日子，狐妻瓊仙忽然對他說：「原本以為可以和你白頭偕老，昨天掐指一算，才知不過千日。」說著哭了起來，錢禧忙問有什麼法子解救，瓊仙告訴他某太史能救，但未必肯救，因為曾和自己有過節。錢禧知道太史貪財，尤愛明珠，若將瓊仙隨身佩戴的一串寶珠相送，想必他會出手相救。於是，夫妻倆連夜騰雲駕霧趕了一千多里拜見太史，獻上寶珠。太史見寶大喜，但也知道他倆無事不登三寶殿。

錢禧如實相告：「太太有劫，唯太史能救，方法很簡單：待會兒雷電大作，大人您只抱住官印端坐不動就行。」話音剛落，雷聲自遠方滾滾而來，繼而大雨如注，雷電在堂前盤旋。太史收了錢財得替人消災，雖然做了虧心事怕被雷劈，但還是死死抱住官印不動。雷公繞場一周例行公事，但真不敢把這貪官怎麼樣。雷雨驟停，瓊仙自太史身後走出，斂衽拜謝，道聲「後會有期」，便帶著老公揚長而去了。沒想到雷公不僅怕官，而且怕貪官，連貪官庇護的狐狸精也不敢劈，這樣的雷公真使人「三觀」盡毀。

雷劫對於狐狸精是生死關頭，蒲松齡信手拈來，在《聊齋誌異·嬌娜》中用雷劫考驗人狐戀情。孔雪笠迷戀狐狸精嬌娜，但嬌娜年齡太小，其兄皇甫公子便把表姐松娘推薦給他，於是松娘成為孔夫人，嬌娜成為他的紅顏知己。忽一日，皇甫公子憂心忡忡地告訴他，自己和嬌娜、松娘都是狐狸精，雷劫將至，無從躲避，請他出手相救，仗劍擋門，無論雷霆如何轟擊都不要動。不一會兒陰雲密布，晝如黃昏，庭院樓閣變成高塚巨穴。突然一聲霹靂，地動山搖，烏雲裡冒出一利喙長爪怪物，從墓穴中抓出一人，隨黑雲直上。孔生根據衣衫判斷這是知己嬌娜，於是奮不顧身揮劍砍向雷公。誰知這雷公乃萬伏高壓電，孔生頓時觸電身亡。但孔生的英勇抵抗打亂了雷公陣腳，狐家得以保全。之後，孔生借嬌娜的狐丹起死回生。可巧的是，這場雷劫沒劈著嬌娜、松娘，卻正好將嬌娜的老公劈死了，嬌娜兄妹從此和孔雪笠生活在一起。

八、狐狸的其他文化形態

狐神、狐仙、狐狸精乃至狐假虎威的狐騙子，都是人格化的狐狸，他們是中國狐文化的主體。但在中國文化中，也存在著幾類非人格化的狐狸。

首先，是作為動物的狐狸，《詩經》中多處出現牠們的身影，這是中國文字對狐狸的最早記載。例如：

一之日於貉，取彼狐狸，為公子裘。（《豳風．七月》）

終南何有？有條有梅。君子至止，錦衣狐裘。顏如渥丹，其君也哉！（《秦風．終南》）

有狐綏綏，在彼淇梁。心之憂矣，之子無裳。（《衛風．有狐》）

南山崔崔，雄狐綏綏。魯道有蕩，齊子由歸。既曰歸止，曷又懷止？（《齊風．南山》）

這些紀錄傳遞出以下信息：第一，在那個時代，狐狸皮已成為冬衣的原材料。從「為公子裘」、「錦衣狐裘」這些句子看，狐皮衣裘顯然是珍貴的東西。第二，狐狸在人們的生活中較為常見，因此也經常用於詩歌的起興。如「有狐綏綏，在彼淇梁」一句。「綏綏」是形容狐狸行走的樣子，表現了古人對這種動物的細緻觀察。

《詩經》中的狐狸都只是動物而已，沒有神仙氣，也沒有妖精氣。《詩》三百，真可謂是「思無邪」！

其他先秦典籍中也有些關於狐狸的片言隻語，如《左傳．僖公五年》：「狐裘尨茸，一國三公，吾誰適從。」《禮記．玉藻》：「狐裘，黃衣以裼之。錦衣狐裘，諸侯之服也。」《晏子春秋．外篇》：「景公賜晏子狐之白裘，其資千金，使梁丘據致之，晏子辭而不受。」這些文字對狐狸描述也和《詩經》差不多。

狐狸的某些習性，還曾被賦予一定的道德意義，如《禮記．檀弓上》云：「狐死正丘首，仁也。」屈原的《九章．哀郢》中也有「鳥飛反故鄉兮，狐死必首丘」這樣的句子。「丘」指狐狸的窟穴，「首丘」是說狐狸不管死在什麼地方，頭一定是朝著自己窟穴的方向。古人認為這種行為是仁義之舉，《白虎通．衣裳》甚至說：「狐死首丘，明君子不忘本也。」唐代大詩人白居易的弟弟白行簡還寫過一篇《狐死正丘首賦》，對此大唱讚歌：「狐者微物，死乃可珍。想彼丘而結戀，正茲首以歸仁。生也有涯，且不忘其本；死而無二，亦不喪其真。可比德於先哲，實聞言於古人。」、「異哉！首丘之仁也，非眾類之等夷。」然而，狐死首丘至今也無生物學的證明，古人作此說很可能只是源於對某些偶然事件的觀察。這種臆造的動物「義舉」應該和「羊羔跪乳」一樣，都是古人的「獸道設教」。

其次，是作為怪物的狐狸，如《山海經》中的形象：

> 青丘國在其（朝陽之谷）北，其狐四足九尾。（《海外東經》）
>
> 又南三百里，曰耿山。無草木，多水碧，多大蛇。有獸焉，其狀如狐而有魚翼，其名曰朱獳，其鳴自叫，見則其國有恐。（《東經二經》）
>
> 又南五百里，曰鳧麗之山。其上多金玉，其下多箴石。有獸焉，其狀如狐，而九尾、九首、虎爪，名曰蠪姪，其音如嬰兒，是食人。（《東次二經》）
>
> 又東四百里，曰蛇山。其上多黃金，其下多堊。其木多栒，多豫章。其草多嘉榮、少辛。有獸焉，其狀如狐，而白尾長耳，名曰狼，見則國內有兵。（《中次九經》）
>
> 白民之國，在龍魚北，白身披髮。有乘黃，其狀如狐，其背上有角，乘之壽二千歲。（《海外西經》）

這批「類狐」怪物的特點，就是以狐為原型，再嵌合鳥、魚的特點，組合出一個個變形金剛式的怪物。《山海經》中大量的異形動物，很可能反映了原始人的思維特點。

法國人類學家列維·布留爾（Lvy-Bruhl）把原始人的思維稱為「前邏輯思維」，其突出的特點就是是「互滲律」。在原始人思維的集體表象中，客體、存在物、現象能夠以不可思議的方式轉化成其他存在物，可能是他們自身，又是其他東西。特魯瑪伊人說他們是水生動物，波羅羅人自誇是金剛鸚鵡，這根本不是說他們死後會變成金剛鸚鵡，或者金剛鸚鵡會變成波羅羅人，而是他們認為自己已經是真正的金剛鸚鵡了，就像蝴蝶的毛蟲聲稱自己是蝴蝶一樣。他們既可以是人，同時又是長著鮮紅羽毛的鳥，對於受「互滲律」支配的思維來說，在這一點上是沒有任何困難的。如果特魯瑪伊人用岩畫表現這種思維，就會出現人與鸚鵡的組合體。中國仰韶文化的彩陶圖案大量出現人面魚身紋，很可能也是這種思維關照下的產物。

可見，《山海經》成書的時間雖不是很早，但其保存的一些內容卻很古老。

最後，是作為瑞符的狐狸。

瑞符是天人感應思想中的一個概念。《呂氏春秋．應雲》說：「凡帝王者之將興也，天必先見祥乎下民。」意思是，聖人將出或盛世將至，上天便會展示一些非常的現象讓下民看到，就像播放預告片，片中那些異象因為能預示重大利好而被稱為「瑞符」。什麼樣的事物才是瑞符呢？《白虎通義》中列舉了白虎、白鳥、白鹿、鳳凰、鸞鳥等，其中就有九尾狐；《尚書大傳》則提到了白狐。

多尾和白色何以受到推崇？《白虎通義》說：「必九尾者何？九妃得其所，子孫繁息也。」原來九尾代表多子多福、人丁興旺；而白色則象徵長壽，且白色的動物本來也比較少見。

九尾狐、白狐成為瑞符，是天人感應思想的產物。兩漢之後這種思想式微，祂們也完成了歷史使命。天人感應和物老成精是兩個完全不同的思想源，因此，狐的瑞符化與狐狸精的出現雖然有時間上的相續性，卻沒有內在的邏輯聯繫，幾乎是兩條不相交的平行線，但九尾狐和狐狸精偶爾也會搭上一點關係。元代成書的話本《武王伐紂平話》與之後出現的《封神演義》，都說禍國殃民的妲己是九尾金毛狐所變，但這個搭配幾乎是狐狸精故事的孤例。即便如此，九尾狐變成妖精的過程也和其他狐狸成精大不相同，試看下段的描述：

只有一隻九尾金毛狐子，遂入大驛中。見佳人濃睡，去女子鼻中吸了三魂七魄和氣，一身骨髓盡皆吸了。只有女子空形，皮肌大瘦，吹氣一口入，卻去女子軀殼之中，遂換了女子之靈魂，變為妖媚之形。（《武王伐紂平話》）

不是九尾狐變成了妲己，而是祂的靈魂進入了美女身體。作為瑞符的九尾狐和白狐始終只是形象比較奇特的狐狸，沒有人格化，更不會變成人。《武王伐紂平話》的作者拉來一個九尾狐作為妖精原體，也保留了這個特點——自己不能直接變成美女，得借一張美女的皮。

第二章

狐之變幻

一、變化順序

美麗的公主在水井邊玩金球，一不留神，金球掉進井裡。水很深，公主急哭了。這時，水裡浮出一隻青蛙，說自己可以把金球找回來，但要公主答應嫁給牠。公主太愛那個金球，就答應了。青蛙潛入水中，把金球銜了上來。公主並不想真的嫁給一隻難看的青蛙，她拿著金球跑回皇宮，並將此事告訴了父親。國王很生氣，說既然答應了就要守信，便將青蛙請進了皇宮。青蛙吃飽喝足後，要求在公主的漂亮小床上共寢。公主忍無可忍，抓住青蛙往牆上摔去，這隻可憐的青蛙落地時竟變成了英俊的王子。原來，王子被巫婆施了魔法，必須借公主之力才能恢復人形。後來呢，公主和王子就過著幸福的生活了。這就是德國格林童話的名篇《青蛙王子》的故事。

中國古代也有青蛙變人的故事。李慶辰在《醉茶志怪．青蛙精》中有記載：寡母劉氏雨天等兒子放學回家，一個穿著鮮亮綠衣的小女孩跑進來躲雨，說雨停就走。劉氏見她長得可愛，就同意了，還和她拉家常。小女孩甚是聰慧，應對如流。忽然，天空閃出一個霹靂，女孩大驚失色，投入劉氏懷抱。一頓飯的工夫，雲開雨霽。小女孩才敢抬起頭來，謝劉氏救命之恩後離開。劉氏兒子正好放學歸來，見女孩從門裡跑出，變成一隻巨大的青蛙，跳躍而去。

這樣的故事，我們通常叫作「志怪」。其實，從文學體裁上分類，它和西方童話差不多，李慶辰和格林兄弟也基本屬同時代人。比他們生活年代稍早的蒲松齡也寫過類似的故事，只不過是成人版的。故事講述商人木某有個漂亮女兒，一天，一位美男子從天而降，自稱五通神，要娶其女兒，走時丟下了訂金。五通是著名的淫神，女兒嫁給此物如何得了！木家於是請來降妖高人萬師傅。五通要來的那天，萬師傅威風凜凜端坐堂中，這架勢可能鎮住了妖怪，直到太陽偏西，五通仍未現身。眾人鬆了一口氣，以為躲過了禍事。突然，屋簷間墜下一隻小動物，落地就變成了盛裝少年，一見有法師坐堂，轉身變成黑氣飛逃。萬師傅追出，向空揮刀一砍，砍下一隻人手大小的爪子。怪物大嚎，大家順著血跡尋找，血跡最後沒入江中。

這些故事情節各異，相同的是動物都變成了人。然而，認真分析就會發現，東西方的動物變人故事差別其實很大。單從上述三例看，青蛙王子的變化程序是人→動物→人，而青蛙精和五通的變化程序則是動物→人→動物。也就是說，以青蛙王子為代表的西方童話，講的是人變成了動物；而以青蛙神和五通為代表的東方志怪，講的是動物變成了人。這不是一個偶然的區別，從《搜神記》到唐宋傳奇再到大量的明清筆記，動物變人的故事比比皆是。而從古羅馬的《變形記》到十九世紀德國的《格林童話》，卻幾乎找不出這樣的例子，有的只是神變成動物或者人被變成動物，很少出現過動物變成人，尤其是主動變成人的情況。

《格林童話》的旨趣與《聊齋誌異》大有不同，但兩書的創作方式很相似。蒲松齡在《聊齋誌異》序言中說得很清楚，此書是在收集民間傳說的基礎上加工創作而成的。《格林童話》的主要素材也是德國北方地區流傳的民間故事，早期印行的版本裡，每個故事下面都標注了講述人的姓名和地點。而且，格林兄弟對這些故事所作的加工，很可能比蒲松齡還少。兩本書的作家在提煉民間故事時改採取的不同原則，反映出了東西方流傳於民間的基本文化觀念的差異。

在西方，關於人類的由來，神創論的影響源遠流長。希臘神話中有普羅米修斯造人之說，基督教也認為上帝是萬物之源。西方神創論的觀念有兩個要點：其一，人和動物是絕對的被創造者、被規定者；其二，人是神按照自己的形象創造出來管理萬物的，所以人的本質具有某種神性，而動物則沒有。因此，在希臘—基督教的文化系統中，神、人、物之間的變形方向是：高格位的神可以變成低格位的人或動物，人可以有條件地變成動物或植物，極少情況下也可以由於神的恩寵而成為神；處於最低格位的動物則不可變成人，更不可變成神。

神的變化是自由自在的。宙斯可以變成牛，變成天鵝，甚至變成金雨、雲彩去追逐他熱愛的女郎；海神普羅透斯有時變成獅子，有時變成野豬，有時變成一棵樹、一塊石頭，甚至變成水，變成火。而人變成動物則是有條件的，是不自主的。情況之一是神力使之變，如：宙斯愛上了伊俄，到山谷裡和伊俄幽會，誰知赫拉察覺了，趕來捉姦，宙斯情急之下把伊俄變成白牛，還順手送給赫拉做禮物；黛安娜入浴被卡德摩斯的外孫偷窺，一怒之下把他變成了麋鹿，並讓獵犬咬死他；普洛賽庇娜因一個孩子告密，便把這孩子變成一隻凶鳥。

希臘神話中，類似的故事非常之多，而且，把人變成動物通常是神懲罰人類的一種手段。另一種情況是人死後變為異物，如：納西瑟斯自戀致死，變成了水仙花；密耳拉因為亂倫而心生悔恨，尋死變成了樹。人必須透過一個有決定作用的外因方可變成動物，這是西方神話和童話裡一個普遍適用的原則。這個外因最早是神力，後來普及為魔力、巫婆的藥水，甚至普通人的咒語。《格林童話》中的青蛙王子便是被巫婆施了魔法，《金鳥》中的狐狸和《金山王》中的蛇也都是被施了魔法的王子。而《七隻烏鴉》中的兄弟七人，僅僅因為妹妹的一句「我要男孩子變成烏鴉」的氣話，就真的變成了烏鴉。

在西方歷史上，一些學者還曾煞有介事地討論過人能否變成動物的問題。《女巫之槌》的作者亨利・克雷莫的回答是「不可能」。他認為是某種邪惡的巫術引起人們的錯覺，導致這個人在自己眼中，或者他人眼中變成了狼。這種法術或者視覺上的錯覺有時被稱為「視覺轉移」。聖奧古斯丁也認為魔鬼不能製造任何東西，但他們有能力造成人的視覺錯誤，令其產生虛假的感覺。被施了法的人身體就被轉移到了其他地方，雖然活著，卻陷入一種比睡眠更深沉的昏迷狀態。這種錯覺也會擴展到其他感覺上，導致此人在自己眼中變成了某種他經常在夢裡見到的樣子。

青蛙王子的故事就這樣被解構成了一場視覺的欺騙。而這種解釋實際上是在千方百計地維護神創論的權威：上帝是萬物的創造者和規則的制定者，上帝之外的一切生物既不能創造自己，也不能創造他物，還不能改變上帝的規定。

至於動物變成人呢？那更是少見。《變形記》中找不出這樣的故事，翻遍《格林童話》，也僅見《三根羽毛》和《海兔》兩個故事。《海兔》中能變成人的動物居然還是一隻狐狸！人是神按照自己的樣子創造出來的，因而具備一定的神性。動物不由神的恩准就變成人，便是瀆神。而神是不會恩准這種僭越的，連邪神也很注意堅持原則。

人因神力、魔力而變成動物，有時也具備化物的能力。《漁夫和他的妻子》中的比目魚也是一個被施了魔法的王子，他幾乎無所不能。為報答漁夫的不殺之恩，比目魚將草棚變成了宮殿，讓漁夫當上了皇帝、教皇，為他變來了人世間的一切榮華富貴。但漁夫的妻子慾壑難填，想直接成為上帝，比目魚只好又讓他們回到了草棚。比目魚這些手眼通天的本領，只比上帝差一個檔次了，他卻不能破解魔法使自己變回人形。

中國古代關於人類誕生的神話也有些神創論的影子，比如《三五曆記》對盤古開天地的描述：

天地混沌如雞子，盤古生其中。萬八千歲，天地開闢，陽清為天，陰濁為地。盤古在其中，一日九變，神於天，聖於地。

這樣的描述顯然和《聖經》的《創世記》完全不同。天地是一團混沌的氣體，它是先於盤古的存在，盤古的作用大約是將這團氣體分開來。而分開後的天地為陽清和陰濁，仍舊是氣體的性質。可見，中國人更願意用「氣」這樣物質化的概念來解釋人以及萬物的出現。這種觀點幾乎貫穿古人所有的關於宇宙發生的論述。東漢的王充就說過「天地合氣，萬物自生」，那個時期的原始道教經典《太平經》也有同樣的主張：「兩氣者常交用事，合於中央，乃共生萬物，萬物悉受此二氣以成形。」在道教集大成的理論著作《抱朴子內篇》中，葛洪對氣生萬物的思想做了進一步發揮：「夫人在氣中，氣在人中。自天地至於萬物，無不須氣以生者也。」

與神創論比較，氣化論有幾個顯著的特點。其一，神創論強調人的被創造性和被規定性，氣化論注重人的自生性與自主性。其二，神創論主張人是按照神的樣子創造出來的，因而處於比神低但比物高的地位，且若非神力的作用，被規定者的地位和身分是無法改變的；氣化論認為萬物同源，神也好，人也好，動植物也好，都是氣的表現形式，其本質是沒有區別的。其三，氣化論特別強調氣的交感作用，認為氣的變化造就了豐富多彩的世界。

兩千年來，基督教思想一直是西方占統治地位的思想，其神創論的觀念深刻地影響著社會的方方面面，上自學術殿堂，下到民間傳說，無不打上它的烙印。在《格林童話》這部民間故事總集裡，到處都可看見上帝的影子，最後一部分故事，標題甚至就叫「兒童的宗教傳說」。作為中國本土最重要的宗教，道教對人們思想觀念的影響也十分深遠，其氣化論的哲學主張也被廣泛運用於對各種現象的解釋。

中國最早的狐狸精故事出於《搜神記》，書中蒐集了大量的民間傳說。但作者干寶似乎並不滿足於講述故事，他還想成為一個理論家，努力對自己筆下的怪異之事給出合理解釋。他和王充、葛洪等人一樣，認為世界萬物無非氣的變化。

天有五氣，萬物化成。木清則仁，火清則禮，金清則義，水清則智，土清則思，五氣盡純，聖德備也。木濁則弱，火濁則淫，金濁則暴，水濁則貪，土濁則頑，五氣盡濁，民之下也。中土多聖人，和氣所交也；絕域多怪物，異氣所產也。苟稟此氣，必有此形；苟有此形，必生此性。故食穀者智慧而文，食草者多力而愚，食桑者有絲而蛾，食肉者勇憨而悍，食土者無心而不息，食氣者神明而長壽，不食者不死而神。（《搜神記．卷十二》）

聖人也好，妖精也罷，都是氣的表現形態，不同的只是和氣與異氣而已。既然萬物的本質都是氣，那麼神仙變人變動物當然是可以的，人變動物也是可以的，而動物變成人甚至變成神仙，也沒有什麼邏輯上的障礙——同樣也是可以的。

二、狐變之術

狐狸必須變成人形才能稱之為狐狸精，至於如何變人，大多狐說家並不計較，估計都以為狐狸老到了火候，自然而然就變人了，並不需要什麼特別的技術。但有些作品也探究過狐狸精在變人過程中使用過的技巧和手段。

狐變之術首先涉及的道具是骷髏，晚唐段成式的《酉陽雜俎》如是說：

舊說野狐名紫狐，夜擊尾火出。將為怪，必戴髑髏拜北斗。髑髏不墜，則化為人矣。

既然是「舊說」，可知這個觀念由來已久，非始於晚唐。之後，則野狐戴骷髏之事不絕於書。明人馮夢龍更認為這是狐狸精的獨門絕技，如《三遂平妖傳》第三回：

你道什麼法兒變化？他天生有個道數：假如牝狐要變婦人，便用著死婦人的髑髏頂蓋，牡狐要變男子，也用著死男子的髑髏頂蓋，取來戴在自家頭上，對月而拜。若是不該變化的時候，這片頂骨碌碌滾下來了；若還牢牢的在頭上，拜足七七四十九拜，立地變作男女之形。

唐宋時期的作品即有狐狸精玩骷髏戲的紀錄。《集異記》寫晉州僧人晏通荒山苦修，月夜睡在一堆骷髏旁，看見一隻狐狸踉蹌而至，拾個骷髏戴在頭上使勁搖。骷髏落地，狐狸便再找一個戴上搖，先後搖落了四、五個才戴穩。之後狐狸又找些木葉草花披在身上，盼顧之間變成了美女，風姿綽約地站在路邊等人上鈎。馬蹄聲近，狐狸精慟哭起來。騎者果然駐馬探問，狐狸精道：「我是歌姬，隨夫在外賣唱。今晚丈夫被強盜殺害，錢財也被搶劫一空。現在孤苦伶仃，有家不能回。大人若能收留，一定為你做牛做馬！」騎馬的爺們兒是個軍人，平日裡女人見得少，就下馬端詳。這一看不打緊，把個軍爺惹得口水直流，想也沒想這荒郊野外何以突然出現個絕色美女，就要擒狐狸精上馬。晏通實在看不下去了，衝出來喊：「這位兄弟，她是個狐狸精，你怎麼這樣隨隨便便就帶她走咧！」說罷舉起錫杖往狐狸精頭上磕，骷髏應手而落，狐狸精即刻原形畢露，落荒而逃。

對於狐狸精變人為何要戴骷髏，宋人方勻在《泊宅編》中解釋：「云狐能變美婦以媚人，然必假塚間多年髑髏，以戴於首而拜北斗，但髑髏不落，則化為冠……人死骨朽，唯髑髏尚有靈。」按方勻的意思，是認為存於骷髏的一點靈氣起到了觸發變化的作用。

段成式、方勻等人說到狐戴骷髏，似乎是在談論一個技術問題，寫故事的人卻醉翁之意不在酒。從晏通和尚表現出的威猛正義氣勢看，作者當屬佛門中人無疑。事實上，這種美女和白骨的組合意象的確來自佛教。為了治人類難以自控的淫慾，佛教徒想出了很多招數，不僅制定種種清規戒律，還從靈魂深處鬧革命，做所謂「白骨觀」——觀想人就是一堆白骨：「白骨觀者，除身皮血筋肉都盡。骨骨相拄白如珂雪，光亦如是……既見骨人，當觀骨人之中，其心生滅相續如穿珠。」（《思惟略要法》）

佛教人士還編出一些人民群眾喜聞樂見的故事宣揚這種觀念，狐狸精戴骷髏變人正是這樣的產物。狐狸、骷髏和美女的組合製造了虛幻、恐怖的氣氛，關鍵時刻出場的僧人則代表了揭祕破執的智慧和驅邪降妖的正義力量。這個主題在詩文小說中延續，「粉骷髏」遂成為一種對美女紅顏愛恨交加的蔑稱，如元雜劇《李亞仙花酒麴江池》第一折：「央及殺粉骷髏，也吐不出野狐涎。」《喻世明言・月明和尚度翠柳》：「老僧禪杖無情，打破你這粉骷髏。」清小說《濟公全傳》用語更狠：「芙蓉白面，盡是帶肉骷髏；美麗紅妝，皆是殺人利刃。」最著名的紅粉骷髏，當屬《西遊記》中的白骨精，此物本相就是一堆骷髏，變成的美女卻是：「冰肌藏玉骨，衫領露酥胸；柳眉積翠黛，杏眼閃銀星；月樣容儀俏，天然性格清；體似燕藏柳，聲如鶯囀林；半放海棠籠曉日，才開芍藥弄春晴。」

紅粉骷髏狐狸精本只是唐宋時期的佛門人士為宣揚教義放出的么蛾子，而在馮夢龍等明代文人眼中，狐狸精成妖作怪，事蹟多端，是不受待見的物類，因此他們也很樂意在創作時加些白骨骷髏的元素，以增強恐怖的效果。《三遂平妖傳》、《三刻拍案驚奇》、《剪燈新話》、《獪園》都有這個題材的故事，顯示出該時代的作家對狐狸精的態度普遍比較惡劣。之後，蒲松齡、袁枚、長白浩歌子等人大寫狐事，卻幾乎不用這種方式拉黑狐女。

直到清末光緒時期成書的《醉茶志怪》，才再次出現這種把戲：杜生是個富家子，兩個狐狸精覺得他身體強壯，前往採補，到了門口將骷髏戴上，揭開帘子進屋，霎時就變成絕色女子。這場杜生與狐女的床笫之歡，僕人所見則骷髏橫陳榻上，狐以口含生下體，不覺毛髮俱悚。最後，杜生羸瘦而亡。作者的幾句評論算是概括了這一系列紅粉骷髏戲的中心思想：「色之陷人，溺其情者，死而不悔。所難堪者，冷眼旁觀之人耳。苟能打破塵關，則搓酥傅粉之流，安在非頭戴髑髏之怪哉。」

段成式說狐狸精變人時「必戴髑髏拜北斗」，顯然以為此二者缺一不可。但拜北斗與戴骷髏並列進入狐狸精敘事的例子很少，在早期故事中也只有戴骷髏而無拜北斗的情節。從明代開始，倒是戴骷髏和拜月成了比較固定的搭配。馮夢龍《三遂平妖傳》有一段情節寫獵戶趙壹九月初八夜行，在樹林裡看見一隻野狐，頭頂死人天靈蓋對著明月不停磕頭，拜了多時，之後變成了一個秀才。《剪燈餘話．胡媚娘傳》寫河南新鄭驛站守卒黃興，夜歸途中在樹林裡休息，看見野狐拾骷髏戴上，然後對月而拜，不多久就變成二八少女，姿色絕美。

清人小說也有對狐狸精拜月的描述，但具體情形有所不同。如《聊齋誌異．王蘭》寫狐狸精練功，拜月時仰首望空際，氣一呼，紅丸自口中出，直上入月中；又一吸，紅丸又從月中飛回口裡，如此反覆不已。《閱微草堂筆記‧如是我聞一》寫張家僕人王玉攜弓夜行，見黑狐人立對月而拜，於是引滿一發將其射殺，當晚聽見此狐哭訴：「我自拜月煉形，何害於汝？汝無故見殺，必相報恨！」《醉茶志怪‧浙生》記某書生鄉試後返家，投宿僧院，夜晚聽見一個狐狸精在天花板上喋喋不休，說自己拜月煉形、吐納採補數百年，眼看就要修煉成人了，心中高興；但又擔心躲不過雷劫，前功盡棄，歸於灰燼，怎麼辦呢？怎麼辦呢？書生被他吵得氣不過，呵斥了幾句，結果一人一狐在僧屋裡對罵整宿。從這些故事情節看，拜月已經成為狐狸精的常用修煉術，得長期堅持，而不是明代小說中狐狸精變人時的應用技術了。

強調拜月、拜北斗在狐狸精變人過程中的作用，往遠處講是源於古人對日月星辰的敬畏和崇拜，往近處講則是受道教文化和民間習俗的熏染。

北斗七星由於在天空中的定位作用，自古就在敬畏天象的先民心中有著崇高的地位。《尚書緯》說：「七星在人為七瑞。北斗居天之中，當崑崙之上，運轉所指，隨二十四氣，正十二辰，建十二月，又州國分野、年命，莫不政之，故為七政。」而道教承襲此說，除繼續論述北斗七星對自然界和社會的影響外，著重強調其對個人生命的決定作用。道教的重要典籍《太上玄靈北斗本命長生妙經》（簡稱《北斗經》）云：「北斗司生司殺，養物濟人之都會也。凡諸有情之人，既稟天地之氣，陰陽之令，為男為女，可壽可夭，皆出其北斗之政命也。」據稱，《北斗經》由太上老君於漢桓帝時傳授於張道陵，讓世人念誦，以求罪消孽滅，增福延壽。故而，拜北斗是道教的重要科儀；道士們在禱神儀禮中常用的「禹步」，也與北斗有關，其步法依北斗七星排列位置而轉折，故又稱「步罡踏斗」。狐狸精幻形變人，等於再生一次，拜拜北斗，請得司命主神的恩准，理固宜然。

中國人對月亮的崇拜也由來已久，在凡事論陰陽的古代，月亮是陰性的最好代表物。而且，嫦娥奔月的傳說在漢代就已出現，《淮南子．覽冥訓》有：「譬若羿請不死之藥於西王母，姮娥竊以奔月，悵然有喪，無以續之。何則？不知不死之藥所由生也。」人們相信這個美麗的女子是偷吃了丈夫的不死藥飛上月亮，成為月仙的。因此，古代的拜月多與女性相關，故民諺有「女不祭灶，男不拜月」之說。從唐代開始，民間便有女性拜新月的習俗，佳人少婦、小姐老媪普遍熱衷。王昌齡《甘泉歌》記錄：「乘輿執玉已登壇，細草沾衣春殿寒。昨夜雲生拜初月，萬年甘露水晶盤。」著名元雜劇《拜月亭》第三十二齣也有此場景的描寫：「天色已晚，只見半彎新月，斜掛柳梢，幾隊花陰，平鋪錦砌，不免安排香案，對月禱告一番。」明代狐狸精的性別比例是陰盛陽衰，女多於男，因而拜月之狐也越來越多了。

狐變除了戴骷髏拜北斗，還有些別的奇特招數。《湖海新聞夷堅續志．後集》載：成都萬景樓是士大夫遊玩聚會之所，但傳說其中的畫樓鬧鬼，過夜的人經常離奇死去。一天，幾個小夥子打賭，誰敢在樓裡睡一晚，大家就請他喝酒。一個平日裡食不果腹的愣小子出來應標，晚上住進畫樓。他也害怕真的有鬼，就爬上屋梁躲起來。二更時，一陣陰風吹來，門窗自開，窮小子嚇得直哆嗦，以為鬼要來了。然而，進來的不是鬼，而是隻大狐狸。牠在椅子上坐下，左手拔一根毛，變出一個丫鬟、一盞燈；右手拔一根毛，又變出一個丫鬟、一盞燈；再從尾巴上拔下一根毛，自己就變成了美婦人；又脫下自己的皮變成衣服，鋪在座位上，就帶著丫鬟下樓去了。小夥子估計她們走遠了，下去收了狐狸皮，再爬上屋梁躲好，準備看狐狸精還玩什麼把戲。四更時，狐狸精回來了，不見了自己的皮，驚慌失措地到處找，找著找著就哭了起來，越哭越傷心。不久，報曉的鐘聲響起，狐狸精長嘆一聲：「天敗我也！」墜樓而亡。第二天，大家夥兒都來了，在樓下發現一隻剝皮死狐。

從原文看，狐狸精是已經變成了美女，再脫下皮變成衣服，而且還把這要命的東西放在了座椅上。對於這種不合邏輯的敘述，我們只能理解為作者有些交代不清。但這個故事揭示了狐狸精一項奇異的招數——變形與脫皮有關。

這種招數在明代王同軌的《耳談類增》中再次出現：一個雲南農民，夜歸時看見狐狸脫下毛皮藏在灌木叢中，然後拜月變成美女。這哥們兒色膽包天，裝模作樣上去和狐狸精搭訕，美女便跟他回家，做了小妾。該農民屬膽大心細之徒，抽空溜回樹林裡取了狐皮藏起來。狐狸精當初跟這漢子回家，或許有些不可告人的目的，事後發現狐皮失蹤，遂不能變化，只好繼續當妾，幾年間還生了兩兒子。時間長了，農民放鬆了警惕，一天見她面有愁容，就逗她開心：「想你那張皮了吧？」狐狸精眼睛一亮，撒嬌發嗲要老公告訴皮在哪裡。農民取出皮給她，她披上皮就變成狐狸撒腿逃了。

這裡把脫皮與變人的次序交代得很清楚，是先脫狐狸皮，再拜月變人，脫掉獸皮是變人的先決條件。

清末李慶辰的《醉茶志怪．狐革》也是向先輩致敬之作，而且努力將脫皮這個做法說得更加合乎情理：趙公讀書別墅，每到明月之夜，就有一獸首人身的怪物在院子裡徘徊，天快亮時，入空室而沒。趙公好奇，趁怪物不在潛入空室想探個究竟。他見地上放了張摺疊得整整齊齊的狐皮，便將它藏了起來。夜半，怪物至趙公床前，跪地哀求：「我等如果修煉成功，就不需要這東西了。現在道力不夠，頭部還未脫形，天一亮就會原形畢露。您如果不將皮毛還給我，天亮後我就沒命了。」趙公裝聾作啞，不理牠。天剛放亮，怪物果真撲地而亡，原來是隻狐狸，脖子以下沒有皮毛，是血淋淋的肉身。

《狐革》的最大改進，就是細化了變化過程，把脫皮變成了修煉術的一部分。這隻狐狸已經修煉到可以脫去身上皮變成人體，只剩頭部火候未到，因此是「獸首人身」。再繼續修煉也就差不多完全變人了，沒想到被趙公這個掃把星無端收走了狐皮，功敗垂成。

上述幾個故事前後呼應，有明顯的繼承關係，但在成百上千的狐狸精故事中，這樣的情節仍然十分另類，馮夢龍、蒲松齡、紀曉嵐等大家都未提及脫皮變人之事。狐狸精須脫皮方能變人這種觀念，顯然未被普遍接受。因此，我們有理由認為，脫皮情節是偶然而生硬的嵌入，與狐狸精能隨機變幻的基本理念不相符合。

事實上，狐狸精脫皮變人的故事模式是一次拿來主義的嘗試，原型是唐代就開始流傳的《虎皮井》：開元年間，崔生應試經過襄陽，投宿臥佛寺，晚上看見老虎入寺，脫皮變成美婦，走進崔生的房間，願侍枕席。崔生雖知其來由，卻也未以為意，與之同床共寢。下半夜，崔生躡手躡腳地出去，發現虎皮擺在井邊，就順手把它扔進了井裡。風流一夜的老虎精早晨醒來不見了虎皮，變不回老虎了，就只好做了崔生的妻子，隨他進京趕考。崔生考中，當了縣尉，後來又升縣尹，還和虎精老婆生了兒子。六年後，回家經過襄陽臥佛寺，他以為虎婦已跟隨自己多年，且已生兒育女，當年的事兒說說也無妨，便將祕密告訴了她。妻子很高興，叫人把虎皮打撈上來，拿在手上左看右看，果然還是一張上好的虎皮。這時，意想不到的事情發生了，她忽然將虎皮披到身上，立即變成了一隻斑斕大虎，對著崔生吼叫，又回頭望了幾眼兒子，便出寺門而去。

這個故事載於《襄陽府志》，同時也見於唐代傳奇《集異記》。而據《隆慶州海志》記載，明代在徐州、連雲港等地也流傳過這樣的故事，就連德國人艾伯華著的《中國民間故事類型》也有收錄，而且作者認為，這是一個在中國各地都有流傳的民間故事母題，有三部曲式的情節設計：雌虎遭遇孤獨男，脫掉虎皮變其妻；虎皮被藏匿，虎妻隱忍持家，生兒育女；虎妻終得其皮，變回原形逃遁。

在唐傳奇中，《原化記·天寶選人》、《河東記·申屠澄》、《廣異記·費忠》等篇也有類似《虎皮井》的情節，這充分說明，從民間故事到文人創作，虎精必須脫皮才能變人的觀念是被廣泛接受的。在這些故事裡，皮是老虎變化的必要條件，脫皮便成人，蒙皮又成了虎；失去虎皮，虎精就沒有了變化之功。

另外一些故事，則從人形到虎形的逆向變化中，體現出虎皮的能動作用。如《傳奇·王居貞》講述書生王居貞在外遊學，與一道士同住。道士白天從不吃東西，王覺得奇怪，晚上就假寐偷窺，見道士從布袋裡取出一張皮披上，匆匆出去，五更後才回。後來，王居貞才知道布袋裡是張虎皮，披著可夜行五百里，到處找東西吃。他離家多時，想回去看看，就向道士借皮，披上後很快回到了百里之外的家鄉。因為夜深，他就沒去打擾家人，只在屋外轉轉。這時，突然發現門外有頭豬，王居貞覺腹中飢餓，便撲住吃了，然後回到住處，將虎皮還給道士。不久，王居貞回家，才知兒子被老虎吃了。他掐指一算，兒子遇難之時正是自己披著虎皮回家那日。王居貞披上虎皮，實際上已變成一隻虎，他自己卻不甚了了，以致吃掉了兒子。

狐狸脫皮變人的主要情節顯然是借鑑了虎精變人的故事，甚至《狐革》中「獸首人身」形象的出現，也是沿用《廣異記·笛師》的「虎頭人形」。此招數未能在狐狸精的世界盛行，也許原因有二：一是由於動物原型不同，各類精怪形象有相對獨立的發展源流，這個手段作為虎精的變化特點由來已久，且比較固定，移植到狐狸精身上會產生排異反應。二是狐狸精觀念受道教文化影響頗深，玩的是精氣神的修煉層級，脫了皮才能變人的手段過於生硬，善變的狐狸精不屑如此。

三、尾巴的煩惱

「狐狸的尾巴——藏不住」是現在還使用的歇後語。因為狐尾粗長蓬鬆，不好藏匿，容易暴露身分。

在清代乾隆時期，發生過一起砍尾事件。事件的主角——年過半百的老男人吳清是個狐狸精，他迷惑良家婦女李氏，一胎生下四子，皆聰明伶俐，下地即能行走，老吳經常帶著他們郊遊。但與眾不同的是，四個孩子都長著尾巴。一天，老吳忽然一把鼻涕一把淚地告訴李氏：「緣分盡矣！因我玩弄婦女太多，觸犯天條，被泰山娘娘罰去砌修進香御道，永世不得出境。這四個孩子都長著尾巴，如果不砍掉，就終不能修成人身。咱家就你一個是人，請為他們去尾。」言罷，遞過一把小斧。李氏依言砍掉了兒子們的尾巴。這是《子不語》中《斧斷狐尾》的故事。

人怕變獸，得砍掉尾巴；妖欲成人，也要砍掉尾巴。尾巴在人、獸、妖轉換中的意義非同小可。但尾巴這個勞什子，又是妖變人時最難處理的問題。

狐狸尾巴修長過體，粗圓蓬鬆，一些地方曾把它作為貢品。古人認為，狐狸對於自己的尾巴甚為珍惜，《風俗通義》就有「狐欲渡河，無奈尾何」的俚語，意思是說狐狸涉水也會小心翼翼護好尾巴，不讓沾濕。但在狐狸成精變人的過程中，粗大的尾巴卻是一個麻煩，變形時偶爾暴露，一場精心設計的誘局就會穿幫。

荒野日暮，農夫駕車夜歸，一位衣袂飄飄的陌生女子立於路旁，輕聲細語地說：「妾今日從都城過來，實在走不動了，能不能搭搭你的便車？」農夫不能拒絕這溫柔的請求，讓女子上車。車子搖搖晃晃行了三、五里，忽然瞥見車轅下吊著一條狐尾，農夫一刀砍去，將狐尾斬斷。美女化為無尾白狐嗚嗥而去。

以此情節為主體的故事，在唐宋時代曾多次演繹，而且越來越生動。

《夷堅志．雙港富民子》講述的故事發生於鄱陽近郊的多陂湖畔：冬日向暮，凍雨瀟瀟，富家子獨自守舍，擁火而坐。一個服飾華麗、遍體沾濕的狐狸精來了，楚楚可憐地要求借宿。富家子膽小人正經，說地兒窄不便留人，而且孤男寡女相處，爹娘定會責怪。女子軟磨許久未能得逞，只好說道：「既然不讓我留宿，我在這裡烘烘衣服總可以吧？」富家子讓了步，挪出地方讓她坐下。狐狸精於是「半卸紅裙，露其腕，白如酥」。可能是天氣太冷，影響了臨場發揮，她挽起身後羅裙時，露出了一截尾巴。富家子從一開始就不太相信這天上掉下的豔福，保持著高度警惕，見狀抽出擀麵杖猛擊，女子頓時化狐而逃。華美的衣服脫落於地，還原成了枯枝敗葉。

尾巴的問題，在《聊齋誌異》中也有出現。

《賈兒》講了個暴露狐尾引來殺身之禍的故事：有個十歲男孩，父親在外行商，母親為狐所魅，瘋癲痴狂。他自知能力有限，不好與狐狸精正面交鋒，便在晚上潛入他們經常出沒的荒園蹲點。某夜，他見兩男子在飲酒，其中一個長鬍僕人順手脫衣臥石上，四肢皆如人，但尾垂後部。男孩於是有了主意。幾天後，他在集市見到長鬍僕人，主動上前套近乎，為亮明身分，故意稍稍撩開衣襟，露出事先紮好的一截狐尾，嘆道：「我輩混跡人中，此物在身，實在麻煩。」狐狸精果然上當，帶著他送的一壺毒酒回去孝敬主子。第二天，兩狐斃於亭上，一狐死於草間。

因此，古人對人身上出現尾巴有極高的警惕性，《廣古今五行記》講述唐代并州有個二愣子拿這事兒開玩笑，結果釀成大禍。這哥們姓紇干，無厘頭沒有底線，弄了條狐尾藏在身上，又在老婆面前故意暴露。他老婆警惕性極高且行動果敢，當即認定爺們就是狐狸精，操起斧子便砍。紇干兒躲過幾招，才發現死婆娘是玩真的，連忙說：「老婆，我逗著玩呢，你咋就真砍呀！」但老婆一心除妖，根本不聽他解釋。紇干兄跑到鄰居家避難，老婆一邊追一邊喊：「他是狐狸精！」鄰居立馬也拿起刀叉棍棒迎擊。紇干兄的結局如何，文章沒有交代。

然而，尾巴對於狐狸精也並非一無是處，有時它可以成為有用的道具。《搜神記》載：一農夫在田裡耕種，每天見美婦帶著婢女從壟上款款走過。該農夫完全不解風情，鬥爭意識卻超強，觀察了幾天後，問她從哪裡來。婦人亭亭玉立，笑而不答。豈知婦人越是如此，農夫越認定她就是妖精，摸出預備在身上的鐮刀猛砍。結果婦人化為狐狸逃竄，婢女陣亡，變成一段狐尾。

四、狐形

在絕大多數情況下，狐狸精的人形有相對的固定性，不會今天是男明天是女，上午是老人下午又成了孩童，這也是大部分狐狸精故事能夠展開的基礎。只有修煉到一定等級的狐狸精才極其善變，如果自己願意，或者為了達到某種目的，可以千變萬化，人形無定。

《閱微草堂筆記》中有不少善變的例證。如《灤陽續錄六》寫某狐狸精經常與人飲酒高會，談文論道，但他從來都是隱形參加，不露真容。一日宴飲，有人提出想看看他到底什麼樣子。狐狸精說：「如果你們想見我的真身，則真身是不可以讓各位看見的；如果是想見我的幻形，幻形本來就是假的，見與不見，有什麼區別？」眾人不依，非要看看。狐狸精於是說：「各位覺得我應該是什麼樣子呢？」有人說：「應該是白眉皓首！」話音未落，面前忽然出現了一個老人。又有人說：「應該是仙風道骨。」老人就應聲變成了道士。隨後，狐狸精應眾人之意，先後變為仙官、嬰兒和美女。一人說：「變來變去，都是幻象，還是現出真身讓我們瞧瞧吧。」狐狸精道：「天下之大，有誰會以真形示人，卻偏偏要我現出真形！」說罷大笑而去。此狐狸精可謂頗知人情世故。

其實，如果人真遇到狐狸精以不同的形象測試自己，會是件很尷尬的事。《聊齋誌異》寫永平人張鴻漸替人訴訟得罪豪族，被迫離鄉背井，在外漂泊時遇見狐女施舜華，兩人做起了露水夫妻。張鴻漸是喜新不厭舊之人，三年過去，越來越思念家裡的妻子，提出想回家看望。舜華御風行雲送他到家門口。張鴻漸進屋，見妻子方氏對燭而坐，兒子躺在床上。夫妻相見，恍如夢中。兩人親熱之際，方氏流著淚說：「相公在外面有了相好的，就不念我孤苦伶仃了！」鴻漸說：「不想念你，我怎麼回來了？我與她雖說有些感情，但她是異類，終究隔著一層。你對我有恩，我心裡如何能忘！」方氏忽然問：「你以為我是誰呢？」鴻漸仔細一看，懷中的女人竟是施舜華，而身邊的兒子是把竹掃帚。

狐狸變成人肯定是個很複雜的過程，除了形體、容貌的差別，大小也是個問題。狐狸形體較小，因此變化過程也是放大過程。而這個關鍵的招數，並不是每個狐狸精都掌握得很好，有些狐狸精變成的人就是跟原形體量差不多的袖珍小人兒。比如《聊齋誌異・小髻》記載，一夥農民晚上到村北滅狐，在古塚邊埋伏，一更後，見尺許小人魚貫而出，多不勝數。大夥一頓打殺，狐小人四散而逃。

狐小人的能耐沒有正常的狐狸精大，但他們似乎更喜歡作弄人。《螢窗異草・狐嫗》寫乾隆時一個旗人曾隨皇帝南巡，回鑾途中宿於民家。鄰居是大戶，宅第軒敞卻無人居住。問其緣由，主人說裡面有狐狸精。旗官膽大，不太相信，遂邀三兩同僚破門而入，在廳堂裡飲酒取樂。夜半酒醒，發現床正在慢慢上升，他慌忙朝下面一看，只見四個青衣小人兒各托一個床腳往上舉。床越升越高，幾乎頂住天花板了。小人兒一邊托床還一邊討論如何懲治他。旗人心急如焚，又不敢往下跳，正沒奈何之際，屋梁上方寸小間豁然洞開，裡面出現一個高髻白髮的老太太。她對旗官微笑示意，接著便呵斥搞惡作劇的小人兒。青衣小人這才住手，把床慢慢放回地面。旗官連衣服都來不及找，穿著一條短褲，赤腳狂奔而出。

狐狸精的形體既然可以放大，當然也可以縮小，這種縮變能助其應對一些特殊情況。譬如說，某狐狸精愛上了一個書生，於是別出心裁地設計兩人世界，送給書生一隻小葫蘆，囑他佩於腰間，自己躲在葫蘆裡。書生想見她，只要拔掉塞子，她便千嬌百媚地出現在眼前了。一天書生在街上閒逛，腰間葫蘆被妙手空空偷去，豔遇也就此結束。此事載《閱微草堂筆記．槐西雜志四》。

縮小的狐狸精還可以藏在人的肚子裡。《閱微草堂筆記．如是我聞三》講述雲南一名叫李依山的編修，平日喜歡扶乩，常常招來狐姐妹吟詩作對。兩狐女不願被人看見，就躲進他的肚子裡說話。對於此事，紀曉嵐自言「余所聞見」，可能是聽說，也可能是親見。但無論聽說還是親見，紀大學士這次很可能是被忽悠了。這種與狐女唱和，旁人看見的情形無非是李依山在自言自語，張嘴閉嘴都能說話，而江湖上的所謂「腹語術」玩的就是這種名堂。指不定李依山明裡是一編修，暗裡就是個江湖術士。

如此分析，便覺得這樣的「誌異」很無趣了，狐狸精的表演成了掩人耳目的魔術！但在古代小說家的文字中，我們還是可以找到更加生動的故事，例如《螢窗異草．銀針》中演繹的這一段：

明天啟年間，桐城書生孫大廉科考不第，心情鬱結，帶上僮僕租船出遊散心。臨行有老翁求搭便船，孫大廉覺得多一人相伴也好，便答應了。老翁自言姓胡，北方人，想去金陵玩些小把戲賺錢。問什麼把戲，老翁笑而不答。途中，老胡變了些小魔術，逗大家樂。晚上，孫大廉備了酒菜請胡翁，趁機要他教自己變魔術。胡翁說：「不是我不教你，你前途無量，不宜學這些江湖戲耍。你讓我免費乘船，我會報答你，過幾天送你一件大禮！」孫大廉不再堅持，兩人歡飲而散。

第五天夜晚，船到南京。胡翁說：「明天就要分手，前幾天答應你的事今晚兌現。」大廉見他兩手空空，什麼都沒帶，便問禮物在哪兒。胡翁說：「在我肚子裡面。」孫以為胡翁開玩笑：「披肝瀝膽只是文人們說著玩兒的，難不成你真要把肚子裡的東西送給我做禮物？」胡翁笑而不答，解開衣服露出肚皮，說：「你試著喊一聲，我肚子裡就有人答應。」孫大廉益發認為他在開玩笑，就是不喊。胡翁沒轍，只好自己摸著肚子喊：「銀針兒快出來吧，不然孫相公以為我騙他哩！」

孫大廉見他如此裝模作樣，更加覺得好笑。不料，胡翁肚子裡真的傳出一個女子嬌嫩的聲音：「你知道我不喜歡見生人，為什麼要逼我呢？」孫大吃一驚，胡翁又對著自己的肚子說：「我已將你許配孫君，所以不是外人，你不必害羞。」胡翁催促了好一陣，才聽得裡面之人很不耐煩地說：「行了行了，真是煩人，看來你也老糊塗了。開門，我出來就是！」胡翁往肚子上一拍，肚皮便裂開個不流血的小口子。忽然異香陣陣，聲如裂帛，一名彩袂飄飄的美人立於眼前，胡翁卻不知去向。

孫大廉哪見過這種場面，早已驚得目瞪口呆，但還有些正人君子的範兒，結結巴巴地說：「什麼妖魔鬼怪，不要亂來！我不為色動，你快快退去，不然，別怪我不留情面。」美人毫無懼色，說出一段原委。這對父女是狐狸精，胡翁受鬼神派遣，去長陵為高皇帝守墓，擔心女兒銀針孤單，便帶著她一同前往。誰知過江時被水神看見，水神要非禮銀針。胡翁不敢得罪水神，又不願犧牲女兒，於是把銀針藏在肚子裡，搭上孫大廉的船，這才躲過一劫。一路上胡翁見孫大廉人品不錯，決定將銀針許他，使其有個依靠。

相對於變形和縮形，隱形是狐狸精使用頻率更高的變幻術。祟人也好，媚人也罷，來去無影無蹤是降低風險、提高成功率的有效手段。狐狸精的隱形術可以讓所有人看不見自己，也可以讓一部分人看見，另一部分人看不見。如果只是作祟幹壞事，就選擇全隱，誰都看不見自己，這樣最安全；如果是媚惑，就會選擇被媚者能見而其他人不能見，這樣最方便。

唐宋傳奇中已有不少狐狸精隱形的故事。《會昌解頤錄．張立本》記草場官張立本有個女兒，被狐狸精媚惑。但除了張氏女，其他人都看不見那個狐狸精。女兒在閨房中有說有笑，家人就知道狐狸精來了；她開始號啕大哭，估計就是狐狸精要離開了。但這段文字與其說是在講述故事，不如說是份精神病理觀察紀錄。能聽能見者唯有張氏女，家人只能根據她的情緒變化判斷狐狸精的存在。

《廣異記．李氏》則講了一個更有趣的故事。李氏是個十二歲的小姑娘，父母早逝，跟著舅舅過日子。狐狸精來勾引她，雖然也是隱形而至，卻可以與人說話，對答應酬甚為得體。對於這個來去無蹤的妖物，舅家根本沒有辦法對付。好在他出入數月，一直斯斯文文，也沒鬧出什麼暴力事件，因此家人也就把他當成常客。一天，那說話的聲音忽然變了，家人問：「你是另外一隻狐狸精吧？」果然對方笑著回答：「你們聽出來了？以前來的是十四兒，我是他弟。」原來這對狐狸精兄弟有些過節，弟弟曾想勾引一個韋姓女子，準備了一匹紅綢，卻被十四兒偷了送給李氏家人。弟弟因此懷恨在心，伺機報復，瞅準今天這個機會來冒名頂替勾搭李氏。不料其兄在這裡混得太久，聲音早被李家人熟悉，狐弟一開口便被識破了。

狐狸精的隱形術既可以隱住自己，還可以隱住別人。《益智錄．狐夫人》講述山西太原一個狐狸精變成楊太史之女勾引少年馮范，邀他進楊府幽會。馮范見府內人多，心生怯意。狐狸精說：「你只要跟在我身邊，就不會被人看見。」馮范於是跟著狐狸精進去，穿廊過榭，身邊人來人往，果然都看不見他。次日離開時，狐狸精遞給馮范一方紅巾，他戴著出去，誰都沒發現。此後半年，馮范就這樣天天出入楊府。後來，馮家上門提親，才知楊太史根本就沒有這麼個女兒。可見狐狸精在楊府的一切活動也都是隱形的，只馮范能見。此狐女不僅能使自己和他人選擇性隱形，還能將隱形術的法力施於一方紅巾，凡人戴上即能隱身，其招式集合了隱形術中所有高難度的技術，殊為了得！

五、狐衣

狐狸精從獸形到人形的轉換頃刻之間便能完成，眨眼工夫，蒼毛修尾的動物就成了衣著光鮮、容貌俊麗的靚男美女。《聊齋誌異》和《螢窗異草》的不少故事都展示過這個情節。如《聊齋誌異．酒友》寫車生夜飲醉臥，醒來時發現身邊趴著一隻狐狸，也在酒醉酣睡。他不忍驚醒牠，就拿件衣服輕輕給牠蓋上。半夜聽到狐狸打哈欠，車生揭開衣服，所見「儒冠之俊人也」。《螢窗異草．阿玉》的男主角薛端救了隻受傷的小狐狸回家，餵了些藥放在床上。將近夜半，他有些發困，「乃甫一交睫，狐忽化為麗人，素面嫣然，衣裳楚楚」。

人靠衣裝馬靠鞍，對靚男美女來說，衣冠楚楚、裙袂飄飄這都是必備的。如果狐狸精變成美女時沒穿衣服，情形就非常尷尬，但這事兒還真發生過。

《閱微草堂筆記．槐西雜志二》寫一幫混混聽說野外荒塚有狐能化形魅人，便夜間帶了工具去捕得兩隻雌狐，為防其變幻逃脫，以錐刺其髀後綁在一起。他們晃著刀子威脅：「快變成美女陪我們喝酒，否則馬上殺掉！」兩隻狐狸亂蹦亂跳，貌似聽不懂人話。混混大怒，手起刀落劈死一隻。剩下那隻忽然開口了：「我沒衣服，變成了人，赤身裸體像什麼樣子呢？」混混一聽更加興奮，把刀抵在狐狸脖子上大喊：「變！變！變！」小雌狐怕真被砍了，急忙變成少女，果真一絲不掛。混混們大喜過望，上去動手動腳。

狐狸精嬌滴滴地說：「我陪你們玩兒，這繩子綁著怎麼盡興呀？」這幫混混於是解開繩子。誰知繩子一解，狐狸精倏然而逝。由此看來，狐狸精在沒有準備的情況下倉促變人，確實無衣可穿。

狐狸精的衣裳從何來有兩種解釋：

一種認為他們用紙或者枯枝敗葉等亂七八糟的東西變成衣服，如《廣異記．馮玠》中的小夥子馮玠迷戀狐狸精，其父不容，找來術士降妖。狐狸精自知鬥不過，準備逃走，臨別送了一件衣裳作紀念。馮玠怕家人知曉，將這寶貝藏在一包書中。後來馮玠及第而歸，想著曾經和自己恩愛的狐女，便在書卷中找那件華美衣裳，結果發現不過是一張舊紙而已。狐狸精在荒郊野外，用木葉花草變衣裳的情況更多些。前文講述僧人晏通遇見的狐狸精，也就是撿骷髏戴在頭上，採摘樹葉花草披在身上，「隨其顧盼，即成衣服；須臾化作婦人，綽約而去」。

用什麼東西變衣裳，似乎與狐狸精的品位有關。《扶風傳信錄》描述狐狸精胡淑貞，一副仙女做派，被人歎為神仙。但她比較低調，對仰慕者說：「神仙不敢當，我也巴望做神仙呢！再修五百年吧。」誰知對方又問了一個敏感問題：「我聽說神仙不食人間煙火，不穿綾羅綢緞，你卻衣飾華美，該不會是來路不正吧。」胡淑貞解釋：「這些衣服都是百花所變，紅衣是石榴花變的，白衣是玉蘭花變的。我們狐狸精就會念咒幹這個。」而《夷堅志．雙港富民子》裡的狐女卻行似流娼，原形畢露後，衣裳如蛻，皆汙泥敗葉。

狐狸精把枯枝敗葉變成美麗衣裳很好玩兒，也頗能掩人耳目，但穿著這些東西行走人間也有風險。他們雖能施術變物，但那都是暫時性變化，而不是從根本上改變事物的性質，因此，這些衣裳必須時時刻刻處於自己的控制之下，一不留神衣衫失控還原，狐男狐女就會在大街上裸奔。所以，多數情況下，狐狸精更願意從人間攝取衣物為己所用。《螢窗異草・於成璧》裡有個狐狸精就說：「凡狐之供具，皆以術攝取於人間，故豐儉因乎其地。」

另一種即所謂「以術攝取」，就是使用魔術般的手段從別處取得。這招數緣自道家，在《抱朴子內篇》以及《神仙傳》等著作中通常被稱作「行廚」。名為「行廚」，主要指從別處獲取食物；食物可攝，其他東西自然不在話下。《抱朴子內篇・金丹》中對「行廚」有這樣的記錄：「欲致行廚，取黑丹和水以塗左手，其所求如口所道皆自至，可至天下萬物也。」幾句簡單的描述，基本上交代了行廚法的三個特點：一是施術前有技術準備（黑丹是道教中金丹的一種，不是一般的東西）；二是獲取速度快，幾乎是秒取；三是能量非凡，任何東西都可到手。據葛洪記載，當時還有專門的《行廚經》。

由於攝取的速度極快，此術經常被稱為「坐致行廚」。據說，三國時期的著名道士左慈就擅長此術，《三國演義》第六十八回就有一場他的精采表演。

是日，諸官至曹操府邸大宴，左慈足穿木屐立於筵前，問在座百官想要什麼，曹操故意為難他，說要龍肝開湯。左慈在牆上畫了一條龍，袖袍一拂，龍腹自開，果真取出一副血淋淋的肝兒。時值隆冬，又有人要牡丹花，左慈叫人取個空盆放在堂前，噴一口水，盆中發出牡丹一枝，還開了兩朵花。接著有人說想吃松江鱸魚，左大師要人取出釣竿，立馬在堂前池子裡釣出十幾尾松江鱸魚。

此類「坐致行廚」如果發生在現實中，無非魔術表演而已。但神祕主義者會將其解釋為「意念搬運」，相信其有可能是各類巫覡文化中普遍存在的心理狀態。《不列顛百科全書》稱之為「攝調」，具體闡釋為：神祕學名詞，指用法術使物件突然神祕地來到。通常攝調一物件需要透過另一物件轉移。攝調物件多半在降神會上表演，受攝調之物既可能是生物也可能是非生物。攝調活人有時稱為轉送。據招魂論解釋，攝調是先抽去物件的形質然後重新賦予形體。攝調之事多有所聞，但不少證明為偽造。

狐狸精是有術之妖，一般情況下的攝取當然是「意念搬運」，施個法、念個咒什麼的，東西就到了，不須自己勞神費力。但他們的攝取有時也完全像普通人一樣，是從別人那裡偷盜，如《廣異記．賀蘭進明》中的狐狸精就是翻牆走壁從鄰家偷鏡。

幻化而成的狐衣最後都會還原現形，而從人間攝取的衣服是真物，即便狐狸精自己出了問題，衣服也不會發生變化。《廣異記．李元恭》中的老狐被打死後，身上仍然穿著一件綠衫，這顯然就是取自人間的衣服。

狐衣的作用無非是讓狐狸精像個人樣混跡於人間，因此，除了滿足基本的生活需要，也得符合身分；村姑則布衫素裙，貴婦則綾羅錦繡，麗人則鮮衣紅裳，少女則綠綺翠紗。一般情況下這些衣服也不過是衣服而已，沒有什麼特別之處。但狐狸精也有些特殊的衣服，具備某種神奇的功能。

《聊齋誌異．金陵乙》載，金陵某酒販逮住一隻醉酒狐狸，正準備剝皮，狐狸醒了，哀求說只要饒命，任何要求都答應。酒販眼睛骨碌一轉，大不正經地說要去別人家偷窺美女。狐狸精給了酒販一件短衣，說穿上此衣就可以來去自由。酒販不太相信，穿著短衣回家試驗，家人果然看不見他。他大喜過望，要狐狸精帶著去找美女。不料美女家的牆上畫著一道降狐龍符，狐狸精驚慌失措，撂下酒販跑了。牆上的龍突然騰空而起，撲向酒販，嚇得他抱頭鼠竄。原來這家人被狐狸精騷擾多時，最近請了一位高僧降妖，在牆上畫了符，準備第二天再來作法。次日高僧作法，狐狸精沒敢來，酒販卻把隱形短衣穿在裡面，帶著老婆擠在人群裡看熱鬧。高僧剛念幾句咒，酒販就身不由己往外跑，出門即變成了一隻狐狸，身上還穿著那件短衣。

狐衣不僅能隱形，還能當減肥塑身的美容服。《螢窗異草．柳青卿》就記載了狐衣的此項功能。進士戴敬宸學問很好，相貌卻長得比較「著急」，腰大如桶，濃髭滿面，人稱「毛胖」。狐狸精柳青卿審美情趣獨特，喜歡胖哥。但自己喜歡是一回事，帶出去參加閨蜜聚會則是另一回事。柳青卿給胖哥速效整容，拿出一件素絹織成的緊身服要他穿上。戴敬宸光著身子往裡套，肚子太大套不進。柳青卿摸著他肚子說：「杜甫杜甫，無骨有肉。消瘦些兒，送汝歸蜀。」戴被撓癢癢，不禁大笑，嘩啦一下套進去了，毛胖頓時變成了玉樹臨風的美丈夫。柳青卿美滋滋地帶著假帥哥赴約，讓參加聚會的四、五位豔女羨慕不已。

戴敬宸喝高了有些胡言亂語，柳青卿的閨蜜就給他下套：「聽柳青卿說你相貌長得不怎麼的，今日見了，才知道是一帥哥耶！」柳青卿急忙使眼色，但毛胖沒有察覺，說：「要美就美，要醜就醜，有什麼好奇怪的？」女友們聽出了破綻，使勁灌他酒，乘機剝他的偽裝，才剝到頸部，他的廬山真面目就暴露無遺。閨蜜們尖聲大笑，柳青卿覺得很沒有面子，不耐煩地扶他回家。戴敬宸一覺醒來，美容服不見了，柳青卿也不見了。

陝西邠縣人羅子浮也有一段頗為神奇的經歷。這哥們生性墮落，在窯子裡長期包嫖，結果家財散盡，流落街頭，夜宿山寺卻撞了桃花運。一個叫翩翩的美女將他帶進洞府，為其沐浴梳洗，還用芭蕉葉縫成衣裳讓他穿上。羅心裡犯嘀咕：「這樹葉做的衣服能穿嗎？」不料剛拿到手上，樹葉就變成了光滑的綢緞。一日，翩翩的女友花城娘子來訪，三人歡飲。花城娘子風騷迷人，羅子浮心猿意馬，假裝拾地上的果子，趁機捻她的腳。這一捻不打緊，他忽然覺得袍褲無溫，一身綢緞變成了芭蕉葉。羅大驚，立刻正襟危坐，芭蕉葉才慢慢變回衣服。喝著喝著，羅子浮有了些醉意，又偷偷搔弄花城娘子的纖手。說時遲那時快，他身上的衣服又成了樹葉。羅子浮這才知道，芭蕉衣乃是翩翩姑娘下的套兒，像唐僧給孫猴子的金箍，於是再不敢有非分之想了。故事出自《聊齋誌異・翩翩》。

六、狐宅

在古人的認識中，狐狸精喜歡以墓塚為家。《搜神記》的美狐阿紫肯定是生活在墓穴裡，因為被她魅惑的王靈孝最後是被人在空塚中找到的；到張茂先家談論學問的狐書生，其真實身分乃是燕昭王墓前的一隻斑狐；吳中教授胡博士忽然失蹤，後來也被發現在墓穴中給一群小狐狸上課。《西京雜記》則載廣川王帶人挖掘欒書墓時發現了一隻白狐，見人驚走。

對於狐狸精而言，墓穴的作用幾乎等同於山洞石窟，無非棲身之所。然而，墓塚作為生與死、靈與肉轉換關係中的特殊存在物，首先在鬼魂故事中發生一些弔詭的變化，下面是《搜神記・駙馬都尉》的主要情節：

郊外日暮，獨行的書生腹中飢餓，這時發現樹林裡有座院落，於是叩門求食。年輕的女主人設宴款待，飯後實言相告，自己是秦閔王之女，出嫁曹國，不幸夭亡，已死二十三年，今天遇到個男人，願委身為妻。書生這才明白自己遇見了傳說中的鬼，但他泰然處之，和她做了三天夫妻。秦女說：「你是生人，我是鬼。不可久居，再住下去就會有禍。」便送了一個金枕作信物，要他離去。書生出門數步，樓宇忽然消失，唯有一座墳塚。他這才有些後怕，慌忙離開。

另一則故事《崔少府墓》也有相同內容。范陽人盧充冬日狩獵，射中一獐；獵物負傷而逃，盧充追至一處，見「高門瓦屋，四周有如府舍」，這便是崔少府宅第。盧充入見少府，兩人飲酒甚歡。少府拿出一封書信，說是盧父所寫，求少府將女兒嫁給盧充。盧父已死多年，但信的確是父親手跡，盧充於是信以為真，當晚與少府女兒成親。也是三天之後，少府催他回去，且說女兒已經懷孕，如果生男，當送至盧家；如果生女，則自己撫養。盧充回家後敘述這幾天的經歷，家人分析，盧充去的地方正是崔少府墓地。盧充這才恍然大悟——自己竟然經歷了一場鬼婚。

兩個故事都是講述人鬼婚，而墓穴作為活動場所被變成了高門府舍，這個要素的出現開啟了一種故事模式，很快被複製到狐狸精題材中，荒郊幻宅中的豔遇遂成為狐媚故事中的常見套路。

到了唐代，一部分狐狸精直接在墓塚中過起了人間的日子。《太平廣記．張簡棲》中的狐狸精在墓穴裡讀書，旁邊有一群老鼠端茶送水。《廣異記．劉甲》中，老狐的古塚生活排場甚為講究，從人間劫掠了十幾個美女組成劇團，天天吹拉彈唱、表演歌舞。而墓鬼的變幻術也為狐狸精所掌握，書生遇奏女式的故事越來越多，下面這個故事見於《三水小牘．張直方》。

唐咸通年間冬天，儒生王知古隨盧龍節度使張直方出獵。有狐狸突起馬前，他策馬追趕，沒追上狐狸，自己卻迷路離隊。此時暮色四合，山川黯然，蒼松古柏中出現一座大院，「朱門中開，皓壁橫亙，真北闕之甲第也」。知古不敢貿然打攪，準備在門洞下休息。守門人知道了，向主人稟報情況後，帶著一名老媽子出來接他。原來，這是南海副史崔中丞的府第，主人和兒子都外出未歸，只有夫人在家。聽說王知古迷路，夫人同意留他一宿，自己不便出面，便派女傭出來招呼。女傭和儒生一問三答，話題就扯到了婚姻上。王知古未娶，夫人有女待嫁。熱心的女傭往返幾趟通報雙方意見，這姻緣竟然就談成了。

窮酸的王知古轉眼就能成官府家女婿，自然喜出望外。女傭已視其為未來姑爺，更加熱情，伺候他更衣休息。王知古脫下短麻衣，露出裡面的皁袍。女傭覺得他穿著古怪，就問衣從何來。王說早晨隨張直方出來打獵，衣著單薄難御風寒，張便拿了這件麻衣給他。女傭聽罷面如死灰，一邊跌跌撞撞跑出門去，一邊高叫：「不得了夫人，這人和張直方是一夥的！」緊接著夫人大喊：「快快趕了出去，簡直是引狼入室！」僕人丫鬟們操著傢伙一擁而上，對王知古又打又罵。王不知到底發生了什麼，一邊躲閃，一邊賠罪，手忙腳亂跑出門，騎上馬落荒而逃。

次日王知古找到了張直方一行，講述了夜間奇遇。張直方說：「沒料到這些妖魔鬼怪也知道人間有張直方啊！」於是又喊來幾個獵人，讓王知古帶路，循著雪地裡的馬蹄印到了松柏林中。只見十幾座荒墳，洞窟星羅，獸跡縱橫，哪有什麼深宅大院？他們又挖又熏，一番砍殺，殲滅了百十隻狐狸。

此外，《宣室志．計真》、《奇事記．昝規》裡也有類似的故事情節，說明狐式幻宅在這個時期已進入量產階段。傳奇名篇《任氏傳》中表現的場景變幻是這樣的：夜晚是土牆車門裡室宇堂皇，酣飲盡歡；白天則是蓁荒廢圃，空寂無人。變化要素略有不同，墓塚成了荒園，鬼的氣息漸少，人的氛圍漸濃了。

古塚與豪宅的切換，還能為故事情節的發展營造一種神祕詭異的氣氛。《聊齋誌異．嬌娜》和《辛十四娘》的情節設計雖不出《張直方》窠臼，描摹技法卻更加出彩。

果見陰雲晝暝，昏黑如瑿。回視舊居，無復閈閎，惟見高塚巋然，巨穴無底。方錯愕間，霹靂一聲，擺簸山嶽，急雨狂風，老樹為拔。（《嬌娜》）

聽遠雞已唱，遣人持驢送生出。數步外，欻一回首，則村舍已失，但見松楸濃黑，蓬顆蔽塚而已。定想移時，乃悟其處為薛尚書墓。（《辛十四娘》）

狐狸精的變化術有兩個向度，一是自身的變形易貌，可謂「內變」；一是讓甲物變成乙物，如把枯枝敗葉變成美麗衣裳，可謂「外變」。但把墓塚變成村落或深宅大院，實在是過於巨大的工程，以至有些講故事的人面對這個問題時不禁會產生疑慮：到底是狐狸精讓事物發生了變化，還是讓經歷其境的人產生了幻覺？紀曉嵐在《閱微草堂筆記．灤陽消夏錄五》就表達過這份糾結：「狐居墟墓，而幻化室廬；人視之如真，但不知狐自視如何耳。狐具毛革，而幻化粉黛；人視之如真，不知狐自觀又如何。不知此狐所幻化，彼狐視之更當如何。此真無從而推究也。」

蒲松齡則在《聊齋誌異．犬燈》裡直接描繪了一幅如夢似幻的畫面：秋日鄉間，高粱正茂。遊子他鄉歸來，遠遠望見舊日的女友坐在路邊。臨近，女子舉袖掩面。遊子下馬，傷心地問：「何故如此？」女子答道：「我以為你已經忘了舊好！既然還記得，我很高興。今設小宴，請共一飲。」於是，拉著遊子的手走進青紗帳。裡面竟然有個大院落，廳堂中已擺好酒餚。男女對飲，暢敘舊情。丫鬟們來來往往，不斷添酒加菜。天色將暮，兩人依依惜別。遊子走出高粱地，回頭一望，只剩田壟一片，高粱青黃。

七、奇幻空間

除了變化、幻化，狐狸精還有一手更神奇的空間戲法，《聊齋誌異．河間生》的故事中有如此情節：河間某生屋前大堆麥稈，經常被取來燒火做飯，不久麥稈堆便被掏出一個洞，入住了一隻老狐。主人與狐翁經常見面，相處融洽。一日，狐翁邀請河間生到家裡飲酒，河間生大惑不解——難不成要我從這個灶口大小的洞門鑽進去？結果真是這樣，狐翁將他拽了進去。誰知裡面別有洞天，庭院修整，廊舍華美，飯桌上茶香酒濃。河間生喝到日色蒼黃方才告辭，從草洞中醉醺醺地鑽出來，回頭一看，眼前除了秸稈堆什麼也沒有。

乍看上去，河間生的故事跟歸鄉遊子的故事差不多，都是講空間的變化，但實則是有根本區別的。後者的變幻發生在無限開闊的空間環境中，比如一望無垠的麥地，或廣闊無邊的稻田；而在《河間生》裡，這種變幻卻是在極其有限的空間裡實現的：一個被人掏空了的麥稈堆裡，一個僅供狐狸藏身的小洞內，竟呈現出了氣勢恢宏的深宅庭院。

這種反常的「空—物」關係並非蒲松齡首創，它的傳承有清楚的來龍去脈，《河間生》的情節明顯借鑑葛洪的《神仙傳．壺公》。葛洪寫汝南壺公行醫賣藥，白天在街市擺攤，夜晚跳進一隻葫蘆大小的空壺裡安歇。這個祕密被市吏費長房發現，費由此推知壺公不是常人，便對他格外關照。時間長了，壺公終於被感動，說：「你傍晚過來，不要讓別人看見。」晚上，費長房如約而至，壺公帶著他一塊兒跳進壺裡去。剎那間壺已不見，眼前是五彩樓觀，重門迴廊，壺公身邊還有十幾個恭恭敬敬的侍者。

對於這種小空間大容積的反常關係，我們可以做合乎邏輯的理解，譬如說是狐翁、壺公實施了幻術或縮形術。但作者的原意是要告訴大家，這既不是幻術，也不是縮形，而是活生生小空間裝得下大物體。《夜譚隨錄》的作者特別能領會這種觀念的內涵，他透過《香雲》、《阿稚》兩則故事，把這種不合邏輯的空間關係交代得十分清楚。

《香雲》講述零陵少年喬哥進山伐竹迷路，被狐婆搭救帶回家，認識了她的女兒香雲。狐女之家是一個靠山面水的小山洞，闢為三間，中間是客堂，西間臥室，東間廚房。喬哥少年俊朗，性情溫和，頗得母女倆喜歡，沒幾天就被招為女婿。成親之日張筵設宴，大會親戚，小山洞擺了十幾桌。喬哥驚異地發現，

「列筵十數，屋不加寬，益不覺隘」。

《阿稚》也是敘述少年郎娶了狐狸精，岳家送親上門，跟來了幾十位親朋，還帶了數不清的嫁妝。這可愁壞了公婆——住處就一間小草堂，如何設宴待客，又如何擺得下堆積如山的嫁妝？誰知新娘子隨便吩咐，立即就出現十幾桌豐盛飯菜。吃喝完畢，嫁妝悉入洞房，「房不加廣，而位置羅列，饒有隙地」。

這兩則故事對問題的表述更加清晰，都特別強調了空間沒有變大，而人與物也沒有變小。上溯數百年，則有南朝《續齊諧記．陽羨書生》表現過這種反常的空間觀：

東晉陽羨人許彥背著鵝籠趕路，遇見書生躺在路邊，說腳痛不能行走，求許彥帶上一程。許彥問：「你這麼一大小夥子，我如何帶得動？」書生說：「很簡單，我蹲鵝籠裡就行。」許彥以為他開玩笑，小小鵝籠哪容得下這麼個大活人？誰知書生蹲進去，「籠亦不更廣，書生亦不更小，宛然與雙鵝並坐，鵝亦不驚；彥負籠而去，都不覺重」。

籠亦不更廣，書生亦不更小，鵝籠亦不加重，三維空間的物理原則在這裡徹底失效了。

魯迅先生在《中國小說史略》中說「此類思想，蓋非中國所固有」，而是出於佛典。且引《觀佛三昧海經》為證：「毛內有百億光，其光微妙，不可具宣。於其光中，現化菩薩，皆修苦行，如此不異。菩薩不小，毛亦不大。」

我們講「變化」時，指的是事物的狀態，對象是客觀世界；講「幻化」時，指的是精神的過程，對象是主觀世界。而四大海水入一毛孔，彼大海本相如故，則是刻意消弭主客觀的區別。變就是幻，幻就是變；大就是小，小就是大。對於這種思維方式，有學者認為是古印度人邏輯思維的同一律不嚴格的表現，如王青《中國神話研究》就提到：從所有廣延性物體具有不可入性和質礙性可以推知，這些物體在位置上是互相排斥的。同時，我們不能設想，一個具有較大廣延的物體存在於一個較小的物體之內。然而印度人能夠毫無困難地接受這樣的矛盾觀念。

這種空間觀到狐狸精手裡簡直就成了戲法，既能玩洞中乾坤這樣的大場面，也會耍弄一些小把戲，紀曉嵐的朋友宋蒙泉講過一個故事：家僕之妻為狐狸精所媚，經常半夜三更在走廊裡赤身裸體耍流氓。家僕羞怒異常，弄了一支鳥銃藏在家中。入夜，狐狸精又來了。僕人準備動手，忽然發現鳥銃已不知去向，第二天才在錢櫃中找到。不可思議的是，錢櫃只有一尺見方，而鳥銃近五尺長，不知如何放進去的。此事載於《閱微草堂筆記．灤陽消夏錄五》。

不僅小容大、長入短變得毫無困難，甚至有無之間的區別也不復存在。《清稗類鈔．迷信類》記某人睡覺時經常被狐狸精騷擾，很是煩躁。一夕藏短棍於衣內，夜半果然覺得有動物沿腳而上，他舉棍欲擊，一隻狐狸落地便逃。此人追出大門，狐狸已不知去向。他轉身回屋，才發現門是關著的，只得在外面喊家人開門。此人百思不解：大門緊閉，他和狐狸精剛才為何毫無阻隔就衝出來了？

狐狸精如果組合使用這些變幻術，他們幾乎就成了古代的超能英雄。古人舟車不便，千里之旅，費時逾月，辛苦勞頓自不用說，路上有個三長兩短，便會命喪黃泉，成為孤魂野鬼。因此，他們的很多想像，都表現了征服空間、距離的願望。最常見的方式就是羽化升天，身體如鳥兒一般在空中飛行，想去哪就去哪。像孫悟空的筋斗雲，一騰空就是十萬八千里。另一個法子就是把尋常物件變成飛行器，騎著它在天空飛來飛去。狐狸精便精通此法，《集異記．徐安》寫狐狸精帶徐安之妻到山中行樂，就是讓她騎上一個竹籠飛行而至；《聊齋誌異．張鴻漸》中的狐狸精送人回家，是兩人共騎竹掃帚飛行。騎掃帚飛行之術，似乎是西方巫婆的標誌性技術，蒲松齡寫狐狸精也行此術，不知是巧合，還是誰影響了誰。

然而，最高效的手段還是空間戲法。《居易錄．許生》的小狐狸精接許生往山中赴約，要他閉上眼睛，頃刻已到山中。不需要騰空升天，也不需要借助飛行器，只是讓距離瞬間消失。

空間戲法既然可以讓距離成為無間，也可以讓很短的距離變得無限遙遠。《聊齋誌異．鳳仙》寫狐狸精搬家，趕著小驢車出村。兩個盜賊遊蕩獵豔，看見美女心生邪念，尾隨至荒郊野外，策馬追車。車慢馬快，近在咫尺可就是追不上。好不容易到一處崖邊，道路變窄，似乎要突然追上了。盜賊揮刀吆喝，驅散僕從，揭開帘子一看，哪有什麼美人，裡面只坐著一個老太太。盜賊正疑惑，猜想這是不是美人她媽，右臂就挨了一刀，接著被打翻在地。盜賊擦了擦眼睛，山崖不是山崖了，變成了縣城的城門。車中的老太太乃是李進士之母，正從鄉下返城。明明是郊野追美女，突然成了鬧市劫官母！盜賊丈二金剛摸不著頭腦，被門丁押進了監獄。兩個莽夫本想劫財色，不期遭遇狐狸精這套組合變幻術，身陷囹圄還不明就裡。

再玩得炫一點，空間戲法就可以創造出所謂「時空隧道」的奇蹟了：

《螢窗異草》中徐之璧是福建商人，在湘湖一代販藥，遇張獻忠之亂，流竄荊南山中，沒想到被一個叫懵懂公的老翁招為女婿，過上了衣食無憂的生活。忽一日，老頭子要他帶女兒回老家。徐之璧覺得此間甚樂，不願回去；且家鄉在千里之外，兵荒馬亂的，如何能回？懵懂公拿出一個巨大的酒杯放在地上，要女兒先進去。女兒與父母依依惜別，隨即掩淚躍入杯中，倏忽不見。徐之璧大驚，又被岳父催促，不得已也爬進酒杯。恍惚中像掉進了深淵，他正要大聲驚呼，卻發現已站在了大路上，美麗的妻子迎面而立。他左右瞧瞧，竟是千里之外的故鄉漳州。徐之璧準備帶妻子回家，妻子卻說：「這裡戰亂未已，還不宜回去。」於是帶著他東行數十里，到一處風光優美的山野。打量片刻，她拔下鬢間小釵對空一劃，美麗家園頓時出現在眼前。只不過文章自始至終沒點明懵懂公一家的身分，我們就權當他們是一夥狐狸精吧。

第三章

媚與魅

一、塗山氏之謎

在狐狸精諸多屬性中，「媚」無疑是最核心的屬性。但「媚」的基礎是人與狐狸精的性關係，因此，首先得捋捋這種關係的來龍去脈。

蒲松齡的名篇《青鳳》有一個意味深長的情節：狂生耿去病夜入廢園，發現裡面住著一戶人家。主人姓胡，和去病高談闊論，相與甚歡。胡翁問：「你家先祖編撰過一本《塗山外傳》，知道嗎？我乃塗山氏之苗裔。」他以這種方式巧妙地亮明了自己的身分：他們是狐狸精。

狐狸精為何自稱是塗山氏的後代呢？說來話長。

傳說大禹忙於治水，沒時間考慮個人問題，三十歲了也沒結婚。他老娘挺急，經常催促他娶個媳婦兒回家。一天，大禹行至塗山，看見一隻九尾白狐，覺得這是天現吉兆要他結婚，於是便娶了塗山氏為妻。這個故事載於《吳越春秋》：

> 禹三十未娶，行到塗山，恐時之暮，失其度制。乃辭云：「吾娶也，必有應矣。」乃有白狐九尾造於禹。禹曰：「白者，吾之服也；其九尾者，王之證也。塗山之歌曰：『綏綏白狐，九尾痝痝。我家嘉夷，來賓為王。成家成室，我造彼昌。天人之際，於茲則行。』明矣哉！」禹因娶塗山，謂之女嬌。

關於「因娶塗山」到底是什麼意思，有兩種不同的解釋。

其一，認為大禹在塗山遇見九尾白狐而受啟示，於是娶塗山氏為妻。這裡的「塗山」既是地名，也是部落名，而塗山氏就是塗山的一位女子，名叫女嬌。那麼，大禹三過家門而不入，在家守望的人當然就是塗山氏女嬌啦——這是現實主義的解釋。

其二，認為塗山氏是九尾白狐變成的狐狸精，大禹「娶塗山」其實就是和狐狸精結了婚，這也就是胡翁的解釋。狐狸精自己這麼說，當然有攀高枝的嫌疑，但這個觀點在狐界有一定代表性，並不是此間胡翁的突發奇想。如《螢窗異草・豔梅》的狐婆：「予本塗山氏之裔。」百一居士《壺天錄》卷下的狐女：「妾塗山氏之苗裔也。」王韜《淞濱瑣話》卷四的狐女：「妾故塗山氏之苗裔也。」管世灝《影談・洛神》的狐女：「我塗山曾祖姑，嫁得神禹。」俞蛟《夢廠雜著》的狐郎：「余系出塗山。」

如果第二種說法成立，狐狸精的身世可就高貴無比——他們居然是大禹的嫡系子孫！但若順著狐狸精的思路分析，可就有點麻煩了。前文已經分析說明了中國狐狸成精的時間當在漢末魏晉之世，紀曉嵐談狐史，也說「三代以上無可考」。因此，狐狸精們主張大禹跟狐狸精成親，要麼是偽造歷史，要麼只能說大禹娶了一隻還沒成精的狐狸！但這下問題可就大了，難不成我們尊敬的始祖、治水英雄大禹還和動物結過婚？

其實這很正常，在人類原始文明中，普遍存在過人獸婚姻或人獸性關係的傳說。法國人類學家李維・史特勞斯（ClaudeLévi-Strauss）在《野性的思維》一書中轉述過一段北美印第安人的話：我們知道動物做些什麼，海狸、熊、鮭和其他動物需要什麼，因為很久以前人已經和牠們結了婚，並從動物妻子那裡獲得了這種知識。……白人到這個國家時間很短，對動物了解很少。我們在這兒住了幾千年，而且很久以前就受到動物的親自開導。白人把什麼事情都記在本子上，這樣就不會忘記；但我們的祖先和動物結了婚，學習了祂們的習俗，並一代一代把知識傳了下來。

這種關係在希臘神話中也有提及。克里特國王米諾斯之妻帕西菲愛上了一頭公牛，千方百計與牠做愛，生下了牛頭人身的怪物米諾陶洛斯。河神阿刻羅俄斯向美女得伊阿尼拉求愛，一會兒變成公牛，一會兒變成金龍，一會兒又變成米諾陶洛斯般的牛頭怪物。

在中國古代神話和民間傳說中，這種鬧心的事兒也不少，最著名的當屬「盤瓠傳說」。故事講述高辛氏時代，王宮一個婦人患耳疾，醫生從耳朵裡挑出個小蟲子。後來，這蟲子變成了一隻犬，身上五彩斑斕，起名叫「盤瓠」。其時，強盛的戎吳部落多次侵犯邊境，大王發兵征討，不能取勝，於是詔示天下：誰能取戎吳將軍首級，賞金千斤，封萬戶侯，並將自己小女兒許配給他。不久，盤瓠銜著戎吳將軍的人頭跑進了王宮。大王犯愁了，盤瓠是隻犬啊！群臣都說盤瓠是畜生，雖然殺敵有功，但大王總不至於真的把女兒嫁給牠吧！小女卻說：「您承諾把我許配給取得敵將首級的人，現在盤瓠銜來首級，為民除了害。一隻犬能辦成此事，是天意。為王者應該取信於民，不可以因為我一個小女子而負約於天下。否則，國將有禍。」大王便把她嫁給了盤瓠。盤瓠帶著公主進山，三年之後有了兒女，兒女又自相婚配，子孫繁衍。他們的語言行為和常人不同，喜歡山野，不愛都市，其後代被稱為「蠻夷」。

這個故事不僅《搜神記》有錄，還見於郭璞的《山海經》注文和范曄的《後漢書．南蠻西南夷傳》，情節大同小異。據鐘敬文先生考查，盤瓠傳說是中國南方少數民族祖先起源的神話，是氏族時期產生的關於自己圖騰祖先的一種解釋。

《魏書．高車傳》也有公主嫁野狼的記載：匈奴單于生二女，姿容甚美，國人皆以為神，單于認為女兒既然如此美麗，豈可許配凡人，應該配天。於是築高台，置二女於其上，「請天自迎之」。結果天沒娶走二女，卻招來一匹老狼晝夜守台嗥呼。小女說：「老爸讓我在這裡等天娶我，今卻狼來，豈非天意！」於是做了狼妻，子女繁衍成國，都喜歡引聲長歌，聲似狼嗥。

即便到了漢代，說某人的母親和野獸有點兒曖昧關係，也不一定是件丟人的事。《史記》介紹劉邦身世時，就說他是女人與蛟龍交合的產物：「其先劉媼嘗息大澤之陂，夢與神遇。是時雷電晦冥，太公往視，則見蛟龍於其上。已而有身，遂產高祖。」這樣的傳說出現於官方正史，漢代皇族不以為恥，反而覺得這證明自家貴為真龍天子。然而，不管怎麼說，蛟龍不也是獸嗎？

這樣看來，如果禹娶塗山的傳說的確源於三代之初，那塗山氏就很可能是隻狐狸。至於這種觀念產生的緣由，列維·布留爾在《原始思維》中的一段表述可供參考：「不發達民族中間的一個十分普遍的信仰，即相信人和動物之間，或者更準確地說，一定集團的人們和某些特定的動物之間存在著密切的親族關係。這些信仰常常在神話中表現出來。」

既然人可以直接跟動物成親，那麼動物成了精，與人的性關係就更加普遍，各種筆記小說常有涉及。《瀟湘錄·王真妻》記載的是蛇精：華陰縣令王真妻趙氏一直隨他各地赴任。後來，有少年上門勾引趙氏。一日，王真上班時間突然回家，見少年與趙氏同席而坐，飲酌歡笑，氣得要命。趙氏一驚，撲地暈倒，少年則變成大蛇衝出門去。王真要丫鬟將趙氏扶起，沒想到趙氏也突然變大蛇出門而去，鑽進山裡不見了。

《搜神記·吳郡士人》記載的是豬精：晉朝王生家住吳郡。傍晚王生乘船外出，見河堤上有個美麗少女，便呼之留宿。次日清晨，王哥解下自己的金鈴繫在女孩臂上，還安排人送她回家。但女孩忽然失蹤。送的人急壞了，到處尋找，最後在豬欄中看見一頭小母豬，腳上繫著王生的金鈴。

《續搜神記．錢塘士人》記載的是鳥精：一個姓杜的錢塘人乘船出門，暮遇大雪，有素衣女子來。杜生說：「何不入船？」女子欣然相就，杜生便將此女留在船上。不久，女子忽然變成白鷺飛走了。杜生風流倜儻，沒想到居然和一隻水鳥恩愛了數日，實在鬱悶，沒多久便氣死了。

《搜神記．張福》記載的是鼉精：鄱陽人張福乘大船，野水邊見一美貌女子划小舟。張福調戲：「小女子叫啥名？一個人乘小舟不害怕嗎？快下雨了，到哥哥大船上避避雨如何？」女子遂上大船，把小舟繫在張福的船邊。三更許，雨停月出，哥們一看床上美人，居然是條揚子鼉！張福不像錢塘士人那麼脆弱，動手就要擒拿，鼉魚「撲通」一聲跳入水中逃了。再看繫在船邊的小舟，原來是截爛木頭。

如此多的動物妖精和人類發生過性關係，狐狸精何以能脫穎而出且成為「媚獸」，乃至成為「先古之淫婦」呢？這個問題很難考證，只能揣測，大約在古人的認知中，有些野獸天生就具備某種屬性，也許狐狸就有天生的媚態。《玉堂閒話》一則故事似乎就想證明這點。故事講述美麗村婦獨自往來林中，總會有隻狐狸搖尾相隨，款步於身邊，或前或後，趕也趕不走，婦人於是習以為常。但只要她老公相伴，狐狸就會逃得遠遠的。一天，她與小姑子入山採蔬，狐狸又來了，搖尾上前與婦人親昵。沒承想婦人動了殺心，用裙裾裹住牠，喊小姑子上來動手，將狐狸打暈，帶回家後，鄰里都跑來看熱鬧，只見狐狸眯著雙眼，一副羞答答的樣子。村人完全沒有保護動物的意識，竟將這隻可愛的狐狸就地打死。作者最後評論：「此雖有魅人之異，而未能變。任氏之說，豈虛也哉？」

即便是現代人，也有從狐狸本身找原因的。日本人吉野裕子在《神祕的狐狸》一書中認為：狐在多數動物中顯得特別美麗。狐狸具有曲線優美的身姿，尾巴豐實漂亮，雖然其長度占了胴體的四分之三以上，但是不會破壞全身的和諧。牠的眼睛大而清澈，鼻子細而筆挺，顯得非常聰穎；如果是人，就使我們想起秀麗的美女。這樣的面孔和身姿，明顯使人感覺到一種高雅。

二、從魅到媚

「媚」是狐狸精故事中最常見的主題，然而在早期故事中，「狐媚」這個概念出現得並不多，比較常見的是「狐魅」。從人狐之間兩性關係的發展趨勢看，是一個脫魅入媚的過程。

許慎《說文解字》：「媚，說（悅）也。」、「魅，老精物也。」前者是動詞，有喜愛、取悅等意思。後者是名詞，指物老而變成的精怪。在一些故事中，狐狸精就被稱為「魅」、「狐魅」。「魅」字動詞化使用時，比如「魅惑」，則指妖怪利用邪魔之力作祟。從字形上分析，二者區別也很大，「魅」從「鬼」，「媚」從「女」，因此，「狐魅」有妖鬼之氣，「狐媚」卻是男女之事。

《搜神記》中師太級狐狸精阿紫，出場時形象可謂魅氣十足：後漢建安時期，西海都尉陳羨的親兵王靈孝突然詭異地失蹤了，陳羨認定其為妖魅所拐，便帶領步騎數十，牽上獵犬去城外尋找，果然發現王靈孝坐在一處空墳裡。人犬逼近時，他身邊有個人影倏然而逝。王被扶回家後，整天意識模糊，哭哭啼啼，口裡不斷叫著「阿紫」，模樣也變得很像狐狸。十幾天後他才稍稍清醒，自述那些天常見一個自稱阿紫的漂亮女人在屋角雞籠邊招呼他，不知不覺就跟去了，後來兩人過起了夫妻生活，感覺快樂無比，誰知會是這麼個結局。作者最後明確交代：「狐者，先古之淫婦也，其名曰『阿紫』，化而為狐。故其怪多自稱阿紫。」

這個故事符合狐狸精勾引男子的套路，但全無男女風情，且狐狸精阿紫並沒有直接出場，誰也沒見過，只存在於王靈孝的轉述中。王有遭遇狐狸精魅惑後的典型症狀，不僅樣子變得像狐狸，而且出現了嚴重的認知障礙，不能與人交流，身心受到雙重傷害。在狐狸精魅祟案中，受害一方往往如此。

類似的魅祟故事，《太平廣記》多有記載，下面再舉兩個典型案例。

《廣異記》寫唐天寶年間，王黯隨岳父往沔州赴任，到江夏時，為狐所魅，不肯渡江，哭著喊著要投水自殺。家人惶懼，把他綁在木樁上。船至江中，這哥們忽然哈哈大笑，到岸時喜氣洋洋地對空喊話：「哈哈哈！本以為你們這些美女不願陪我過江，原來都在這裡等我，那我還有什麼擔心的！」岳父見這小子犯花痴，氣得發暈，到任後立即延請術士修理他。射狐高人將王黯安置在室內，自己躺在外面持弓矢守候。三更時一聲弓響，他進屋對大家說：「剛才狐狸精已中箭，明兒到外面收屍吧。」次日，果見窗戶上有血跡，外面的草堆下一雌狐中箭而亡。

《稽神錄》寫術士張謹夜宿山村，聽見女子啼呼，狀若發狂，便問主人何事，主人答：「小女近得狂疾，每日天黑便梳妝打扮，說是等胡郎來。請了很多人都沒治好，現在我也不知該怎麼辦！」張謹於是書符一道放在屋簷下。晚上，聽見屋簷上面又哭又罵，張謹也站在屋裡對罵。過了良久，狐狸精大嘆：「搞不贏你，我認栽！」於是安靜下來。張謹又畫了幾道符，女子的病就痊癒了。

這些唐代狐狸精魅疾和阿紫的故事一樣，有兩個十分顯著的特點：一是患者精神失常，有程度不一的妄想症；二是狐狸精不出場，旁人只能透過患者的言行舉止推斷其存在。如果用現在的醫學觀念分析，這些案例很可能是某種精神疾病的發作，古人對於病因不能做出合理的解釋，遂以為是被狐狸精附體。

認為疾病（特別是精神類疾病）與妖精鬼怪之間有因果關係，是世界各地普遍存在的古老巫覡觀念。上面幾個案例中，很可能是精神疾病裡的「鍾情妄想症（Delusions of love）」，俗稱「花痴」；患者堅信某人愛上了自己，嚴重者會出現幻聽。古人既然對此現象無法做出合理解釋，狐狸精作祟便成為順手拈來的病因。

即便到了蒲松齡的《聊齋誌異》，雖都是青鳳、嬌娜、嬰寧等可愛、善良的狐狸精，但狐魅之事仍會發生。《賈兒》寫湖北一商人婦獨居，夜裡與人交媾，感覺亦真亦幻。婦人自知是狐狸精上門，便要保母和兒子晚上睡在自己的房間。但保母、兒子睡熟後，婦人仍然喃喃夢語。接著她變得神情恍惚，甚至赤身裸體地睡在外面，人去扶她，她也不知羞。從此發狂，白天又唱又罵，晚上不肯與人同住，只與狐狸精鬼混。最後，兒子挺身而出，機智勇敢地打入狐狸精內部，下藥毒死了狐狸精，其母才恢復正常。

狐魅的腔調格局基本如此，但並不是所有的故事都如此無趣，袁枚的《子不語・吳二姑娘》就如一齣輕喜劇：

進士金棕亭曾經帶著孫子寓揚州讀書，祖孫隔房而寢。半夜裡孫子夢魘，他過去查看，見這小子坐在床上高舉雙手，喊：「請屈一指！」自己便彎曲一個指頭，又喊：「請屈五指！」又彎曲五個指頭。接著他又叉手又拱手，不停表演。棕亭呵斥，孩子突然大哭起來，說要回家見母親。回到家裡，孫子自己換上一套新衣，請祖父母上座，拜別道：「孩兒要做神仙去了！」全家人聽了這話心驚肉跳，不知他要幹啥。到了中午，孩子似乎清醒許多，悄悄告訴祖父：「我沒什麼病，是一個小狐狸精在搗亂！」言畢，又發起狂來，一會兒說：「吳二姑娘與我前世有緣！」一會兒又說：「妹子吳三姑娘也來了，姐妹二人要同時嫁我！」隨即滿口汙言穢語，聽得老頭子老太婆面紅耳赤。孩子癲狂月餘，有林道士來訪，說拜星斗可治癒此疾。金家於是設壇齋醮，誦經七日，孫子的神志才慢慢清醒。金家抓緊時間給他找了門親，入贅岳家，狐狸精才銷聲匿跡。

人狐之間的兩性關係如果一直是這種模式，便永遠不會具備基本的審美情趣。事實上，在傳奇集《廣異記》出現的唐前期，狐媚主題就已經昇華，減少了妖氣，增添了人情，成為男歡女愛的詠歎調；而魅祟害人的內容，也在狐媚的敘事模式下發展為採補的另一條線路。

狐媚的情形與狐魅明顯不同。

《廣異記．王璇》寫宋州刺史王璇，年輕時儀貌甚美，「為牝狐所媚」。家裡很多人都見過這個狐狸精，她風姿端麗，不管遇到誰都彬彬有禮，自稱新婦，待人接物很有分寸，每至端午或其他佳節，還送禮品給大家，並一一道謝：「請多關照！」眾人見一個狐狸精如此禮貌，甚覺有趣，都很喜歡她，對禮物也照收不誤。後來王璇官當大了，狐狸精就不來了。

《廣異記．賀蘭進明》也有狐狸精送禮物的情節，只是起初收到狐狸精送的東西大家以為不祥，多焚其物。狐狸精悲泣：「此是真物，奈何焚之？」於是人們接受了她的禮物，不再焚燬。這個狐狸精後來居然被人活活打死了。

這兩則故事雖沒有具體展示狐狸精的媚術，但明確了狐與人之間存在著完全正常的兩性關係。狐狸精不僅與男人相安無事，而且極力討好其家人僕隸，時常施點小恩小惠。狐狸精也不再隱形，而是正式登台亮相，長得儀貌嬌美，風姿端麗，斂容致敬，應答有禮，一副溫良嫻靜的氣派。儘管如此，人們對狐狸精的擔憂還是很難完全消除。王璇任高官後，狐狸精便離開了，作者以為「蓋其祿重，不能為怪」，意思是說狐狸精也怕大官，王璇的官當得大了，她就不敢來搗亂了；言下之意，這個狐狸精儘管模樣漂亮，做事得體，但終究還是要「為怪」的，不會那麼清白無辜。賀蘭進明家的人先是把狐狸精送的禮物視為不祥之物燒掉，狐狸精被別人打死後，他們也不見悲悼，更沒有人去為其討說法，只有一句無情無義的結語：

「自爾怪絕焉！」

所以，在人性化的媚局中，狐狸精需要改變行為方式，不能總是弄得男人女人鬼哭狼嚎；人類也需要調整態度，不能總是對狐狸精隨意打殺。如此這般，才會有情色交織的動人故事出現。唐人沈既濟的《任氏傳》一掃魅之妖氣，弘揚媚之人性，在「狐媚」敘事的發展史上有著開天闢地的意義。這篇長達三千多字的小說，開篇場面就很香豔：

長安窮帥哥鄭六與落拓公子韋崟去新昌里飲酒，韋騎白馬，鄭六騎驢。兩人分手後，鄭往南行，看見三個女人，其中一白衣女子長得非常漂亮。鄭六有賊心少賊膽，趕著驢忽前忽後地打量。誰知白衣美人也不是淑女，媚眼一個接著一個拋。鄭六受到鼓勵，大膽搭訕：「妹妹如此漂亮，為何徒步行走？」女子道：「你有乘騎不讓給我，我只好步行咯！」鄭六說：「冤枉啊，我是覺得這驢檔次太低，不配給妹妹代步。既然妹妹不嫌棄，只管拿去，我來當驢夫！」男女幾人哈哈大笑。

白衣美人便是任氏。當晚，鄭六受邀入住任宅，任氏姐妹舉酒款待，酣飲極歡，夜深而眠。鄭六真是樂不可支，覺得任氏之妍姿美質、歌笑儀態，均非人世所有。

天未放亮，任氏催促他離開，說兄長在南衙當班，白天回家，不宜見陌生男人。鄭六依依不捨，約好再見日期，匆匆離開任家。到了街口，見巷門未開，他便走進旁邊一家小店吃早點，順便問店主人：「東邊那大宅子裡住的誰家呀？」店主答：「東邊是荒地，沒住人。」鄭六剛從任氏的熱被窩裡出來，根本不信店主的話，還和他爭執起來。突然，店主醒悟：「我明白了！那裡有隻狐狸精，常常出去誘惑男人留宿，我還見過三次呢！你肯定是遇到狐狸精了！」

第二天，鄭六返回去查看究竟，只見土牆車門依舊，裡面卻是蓁荒廢園，哪裡還有前夜的溫柔之鄉！

他這才相信，真的遇到了狐狸精。

但任氏太美麗動人了，鄭六怎麼也忘不掉她的容顏，只想再見一面，因此天天在市場裡轉悠。真是蒼天不負有心人，十幾天後，他終於在西街衣市給找著了！任氏自知身分敗露，以扇障面，羞於見他。反而是鄭六指天發誓，「詞旨益切」，非要再續情緣。任氏道：「既然你如此情真意切，那我就實話告訴你吧，我是狐狸精沒錯，但我不會害人。你若不棄，我願終身陪伴！」鄭六於是租房置傢俱，將任氏金屋藏嬌。韋崟等酒肉朋友貪戀任氏之美，經常上門打擾。任氏和光同塵，無所不至，唯不及亂性。後來鄭六在外地謀得一職，欲攜任氏同往。任氏明知此去大凶，但禁不住鄭六和韋崟的懇請，隨鄭而行，結果途遇狩獵，被一蒼犬追斃，香消玉殞。

長安新昌里的鄭、任初會，是一齣典型的狐狸精媚局。任氏有驚人之貌，對鄭六欲擒故縱，最後誘入幻化的深宅，共度良宵；但之後的情節完全成了一個動人的愛情故事。這篇傳奇表現了全新的人狐兩性關係：在鄭六一方，對妖精的懼怕與厭惡已消失得無影無蹤；在任氏一方，對於鄭六也是一往情深，因確認自己不會傷人，才對鄭「以奉巾櫛」。後來鄭六欲攜任氏赴官，她情知必死，還是隨鄭前往，結果斃於犬口。

任氏是一系列新狐狸精形象的濫觴，後來《青瑣高議》中的小蓮，《聊齋誌異》中嬌娜、青鳳、蓮香等，都是基於任氏模式發展出來的。其共同的特點就是美麗善良，忠於感情，賢於持家，既無害人之心，也無害人之實。任氏是歷史上最美麗動人的狐狸精之一。按沈既濟的交代，這是個聽來的故事，但作者顯然進行了大量創作，任氏身上保留的妖性已經很少。任氏的身分對於鄭六，處於妓、妾之間，兩人的悲歡離合似乎也反映了那個時代的某種男女關係。這說明在狐狸精的「媚化」過程中，文學審美意識起到了至關重要的作用。從「狐魅」到「狐媚」的過程，是狐狸精故事由民間傳說向文人創作的提升過程，也是人狐之間的性關係主題由妖性化向人性化昇華的過程。

三、狐狸精的性別

在現代漢語語境裡，「狐狸精」就是指風騷善媚的女性。但古代的狐狸精並無十分明確的性別定位，而且越往上溯，這個概念與性別的聯繫就越不固定。

最早一批出現在《搜神記》裡的狐狸精是有男有女的，如阿紫、句容村婦為女性，胡博士和狐書生則是男性。當時一些理論表述也如是說，《玄中記》云：「狐五十歲能變化為婦人，百歲為美女，為神巫。或為丈夫與女人交接，能知千里外事。善蠱魅，使人迷惑失智。」直到明代馮夢龍的《三遂平妖傳》，這個基本觀點仍未改變：「看官，且聽我解說狐媚二字。大凡牝狐要哄誘男子，便變做個美貌婦人；牡狐要哄誘婦人，便變做個美貌男子。」

《太平廣記》收錄的狐媚故事，不少就是男狐媚女人，如《會昌解頤錄》就記有草場官張立本之女為妖物所媚，每晚濃妝盛服於閨中與情人共語。情郎離去，她便狂呼號泣不已。後來服了高僧兩粒丹藥，她才神志清醒，說宅後竹叢有高侍郎墓，其中有窩野狐，自己就是被那裡的狐狸精迷惑了。又如《徐安》講述漁夫徐安常外出捕魚，老婆獨守空房，被狐狸精媚惑，對他態度異常冷淡。徐安是聰明人，知道肯定有事，於是夜裡假睡，留心屋裡的動靜，見老婆半夜偷偷摸摸化妝打扮，二更時騎著竹籠從窗口飛出去，拂曉又飛了回來。次夕，徐安把老婆關起來，自己懷揣利刃坐在竹籠上等待。二更至，竹籠從窗口飛出，把他帶到一處山間會所，那裡帷幄華煥，酒饌羅列。座中有三個英俊少年，徐安拔劍亂砍，少年們猝不及防，被殺死於座下，正是三隻老狐。

即便是到了「妓皆狐」的清代，仍有不少狐男媚女的故事，如前文所舉蒲松齡的《聊齋誌異·賈兒》，紀曉嵐《閱微草堂筆記》中的流氓男狐就更多些。《灤陽消夏錄五》記一中年女僕為狐所媚，晚上脫得一絲不掛，從窗戶爬出去，在走廊裡與狐狸精淫亂。《姑妄聽之二》記一個十三、四歲的少女被狐狸精迷住，每夜同處一室，笑語媟狎，宛如情侶。該女孩雖然迷戀狐狸精，行為言談卻如常人，比《太平廣記》中那些被狐狸精迷媚的女子表現要好許多。

唐宋以前，對什麼性別的狐狸精變什麼性別的人這點似乎並沒有講究，胡亂變過去就是。但狐狸精故事越往後發展，精細化程度就越高。很可能從明代開始，寫故事的人就注意到了這個問題，馮夢龍就明確說雄狐變男人，雌狐變女人。這種對應性別的變化，遂成為一般情況下能被接受的原則。但狐狸精既然修煉得道，能由獸變人，便沒有什麼鐵律限定他們只能變成男人或女人。尤其是那些所謂「通天之狐」、「千歲之狐」，神通廣大，男人女人都能變。這樣的狐狸精首先出現於明代的《獪園》，說的是蘇州商人汪某，在淮陰嫖宿了一個妓女，並將此女帶回家。三年之後，汪某病重，父母將他移居佛寺養病。誰知此女子又變成個小鮮肉在汪家淫亂，百方禁斷，終莫能制。最後有異人來訪，持符劍才收了該狐妖。

清代《耳食錄》作者樂鈞，對這種忽男忽女的狐狸精尤有興趣，寫過兩則特別香豔離奇的故事。

第一個故事中的狐狸精叫胡好好，出場時是女性，淡妝素服，嬝娜而行，在湖邊勾引男人，不久便遇見了出來獵豔的何書生，兩人對了幾句詩文，勾搭成奸。何某性情風流，老婆張氏卻妒忌心重，他為了養小三胡好好，就在外面租了房子，以安心讀書為由住在外面不回家。時間久了又怕老婆起疑心，他便回家點個卯，敷衍老婆一番。離家門數十步時，看見一個俊俏書生直接進了大門，何生心頭一緊，躡手躡腳跟了進去，只聽得老婆在裡面發嗲：「胡郎來了，我正想你呢！」隨即，兩人白晝宣淫。何生大怒，高喊捉賊衝了進去，掀開被子，姦夫回眸一笑，何生頓時驚呆——居然是胡好好！何妻見情夫突然變成了美女，也目瞪口呆。兩人正不知所措，好好又變成了男子，繼續姦淫張氏。何生回過神來，衝上去想把二人分開，少年又成了好好。何生忽然變得身不由己，側身於二女之間。胡好好通吃了這對男女，方才整衣下床，舉手高揖道：「吾去也！」化為野狐騰躍而去。

第二個故事中的狐狸精是一對兄妹，狐妹叫阿惜，因為其兄和金陵詞人蕭生是朋友，就嫁給了蕭生。婚後不久，阿惜吐露真情：兄妹二人以及家裡的丫鬟都是狐狸精，而且兄亦能為女，自己亦能為男。蕭生覺得這太好玩了，就要阿惜變個男人看看。阿惜一番動作，果然變成面如冠玉的變童。但這個狐狸精操守嚴明，抨擊了幾句同性戀，又變回了阿惜。次日，狐兄來訪，對自己隱瞞身分一事表示道歉。蕭生心思全不在此，附耳對阿惜說：「要你哥哥也變成女人好不好呀？」阿惜拉狐兄到一邊轉達老公的想法，狐兄點頭答應，走到帘子後面，轉身出來便是一個花顏雲鬢、淺黛低顰的美女。蕭生進一步死皮賴臉央求阿惜做媒，要狐兄變成的美女也嫁給他。從此蕭生坐擁雙美，好不得意。因妹妹叫阿惜，新美人的名字就叫阿憐。

狐狸精這種變幻術還能施之於人，令其變性。《耳談類增．狐術女變男子》記麻城人李承周女兒被狐狸精迷媚多年，李家無奈，就找了個夫家打算把女兒嫁出去完事。迎娶之日，狐狸精忽然對李家人說：「你們家女兒是個男的，嫁出去幹麼？」李家上下大驚，立馬對女兒體檢，果然是個男的。李女欲嫁不成，乾脆著起男裝招搖過市，還姦淫婦女。某日，李氏逛街看見圍著一堆人，就湊上去看熱鬧，誰知裡面是武林高手毛自龍。狐狸精氣場被壓制，李氏顯出女子原形。官府將她打入大牢。狐狸精又在牢裡庇護她，還迷姦囚犯和管理人員，搞得監獄裡烏煙瘴氣。官府無計可施，將這掃把星釋放了。李氏出獄後嫁給了一個山裡人，狐狸精居然上門尋釁，弄死了她老公。李氏只好又回娘家，狐狸精大約玩膩了李氏，從此不再上門。

從狐狸精性別的占比看，直到唐代中期，狐男狐女的比例還是比較均衡的，之後才出現了明顯傾斜，女狐的數量和質量越來越超出男狐。

宋元時期的《青瑣高議》、《夷堅志》、《續夷堅志》等書收錄的狐媚故事，其主角幾乎全都是女性。至清代《聊齋誌異》，女狐狸精群體出場，更是紅顏飛春，衣香襲人，我們隨便就能列舉出嬌娜、青鳳、蓮香、巧娘、紅玉、顛當、青梅、小翠、胡四姐、辛十四娘等一系列動人心魄的狐女形象，同級別的狐男卻很罕見。

狐狸精形象女性化的轉變，首要的原因就是文化基因。如前所述，狐何以成為「淫獸」、「媚獸」很難考證，《名山記》有一個莫名其妙的解釋：「狐者，先古之淫婦也，其名曰阿紫，化而為狐。故其怪多自稱阿紫。」作者的意思不是狐變成了人，而是淫婦變成了狐！如此，狐的身體裡便先天隱藏「淫」的基因。即便馮夢龍筆下牡狐化為的男子，手段也是「哄誘」，而非強暴，帶有明顯的陰柔特徵。「淫」與「媚」的概念，在中國古代文化中更多是和女性相聯繫，這與「淫婦化狐」的觀念一脈相承，南唐人譚峭也說：「至淫者化為婦人。」

其次，狐狸精形象的女性化轉變也是任氏、妲己等形象的符號化效應使然。明清之前的文言小說中，狐女影響力之大莫過於阿紫和任氏，後世文章談狐狸精家譜，常舉此二人為例。《封神演義》的妲己和

《聊齋誌異》的青鳳、嬰寧等形象出現之前，阿紫和任氏幾乎就是狐狸精形象的代言人。同時期的男狐雖然不少，卻沒有出現能與之匹敵的生動形象。元明時代，狐女常成為話本小說的主角，特別是成書於元明時期的《武王伐紂平話》和基於此書而成的《封神演義》，主角妲己集妖媚、淫蕩、陰毒於一身，成為空前絕後的狐狸精形象。上述幾個超級狐女的符號化效應，對以後狐狸精形象的女性化無疑具有促進作用。之後如《二刻拍案驚奇》的假馬家小姐、《三遂平妖傳》的胡媚兒、《妖狐豔史》的桂香仙子和雲香仙子、《狐狸緣》的月素仙子、《綠野仙蹤》的賽飛瓊和梅大姑娘等，個個豔色驚人，風媚入骨。晚清小說《九尾狐》雖然不是寫狐狸精，但其突出特點就是把妓女當作狐狸精來寫的。話本小說出於市井，流於民間，受眾面廣，對人們的思想觀念有很大的影響。狐狸精在世俗觀念裡最後定格為妖媚的女性，與這些小說的傳播關係很大。

狐狸精形象女性化轉變的第三個原因，就是中國古代妓女文化的影響。狐狸精因為「媚」和「淫」的本質性格特徵，比較容易和妓女文化形成某種程度的固定聯繫，即便如蒲松齡這樣對狐狸精情有獨鍾的男人也說過「妓皆狐也」，同樣的表述還有《螢窗異草．大同妓》中的「妓亦狐也。狐而妓，其伎倆必多，將來又不知若何償還矣」，以及《壺天錄》的「人之淫者為妓，物之淫者為狐」。

《九尾狐》有一段關於狐狸精與妓女關係的評論，作者仇妓恨狐的心理，已到了偏執狂的程度：

> 蓋狐性最淫，名之曰九尾，則不獨更淫，而且善幻人形，工於獻媚，有採陽補陰之術，比尋常之狐，尤為厲害。若非有夏禹聖德，誰能得其內助？勢必受其蠱惑而死。死了一個，再迷一個，有什麼情？有什麼義？與那迎來送往、棄舊戀新的娼妓，真是一般無二。狐是物中之妖，妓是人中之妖，並

非在下的苛論。試觀今之娼妓敲精吸髓，不顧人之死活，一味貪淫，甚至姘戲子姘馬伕，種種下賤，罄竹難書。

追根溯源，野狐化妓的故事最早出現於唐代。《廣異記》講述河東人薛迥帶著十幾個兄弟到東都狎妓，流連數夕，各賞錢十千。有個妓女想告辭先走，薛迥不同意。妓女顯得十分焦躁，拿著賞錢強行出門，薛迥吩咐守門的不准啟鎖。妓女找到一處水溝，變成野狐爬了出去，賞錢也沒帶走。

放在整個唐宋傳奇的背景中看，這個故事並沒有什麼特殊的意義，狐狸精變成妓女，就像其變成村姑、民女、富家小姐，只是偶然的事件。但此後狐狸精的女性化趨勢，卻與中國的娼妓發展史形成了照應。

娼妓賣淫是一種很古老的社會現象。在唐代以前，中國的娼妓主要是官妓和營妓，有統一的管理機構，有規定的服務對象，這種情形下，娼妓對社會風氣的影響是有限的。隨著大唐盛世的到來，商業交往日益增多，都市生活空前繁華，市妓便應運而生。她們身分自由，成群結隊地出現在城鎮各階層的男人面前，輕歌曼舞，儀態萬千，多情的文人和多金的市民，焉能不神眩目轉，魂銷魄蕩？「俱邀俠客芙蓉劍，共宿娼家桃李蹊。娼家日暮紫羅裙，清歌一囀口氛氳。」盧照鄰的《長安古意》就是對這種生活的真實寫照。

兩宋的都市生活更加多姿多彩，不論北宋的卞京還是南宋的臨安，妓女的規模與活動範圍都超過了唐代。一些名妓還到勾欄裡唱戲，而看妓女唱戲也成一時風尚，影響之大，據說連擁有三宮六院的宋徽宗也時時跑到宮外找李師師吃點野食。明代乾脆廢除了地方官妓，花花世界終於進入了一個由市妓主宰的時代。明中葉以後，思想界以縱情而求個性解放，市妓的發展更是到了空前的水平。北京、南京等大都市盛行評花榜，由名流士人對妓女評頭品足，定出次第，每一發榜，則是嫖界盛舉，民間喜事。清代滿人入主中原，花榜很快被承襲下來，形式一如明代，《清稗類鈔》記開榜之時「傾城遊宴」、「傾城聚觀」，可見其盛況。

由於明清娼妓之多、嫖風之盛，於是《青樓韻語》、《嫖經》這樣的書也應運而出。這些書完全以男人的眼光對妓女進行研究，對嫖的技巧做了全方位的探討。妓女作為一個階層而存在，產生了越來越大的社會影響，她們的專業技術就是「媚」——用各種手段誘惑男人。這樣的社會現實，很容易投射到已經符號化的狐狸精身上。

對於狐狸精的女性化，還可以有一個精神分析學的解釋。榮格在分析人類的無意識時，發現男人女人都有一個「靈魂意象」。男人的靈魂意象表現為陰性特徵，叫「阿尼瑪（anima）」，女人的靈魂意象呈陽性特徵，叫「阿尼姆斯（animus）」。在男人的無意識當中，透過遺傳方式留存了女人的一個集體形象，借助於此，他得以體會到女性的本質。而狐狸精在古人的心目中，顯然有阿尼瑪的性質。那麼，女人心目中的阿尼姆斯呢？中國古代的文學作品基本上都是男人創作的，他們只會不由自主地表現自己心裡的阿尼瑪。正如榮格《金花的祕密》中所闡述的：中國的哲學家免去了一些西方心理學家要面對的困難，因為中國哲學和所有的古代精神活動一樣只是男性世界的組成部分。中國哲學的概念從來沒有以心理學的方式理解過，所以也從沒有人對其在女性心靈中的適用度進行過考量。

在狐狸精女性化的過程中，任氏的出現是一個歷史節點。此前，從來沒有哪個狐女被表現得如此生動飽滿，豔光四射。考察眾多唐傳奇作品，可以發現一個有趣的現象：其中很多名篇如《霍小玉傳》、《李娃傳》、《任氏傳》、《柳氏傳》、《鶯鶯傳》、《謝小娥傳》、《紅線傳》、《聶隱娘傳》、《非煙傳》、《無雙傳》，以及稍後的《李師師傳》等，都是以女性為絕對主角；而《虯髯客傳》、《柳毅傳》、《長恨歌傳》等作品雖不以女性為第一主角，女性形象的分量也十分突出，因此，美女、俠女、義女、妓女、才女、狐女、神仙女在唐傳奇中如春花般綻放！

為什麼會這樣？因為此前的一百年，正是女性在中國歷史中最具影響力的一百年。《任氏傳》作者沈既濟約生於七五〇年，出生後不久，即爆發安史之亂。而這個讓唐帝國由盛而衰的大事件，很多人認為是由一個女人引發的，這個女人就是楊玉環。

唐玄宗在位四十五年（七一二~七五六），前三十年號先天、開元，後十五年號天寶，一生功過明昏大致也可以此為分野。前三十年他是英明睿智、發奮有為的皇帝，一手將大唐送上了盛世巔峰，國勢強盛，百姓富庶，「稻米流脂粟米白，公私倉廩俱豐實。九州道路無豺虎，遠行不勞吉日出」（杜甫《憶昔二首》）。當大唐的年號由「開元」改為「天寶」時，玄宗已是花甲老人，「享國既久，驕心浸生」。他本來就是個風流皇帝，後宮佳麗之多，《新唐書》稱有四萬。他還不滿足教坊的絲絃歌舞，又在宮中專門設立了一個叫梨園的樂舞機構，養數百宮女，專習演奏歌舞，供其觀賞享樂。天寶三年（七四四），發生了一件無論對於玄宗個人，還是當時民眾、官吏文人，乃至唐朝歷史都很重要的事件——楊玉環被封為貴妃。玉環本為壽王妃，與玄宗是翁媳關係，然而玄宗發現此女後，「愛之發狂」，逼其進入道觀成為道姑，號「太真」，然後再娶為妃子。以玄宗性情，為帝三十多年早已覽盡春色，什麼樣的女人沒見過？什麼樣的女人弄不到手？現在卻為了一個楊玉環而使出這樣一連串下作的手段，此女的姿色魅力真是難以想像！

作為一代明君，玄宗在得楊玉環之初，未必就真的「從此君王不早朝」了，但從此更加縱情聲色，流連風月，應該是不爭的事實。不久，玉環的三個姐姐也先後被封為韓國夫人、虢國夫人和秦國夫人，這三個女人都生得貌若天仙，性情風流，每出遊則車馬壯麗，隨從光鮮。她們還經常扈從玄宗去華清池沐浴，各為一隊，穿不同顏色的衣服，玉肌映日，花枝招展，成為咸陽道上的一大奇觀。可以說，唐玄宗和楊貴妃在一起的日子，是唐代乃至中國歷史上最風流至上的時代，女色對社會生活的影響超過歷史上的任何時期，所謂「遂令天下父母心，不重生男重生女」。連李白都禁不住寫出了《清平調》這種吹捧楊玉環的媚詩：「雲想衣裳花想容，春風拂檻露華濃。若非群玉山頭見，會向瑤台月下逢。」

「上有所好，下必甚焉。」大唐盛世是一個開放的時代，包括性觀念也空前開放。唐玄宗和楊貴妃的風流韻事流播朝野，文人士子競相傚尤，迷醉於溫柔之鄉，徜徉於煙花之地，狎妓縱情，成為一時風潮。

而玄宗臨朝之前，則有韋后之亂。景龍四年（七一〇），唐中宗皇后韋氏與安樂公主合謀毒死中宗，臨朝攝政，立李重茂為帝；又任用韋氏子弟統領南北衙軍隊，並欲效法武則天，自居帝位。其時李隆基（即後來的唐玄宗）為臨淄王，與太平公主（武則天女）發動禁軍攻入宮城，殺韋后，迫退少帝，立相王李旦（李隆基父）為帝，奪得天下。

再上溯數年，便是武則天時代。從麟德元年（六六四）武則天與高宗李治二聖臨朝，到神龍元年（七〇五）去世，她充當唐王朝實際上的最高統治者長達四十年。作為中國歷史上唯一的女皇帝，武則天的文治武功頗值稱道，但其毒辣的權術手段和放浪的個人生活也多為人詬病；尤其是統治後期，寵信面首張易之、張昌宗兄弟，引得眾叛親離，最後導致神龍之變，自己被迫退位，張氏兄弟也身首異處。

從六六四年武則天獲得統治權，到七五六年唐玄宗在馬嵬坡被迫縊死楊玉環，將近一百年的時間，武則天、韋后和楊玉環三個女人連續不斷地在國家的政治生活中發揮空前作用，產生巨大社會影響。則天、玄宗兩朝都始治終亂，韋后更是殺夫奪權，三個女人的一百年，似乎又在印證「牝雞司晨，天下必亂」的古訓。武則天稱帝之時，就被駱賓王斥為「掩袖工讒，狐媚偏能惑主」；楊玉環在很多人眼中更是不世出的紅顏禍水，是唐王朝由盛轉衰的誘因。

帶著妖媚的生存密碼和文化基因，又際遇百年之久的女色盛世，任氏們的閃亮登場，代表著狐狸精女性化時代的到來。

四、媚術與迷局

既然狐狸是天生淫獸，人們便相信牠身上具有某種特殊物質，可以產生強大的迷惑作用。

《廣異記》有則故事，講少年劉眾愛喜歡張網捕獵，某日捕住一隻狐狸。村裡老和尚告訴他狐狸口中有媚珠，弄出來給女人佩戴，能得丈夫厚愛。老和尚還教給他取媚珠的法子——把小口瓶埋在土裡，露出瓶口，投入兩塊熱騰騰的烤肉，再捆住狐狸四足吊在瓶子上面。狐狸想吃肉，卻伸不進嘴，只能在瓶外流口水。瓶裡的肉冷了，再放兩塊熱的進去，狐狸又饞得流口水，如此數次，直到狐狸口水流盡，乃吐珠而死。這顆媚珠狀如棋子，又圓又亮。劉眾愛是有孝心的好孩子，把媚珠送給了母親。劉母戴上這枚珠子，夫妻關係立馬大不一樣。

從這則故事看，媚珠顯然與狐狸口裡的哈喇子（口水之意）有關係，所以到了後來，取媚珠就成了直接取口水。南宋曾敏行《獨醒雜志》記錄過取狐狸口涎之事，程序和劉眾愛取媚珠差不多，也是把小口瓶埋在野外，瓶中投肉，狐狸欲食不能，哈喇子直流。後面的程序就不一樣了，取出浸滿狐涎的肉塊曬乾，這就是迷幻藥。這肉乾的藥效與媚珠稍有不同，它不單單是媚藥，而是「使人隨所思想，一一有見，人故惑之」，感覺更像一種致幻劑。

按照這個思路再進一步，狐涎就直接成了媚藥。馮夢龍《三遂平妖傳》之狐女胡媚兒善媚，媚了道士媚土匪，還到宮裡媚太子，其情狀如下：

媚兒去了兜頭布兒，把嘴臉一抹，變成年輕美貌一個絕色的宮娥。忽地偷得來一個盤茶、一個銀碗，吐些涎沫在內，口吹氣，變成香噴噴的熱茶。原來狐涎是個媚人之藥，人若吃下，便心迷意惑。不拘男女，一著了他道兒，任你魯男子難說坐懷不亂，便露筋祠中的貞女，也鑽入帳子裡來了。媚兒捧了茶盤，妖妖嬈嬈的走出後堂，恰待向前獻與皇太子……

但胡媚兒這次沒能得逞，皇家的後堂供著關帝爺呢！這英雄爺們兒實在看不下去了，抽出青龍偃月刀當頭劈下，把個胡媚兒劈得腦漿迸裂——一場宮廷色誘陰謀就此了結，但狐狸精的哈喇子作為犯罪證據首次被記錄在案，馮夢龍做了明確定性：「狐涎是個媚人之藥。」

從媚珠到口水，狐狸精身上的催情物有不同的表現形式。媚術爐火純青的狐狸精甚至可以完全不用這些物質，只憑簡單的觸碰，就能撩發情慾。《聊齋誌異．嫦娥》是個很符合花痴男胃口的故事：太原人宗子美有一妻一妾，妻嫦娥是仙女，不僅貌美，且擅長化裝表演，一會兒扮楊貴妃，一會兒扮趙飛燕，風情萬種。妾顛當是狐狸精，雅麗不減嫦娥，而媚功更勝一籌，表演時充當配角。一日，宗子美又在家裡開化裝舞會，嫦娥扮觀音打坐，顛當扮侍女跪拜。玩著玩著，小狐狸精見大娘子笑得忘乎所以，心裡可能產生了一些醋意，想使點壞，就低頭在嫦娥的腳尖上輕輕咬了一下。嫦娥正笑呢，忽覺一縷媚情自腳趾生出，直達心房，頓時神蕩思淫，不能自已。但神仙畢竟是神仙，她立刻明白發生了什麼，運氣斂神，壓住衝動，大罵顛當：「小狐狸精找死，發騷也不看看對象！」顛當磕頭認罪，嫦娥仍大罵不已。

宗子美不知倆女人間發生了什麼，見嫦娥責罵不已，覺得有些過分，就站出來打圓場。嫦娥說：「老公你有所不知，顛當狐性不改，剛才我就差點被她戲弄了！如果不是我根基深厚，非當眾出醜不可！」嫦娥是仙子，被狐狸精小施手段，尚且春情勃發，不能自已，試想凡夫俗子遭遇狐狸精之媚，焉能抵擋？

狐狸精身上雖有各種超級春藥，但如果逢媚必施，則如《水滸傳》裡的孫二娘開店，對一切好漢都用蒙汗藥麻翻，手段過於原始，程序過於單調，顯不出能耐和智慧。聰慧如狐狸精者，能根據不同的對象施以不同的媚術：對好色者示之色，對貪財者施以財，對文人雅士還能高談詩文——這可是狐狸精的強項，有《諧鐸．狐媚》的故事為證：

寧書生性情孤傲，學習認真，天天「啃書」。溽暑時節借鄰居廢園苦讀。別人告訴他園中常有狐狸精出沒，他頗不以為然：「這又何妨？狐狸精所以媚人者二：貪淫者，媚以色；貪財者，媚以金。我兩無所好，只愛讀書。狐狸精即便善媚，又奈我何？」當晚果然有狐狸精造訪，寧生假裝睡覺。狐妹妹首先上的是常規手段，對書生嘆息：「哎，書中自有顏如玉，你呆頭呆腦，只會讀死書，全不知樂趣！」小寧同學心中立刻升起一股優越感，脫口便罵：「騷狐狸，不知羞恥，還敢和我談讀書！」狐狸精發現這小子比較另類，馬上改變方略，談起了學問，從大禹娶塗山氏講到《山海經》。

寧同學沒想到狐妹妹的學問如此高深，肅然起敬，說：「我一直把你們當不齒之倫，沒想到妹妹這般有學問，願為書友！」狐妹妹羞澀地點點頭，答應了。於是，二人晨塗暝寫，談書論道。一日，學習《周易》，狐狸精忽然撲閃著大眼睛問：「『有天地』一章作何解釋？」寧書生解來解去，就解到了男女交感、夫妻之道。狐妹妹又追問：「男女構精，萬物化生，又作何解？」言畢，星眸斜睇，杏靨微紅，有定力的寧書生此刻終於魂搖志奪了。

小寧不學壞則已，一學壞便不可收拾，半個月之後就弄得筋疲力盡，一病不起。臨死之前，他流著眼淚把自己的經歷告訴了朋友。朋友嘆道：「高手啊！以色媚人者，色衰愛弛；以財媚人者，財盡交絕。如這樣投其所好、隨機應變的媚術，才真是防不勝防！」

狐狸精的必殺技是變幻身形，因此「幻媚」也是狐狸精最常用的媚術，其表現形式很多。

先舉一個「隱形施媚」的案例。《閱微草堂筆記．如是我聞一》記載，滄州海邊的村子裡，有個十四、五歲的牧童，長得白皙清秀。一日，在野外午睡時覺得背上趴了個東西，但看不見摸不著，問話亦不答。牧童心裡害怕，跑回家告訴父母。父母也無可奈何。數日後，父母漸漸發現兒子好像在與人親熱，繼而喃喃自語，接下來就如花痴病發作，自我表演，不堪入目。老兩口急得要命，到處求救。一位私塾先生說可能是被狐狸精纏住了，要他們在家裡藏隻獵犬，待兒子發作時就放出去。他們照著這個法子做，果然看見一隻狐狸從兒子身上躍起，嘩啦一聲破窗而去。

再舉一個「托形施媚」的案例。據《閱微草堂筆記．灤陽續錄一》載，某書生赴京應試，住西河客舍。房間裡掛著一幅侍女畫，風姿豔逸，栩栩如生。書生根本沒有心思讀書，整天對著畫中人遐想。一天晚上，美女忽然從畫中翩翩而下。書生雖然知道是妖物，但相思已久，早生愛意，便與畫中人纏綿嬿婉。考後放榜，他自然名落孫山。這哥們也不在意，買下這幅畫南歸，回家後，把畫掛在書房裡，對著畫呼喊，但畫中美女並沒有應聲而至。書生於是夜夜對畫發痴，三、四個月之後，美女居然又從畫中翩翩而下。

兩人傾訴相思，共與纏綿，以致縱慾無度。書生瘦得皮包骨頭，其父才覺得問題嚴重，請來茅山道士驅妖。道士對牆上的仕女圖觀察良久，說：「這畫沒有問題啊，媚惑你兒子的妖物肯定不是畫中之物。」於是結壇作法，次日，發現一隻老狐死於壇下。道士解釋：年輕人對畫中美人有了邪念，狐狸精就變成畫中人乘虛而入。但京城和家裡是同一個狐狸精呢，還是不同的兩個狐狸精，道士也說不清楚。

除隱形、托形外，狐狸精更為高級的幻媚術是設計夢境，讓人不知不覺進入媚局。《夷堅志・應試書院奴》中有這樣一個故事：宋代紹興年間，家僕戴先隨主人在書院讀書。晚間，一漂亮丫鬟進屋相就，共榻至曉而去。問她姓甚名誰，只說是下人，不必問姓名。從此每夜必來，天明乃去。但這對男女之間並沒發生什麼事兒。戴哥要小丫鬟脫衣，她不肯；想摸摸她的酥胸，她也不肯；要她嫁給自己，她說有母親在，得讓母親來面試。一日將曉，小丫鬟牽著小戴的手出門，笑道：「我和你上樹耍去！」兩人忽然就站在了一根樹枝上，還沒玩耍呢，小戴一頭栽下，「身乃在床，恍惚直如夢裡」。主人覺得不對勁，請法師設壇驅邪，結果發現是一大一小兩隻狐狸作祟。

這個故事是透過小書僮之口講述的，情節更像是他的一個夢。但後面的法師驅狐情節又使這個夢境變成了狐狸精設的媚局，只不過這場幻媚顯然還比較粗糙，只能算個熱場的小品。後來蒲松齡創作《狐夢》，才達到亦幻亦夢亦真的完美效果，幻媚便成了大型情景劇。

《狐夢》講的是蒲松齡的朋友畢怡庵的故事。此人身材矮胖，滿臉鬍子，但性格瀟灑，倜儻不群。他經常讀《聊齋誌異》，尤其喜歡《青鳳》，對弱態生嬌、秋波流慧的青鳳心嚮往之。一個夏日，老畢當戶而寢，睡中感覺有人搖他，睜眼一看，原來是個年逾四十但風韻猶存的婦人。她笑道：「我是狐狸精，蒙君天天想念，特來看看你。」老畢天天想著青鳳，沒料到來了個中年婦女。見婦人模樣兒也還俊俏，他便來者不拒，大膽擁抱。婦人說：「我年齡大了，縱然你不嫌棄，我還有自知之明。我有小女年方二八，可以陪你，晚上我帶她過來。」老畢讀《青鳳》，不料就真的讀來了顏如玉。晚上他獨坐一室，焚香而待。不久，婦人果然領來一個態度嫻婉，曠世無雙的小狐狸精，吩咐道：「你與畢郎有夙緣，留這兒陪他吧。明兒早些回家，不要貪睡。」小狐狸精很聽話，天沒亮就走了。

第二天傍晚，小狐狸精又來了，說姐妹們要開派對賀新郎，老畢便跟著她至一院落，只見燈燭熒熒，恍若仙境。大姐、二姐、四妹都來了，個個貌若天仙。二姐拿出一個彈丸大小的盒子，盛了酒要老畢喝。他一看才這點兒酒，便想一乾而盡，誰知連吸了一百多口，也沒把小盒子裡的酒喝完。這時，小狐狸精拿來一個杯子換下了盒子，說：「別傻了，喝不完的，二姐戲弄你呢！」小盒子放到桌子上，頓時變成一個巨盆。老畢把杯中酒喝乾，拿著杯子把玩。杯子在他手裡越來越軟，最後竟變成了一隻精緻的羅襪。二姐劈手奪過，罵道：「好你個三妹！什麼時候偷了我襪子去？怪不得腳上涼颼颼的！」

夜闌興不盡，狐三妹帶著老畢離席，送到村口便讓他自己回家。老畢在黑夜裡有些茫茫然，忽然醒悟——一場歡宴竟是夢境！但鼻口醺醺，酒氣猶濃，夢耶真耶，畢怡庵已陷入雲裡霧裡了。

蒲松齡的「狐夢」做完了，他的思路啟迪了後人，於是有人上演了一場更加離奇荒誕的「《紅樓》狐夢」。

故事主角梁念弼是國子監的學生，也是讀《青鳳》入迷，一天到晚想見狐狸精。他在院裡挑了間最偏僻的房屋住下，名義上讀書備考，實則等待狐狸精的出現。但他的運氣沒老畢好，狐狸精並沒有如期而至。於是他憂悶寡歡，對《青鳳》有些失望，開始翻《紅樓夢》消遣，正讀到林黛玉作風雨詞之章，竟真的下起雨來。梁兄昏昏睡去，不知不覺至一處，千桿竹黑，半窗燈紅。

他駐足側耳，聽得屋裡有動聽的女聲吟詩，便上前叩門，裡面傳來說話聲：「紫鵑，夜深雨大，除了寶玉，還有誰來訪我？」梁兄一身透濕，踉蹌欲行，忽然看見兩個美貌丫鬟提著燈籠過來，見了他就埋怨：「寶玉，何事冒雨夜出，急死我們了，到處找你！」梁兄以為她倆認錯了人，但也就將錯就錯跟著她們走。不一會兒，至另一院落，丫鬟喊道：「寶玉回來了，襲人姐姐快開門！」門開，眾丫鬟一邊手忙腳亂地迎他，一邊心疼地埋怨：「小祖宗，凍壞了吧！」他雖然心裡發虛，還是壯起膽子裝寶玉，吩咐上酒。於是晴、秋、碧、麝眾美圍飲，襲人整理濕衣沒有入席。酒酣性亂，聯床共被而臥，不亦樂乎之際，忽然聽見喊聲：「芳官掉床下了！」梁兄驚醒，原來是豔夢一場！

本想見見青鳳，沒料到去大觀園逛了番窯子，梁兄頗感愜意而神祕。第二天他如法炮製，又翻開《紅樓夢》讀菊花詩會一章，果然就有小丫鬟鶯兒來請：「姑娘們已等很久了！」假寶玉大搖大擺去參加菊花詩會，大觀園名釵基本到齊。假寶玉最想見的人當然是黛玉啦！但假寶玉不是賈寶玉，他並不認識這裡的林黛玉，怕認錯了人，正猶豫呢，就來了一個美人，「春蘭其品，秋芙其貌，眉黛微顰，眼波欲淚」——不是黛玉是誰！假寶玉親熱地喊了聲「林妹妹」，正卿卿我我之際，忽有人報老爺來了——不是賈政，而是梁念弼老爸派人從福建捎書信回來了，梁兄驀然夢覺。驚出一身冷汗的梁兄坐起，連老爸的書信也不看，連忙記錄夢中菊花詩會的詩句，但眾美女吟詩太多，記錄不全。晚上他又翻《紅樓夢》，這次卻不靈了。他急得五爪撓心，不斷翻書，卻再也找不回這個豔夢。

從此梁兄變得神經兮兮，不是瞪目凝思，就是拿大頂（武術技藝的一種。以兩手撐地，兩腳向上豎起。也作「拿頂」、「倒立」）、說夢話。這哥們性情本來就落拓不羈，所以夥伴們也不以為怪。到了重陽節，夥伴們拉他去陶然亭飲酒散心。宴罷醉歸，見書桌上有一紙箋，楷書秀媚，寫的就是第一個豔夢中瀟湘館裡林黛玉吟誦的那首《如夢令》。梁兄一時恍惚，分不清真假：是自己又入夢中，還是夢中人來到了身邊？下半夜酒醒，口渴得厲害，梁兄喚書僮泡茶，卻沒人搭理。他正要自己起身找飲，忽聽得樓梯響，夢中眾美擁黛玉豔妝而入。從此這個黛玉晝去宵來，和梁念弼極盡閨房之好。其餘美女也經常過來，讓他奢情豔福享之不盡。

國子監的梁同學很快就瘦了病了。同學們關心詢問無果，問書僮，說沒什麼大異常，只是主人晚上睡覺常常夢話連篇。於是大夥強行使他搬了住處。晚上，梁兄夢見黛玉來，告訴他說：「我等都是狐狸精，與你有夙緣，故假托《紅樓夢》博君一歡。但你太無節制，以致搞垮了身體。從此請別，以證明我等並不是要害人性命。」說罷揮淚而別。最終梁同學勉強在國子監完成學業，但成績不好，沒拿到畢業證書。他回家後寫了一首詞紀念這段豔夢：「書夢《紅樓》，遂勾我夢。還只道大觀園眾，誰知阿紫憑空玩弄，徒現做富貴神仙居洞。四面戲魚，雙身棲鳳。更出夢月迎風送。姻緣乍斷，至今猶痛。願化作鸚鵡瀟湘館弄。」

這個故事出自清人趙季瑩的《途說》，是我們所能見到的最大一齣狐狸精媚幻劇，也是狐狸精故事中最大的一場意淫。從立意上看，它顯然是承襲了蒲松齡的《狐夢》，但又將狐狸精的夢幻媚術放在了《紅樓夢》的套子裡。對此，作者倒有些自知之明，他在書中曾擬蒲松齡口氣作自我批評：「妄撰《途說》，雖自別開生面，而終不脫《聊齋》窠臼，未免東施效顰。」當然，也貌似不經意地肯定了自己的「別開生面」——把《聊齋誌異》和《紅樓夢》糅在一起，集狐狸精與黛玉、寶釵於一身，多任性啊！

五、刀口舔血的風流

狐狸精由魅而媚，基本上可以視為一個由人妖關係往男女關係的發展過程。但狐狸精畢竟是妖精，在兩性關係中扮演的角色總不至和人一模一樣。而且，人間性事縱慾過度也會傷生害命，狐狸精焉能十分安全？先審個案子：

《湖海新聞夷堅續志．狐戀亡人》載，貧民陳承務獨居陋室，無錢娶妻。某日，見美貌村婦路過，心裡念念不忘。晚上，天使姐姐突然出現在他床前，輕言細語道：「其實我心裡想和你好也很久了，無奈人多不便，今晚難得清靜，特來相訪。」陳承務大喜過望，之後與女子朝夕往來，沒過多久便「面色黃瘁，感疾而卒」。治喪時大夥發現一隻老狐坐在床頭，唔呀唔呀地哭。舉棺就火，老狐也跟著去，直到火葬完畢方不見蹤影。

陳承務之死顯然與狐狸精有關係，但作者並未以任何方式指證他是狐狸精害死的。從陳承務死後狐狸精的表現看，她對陳是有感情的，應該沒有加害陳的主觀意願。即便狐狸精是陳承務害病死亡的原因，那麼到底是因為陳承務本來就體質衰弱兼縱慾過度，還是因為狐狸精的妖精本質害人，誰也說不清。

在《青瑣高議．西池春遊》的另一個故事裡，對這個問題有了比較明確的說法。書生侯誠叔與狐狸精獨孤氏相愛，共同生活了很長一段時日。侯生吃香喝辣穿得暖，小日子過得甚是愜意，直到某天遇見孫道士，對方盯著他看了好一陣，說：「先生面目異於常人啊！」侯生願聞其詳，道士二指撚鬚，講出一番道理：「今子之形，正為邪奪，陽為陰侵；體之微弱，唇根浮黑，面青而不榮，形衰而靡壯，君必為妖孽所惑！你若隱瞞不說，必將死無葬身之地！」侯生著實嚇一大跳，但還是未以實情相告。

回家後鬱鬱寡歡，獨孤氏問何事憂悶，他便說了遇見道士的事。獨孤氏笑道：「這些妖道的話你也信呀！你愛我甚重，房事過度，才至於此，哪會像道士說的那麼可怕！」言罷從錦囊取出藥丸讓侯生服食，幾月後侯生又見孫道士，道士大為吃驚：「上次見你，一副要死的樣子。今日之容，反而氣清形俊，真是很奇怪耶！」侯生老實交代吃了老婆的藥，道士不便多說，嘆道：「妖惑人也，你卻不知底細！」

關於侯生的病因，道有道的解釋，妖有妖的解釋。但孫道士見到侯生時，並不知道他和狐狸精同居，只看面相，便斷言其必為妖孽所惑，而不是縱慾過度——道士的判斷表現出了不容辯駁的邏輯力量。雖然獨孤氏真心愛戀侯生，雖然她也能讓侯生藥到病除，但狐狸精與人交接會傷生害命卻是鐵證如山了。

不過，宋代道士似乎也只是知其然而不知其所以然。「唇根浮黑」、「面青而不榮」與妖惑有關，但致病的原理是什麼呢？孫道士也不太明白。不僅孫道士之流弄不明白，狐狸精自己似乎也很困惑，譬如上述兩個故事中的狐狸精都愛自己的男人，都無害人之意，但與男人生活在一起，為何又傷害了對方的身體呢？這種情形直到明代的《剪燈餘話．胡媚娘傳》還在延續：

狐狸精媚娘嫁與進士蕭裕為妾，事長撫幼，皆得其歡心。或有賓客上門，蕭裕不須吩咐，酒饌之類隨呼即出，且豐儉得當。媚娘稍有閒暇便親自養蠶抽絲，紡紗織布。蕭裕但有疑事和她商量，她都能一一剖析，簡直是裡裡外外一把好手。因此，蕭裕對媚娘也十分憐惜，出差前還殷殷囑咐：「多保重身體，不要太累，我還沒報答你的好呢！」然而未及一年，蕭裕便面色萎黃，身體消瘦，行為顛倒，舉止倉皇。左請醫生右請大夫，就是治不好這病。最後還是道士尹澹然技高一著，識破媚娘乃是新鄭北門老狐精，於是結壇作法，請雷神將狐狸精劈死。他在檄文中數落狐狸精罪狀：「況蕭裕乃八閩進士，七品命官，而敢薦爾腥臊，奪其精氣。」此處「奪其精氣」，實際上指明了狐媚致病的根本原因。

類似的說法，也出現在明代其他文學作品中：

狐千歲始與天通，不為魅矣。其魅人者，多取人精氣以成內丹。（《五雜組》）

好教郎君得知，我在此山中修道，將有千年，專一與人配合雌雄，煉成內丹。向見郎君韶麗，正思取其元陽。（《二刻拍案驚奇》）

（狐狸精）修真煉形，已經三千餘歲，但屬陰類，終缺真陽，必得交媾男精，那時九九丹成，方登正果。（《蕉葉帕》）

這些狐狸精致人疾病纏身的「取精氣」、「採元陽」行為，就是所謂的「採補」。「採補」之義，指男女透過性交汲取對方元氣、精血以補益自己，這種觀念源於中國古人對於性事的獨特理解。荷蘭學者高羅佩（Robert Hans van Gulik）在《中國古代房內考——中國古代的性與社會》中說：人們認為，性交有雙重目的。首先，性交是為了使婦女受孕生子，綿延種族……其次，性交是為了讓男人採陰以壯其陽，而同時女人也可以因激發其陰氣而達到強身健體。秦漢之前，房中術就已流行，《漢書·藝文志·方技略》載房中術流派有八家，葛洪《抱朴子內篇·釋滯》則言：「房中之法十餘家，或以補救傷損，或以攻治眾病，或以採陰益陽，或以增年延壽，其大要在於還精補腦之一事耳。」葛洪的這段話基本上釐清了兩個問題：解釋了採補的概念，明確了採補只是房中術的一部分。

葛洪是神仙道的創始人，下筆萬言無非為了教人得道成仙。在他的理論體系中，以採補為主的房中術是與金丹、服氣等並列的道術之一，但對於成仙的重要性遠在金丹之下。內丹之說興起，所強調的精氣神都是些摸不著看不見的東西，加之講述這種理論的語言撲朔迷離，常常出現陰丹、陽丹、陰陽交媾、內外雙修等給人以豐富想像餘地的詞語，道士中一些別有用心的理論工作者就將採補和內丹聯繫在了一起。試想一下，對於飽暖而思淫慾的人，有人告訴他一個法子，既可以縱慾行樂，又可以長生不老，豈不大受歡迎？於是，被房中術改造了的內丹道到明代便風靡社會，廟堂之高，江湖之遠，處處有人踐行。

明代帝王本來就推崇道教，從太祖朱元璋開始就廣設齋醮，服食金丹，後來的帝王更多了一項內容，就是大行房中術而煉內丹。憲宗、世宗尤其荒淫好色，深信採補之說。直到清兵入關，崇禎帝自縊景山後，南明小朝廷偏隅江南，仍不忘縱慾行樂。《明季南略》記載：「正月十二日丙申，傳旨天財庫，召內豎五十三人進宮演戲、飲酒，上醉後，淫死童女二人，乃舊院雛妓，馬、阮選進者。」

這種被成仙理想包裝了的淫樂方式，在民間也大行其道。《二刻拍案驚奇》有「甄監生浪吞祕藥，春花婢誤洩風情」一段，講述的就是監生甄廷詔痴迷採補而喪命的故事。甄公篤好神仙黃白之術，「心裡也要煉銀子，也要做神仙，也要女色取樂，無所不好」。他請了個叫玄玄子的道士，留在家裡研討內丹採戰抽添之法。但甄監生人老力疲，每不盡興。玄玄子給了他幾粒丹藥，告訴他：「即夜度十女，金槍不倒。」監生自然是喜歡，當晚就吃了丹藥搞試驗，不料樂極生悲，最後兩手一撒，倒地氣絕。

狐媚與採補的交融，也是這個時期才出現於文學作品中。

採補的理論本來也講究陰陽平衡，但是高羅佩認為，古代中國人甚至還得出錯誤的結論，認為男子的精液數量有限，而女子是陰氣取之不竭的容器。因此，男人是採，女人是養；男採女是理所當然，女採男就是傷天害命——可見採補術一旦落到實處，肯定是為男人服務的。至於陰採陽會導致什麼結果，我們可看一段《玉房祕訣》的文字：

西王母是養陰得道之者也。一與男交，而男立損病，女顏色光澤，不著脂粉。常食乳酪而彈五弦，所以和心繫意，使無他欲。王母無夫，好與童男交，是以不可為世教。

西王母看來該是中國最早的女權主義者，大家只說採陰補陽，她偏要採陽補陰，而且手段極高，效果極佳。為了採補而勾引男人的狐狸精們正所謂西王母之亞流，自己「顏色光澤」、「和心繫意」，而「男立損病」。一種只為男人的性娛樂服務的房中術，現在卻被狐狸精用來逆襲男人，且動輒使男人們形衰體弱、傷身殞命。

更為可氣的是，採補的狐狸精不僅吸人陽精，還玩弄感情，使男人身心俱損。《閱微草堂筆記．槐西雜志一》就寫一個少年為狐狸精所媚，累得黃皮刮瘦，狐狸精仍纏綿不休，直至少年徹底萎靡。狐狸精見此二話沒說，披上衣服準備走人。少年倒是對她動了幾分真情，便泣涕挽留。狐狸精根本不拿正眼兒看他，該走還走。少年一副相思腸化作無名火，責備她寡情薄義。狐狸精拋下絕情的話：「我與你本無夫婦之義，只為採補而來。你現在精髓已枯，我採無可採，還留這裡伺候你，真是笑話！」

那麼，是否所有媚惑男人的狐狸精都是為了採補呢？非也。紀曉嵐和蒲松齡都探討過這個問題，且有基本一致的立場。

紀曉嵐以為害人之狐與不害人之狐的比例是九比一，害人之狐要遠遠多於不害人之狐。他在《閱微草堂筆記》中多次借狐狸精之口表明觀點：

凡狐之媚人有兩途：一曰蠱惑，一曰夙因。蠱惑者，陽為陰蝕則病，蝕盡則死；夙因則人本有緣，氣自相感，陰陽翕合，故可久而相安。然蠱惑者十之九，夙因者十之一。其蠱惑者，亦必自稱夙因，但以傷人不傷人知其真偽耳。（《灤陽消夏錄五》）

凡我輩女求男者，是為採補；殺人過多，天律不容也。男求女者，是為情感，耽玩過度，用致傷生。（《如是我聞一》）

紀公總讓狐狸精為自己立言，寫來寫去難免會有些前言不搭後語，但兩段語錄的中心思想還是很清楚的：狐狸精之媚可害人可不害人且害人者多，不害人者少。

蒲松齡不談大道理，喜歡以事實說話，《聊齋誌異．蓮香》中一場狐鬼之爭，實際上是對這個問題的交代。蓮香是狐狸精，李氏是女鬼，她倆輪番糾纏桑生，桑生也不要命地貪歡，結果病倒，命懸一線。一對狐鬼為追究責任在桑生病榻前拌嘴，蓮香責怪李氏：「夜夜幹這事兒，人跟人都受不了，而況你還是個鬼！」李氏反脣相譏：「狐狸精是出了名的害人精，難道你就與眾不同？」蓮香於是說出一段名言：「採補的狐狸精才害人，我不是此類。故世有不害人之狐，斷無不害人之鬼。」

蓮香的這段話包含了下面幾層意思：一是鬼與人交媾，鬼必害人；二是狐狸精則有害人和不害人之分；三是以採補為目的勾引男人的狐狸精才害人，非為此目的則不一定害人。這裡又牽涉人、鬼、狐三者之間的關係，紀曉嵐在《閱微草堂筆記．如是我聞一》中對此的闡述，似乎在與蒲松齡一唱一和：「人陽類，鬼陰類，狐介於人鬼之間，然亦陰類也。」——陰陽相交，陰必損陽，這是個充足理由律；狐狸精雖是妖精，但狐狸畢竟是生命體，有生命的溫暖，因此害不害人是概率事件。

不過，《聊齋誌異》中的狐狸精，不害人之狐顯然多於害人之狐，這與紀曉嵐的數據正好相反。但儘管對狐狸精鍾愛有加，蒲松齡還是寫過害人之狐，《董生》中的狐狸精就算一個。青州董生半夜歸家，有狐狸精主動投懷送抱，一個多月，董生便身體羸弱，面目憔悴，尋醫問藥，才知中了妖媚。醫生告訴他小命危在旦夕，給他抓了幾服藥，交代如何煎製，特別強調不能行男女之事，否則神仙也救不了。當晚，狐狸精又來。董生說：「別再纏我，我都快死了！」風情無限的狐狸精突然翻了臉：「難道你還想活！」隨即拂袖而去。董生獨寢服藥，但只要一闔眼，就夢見與狐女交媾，叫家人守在床邊也沒有辦法，不久吐血而亡。害死董生的這個狐狸精，無疑就是蓮香所說的「採補者流」。

一般而言，在作家筆下，大部分狐狸精採補只為了自己成仙修煉，為此害了人也是情不得已。像獨孤氏、大別狐這些比較有覺悟的狐狸精事後還會想辦法讓被害人康復。但採補術頗像陰柔的武功，平日裡練著可以強身健體，必要時出手也能克敵制勝，而且威力非可小覷，心術不良的狐狸精拿它當大殺器也是很可怕的。下面的故事同樣載於《閱微草堂筆記．灤陽續錄三》：

濟南有個旅館，店小客多，房間不夠住，旁邊一院落的房間卻空著。一夥趕考的青年吵著要住進去，店主解釋說：「不是我不讓你們住，只是那裡實在不安全，到了晚上就出怪事兒，也不知是鬼是狐。」大夥兒一聽，便不吱聲了。獨有一莽夫不信邪，背著鋪蓋就進去了，還在裡面嚷嚷：「不管是鬼是狐，來男的咱就比試力氣，來女的就同床共寢！」

半夜，窗外果然有嬌聲道：「我來陪你睡覺吧？」他起身開門，突然撲進一個長毛怪物把他壓住。這哥們渾身是膽，通體是勁，揪住怪物便打。怪物在此駐紮搗亂很有些年月了，大約第一次遇到這麼不怕死的，也不願示弱，強力反擊。在屋裡滾打了一陣子，怪物漸落下風，被一拳擊中要害，奪門而逃。勇士追出屋去，才發現院裡早圍了一堆人熱烈鼓掌。這哥們豪氣萬丈，唾沫橫飛地把戰鬥經過渲染了一番，直講到三更天才各自回房安歇。

降妖英雄躺在床上心情激動，翻來覆去睡不著。這時，嬌怯的聲音又從窗外傳來：「此番我真來陪你睡覺了！剛才便想來，但我大哥非得試試你的武功，結果一敗塗地，害得我都不好意思耶！」話音未落，絕色美女已到床邊，指如春蔥，滑澤如玉脂，香粉氣馥馥襲人。英雄心想，剛才那鬼物都被打跑了，難不成還怕這小妖女！於是他把美女攬入被衾，歡暢欲仙時，忽覺此女腹中一吸，他立馬心神恍惚，百脈沸湧，昏昏然不知人事。第二天日上三竿不見人出來，同伴急忙叫來店主破窗而入，噴了幾口冷水，才將那哥們喚醒。但降妖英雄已成病夫，服了半年藥才勉強拄杖而行，不僅功夫全失，英雄氣概也蕩然無存。

採補術本是道士們研究出來的功法，卻被狐狸精大肆使用，這種狀況肯定令一些道士很不爽。道與狐本來就是對立的兩股勢力，素來不共戴天，經常要比試高低。因此，採補的場所有時也會成為道狐交鋒的戰場。

《閱微草堂筆記．槐西雜志四》中的狐狸精把自己藏在葫蘆裡讓書生別在腰間，想親熱時就鑽出來親熱。後來書生不小心弄丟了葫蘆，狐狸精也不知了去向。一天，書生在郊外散步，忽聽得朝思暮想的狐狸精在樹叢裡喚他。他急欲相見，狐狸精卻躲著哭訴：「我再也不能見郎君了！採補煉形，狐之常理，我煉了三、四百年才成美女之形。最近不知從何處來了個妖道，採補術甚是了得，而且專門找已煉成人形的狐狸精採補。我等被他一念神咒，便不能動彈，只好任其所為，採不出狐丹的他就乾脆殺了蒸著吃。我為其所擒，實在扛不住，狐丹已被收去，現在不能變人了！從此還須再煉三、四百年，才能變化。郎君啊，天荒地老，後會無期！知道你心裡一直捨不下我，所以喊你一聲，請多多保重，不要再想我了！」

狐高一尺，道高一丈，這個回合道士勝出。有時候，情況則會變得非常複雜，狐與道還在糾結不清，別的角色又摻和進來。《耳食錄．阿惜阿憐》裡的金陵詞人蕭生娶了一對狐狸精姐妹花，帶著遊山玩水，賞花划船，羨煞路人。不巧也遇到一個道士，道士偷偷摸摸地問他：「你帶著這倆紅顏禍水，心裡就沒一點兒害怕？」蕭生本來就知道兩美女是狐狸精，被道士一問真就害怕起來。道士乘機緊逼：「你已經妖氣纏身，我不出手相救一定性命難保。」道士的法術非常獨特，既不設壇，也不用藥，只拿了一道符要他繫於私處。

倆狐狸精也不是省油的燈，居然未卜先知，待蕭生一進屋便勒令其脫褲解符，誰知那符怎麼也解不下來，突然符變成了一頭齜牙咧嘴的小野豬。蕭生見狀驚呼：「二卿救我！」阿惜說：「郎君負心，該受此禍！竟然把一頭野豬帶進我姐妹的香閨！」阿憐抽刀割去，蕭生一陣劇痛，頓時昏厥。他醒來後發現道士已被反縛於庭柱，二女道：「這妖道本是野豬成精，假意授你隱身符，其實是自己想盜取元精。何其可惡！」言罷，一桶開水劈頭蓋腦澆下去，道士頓時變成一頭野豬。

最後，還有個小小的問題：既然採補可以男採女，也可以女採男，而狐狸精有男有女，是否雄狐也可以採女呢？理論上是可以的，但實例很少，《閱微草堂筆記．槐西雜志四》有一則故事寫青縣某人與狐狸精為友，一次路過叢莽，聽得有人呻吟，過去一看，正是狐友。原來這個狐狸精見小妓女長得壯實，就變成書生去採她的陰精。不料感染了性病，惡瘡在身上潰裂蔓延，痛得直打滾，故作呻吟。這個故事除了告訴大家狐男可以採女，還有著「妓毒於狐」的影射。

六、狐懲淫

狐狸精是「千古之淫婦」，是「淫妖」、「淫獸」，在一般情況下，他們都是「淫」的主體。因此，「狐懲淫」的出現，意味著一次重大的觀念變革，其發生的時間大約在明末清初。究其根源，則與中國色情文學的發展有關。

相對於兩千多年的文學史，中國色情文學的出現可謂姍姍來遲，直到唐宋傳奇中才初現端倪。如《飛燕外傳》、《迷樓記》都寫帝王的荒淫縱慾，然性事描寫淺嘗輒止。茅盾先生在《中國文學內的性慾描寫》中說：「足知宋以前性慾小說大都以歷史人物（帝皇）為中心，必托附史乘，尚不敢直接描寫日常人生。」這些作品的宗旨，無非探究統治者的荒淫與國家興亡之間的關係。

宋元詞曲裡也有不少與性事有關的文字，如李煜：「羅袖裛殘殷色可，杯深旋被香醪涴。繡床斜憑嬌無那，爛嚼紅茸，笑向檀郎唾。」晏殊：「醉折嫩房和蕊嗅，天絲不斷清香透。」柳永：「洞房悄悄。錦帳裡，低語偏濃，銀燭下，細看俱好。」秦觀：「消魂，當此際，香囊暗解，羅帶輕分。」此即所謂「豔詞」，但豔的分寸是點到為止，且多用象徵、比喻等修辭手法，表達講究，不失典雅。

元曲起於俗謠俚曲，表達趨於大膽潑辣，如王和卿的《小桃紅．胖妓》：「夜深交頸效鴛鴦，錦被翻紅浪，雨歇雲收那情況，難當。一翻翻在人身上，偌長偌大，偌粗偌胖，厭扁沈東陽。」可是，這種尺度離明代章回小說，仍有十萬八千里的距離。

宋之前表現性慾的作品有兩篇比較獨特，一是唐初張鷟所著駢文體《遊仙窟》，一是白居易之弟白行簡所著《天地陰陽交歡大樂賦》。前者以第一人稱手法自述旅途中在一處世外仙境的偶遇，後者則淋漓盡致地描寫不同身分、不同年齡以及不同場合的男女性事，描摹之詳細完備可視為一篇房事技術指南。從兩文暴露性事的尺度看，和後世《金瓶梅》、《肉蒲團》已相差不遠，但稍加研判，便知境界大有不同：其一，兩文包含的性慾描寫自然大方，表現的是男女之思和人生之樂；尤其是《天地陰陽交歡大樂賦》對於性慾的正面肯定，有明顯的道家自然主義的色彩。其二，表現性事的部分並不包含對「淫」的道德評判，因此作品中沒有「止淫」的說教。

世俗色情文學在明代中後期如雨後春筍般出現，數量之多，尺度之大，堪稱世界文學史上的奇觀。茅盾先生評價那時的作品「蔓生滋長，蔚為大觀。不但在量的方面極多，即在質的方面，亦足推為世界各民族性慾文學的翹楚」。當然，這些作品也表現出了很複雜的狀態，有些除了汙穢的性事描寫，一無可取。但被目為「淫書之首」的《金瓶梅》，則堪稱一部偉大的作品。如果我們去掉關於「淫」的成見，其在中國文學史的地位，實可與《紅樓夢》一相頡頏。

以《金瓶梅》、《肉蒲團》為代表的明清「淫書」，之所以寫得放縱大膽，就是作者們自以為具有以淫止淫的道德自信。這時的色情文學作品幾乎都具有如下特點：一方面是極端的性事描寫，而且伴以大量的變態施虐和色情狂性妄想；另一方面，作者又無不強調如此這般，是為了勸誡世人不要縱慾傷身，是為了教人遵循倫理道德。從《金瓶梅》、《肉蒲團》對人物命運的處理來看，作者的確是想實現這樣的主題：西門慶和金、瓶、梅都因縱慾而亡，未央生最後割掉塵根遁入空門，而他那變成名妓的妻子也自縊而死。

淫亂的露骨描寫和止淫的道德說教，構成了明清色情文學的冰火兩重天。而將此二者糅在一起，完全是出於作者的主觀意願。著名色情小說《肉蒲團》開篇幾乎用了整整一章文字，彎來繞去講這個道理：

> 做這部小說的人原具一片婆心，要為世人說法，勸人窒慾不是勸人縱慾，為人祕淫不是為人宣淫。看官們不可認錯他的主意。既是要使人遏淫窒慾，為甚麼不著一部道學之書維持風化，卻做起風流小說來？看官有所不知。凡移風易俗之法，要因勢而利導之則其言易入。近日的人情，怕讀聖經賢傳，喜看稗官野史。就是稗官野史裡面，又厭聞忠孝節義之事，喜看淫邪誕妄之書。風俗至今日可謂靡蕩極矣。若還著一部道學之書勸人為善，莫說要使世上人將銀買了去看，就如好善之家施捨經藏的刊刻成書，裝訂成套，賠了貼子送他，他還不是拆了塞甕，就是扯了吃煙，那裡肯把眼睛去看一看。不如就把色慾之事去歆動他，等他看到津津有味之時，忽然下幾句針砭之語，使他瞿然嘆息道：「女色之可好如此，豈可不留行樂之身，常還受用，而為牡丹花下之鬼，務虛名而去實際乎？」又等他看到明彰報應之處，輕輕下一二點化之言，使他幡然大悟道：「姦淫之必報如此，豈可不留妻妾之身自家受用，而為隋珠彈雀之事，借虛錢而還實債乎？」思念及此，自然不走邪路。不走邪路，自然夫愛其妻，妻敬其夫，《周南》、《召南》之化不外是矣。

而打通兩者的關節，則是文人們從佛教思想中獲得了強大的理論自信。佛門中有「因色設緣」之說，是佛教為引導那些色慾深重之人的方便法門。經中很容易找到此類文字，如《維摩詰經》說：「或現作淫女，引諸好色者，先以慾鈎牽，後令入佛智。」《華嚴經》則有「妓女菩薩」婆須蜜多女；《入法界品第三十九》言：「若有眾生抱持於我，則離貪慾，得菩薩攝一切眾生恆不捨離三昧。若有眾生唼我脣吻，則離貪慾，得菩薩增長一切眾生福德藏三昧。凡有眾生親近於我，一切皆得住離貪際，入菩薩一切智地現前無礙解脫。」

此類「妓女菩薩」的形象在唐代便已中國化，李復言的《續玄怪錄．延州女子》記一個美貌少婦獨行城市，人盡可夫。死後州人莫不悲惜，葬於道旁。後來，有胡僧自西域來，見墓敬禮焚香，圍繞讚歎。旁人說這就一淫蕩女子，師父何故如此禮敬。和尚說：「非檀越所知，此乃鎖骨菩薩，不信可開墓驗證。」眾人即開墓，見女子遍身之骨鈎結如鎖狀，果如僧言。到北宋葉廷珪的《海錄碎事》，這個女子又成了馬郎婦，「於金沙灘上施一切人淫。凡與交者，永絕其淫」。

何以能「永絕其淫」，馬郎婦的故事沒有交代。但在小說家筆下，縱慾的結果基本上都表現為傷身害命甚至家破人亡，如《金瓶梅》、《肉蒲團》的人物命運。狐懲淫的故事幾乎直接繼承了這種觀念，如《聊齋誌異．董生》、《諧鐸．狐媚》、《螢窗異草．小珍珠》、《夜譚隨錄．段公子》、《醉茶志怪．杜生》等作品，都講述男人與狐狸精貪歡，最後不是精盡人亡，就是命若懸絲。雖然大多故事中狐狸精的主觀動機不是懲淫，而是採補，但縱慾者付出的生命代價通常被理解為好色施淫而得到的報應。而狐狸精的設局有時似乎就是衝著這個報應的結果而來的，比如《小豆棚．郝驤》的故事：

柘城郝驤輕佻好色，對鄉里所有少女嫩婦都垂涎三尺。某天他騎驢郊遊，看見一個十六、七歲的美女踽踽獨行，就尾隨其後。入山到一所籬笆茅屋前，少女忽然不見了蹤影，屋裡卻出現一個頗有姿色的中年美婦。兩人開了幾句玩笑，便勾搭成奸，床幃間頗快意。事畢，郝驤看見牆上掛著一具琵琶，問誰擅此物，婦人告知是自己的義妹小心。郝驤急於求見，婦人在廂壁上輕叩兩聲，一個身披薄紗的半裸少女掀帘而出，指著郝驤笑道：「你在驢背上想得口水直流，現在就讓你嘗飽甜頭！」於是，兩女一男又彈又唱又飲酒，疊番淫亂，直到郝驤累成一條死魚，赤條條昏沉沉躺在地上不能動彈，老少娘們還不放手。不知過了多久，郝驤被驢叫聲吵醒，發現天已大亮，自己躺在亂草叢中。他想爬起身來，無奈沒有半分氣力，後來還是村裡人路過看見，把他抬回家裡。這哥們從此一病不起，年末三十就撒手歸西了。村裡人都說，那日郝驤昏睡的地方，是城北亂塚的狐狸窩旁。

《閱微草堂筆記．槐西雜志三》則從狐狸精的角度表現這種懲淫。一狐男在河北交河嫖姦一對妓女姐妹花，不久便使二女罹病將死。其家請來道士劾治，設壇作法擒妖。晚上，狐狸精化為書生來見道士，說：「師父何苦相逼！我採補殺人固然違反天律，但你也得想想這倆都是什麼女人。飾其妖容，蠱惑年少，破人之家，廢人之業，離間人之夫妻，不知凡幾！此輩妓女的作為就是人面獸心，我現在即以其人之道還治其人之身，無非是以獸殺獸，有何不可？」法師沉吟良久，覺得狐狸精講得有理，收拾傢伙撤退了。

以報應揭示慘痛的結局是因色設緣的一種方式，另一種方式則是以色空觀解構兩性關係，視美女為紅粉骷髏，說恩愛為夢幻泡影，此即前文提到的不淨觀。《阿難為蠱道所咒經》載，摩登伽女喜歡佛弟子阿難，佛祖是這樣做思想工作的：

> 佛問：「汝愛阿難何等？」女答：「我愛阿難眼，愛阿難鼻，愛阿難口，愛阿難耳，愛阿難身，愛阿難行步。」佛言：「眼中但有淚，鼻中但有涕，口中但有唾，耳中但有垢，身中但有屎尿臭處不淨。其夫妻者，便有惡露；惡露中便有子；已有子便有死亡，已有死亡便有哭泣，於是身有何益？」

摩登伽女聽到此處，無法再愛。

一部《金瓶梅》看上去淫光四射，開篇卻講「色即是空」：

> 這財色二字，從來只沒有看得破的。若有那看得破的，便見得堆金積玉，是棺材內帶不去的瓦礫泥沙；貫朽粟紅，是皮囊內裝不盡的臭汙糞土。高堂廣廈，玉宇瓊樓，是墳山上起不得的享堂；錦衣繡襖，狐服貂裘，是骷髏上裹不了的敗絮。即如那妖姬豔女，獻媚工妍，看得破的，卻如交鋒陣上將軍叱吒獻威風；硃唇皓齒，掩袖回眸，懂得來時，便是閻羅殿前鬼判夜叉增惡態。羅襪一彎，金蓮三寸，是砌墳時破土的鍬鋤；枕上綢繆，被中恩愛，是五殿下油鍋中生活。只有那《金剛經》上兩句說得好，他說道：「如夢幻泡影，如電復如露。」

狐狸精本來就是夢幻泡影，因此，這種戒淫的方式也是他們的強項。《閱微草堂筆記・灤陽消夏錄一》記載：寧波吳生喜歡出入青樓，和一個狐女拍拖後，仍不改這風流毛病。狐狸精說：「我能變化，你想要哪個美女，我變成她就是，豈不省了你在青樓裡花錢買笑？」吳生想這個好玩，不妨試試，就說了一個美女的名字，狐狸精立馬就變了出來。

吳生大喜，要狐狸精每天都變不同的美女陪睡，從此在家眠花宿柳，不逛窯子了。但時間一長，他又覺得膩味：「如此夜夜做新郎固然快活，但到底都是你在變來變去，還是不太盡興。」狐狸精因勢利導教育他：「說得也是！但聲色之娛，本來就是電光石火。我變成別人當然是幻化，她們本人難道就不是幻化？古來的歌舞之場，多少都成了黃土青山。現在的黛眉粉頰，將來都會變成豁齒白髮。倚翠偎紅，不都恍如春夢嗎？」吳生豁然有悟。幾年後，狐狸精辭別，吳生也老了，再不去逛窯子。

倚翠偎紅恍如春夢，如果讓黛眉粉頰立馬變成豁齒白髮，那更使人情何以堪。《閱微草堂筆記．如是我聞一》記載，江西一舉子考試落第，住在京城的廟街破屋度夏。一日，他見美女立於簷下微笑，估計是個狐狸精，但這哥們性情落拓，寫了幾首豔詩撩妹。晚上，床前窸窣有聲，他心知是狐狸精來了，便伸手一接。狐狸精縱體入懷，冶蕩萬狀，舉子癲狂一夜後癱倒在床。這時，月光入戶，這哥們一看身邊的小美女，原來是又黑又醜的老太婆！她還賣弄風情：「城上老狐，寂寞數載。蒙君垂愛，故前來獻身。」

狐狸精是淫妖，深知其中三昧，在「以淫止淫」觀念指引下很容易轉換身分。前面故事中的狐狸精都像金沙灘上的馬郎婦，必須先淫而後「永絕其淫」。但狐狸精既然被賦予了此種意義，他們的形象又越來越充滿正能量，達到止淫的目的就不一定非得透過「淫」這種終究上不了檯面的方式——自己不參與淫亂，卻能夠懲淫戒色，豈不更好！

《聊齋誌異》裡有個故事，標題就叫「狐懲淫」，講述某男子性情放浪，家中常備媚藥，結果被狐狸精撒進他老婆喝的粥裡，致使其在不正確的時間、不正確的地點春情勃發，差點出軌。這哥們事後反思，覺得是狐狸精在懲罰自己的風流。

而《閱微草堂筆記．灤陽續錄五》裡的一個故事就更加生動：某人有一個神通廣大的狐友，能攝人於千里之外，經常帶著他到處遊山玩水。這哥們卻志不在此，問狐友能否將自己悄悄攝入女人的閨閣中。狐友問他意欲何為，他如實相告：「某日參加朋友家宴，與其愛妾眉來眼去，已對上暗號。但苦於其門庭深嚴，一直未能得手。老兄你在夜深人靜之時將我攝入她的香閨，事情就成了。」狐友沉思良久，道：「也不是不可以做，他男人什麼時候不在，你告訴我。」不久，機會來了，此人招狐友趕緊行動。

狐友二話沒說攝起他就飛了過去，到一間房裡放下，說：「就這兒了！」隨即離開。此人睜眼一看，四周黑咕隆咚的，摸索了一會兒，觸手盡是書卷——這哪是美妾的香閣，分明是主人的書樓嘛！哥們心想壞了壞了，被狐狸精出賣了！他頓時倉皇失措，稀里嘩啦撞倒了器具，很快就被當作竊賊抓住。僮僕點燈一看，發現是主人的朋友。這哥們反應靈敏，謊稱得罪了狐友，被捉弄了，才矇混過關。

這兩個狐狸精只是事局的旁觀者，完全是出於道德自覺而懲罰敗壞社會風氣的好色之徒。經過歷代文人的改造，狐狸精的形象在《聊齋誌異》、《閱微草堂筆記》等筆記小說中得到昇華，因此，一個正經美貌的狐女如果受到流氓登徒子的無端騷擾，也會斷然出手，就像蒲松齡最喜歡的狐女嬰寧。這女孩子愛笑，被鄰居浪蕩子窺視，嬰寧不避而笑，哥們頓生妄想，以為嬰寧對自己有點意思，便進一步挑逗。嬰寧笑著指了指牆角，哥們會意，心猿意馬等到天黑，趕往牆角一看，嬰寧果然在那兒。他二話沒說抱著美女非禮，忽然感覺下身一陣劇痛，立馬倒地亂滾。家人聞訊趕來，見牆角立著一段朽木。他老婆搬過朽木一看，上面有個洞，洞裡有隻蠍子，這才知道老公的命根子被毒蠍蜇了。當晚，浪蕩公子就喪了命。家人到縣裡告狀，訴嬰寧妖異，但官府查無實證，最後不了了之。

紀曉嵐《閱微草堂筆記．姑妄聽之二》也寫了同樣的故事，態度卻寬容很多：少年郎隨塾師在山寺讀書，聽說山裡經常有狐狸精出來媚人，這小子就想狐狸精一定很漂亮，約出來玩玩豈不比讀書有趣。於是他寫了幾首豔詩對著樹林朗誦，希望把狐狸精引出來。一夜，他徘徊樹下，看見有一小丫鬟招手。小哥哥心想狐狸精真的來了，便屁顛屁顛跑了過去。小丫鬟悄悄說：「你是聰明人，不須我多說。我家娘子很喜歡你，今晚就能相見，跟我走吧。」少年隨之去，進了宅院，在深閨曲廊七拐八彎，到了一個房間。朱門半啟，屋裡不點燈，隱隱見床帳飄飄。

丫鬟道：「娘子與公子初會很害羞，你就脫了衣褲直接上床，別出聲兒，當心其他丫鬟聽見。」少年喜不自禁，脫掉衣褲爬上床，抱住美人就親嘴。對方忽然驚起大呼，小哥哥一看，竟然是自己的老師！四周一瞅，哪是什麼閨房。原來老爺子在簷下納涼，沒想到剛迷糊一會兒就被小畜生非禮了。

紀曉嵐這種溫和的懲淫模式得到了比較廣泛的認同，和邦額的《夜譚隨錄．梁生》裡就有類似情節：汴州梁無告家貧好酒，卻娶了個漂亮的狐狸精老婆。酒肉朋友劉某、汪某知道後，就像貓兒嗅到了腥，處心積慮想送梁哥一頂綠帽子。狐狸精何等聰明，早知道了二人的花花腸子，於是吩咐老公擺酒招待。梁無告一上席就猛喝，很快醉倒，去裡屋歇息了。劉、汪二人沒料到事情如此順手，急忙忙就要動手。狐狸精媚眼一掃，嫣然笑道：「劉哥、汪哥有錢又有才，人也長得帥，我早就傾心於你二位了，今晚正是時候。但這裡不便，後院有個小閣樓，咱們去那兒。」劉、汪二話沒說，左右架著狐狸精就往後面走。

到了後院，果然看見一幢高高的樓閣。汪某問：「我來你家多次，怎麼不知道這裡還有閣樓？」狐狸精說：「新蓋的，不過一月。」樓內酒餚具備，銀燭雙輝。哥兒倆沒想到這小美女如此可人，已經急不可耐。狐狸精卻道：「差點忘了，還有好些下酒菜，我去取來。」去了一陣不見回來，二人憋不住了，一前一後地出去查看。汪某找到格子間，聽見裡面有動靜，迫近一看，發現裡面果然躲著美女，便一個虎跳猛撲進去，美女奪路而逃。汪某一路狂追，終於在花叢裡把她一把抱住；美女極力抵抗，汪某越抱越緊。這時，忽聽得院子裡有人喊捉賊，一夥人把汪某和美女摁倒在地，拳腳交加。他高喊：「我是汪秀才！」眾人住手一瞧，真是汪秀才，他懷裡抱著的卻是劉公子！

劉公子破口大罵：「你喝了幾杯黃湯發瘋，追我作甚？」汪某有苦難言，一個勁兒賠不是。兩人只穿著背心，十分狼狽，說趕緊回閣樓取衣帽。旁人說：「這裡是荒郊野外，哪有什麼閣樓！」二人問這不是梁相公家嗎？眾人都表示不認識什麼梁相公，這裡是孫家廢園，多年無人居住，只有狐鬼出沒。劉、汪二人等到天亮，發現衣帽高高地掛在一棵大樹上。二人遭了這番捉弄，決心報復，次日糾集數十家丁奴僕興師問罪，趕到梁家發現門庭俱空，梁無告和他的狐狸精老婆早已不知去向。

第四章

情與色

一、狐狸精之色

狐女的媚術豐富多彩，但絕大多數狐媚故事還是圍繞著「色」字展開的，誇張一些說，狐媚故事幾乎包含了中國古人對「色」尤其是「女色」的全部理解。

狐女大多是美麗的，歷史上第一個出來媚人的狐狸精阿紫，就是「作好婦形」。之後陸續登場的狐女，也多有傾國傾城之貌。蒲松齡等擅長言情說豔的作家，更是「燕昵之詞，媟狎之態，細微曲折，摹繪如生」（紀曉嵐語），把一個個小狐狸精寫得像碧海青天的夜明珠。試舉幾例：

> 年方及笄，荷粉露垂，杏花煙潤，嫣然含笑，媚麗欲絕。（《聊齋誌異．胡四姐》）
>
> 引一女郎至，雙鬟垂耳，嬌豔動人，立燈下，秋波微睨，笑態盈盈。（《醉茶志怪．阿菱》）
>
> 女衣紅繡，擁錦衾，倚鴛枕而坐，鬢髮黛眉，明眸皓齒，面色如朝霞和雪，光彩奪目，豔絕人寰。（《夜譚隨錄．霍筠》）
>
> 有小女子，年可十三四，顰眉妖臉，披髮慵妝……態若流珠，神侔秋水。（《螢窗異草．住住》）
>
> 雪色明如皎月，則一小女子，辮髮垂鬟，盈盈立於檻外，天寒翠袖，暮倚修竹，差可彷彿其一二。（《螢窗異草．鏡兒》）

有些狐女真是太美了，以至於言語無法直接描摹，得以曲筆表現而激發人們的聯想。如《聊齋誌異．嬰寧》中狐女嬰寧的亮相：「有女郎攜婢，拈梅花一枝，容華絕代，笑容可掬。」憑此寥寥數語，想像嬰寧之美似乎也不過爾爾。然而男主角王子服見到嬰寧後的一連串反應，竟像遭受了強烈的核輻射：先是「神魂喪失，怏怏遂返」；接著「垂頭而睡，不語亦不食」；繼而「醮禳益劇，肌革銳減」；最後「忽忽若迷」。如果不是他的朋友吳生探得嬰寧下落，並告知其尚未婚配，王子服唯有相思而亡。可見嬰寧之美，是何等奪人心魄！

最精采的一段曲筆描摹出自《任氏傳》，作者直接描寫任氏相貌只用了四個字——「容顏姝麗」，卻透過韋崟與書僮的問答對任氏之美進行充分渲染：

鄭六泡上狐狸精任氏後，把消息透露給了好友韋崟。韋想探個究竟，便吩咐書僮假裝借東西去鄭六住處偵察。不一會兒，書僮氣喘吁吁地跑回來了。韋崟忙問見到美女沒，書僮說見了；韋又問長得如何，書僮魂不守舍地答道：「天仙啊，我從來就沒見過這麼美的人！」韋崟是大家子，親戚朋友眾多，且到處拈花惹草，交往的美女成百上千，就不信鄭六這土包子還能泡上如此絕色。他在腦海裡的群芳譜上搜索，選出一個美人，問書僮與鄭的女朋友比此女如何，書僮答：「那根本不是一個檔次！」韋崟又列舉了四、五個美女，書僮的回答還是這句話。當時吳王有一小女，與韋崟是表親，穠豔如神仙，是公推的第一國色，他便再問：「她與吳王家的小女誰美？」書僮斬釘截鐵道：「吳王女差得很遠！」韋崟瞠目結舌，繼而仰天長嘆：「我就不信天下會有這樣的美人！」

美色是媚的基礎，但美色並不等於媚態；媚態是一種流動的神情，是「色」概念中更為生動的因素，誘惑異性時的「媚」往往發揮著比容貌之「美」更大的作用。明代大玩家李漁對於美色與媚態的關係在《閒情偶寄》中做過精闢分析：

古云：尤物足以移人。尤物維何？媚態是已。世人不知，以為美色，烏知顏色雖美，是一物也，烏足移人？加之以態，則物而尤矣。如美色即是尤物，即可移人，則今時絹做之美女，畫上之嬌娥，其顏色較之生人，豈止十倍，何以不見移人，而使之害相思成鬱病耶？是知「媚態」二字，必不可少。媚態之在人身，猶火之有焰，燈之有光，珠貝金銀之有寶色，是無形之物，非有形之物也。惟其是物而非物，無形似有形，是以名為尤物。尤物者，怪物也，不可解說之事也。

依李漁所言，媚態十足的女子，即便容貌不怎麼出色，仍不失為尤物，是「不可解說之事」。那麼，既貌若天仙又風姿萬千的狐狸精，「媚力」投射之處，自當移魂奪魄，傾國傾城。歷史上最著名的狐狸精之一，《封神演義》中的妲己就是這樣的尤物。其臨終被綁在刑場，放起媚電來，竟使劊子手骨軟筋酥，下不了手：

話說那妲己綁縛在轅門外，跪在塵埃，恍然似一塊美玉無瑕，嬌花欲語，臉襯朝霞，唇含碎玉，綠蓬鬆雲鬢，嬌滴滴朱顏，轉秋波無限鍾情，頓歌喉百般嫵媚，乃對那持刀軍士曰：「妾身繫無辜受屈，望將軍少緩須臾，勝造浮屠七級。」那軍士見妲己美貌，已自有十分憐惜，再加她嬌滴滴的叫了幾聲將軍長、將軍短，便把幾個軍士叫得骨軟筋酥，口呆目瞪，軟痴痴癱作一團，麻酥酥癢成一塊，莫能動履。

換了一幫人去行刑，結果還是一樣。姜子牙急了，只得親自出馬，出得轅門，見妲己被綁縛在法場上，果然千嬌百媚，似玉如花，眾軍士如木雕泥塑。姜老太爺見了這番情形，可能也快扛不住了，急急忙忙焚香祭出寶物，斬了妲己——很有意思的一個結局！姜子牙為何不手刃禍國殃民的妲己，而要祭出寶物斬她呢？妲己之心固然毒如蛇蠍，但妲己之美也豔若天仙，面對如此尤物，姜老伯下得了手嗎？「一顧傾人城，再顧傾人國」，中國人對於色誘力量的認識，從來就很深刻啊！

姿態重於顏色，是古代女色鑑賞家的共識。李漁先生有理論闡述，蒲松齡就有故事演繹。《聊齋誌異．恆娘》就講述了一個「媚態」勝於「麗色」的經典故事：

都中人洪大業妻朱氏，頗有姿色，很得洪寵愛。後來洪又納一妾寶帶，姿色不及朱，卻奪去丈夫歡心。朱氏不平，經常找寶帶的茬兒，洪大業對她便越來越疏遠。後來搬了家，他們與一個姓狄的商人作鄰，狄妻恆娘，三十多歲，是個容貌平平的狐狸精。狄家也有一個小妾，長得十分漂亮。但狄某只愛恆娘，小妾基本上夜夜虛席。

朱氏便向恆娘討教，如何才能迷住男人。恆娘於是開始了媚女速成教學：第一步擺正心態，別跟男人絮聒，且善待寶帶。朱氏照辦，夫妻關係果然融洽許多。第二步苦肉計，不穿華服，不施脂粉，垢面敝履，盡量多做家務。於是朱氏整天穿著破衣舊裳，坐在作坊裡紡紗。老公有些過意不去，要寶帶去幫幫忙，朱氏說她細皮嫩肉的哪能幹這呀，閒著吧，閒著吧。一個月後，恆娘對這位弟子的成績甚為滿意，於是擇日教其第三步，脫去破衣，換上新裝，描眉畫眼，精心打扮。朱氏照辦不誤，妝畢，讓恆娘面試，恆娘親自為她綰了個漂亮的鳳髻。

朱氏回家，洪大業頓時傻了眼，上下打量，沒想到黃臉婆一下子變得這麼光彩照人了，晚上就去敲朱氏的房門。朱氏故意賣關子，躺床上不起身，說：「一個人睡習慣了，別來打擾我吧。」直到第三天才開門納夫。是夜，「滅燭登床，如調新婦，綢繆甚歡」。半月後，朱氏又去向師父彙報成績，恆娘道：「從此你就可以專房了！但是，你雖然貌美，媚態卻欠火候。以你的容顏，如果再加些媚，跟西施都有得一比，還用得著擔心那個容貌遠不及你的寶帶嗎？」於是，恆娘又教她甩媚眼送秋波，教她掩面嬌笑，教她羞羞答答。每個動作恆娘都親自示範了幾十次，朱氏才學得像樣。在狐狸精師父的調教下，朱氏終於成了一個十足的媚婦。

狐狸精如此貌美善媚，還能悉心調教人間美女，殊不知其由狐狸成為美女，也經過了一個艱難的學習過程。他們修煉百年千年，終於可以變成人形時，還得找個人間美女作為範本，然後再變過去。越美麗的範本越不容易學，美麗的程度與修煉的難度成正比。薛福成的《庸盦筆記》有則故事，就借狐狸精之口介紹了這個歷程。此狐狸精當然是個絕色美女，「澹妝靚服，年可三十許，尤覺端豔奪目，甫拜而起，徐步數周，其行如輕雲出岫……步畢就坐，嚶然細語，口操秦音，其幽韻若微風振簫」。她說雌狐煉形時，須確定一位德容兼茂的美女進行仿效，五百年可煉得形似，再五百年方可煉得神似；然後再擴充益廣，找人間各式各樣的美女仿效，再一千年過去，千嬌百媚的狐狸精才能煉成——要成為一個「豔絕人寰」的妖精多不容易啊！

狐狸精除了兼具各色美女之長，其美色中還有一種攝人心魄的妖氣，這是即便容貌再漂亮的人間美女也達不到的境地。在元代《武王伐紂王平話》中，妲己是華州太守蘇護的女兒，本來就有傾國傾城之貌。蘇護送女兒進京選秀，夜宿驛站。九尾狐狸精吸了女兒的三魂七魄，自己的妖魂卻附上了妲己的身形，這假妲己於是「更被妖氣入肌，添得百倍精神」。次日蘇護見到女兒，大吃一驚，不知為何一夜之間，漂亮的女兒變得更加妖豔迷人！

更絕的是，狐狸精之媚還能和他們的變化術結合，可以借用一個女人的身形，慢慢由醜變美或者變化成多個韻味不同的美女。

下面這個故事出自《閱微草堂筆記・槐西雜志二》：朱某有一丫鬟，小時又醜又笨，但隨著年歲增長，變得越來越聰明，模樣兒也越來越俊俏。朱某看在眼裡，喜在心頭，將其納為小妾。這小尤物不僅能媚男人，而且能持家，小算盤打得滴水不漏，家裡什麼事都瞞不了她。朱某靠她操持家務，漸漸成了富人，而對此女的寵愛也無以復加。一日，小妾忽然莫名其妙地問：「老公你知道我是誰嗎？」朱某笑道：「你不就是我的小寶貝蜜桃嗎？」小妾說：「非也，蜜桃已經逃走很多年了，現在某地給別人做老婆，兒子都七、八歲了。我呢，是個狐狸精，前世受了你的恩，所以變成丫鬟的模樣來報答你。」

這個狐狸精可謂心思縝密，他不是簡單地變成一個美女去勾引男人，而是抓住丫鬟逃走的機會，變成蠢丫鬟的樣子，再漸漸變得眉目秀媚、聰明慧黠，使主人在毫無防備中愛上自己。

女性之美雖說是「短長肥瘦各有態，玉環飛燕誰敢憎」，但中國男人對瘦弱之美的欣賞更具有普遍性且源遠流長。春秋時代的楚靈王就酷愛細腰，大臣宮女都為之節食，因此後人說「楚王好細腰，宮中多餓死」。而「環肥燕瘦」中「燕」指的是漢成帝的皇后趙飛燕，此女「腰骨尤纖細，善踽步行，若人手執花枝顫顫然，他人莫能學也」（秦醇《趙后遺事》）。戰國時宋玉形容東鄰之女的體態是「腰如束素」，三國時曹植筆下的洛神也是「肩如削成，腰如約素」。西晉石崇是個不世出的奇人，一身兼具暴徒、才子、詩人、大富豪、色情狂等多種身分，其對女性的把玩達到了登峰造極的地步。玩法之一是將沉香木屑鋪在象牙床上，要姬妾們赤腳走過，沒留下腳印的，即賜珍珠百串；留下腳印的，則命令節食減肥。他的女人們相互戲言：「爾非細骨輕軀，那得百琲珍珠。」

這種略帶病態的審美觀，也透過蒲松齡等人塑造的一系列狐女形象得到了充分展現。青鳳是「弱態生嬌，秋波流慧，人間無其麗者」；嬌娜則「年約十三、四，嬌波流慧，細柳生姿」；鳳仙的出場更有意思，這個狐美人是躺在錦被中，被兩人捉住被角拎出來的，整段敘述未著一個「輕」字，但輕盈的感覺直入人心。

蒲松齡的這種嗜好如此強烈，以致筆墨有時會游離主題，旁出一枝而刻意勾畫。《狐夢》的一個場景營造極用心：名士畢怡庵與美麗的狐狸精有段露水姻緣，狐妻共有姐妹四人。一日大姐張宴，姐妹歡聚，小四妹也出來見姐夫。這是個十二、三歲的小女孩，稚氣未退，卻生得「豔媚入骨」。她抱著貓坐在大姐膝頭，拿桌上的糖果吃。不一會兒，大姐說壓得自己腿疼，把她推給二姐。二姐急忙拒絕：「婢子許大，身如百鈞重，我脆弱不堪。」順手便將小女孩遞給了畢怡庵。這個「身如百鈞重」壓得大姐腿疼的四妹，畢怡庵抱在膝上的感覺卻是「入懷香軟，輕若無人」！筆意頗費周折，最後要達到的效果就是表現四妹的輕，但透過大姐、二姐的感受，也暗寫姐妹二人都是燈心草般的身子骨。

在明清文人眼中，這種寒怯、瘦弱之美還有一處動人心魄的焦點，那就是女人的三寸金蓮，《聊齋》、《螢窗異草》等書寫狐狸精之美，到處可見「點腳之筆」。

嬌娜姐妹是「畫黛彎蛾，蓮鈎蹴鳳」；狂生耿去病親近青鳳的第一個動作是在桌子下面「隱躡蓮鈎」（西門慶勾引潘金蓮的動作）；《績女》中狐狸精的一雙小腳更絕——「繡履雙翹，瘦不盈指」，好色名士費生為一睹此女之美而變賣家產，結果連個全人都沒見著，只看清了門帘下的一對金蓮，於是詩興大發，作《南鄉子》一首題於壁，上闋只寫這雙腳：「隱約畫帘前，三寸凌波玉筍尖。點地分明蓮瓣落，纖纖，再著重台更可憐。」

從迷戀足到迷戀鞋是必然的移情結果。《鳳仙》中狐狸精姐妹相互捉弄，三妹鳳仙偷來姐姐八仙的一雙繡鞋交給情郎劉赤水，要他拿出去給別人看。這雙鞋「珠嵌金繡，工巧殊絕」，劉赤水出示親朋好友後，求觀者絡繹不絕，以至於要送錢送酒才能看上一眼。這種看繡鞋的熱鬧場景，固然是出於蒲松齡推己及人的構思，但對纖足、繡鞋之愛，在當時無疑有廣泛的群眾基礎。有些男人愛好繡鞋之深，竟然親自動手製作。

《螢窗異草．繡鞋》中的莊士玉就是一位工藝美術大師，製作的繡鞋精美絕倫。一日深夜，他臨睡前把剛製成的繡鞋放在窗前，第二天鞋卻失蹤了。黃昏時，梁上一物像鳥兒般飛落，正是那隻繡鞋。不過還多出一張信箋，漂亮的小楷寫著一首詩：「故抛象管弄銀針，織盡文房幾許心。自是深情憐一瓣，詎知寸趾價千金。」莊士玉大聲問：「寸趾者可得一見乎？」梁上徐徐垂下一雙美足，繡履半彎，尖細如娥眉新月，把莊哥看得心醉神迷。接著，二八麗人降落，生得玉容百媚，不是人間凡色。而且，麗人毫不羞澀，徑直投入莊哥懷抱，任其寬衣解帶，擁入衾底。

事後，麗人留了一隻鞋給莊哥，要他照樣子做幾雙。莊哥看這鞋小巧無比，但工藝不夠精美，於是使出平生手段做了一雙新鞋，備極工巧。麗人再來時，見到新鞋非常高興，於是與莊哥再次歡愛，臨別時囑咐：「你只要給我做這麼好的鞋，我就經常來！」莊哥於是拚命做鞋，拚命與麗人幽會，身體越來越差，不到半年就病亡了。後來，有人誤挖墓穴，見一雌狐疾馳而去。洞穴裡整齊擺放著女人衣物，竹籃裡更有幾十雙精美的繡花鞋。眾人一看，便知都是莊大師的作品。莊士玉的生命在色藝交織的火焰中燃燒成了灰燼。

當然，並不是所有的狐狸精都美如天仙，既然她們修為有高低，相貌便也有區別。有些狐狸精受不了成百上千年的苦修，急急忙忙地成人了，容顏方面就得打點折扣。但人間也不乏貧窮而無趣的男人，他們也有性要求，因此色貌平平的狐狸精也不愁找不到伴侶。《聊齋誌異》之《毛狐》、《醜狐》寫的就是這樣的故事。

《毛狐》裡的狐狸精不僅貌不美，還渾身長滿紅色的細毛，但她仍然勾搭上了貧不能娶的農民馬天榮。兩人混了一段日子，關係還不錯，大概馬天榮也聽說過狐狸精美豔，沒想到自己遇到的這一個卻長得不咋地，於是問相好的為何不美。狐狸精答得真好：「你也不撒泡尿照照自己！我們狐狸精都是隨人現化的。你窮得沒一個子兒，來個落雁沉魚俏妹妹你消受得了嗎？以我這個模樣兒，不足以配上流社會的大款名流，但比起那些大腳妹、駝背女，也差不多是國色天香了，你就知足吧！」

《醜狐》裡的穆生有類似馬天榮的遭遇。他也是家徒四壁，冬天連棉衣都沒有。來了一個狐狸精，衣服穿得漂亮，模樣卻很醜，說話還文縐縐的，要與穆生共溫冷榻。小穆固然窮，但他畢竟有文化，眼前這個女人實在太不符合他夢中情人的標準了，於是扭扭捏捏地不答應。醜女鍥而不捨，拿出一錠元寶放在桌子上，說：「你若與我相好，這錠銀子就歸你了！」穆生人窮志短，見了這白花花的銀錠，終於同意賣身。

二、最怕木石男

狐狸精施展媚術也有無可奈何的時候，首先就是怕遇上「木石男」。

色誘是狐狸精的利器，但誘惑畢竟與強暴不同，這種天雷勾地火的手段必須對方的配合才能達到目的。因此，狐女們的媚局設計得再好，而遇見的對手如果是生理、情感異常的人物，也難以得逞。譬如說，一個嬌媚的狐女勾引男子，而該男子恰巧性取向異常，他對這個狐狸精就不會有興趣。撇開這種極端的情況不說，一些性情木訥、反應遲鈍，或讀書讀壞了腦子的男人，也往往讓狐狸精無可奈何——這種男人，就是所謂的木石男。

某地東嶽廟有兩個書生寄讀，一居北室，一居南室。狐狸精二姑娘經常與南室的書生往來，卻從不去北室。南邊這哥們兒倒也大度，覺得是狐狸精嘛，大家都可以玩玩，便對二姑娘說：「你怎麼只是跟我混，對北邊那夥計卻從不放電？」二姑娘說：「君不以異類相待，故我亦為悅己者容。北邊那小子心如木石，我不想接近他。」哥們進一步挑逗：「你去試試嘛，他未必就扛得住！」二姑娘堅決不去，還講出一番道理：「磁石只能吸引指針，如果是不同類的東西，就吸引不動。不要多事，去了也沒戲。」

這個故事載於《閱微草堂筆記．灤陽消夏錄四》。據紀曉嵐考證，居於北室的那個木石男應該就是他的族祖雷陽公，此人心地樸誠，智力平庸，既無才藝特長，又不解男女風情。他本來就不是狐狸精心儀的那款，如果還拿熱臉去貼冷屁股，叫美麗的二姑娘情何以堪！

不過，在紀氏筆下，並不是所有的狐狸精都像二姑娘這樣知進退，《槐西雜志二》就寫一個狐狸精跑去媚木石男，沒料到這哥們不僅心如木石，而且像《大話西遊》裡的唐僧，十分囉唆。

故事是這樣的：一個雨夜，木石男書生在園亭獨坐。一女子揭帘而入，自言家在牆外，對書生仰慕已久，今晚冒雨相就。書生既不驚喜，也不憤怒，直接開始彎彎繞：「雨猛如是，你為何衣衫不濕？」女子根本沒想到在這個曖昧的時刻，書生居然還能問出這種沒心沒肺的問題，全無應對預案，只好承認自己是狐狸精。書生又問：「此間少年甚多，為何獨來就我？」狐狸精答：「前緣注定。」

「此緣哪裡有記載？又是誰告訴你的？你前生何人？我前生又是何人？我倆因何事結此前緣？結於何

年何月？願聞其詳。」虧得此狐狸精智商過人，吞吞吐吐好一陣，答道：「你千百日不坐此，今天坐此。我見千百人不高興，獨今日見你便高興。這不是前緣又是什麼？請你不要再拒絕了。」、「有緣者兩情相悅。我今日固然坐此，你也正好來此，但我心裡一點都不高興，可見就是無緣。勿多言，請你離開！」狐狸精徘徊不去，還想和他糾纏，忽然聽得外面一個老太婆喊道：「小女子真不懂事！天下男人多得去了，何必一定要找這個木頭人！」狐狸精這才舉袖一揮，滅燈而去。

紀氏筆下的這兩位木石男是同一種類型，屬於讀書讀壞了腦子，心裡塞滿了「非禮勿」什麼的，對男女風情失去了基本興趣。中國古代的讀書文化比較鼓勵這種境界，梁山伯與女扮男裝的祝英台同室讀了幾年書，愣不知道祝同學是一女的！到了著名的十八相送，英台妹妹左點右點，就是點不醒這隻呆鵝。即便如此，大夥兒還是認為祝英台應該嫁給梁山伯，否則就是千古愛情悲劇。所以，梁山伯也頗有幾分木石男的成色，如果狐狸精深更半夜跑去媚他，吃閉門羹的可能性也比較大。

另有一類木石男則是身心發育遲緩或者輕度智障，看著像個男人，實則不知男女之事。如《聊齋誌異．小翠》中的王元豐，「絕痴，十六歲不能知牝牡」。這樣的公子哥兒，狐狸精如何能媚？蒲松齡倒也有意思，偏讓不知愁苦的狐女小翠嫁給他，最後筆鋒一轉，安排小翠用開水燙死丈夫，再讓他死而復生，成為一個真正的男人，完成結局。

木石男儘管「絕痴」，但相貌不一定醜陋，甚至還可能英俊。心計多端的狐狸精就要對他們進行智商測試，以判斷值不值得媚。

《槐西雜志三》記載，某少年逛滄州廟會，傍晚看見牛車載著兩美女往東而去。這小子沒有正常的情感反應，心裡盡想一些枯燥的問題：她倆是村姑還是城姑呢？為什麼不帶丫鬟呢？乘的牛車為何沒有車篷呢？正想著，一個女子的紅手帕掉到了地上，裡面好像還包著不少銅錢，車上人未察覺，揚長而去。這小子又對著紅手帕猶豫：我是撿呢還是不撿呢？想了好一陣，終於沒敢撿。

他回到家以後，還在心裡糾結這事兒，自己無法判斷對錯，便告訴了母親。他母親當然聰明多了，沒想到養了這樣一個蠢兒子，天上掉的餡餅都不知道撿，對他一頓臭罵。半年後，鄰村一個少年被狐狸精媚得精盡人亡。鄉間傳說是撿了紅手帕，美人來索取，一來二往就勾搭上了。母親聽後心有餘悸，回家對著兒子發感嘆：「這才知道痴是不痴，不痴是痴啊！」敢情這包錢的紅手帕是狐狸精放出的試探氣球，痴或不痴一試就知，免得遇上了木石男，浪費表情。

若心如木石又容貌醜陋、行為怪誕，那就是人間極品，狐狸精不僅不媚，還避之唯恐不及。這樣的事情，紀曉嵐在《槐西雜志一》中記錄過一次，這個極品木石男叫申謙居，景州人。一天他騎驢出行，薄暮遇雨，投宿破廟。見地面汙穢不堪，就摘下塊門板當床，橫在門邊睡下。夜半睡醒，申公聽見廟裡一個嬌怯的聲音：「我想出去避避，您擋住門了，我出不去。」申公問：「你在室內，我在室外，兩不相害，何必要避？」過了很久，那聲音又起：「男女有別，您還是讓我出去避避吧！」申公不以為然，和她講道理：「室內室外就是有別，你要是出來了反而男女無別了。」說罷倒頭又睡。

第二天早晨，村民見到這爺們，大驚道：「這廟裡有狐狸精，常常出去迷媚男子，晚上進去則會遭磚瓦飛擊。你在這裡睡了一夜，居然無事！」申公這才明白昨夜是遇上狐狸精了，但他全然不解風情。後來他對朋友說廟裡的狐狸精想勾引他，朋友實在忍俊不禁，叫他別自作多情：「狐狸精就算媚盡天下男人，也斷不會輪到你啊！她見到你這副尊容，是想出去躲避，哪裡是想勾引你！」

為什麼總是紀曉嵐在講述這樣的故事？他可能是存心和蒲松齡唱對台戲，把人狐間的濃情蜜意化解成清湯寡水吧。

男人心如木石，則狐狸精媚功無所施展；而在狐狸精方面，其實也真不愛搭理這些男人。「食色，性也。」天下好色且美雅的男人多著呢，為什麼招惹那些乏味的木石男呢！但很多男人對狐狸精都有防範，至於防得住防不住那是另外一回事，銷魂事兒當然想試試，但又怕搭上精血性命。所以覺悟比較高的色男就加強思想改造，提高自制力，學柳下惠那樣坐懷不亂。即便成不了真的柳下惠，但有幾分將美女視為紅粉骷髏的境界，狐狸精媚上來也挺費事兒。因此，狐媚無所施展的第二種情況，就是碰上那些控制得住自己慾望的男人。

這樣的例證非常少，但不是沒有，《夜譚隨錄・雜記五則》就錄了一例。故事講丁舉人命中克婦，連娶三妻都死了，留下一堆兒女。他不耐鰥居，托媒婆到處說親，怎奈其掃帚星名聲在外，根本沒有像樣的女人應徵。無奈之際，他只好修煉內功，煉著煉著出現了幻覺，閉眼就看見一隻黑狐蹲在對面。他一呵斥，黑狐撒腿便跑。久而久之，彼此都習以為常了。

但幻覺在一天晚上變成了現實。丁孝廉閉上眼睛正準備練功，覺得有人上床來在自己身邊蹭，衣香襲人。丁哥恍兮惚兮，分不清是幻是真，於是垂目息心，凝然不動。緊接著粉腮香吻一齊送上，他實在控制不住，睜眼一看：身邊真坐了一個二八麗人！虧得他的功夫練到了火候，關鍵時刻保持了頭腦清醒，尋思：我托媒婆到處說親，也沒說得個像樣兒的女人上門。今兒個哪就有這等好事呢？這小女子不是狐狸精又是什麼？於是，他對美女說：「我知道你就是天天出現的那隻狐狸！為何總來騷擾我？趕快滾蛋，否則別怪我不客氣！」美女掩口嗤嗤，一副羞羞答答的嬌態。丁舉人煩躁起來，一腳把她踹下床去。狐狸精碰了一鼻子灰，爬起來憤憤地說：「怎麼這樣粗暴，哪有點讀書人的樣子！我真走了，你可別後悔！」說罷出門而去。

過了幾天，丁舉人正在洗澡，狐狸精忽然掀帘而入，笑道：「我來看你裸浴！」見丁不理睬，狐狸精就伸出手在他身上摸。摸著摸著，丁舉人有了生理反應。狐狸精嘻嘻笑起來，用纖指刮他的臉撒嬌：「還讀書人呢，羞不羞啊！當著女孩子的面就這樣。」劇情在這個關鍵時刻急轉直下，丁舉人想：我一學道之人豈可動慾！何況，這騷娘們明明就是一個狐狸精，我還往火坑裡跳嗎？他想到這裡，脾氣又上來了，照著美女的鼻子就是一拳。狐狸精沒料到會遭此突襲，負痛滾地，哀鳴而去。

丁舉人頗有幾分柳下惠的樣子！但制慾有成，生活的諸多實際困難卻不好解決，一個大老爺們拉扯著幾個孩子，根本照顧不過來，所以，他還是想找個女人。這天，又有媒婆上門，說某村卞姓大戶人家有位小姐願意嫁過來。丁舉人不太相信，請自己的姑母和寡嫂過去打探。兩人回來，對女方讚不絕口：不僅有錢，而且漂亮，慢說咱們這鄉村，即便到了大城市也難找出這樣的美人兒！丁舉人大喜過望，即日納聘，大擺宴席。晚上入洞房，揭開紅頭蓋一瞧，果然美豔無比！再一瞧，出事兒了——這不就是前兩次來騷擾他的狐狸精嗎！還沒等他動氣，狐狸精就笑盈盈地說：「我知道你練神仙功很久了，成功在望，但有些地方你還沒弄明白，我來幫你分析分析。咱們一塊兒練，到時同登仙籍，豈不美哉！」媒婆也在旁邊打圓場：「姻緣自有天定，新郎不必遲疑了。」丁舉人一點也沒遲疑，抓起一個痰盂就砸過去！老少倆破窗而去，丁一邊大喊抓狐狸精，一邊追出門去，但狐狸精已不知去向。次日，他派人到卞家一看，哪有什麼大戶，但見梧桐數株，古墳數堆而已。

三、奈何遇上薄情郎

對於以採補為目的的狐狸精而言，有足夠的風騷讓男人飛蛾撲火就行，談情說愛的環節是可有可無的。而男人中也有天生玩家，看中的就是狐狸精的這個特點：無情有術，妖冶風騷，省錢省事兒，不會和自己的妻妾們爭風吃醋。只要能拿捏分寸，進得去，出得來，自然便「得婦如爾亦佳」了。狐狸精水平參差不齊，媚術不精而又缺心眼的遇見這樣的男人就得倒楣。

《閱微草堂筆記．槐西雜志二》記述山東膠州紀生，暮遇女子獨行，這大哥不知怎的就認定她是個狐狸精，心裡癢癢的：都說狐狸精妖媚迷人，到底是何情狀卻從未體會過，今天好不容易遇著了，非得試試！於是他上前搭訕：「我知道你是個狐狸精，你騙不了我。我不討厭狐狸精，和你這麼個狐妹妹玩玩，我也是很高興的。但這野外不行，太不斯文，晚上你到我書房來吧！」這個毫無社會經驗的小狐女晚上果然去了他的書房，讓紀生爽了一夜。紀生要小狐女以後經常來，她也乖乖聽從了。但紀生是個喜新厭舊的主兒，身體也不行，幾天後就興味索然，於是提出分手。

狐妹妹拴不住紀生，居然只會像人間市井婦女一樣哭鬧，罵他玩弄女性，罵他忘恩負義。紀生振振有詞地教育起狐妹妹：「別鬧了，鬧也沒用！但凡男女之事，主動權在男人。女人不願意，男的可以來硬的；男的不願意，女的就沒什麼辦法，即便狐狸精也不例外。而且，你來投懷送抱，無非想盜我精氣，也並不是與我情投意合，所以我不跟你玩了也不算負情。始亂終棄，君子所惡，但那是對人而言，如你輩狐狸精，經常在外面招惹男人，根本就沒什麼名節可言，因此我也不算無情無義。」狐妹妹遇上這樣的江湖老流氓，只好自認倒楣，默默撤退。

狐妹妹遇見老流氓自然沒好果子吃，但若資深狐女動了真情，成了所謂「情狐」，風險也挺大——這是誤入人道，變得和人差不多了，談戀愛的結局就不再由狐狸精單方掌控。遇見重情男子，可能會發展出一段動人的人狐姻緣，如青鳳嫁給耿去病（《聊齋誌異．青鳳》）、松娘嫁給孔雪笠（《聊齋誌異．嬌娜》）、胡大姐嫁給了劉海哥（《劉海砍樵》），都過上了幸福的小日子。但是，結局也有可能是有情人最終難成眷屬，或如牛郎織女般不能相見，或為情而死，如任氏與鄭六（《任氏傳》）。最糟糕的情況則是狐狸精遇上薄情郎、負心漢，愛得身心疲憊最後成為棄婦，這種悲劇早在宋代就出現了。

長沙人侯誠叔到西池春遊，遇狐狸精獨孤氏，此姬「乃西子之豔麗，飛燕之腰肢，笑語輕巧」。兩人眉來目去勾搭上，又互贈了幾首打油情詩，之後便進入如此這般的程序。銷魂多日，侯誠叔知道了獨孤氏的真實身分後，仍色膽包天地拍著胸脯說：「大丈夫生當眠煙臥月，占柳憐花！你長得如花似玉，又溫軟可愛，還管我吃管我住，我有什麼不滿足的？我怕什麼！」獨孤氏生生被感動了，千盟萬誓要對侯哥好一輩子。

侯誠叔有個富商舅舅在南陽，十幾年不曾見面。他溫柔鄉中住得久了，想出去走走，便跟獨孤氏說去看親戚，個把月就回來，要獨孤氏好好在家裡等他。獨孤氏揮淚作別，細聲囑咐：「望你不要喜新厭舊，重利輕義。」——分明是不太放心。

舅甥相見，分外高興。舅舅又將他引薦給了太守，正巧太守那兒有一職位，便順手給了他。侯誠叔這一去不打緊，竟在當地就業了。休息日到舅家串門，舅舅問婚娶沒有，他說娶了，再問誰家閨女、姓甚名誰，便顧左右而言他。但後生仔沒有經驗，被灌了幾杯老酒，就如實招了。舅舅一聽火了：「你是個人，怎麼找一狐狸精做老婆呢！」這句話正好戳中了侯生心事，覺得守著一個狐狸精老婆的確也不是個事兒，於是由舅舅安排，娶了當地大族郝氏之女為妻。侯生倒也不是十分沒譜的男人，還寫了封信向獨孤氏說明原委。獨孤氏回信道：「士之就去，不可忘義；人之反覆，無甚於君。恩雖可負，心安可欺？視盟誓若無有，顧神明如等閒。子本窮愁，我令溫暖。子口厭甘肥，身披衣帛。我無負子，子何負我？我將見汝墮死溝中，亦不引援手。我雖婦人，必當報復！」

幾年後，獨孤氏略施小技，戲弄侯生夫婦千里奔波，家產蕩盡。緊接著郝氏病亡，侯生也失官，風塵滿面，衣衫襤褸。一日侯生出城門，有花牛輕車經過，車內人掀開帘子問：「子非侯郎乎？」侯生一看，正是那千嬌百媚的獨孤氏，兩行熱淚不禁滾滾而出。獨孤氏道：「我又嫁人了，現在挺好。你雖無情，但現在貧困如此，我不忍不幫。」給了他幾串銅錢，又道：「車上有我老公親戚，不便多說，千萬珍重！」

這齣始亂終棄的愛情悲劇見於《西池春遊》。侯誠叔倒並不是無情無義之徒，他受狐狸精之恩，對狐狸精也算有情，但舅舅的一句「汝，人也，其必於異類乎！」點中了他的心理死穴。侯與獨孤氏的關係，頗似《杜十娘怒沉百寶箱》的李甲與杜十娘，兩人本來是郎有情妾有意，最後李甲拋棄杜十娘，除了性格懦弱無主見，最根本的原因還是杜十娘的妓女身分。因此，在這種情形中，狐狸精身分的作用頗似妓女，與男人可以有性有情有恩愛，但要明媒正娶作妻室，則面臨不小的輿論壓力和心理障礙，有些男人可以克服，有些男人卻克服不了。

大多狐狸精希望修煉成仙，但也有一些狐狸精似乎更嚮往人間的小日子，希望嫁個男人夫唱婦隨。然而，美麗的狐狸精放下身段去向男人奉獻，卻不一定能得到應有的回報。有時是狐狸精的身分使男人愛而卻步，如獨孤氏遇上侯誠叔；有時則乾脆遇人不淑，成為「老大嫁作商人婦」的琵琶女，如《續子不語．蘭渚山北來大仙》記載的浙商故事。

浙江陳某行商湖北，生意賠了本，又得了重病，在破廟裡等死。這時來了一個容顏美麗、衣著光鮮的女子。陳某驚愕之際，女子已脫下手臂上的金鐲子，溫柔地說：「知道你現在貧乏，先拿著用吧。」第二天女子又來照料他的起居，兩人枕席諧暢，情好日篤。陳某靠賣掉金鐲換回的錢治病，並重理舊業，生意很快有了起色。女子又出錢蓋了新房子，還添置了不少金銀珠寶。沒幾年，陳某儼然大款矣。

忽一日，陳某接到浙江老家來信，要他回去。老陳心裡癢癢，很想衣錦還鄉風光一番，但想到身邊這位患難紅顏，又有些犯嘀咕，一來帶著回去對老婆不好交代，二來對其身分也有些懷疑，總覺得來路不太對頭。一天女子外出，陳某叫了幾十個挑夫，把家裡所有東西席捲而去。女子回家看到只剩一棟空屋，趕緊追到江邊，陳某早已渡江而去。女子放聲痛哭，沒想到自己全身心的付出換來的竟然是這麼個結局。

十年後，這名女子突然出現在陳家，對他說：「我是狐神，本已名列仙籍。十幾年前不該動情，委身於你是我不慎。你如此負心，我已上訴天帝，現已命江神授予我檄文，來取你性命！」說罷，便在陳家飛刀放火，拋磚擲瓦，鬧得日夜不安。陳家請了道士請和尚，卻怎麼也治不住這個狐狸精，眼見得就要家破人亡了。可是，有一天忽然安靜了，聽得狐狸精在空中嘆息：「我不該往日情重，以至於此！如果真取了你性命，恐為天下有情人笑話。你家如能做場法事，找座名山安我牌位，我不報此仇也罷！」陳家請的一個降妖道士馬上說：「到我修道的蘭渚山吧！」狐狸精應允，離開了陳家。這個狐狸精很像獨孤氏，但陳某比侯誠叔卻差了一大截。

情痴而又運氣差的狐狸精，遇到的男人是一蟹不如一蟹。《聊齋誌異．武孝廉》的故事結局更令人扼腕。男主角石某貧病交加，困臥舟中。狐狸精徐娘半老，風韻猶存，拿出自己的狐丹救活石某後，兩人結為夫妻。石某撿回一條命，還順手撿了個漂亮老婆，自然很是開心。他拿著狐夫人的錢買了官，人模狗樣地嘚瑟起來。不久，他便犯了官場的通病，在外面養了小三王氏。他怕狐夫人知道，就想辦法放了外任，把狐夫人留在老家，自己帶著小三到外地做官去了。此去經年，他連封信也不寫，狐夫人託人帶的信他也不回。狐夫人只好去找他，先住在旅館，讓官署衙役進去通報姓名。石某居然不見，還指示人將她攆走。

一天，石某正與朋友歡飲，屋外傳來喧鬧聲，狐夫人掀帘而入，嚇得他面如土色，撲通跪倒在地。狐夫人罵道：「薄情郎，好快活呀，也不想想這富貴哪裡來的！你我情分不薄，想娶個小三也可以跟我商量，難不成我不讓你娶？」石某長跪不起，先罵自己混蛋，不是東西，然後又百般解釋，請求原諒。這邊穩住了狐夫人，他就趕緊跑回家，做王氏的工作，說老大殺上門來了，讓王氏給個面子，喊她一聲姐，度過難關再說。王氏開始不願意，但禁不住石某軟磨硬泡，只好答應。狐夫人倒也大度，安慰道：「妹妹不要害怕，我不是個妒婦。實在是這個男人做得太過分，換上你，也不願有這樣的男人！」一邊罵男人，一邊對王氏敘說事由。石某面紅耳赤，無地自容，一再低聲下氣地表示大家以後好好過小日子吧。

於是，這一男兩女開始了新的生活。狐夫人對下人寬和得體，明察若神，家務事管理得井井有條。她對王氏態度謙和，從不爭風吃醋，不久，兩人便惺惺相惜，結成了統一戰線。

一天，石某外出公幹未歸。狐夫人與王氏對飲，不覺喝醉，在席間昏昏睡去，變成了一隻狐狸。王氏心軟，給她蓋上被子讓她好好睡。這時，石某回來了，王氏把情況告訴了他。石某心裡一橫，決定殺掉這個狐狸精。王氏急忙阻止：「即便她是狐狸精，又有哪點對不住你，你非要殺她？！」石某不聽，到處找刀。此時狐狸精已醒，知道他要動手行凶，悲憤地說：「你真是蛇蠍之心，豺狼之性，我如何能與你長久相處！把以前吃的丹藥還給我！」說完，朝石某臉上吐了一口唾沫，石某渾身如澆冰水，喉嚨裡作癢，哇的一聲嘔出了那粒狐丹。狐狸精拾起，憤然離去。石某當晚舊病復發，咳血不止，半年後一命嗚呼。

「力可以得天下，不可以得匹夫匹婦之心。」——狐狸精縱有姿色，有財力，有溫情，有手段，然而合此一切，仍換不來男人的真心！可見人若無情負心，狐狸精也沒有什麼辦法。

上述三個故事中的狐狸精其實頗有些妖術，修理幾個男人絕對不在話下。但三位狐狸精高度一致地心有不忍，未對薄情郎痛下殺手。即便石某心如蛇蠍，狐狸精仍未取他性命，只是收回了自己的東西，石某半年後才病發身亡。蘭渚山狐仙更有意思，為了報復薄情郎可謂處心積慮，先到天帝處請示彙報，再到江神處討來檄文，然後才到陳家鬧事，眼見得陳家就要徹底遭殃，卻突然收手，理由居然是擔心天下人從此不相信有真愛了。

薄情郎卻沒有這份善良，對有再生之恩的狐狸精不僅絕情，甚至必欲殺之而後快。人心之險，即便狐狸精也防不勝防，並不是每次都能化險為夷，《秋燈叢話》中的一個故事就是個徹底的悲劇。

故事的前半部照例寫夫妻恩愛，情深意篤，因狐妻不能生育（像很多故事中的狐狸精一樣），便為丈夫李某張羅娶妾。妾生子，狐妻撫如己出。在男女性愛方面，狐狸精也特別節制，還勸丈夫節慾。這樣一來，年輕的小妾不高興了，唆使親戚挑撥離間：「她是個狐狸精，終究是靠不住的。說不定哪天不高興，將你家的東西全都攝走，你豈不一貧如洗了！而且，狐狸精善蠱媚，相處久了恐有性命之憂啊！不如請茅山道士把她收了，才可世代無憂。」

李某惑於眾議，從茅山請來一道符。接著又安排夫妻對飲，狐狸精高興，不禁有些醉了。李某趁機道：「一直聽你說能隱形變化，我從沒見過，今天能否鑽進瓶子裡給我看看？」狐狸精為討丈夫歡心，嗖地鑽了進去，李某急忙用符貼住瓶口。狐狸精在裡面說：「太熱，放我出去吧！」外面沒有動靜，也沒有應答。狐狸精這才覺得大事不妙，懇求道：「二十年恩情，何忍心至此！即便容不下我，讓我遠走高飛就是，也算你對我有再生之恩！」但這道符永遠打不開了，瓶子被放進開水裡煮，死不瞑目的狐狸精化為一灘血水。

還有個更加悲慘的故事載於《夜雨秋燈續錄．滌煩香》：武夫郎豹，健壯有力，性情倜儻，對人忠心耿耿，以保鏢為業。一日行路，口渴難耐，找不到水喝，正巧見村口有個「顏色秀韻，體態娉婷」的垂髫女子賣桃。郎豹想買個桃子解渴，不料一摸口袋，分文也無，有些惱怒，道：「算逑，老子不吃了！」村姑笑著說：「小小桃子能值幾個錢？大哥你就隨便吃吧，不要你錢。」說著便削了一個桃子遞給他。那桃兒玉膚沃雪，瓊液流漿，入口甘美無比。郎豹吞下一個，意猶未盡。村姑善解人意，又給了四個讓他帶到前面旅店享用。郎豹不禁脫口問：「你叫什麼名字？」美麗村姑答：「我姓吉，叫螺娘。」

美味與美女使郎豹不能忘懷，不久探得螺娘還未許人，便請人上門求親。郎豹儀表堂堂，聲如洪鐘，三言兩語說得螺娘母親滿心歡喜。但老太婆說，兒子在外，只螺娘守著自己，問能否倒插門。郎豹本來就是四海為家，便一口答應。郎大哥因一桃之緣抱得美人，慶幸不已，對螺娘十分體貼，夫妻恩愛。後來螺娘兄在外娶親，要攜妻歸家，家裡地方小住不下，郎豹乘機帶著螺娘回到了濟南老家。

郎家有老母及小姑春小，見郎豹帶了這麼個漂亮賢慧的媳婦回來，母女倆也非常高興。一家四口，其樂融融，村人鄰里見了都羡慕不已。不久老娘故去，郎豹守喪之後外出謀生，到了螺娘家不遠處，順道過去看看岳母內兄。行到當年吃桃處，卻見白楊蕭蕭，風煙淒迷，根本不見村落。郎豹心中疑惑，回家問妻，螺娘閃爍其詞：「想必是搬到別處去了。」郎豹因而懷疑螺娘是狐狸精，從此提防她害已媚人。

西鄰有個杭秀才，每天上學要經過郎家。一天，秀才被別人戲弄，貼了個紙烏龜在頭巾上，他未察覺，照樣大搖大擺去上學。螺娘看見，不禁掩口一笑。不料郎豹看見，以為螺娘勾引秀才，舉起拳頭就是一頓暴打，直到妹妹春小跪地求饒方才罷手。這大爺從此反目，對螺娘非打即罵。

一日郎豹醉歸，因事對螺娘又起疑心，抄起木棍就是一頓毒打，打完揚長而去。春小同情嫂子，備了點酒菜同飲解愁。螺娘勉強喝下一杯便醉倒，俄頃變成一隻小狐狸。春小驚慌失措，拉被子將其蓋住，守在旁邊等她醒來。這時郎豹歸來，掀開被子一看，怒從心頭起，惡向膽邊生，一把拿過繩索將她捆得結結實實，轉身從牆上抽刀。春小跪地哭告：「嫂嫂一向賢慧，即便是狐狸精，對你又有何害！合得來就留下，合不來就打發她走，何苦要害她性命！」被捆綁的小狐狸醒了，變不回人形，只會哭著說話：「小姑救我！」話音未落，郎豹的三尺利刃已如雨下……

狐狸精千千萬萬，吉螺娘是最命苦的一個。

四、狐狸精也出櫃

在明代萬曆年間的筆記小說《獪園》中，出現過一個十分另類的狐狸精。癸丑春，杭州貓兒橋有一雄狐，每日至晚變成美少年，迷惑往來淫夫，有獨行者便隨之去。杭人多好外，見輒引歸淫狎，日漸尪瘠成病，乃知狐祟所為。

這是一隻雄狐，經常變成美男子，但他對迷媚女子沒有興趣，只勾引男人——同性戀的狐狸精就這樣閃亮登場了！

在中西文化中，同性戀都是個古老的話題。漢語裡有許多涉及同性戀的隱語：「龍陽」出於《戰國策》，指魏王與男寵龍陽君事；「分桃」出於《韓非子》，指衛君與彌子瑕事；最常用的「斷袖」出自

《漢書》，講的是漢哀帝和美男子董賢的故事。這些詞語都是指男人之間的同性戀情，在中國古代文字紀錄中，絕大多數的同性戀發生在男人之間。

同性戀的歷史大約和中國文明史一樣漫長。作為一種社會現象，同性戀在中國古代一直不溫不火地存在，到了明末卻突然出現井噴之勢，一時成為社會風尚，名人雅士沒幾個孌童小弟，簡直就不好意思出去混圈子。如袁宏道表揚李贄：「公不入季女之室，不登冶童之床，而吾輩不斷情慾，未絕孌寵，二不能學也（《李溫陵傳》）。」一則說明「不登冶童之床」已成男人特立獨行的做派，再則明確表示自己做不到。其時《龍陽逸史》、《宜春香質》等男色小說的風行，也反映了同性戀之盛。到了清代，士子有亡明之痛，反思明陽心學的弊端，興起了經世致用的新思潮。清初的幾個帝王也以前朝昏君為前車之鑑，勵精圖治，開創了康乾盛世。奇怪的是，同性戀的暗河卻水勢滔滔流下來，一瀉三百年，直至清末，蔚為壯觀。

明清兩朝透過文學作品反映出的同性戀，基本上是男人之間的故事，因而稱為「男風」；其被動的一方有很多名稱，如「孌童」、「狡童」、「相公」、「小官」、「像姑」、「兔子」等等，都是指以色事人的美貌少年。值得說明的是，男風這個概念，並不能完全等同現代的同性戀，而是具備濃厚的古代中國特點。真正的同性戀，是一種性取向的異常。男風中一部分無疑如此，但更普遍的現象則是一些男人並無同性戀傾向，而只是出於獵奇縱慾，把美少年當作女孩子玩弄，因此有人把這種同性戀稱為「戲擬同性戀」。

社會風氣如此，康乾時期幾部重要的文學作品如《紅樓夢》、《聊齋誌異》、《閱微草堂筆記》等都有包含同性戀題材，《子不語》作者袁枚更是身體力行，自己就是一個狂熱的同性戀者。狐狸精在這代文豪的筆下，頗不乏同性戀的表演。

狐狸精在「男風」中充當的角色，一般是柔媚的一方，即被稱為「孌童」、「小官」的美少年。狐孌童有時是行為的主動者，有時則是被動者。前舉《獪園》裡的雄狐，不僅主動勾引男人，而且目的還是作祟，比較討人嫌。

《聊齋誌異》中有個狐孌童叫黃九郎，十五六歲，「手采過於姝麗」，「溫若處子」。名士叫何子蕭，男女通吃，而斷袖之癖尤甚。某天傍晚，何子蕭偶見黃九郎從門前走過，頓時魂不守舍，凝思如渴。次日見面便問寒問暖，親熱非常。九郎因母親患病住外祖家，經常要去看望，何子蕭家門是必經之路，因此就有了很多見面的機會。一日九郎又過門外，被何子蕭拉進家裡飲酒，幾杯之後就動手動腳，貪歡求愛。黃九郎此時並未進入同性角色，罵他是禽獸，拂袖而去。

何子蕭思念成疾，再次見到黃九郎時，已經瘦得皮包骨。九郎問何以至此，答：「想你啊！」言罷淚如雨下。九郎看著這苦人兒也老大心疼，嘆道：「這種事於你有害，與我無益，所以不願做。既然你這麼渴望，我也就從了你吧！」

於是，何子蕭解除了相思之苦，卻又陷入肉慾之樂不能自拔。纏綿了一些時日，黃九郎覺得這總不是個事兒，就想把自己的狐表妹介紹給何子蕭。何一門心事都在九郎身上，對表妹之事笑而不答。九郎乾脆告訴他自己是個狐狸精，搞久了會要命的，何子蕭不相信。

縱慾過度，何子蕭的身體終於垮了，最後一命嗚呼。九郎嘆道：「不聽我言，果至於此！」痛哭而去——倒也是個有情義的狐狸精。

起死回生是蒲松齡的拿手好戲。故事中，縱慾而死的何子蕭不久便借某太史之屍還魂，見到黃九郎還想繼續玩。九郎警告：「你有三條命，還想死一次？」何某太史（不知該如何稱呼）嘴硬，說死就死唄，但心裡還是在打退堂鼓。九郎見他猶豫，及時提到曾推薦過的表妹。何子蕭於是順坡下驢，說先得見面再做決定。那九郎之表妹，當然是「娥眉秀曼，誠仙人也」。何子蕭男火漸熄，狐狸精美女看進眼裡就拔不出來，黃九郎再從中間一撮合，這好事就成了。

但何子蕭又有別的煩惱。他是借某太史的皮還的魂，在不知情的人看來，他就是太史復活，而不是何子蕭，因此，某太史犯的事，他就得承擔——借屍還魂也是要付出代價的。某太史生前恰好就得罪了一督撫，處處被穿小鞋。他啞巴吃黃連有苦說不出：「老子是何子蕭，卻被這爺們兒當做某太史整！」於是向剛娶的老婆討主意。小狐狸精眼珠子一轉，計上心頭：「這得找九郎呀！你那長官嗜好男色，讓九郎去迷他，迷死拉倒！」何子蕭大喜，跑到九郎跟前使苦肉計。九郎雖是個狐狸精，多少還有些貞操，不太願意。他表妹挺身而出大義滅親：「當初你使用陰謀詭計，讓我嫁給了這爺們，我現在就是他的人了！他現在有難，你怎麼就不出手相救呢！」九郎理虧，只好打扮得漂漂亮亮去見督撫。不久，便把這大長官活生生給媚死了。

這是《聊齋誌異》中最著名的一則人狐同性戀故事。黃九郎雖然是有孌童資質，但比杭州貓兒橋的雄狐好得多，他似乎並不是一個同性戀者，只是迫於無奈才接受了何子蕭。蒲松齡對於何子蕭的態度似乎也不壞，還送他一個好結局。但蒲松齡對於同性戀現象卻很不以為然，斥為是「掩鼻之醜」。

同性戀是個很複雜的問題，對它的心理機制，現代醫學或心理學不能做出充分的合理解釋。從佛洛依德開始，心理分析學派傾向於認為，人的性取向本來就不能非此即彼地截然分為異性戀和同性戀，在人生的不同年齡階段或者某種特定的生活環境中（譬如監獄、寺廟、軍隊等等），人的性取向會明顯地同性化。因此，美國性學家金賽對人類性取向提出了著名的「金賽量表」分法：零代表絕對異性戀，六代表絕對同性戀，而一到五，分別代表異性吸引和同性吸引的不同比例。若按照這個理論，則很多人都具備同性戀的潛質，一旦外在條件允許或者支持，這種性取向就會顯露乃至強化。明清時期男風盛行，正是由於形成了這樣的環境。故事中的何子蕭，顯然就是一個性取向處於一到五之間的男人。

這種三角關係後來又出現於《夜譚隨錄．碧碧》，男主角叫孫克復，女狐狸精就是碧碧，小孌童與二人的關係暫不做交代，且聽下文分解。孫克復也與何子蕭一樣男女通吃，在荒山野嶺看見小男生，「丹唇皓齒，華髮素面」，便欲情火熾，直接上去動手動腳。美少年不吃這一套，極力掙脫，拉扯之間，孫克復失足掉下懸崖。這哥們命大，被一棵樹掛住，欲上不能，欲下不得。他聲嘶力竭地呼叫了很久也無人搭理。正以為自己必死無疑時，碧碧出現了。小女子故作驚訝地問：「這麼危險的地方，好玩嗎？」孫克復只喊「救命救命」，碧碧一邊吃吃笑，一邊解下裹腳布讓他抓住爬上來。孫克復驚魂稍定，整衣感謝救命恩人，這才發現眼前的女子苗條婉妙，貌似天仙。仙女似乎根本不覺得自己做了好人好事，坐在石頭上若無其事地纏裹腳布。孫克復的情緒轉換極快，馬上對碧碧死皮賴臉耍流氓，全然不顧剛才的生死體驗，也忘記了把自己推下懸崖的美少年。碧碧半推半就，孤男寡女便成了好事。

這種野合實在不值得稱道，但碧碧是一個有追求的狐狸精，她決定嫁給孫克復，要孫帶自己回去見老娘。孫倒也不是個始亂終棄的浪子，而且小狐狸精又如此美麗動人，便答應下來，帶著碧碧去見老娘。老太婆對碧碧進行面試，上下打量，還問了很多刁鑽古怪的問題，最後說：「我聽說顏朱眸綠（難道碧碧的眼睛是綠的？），尤物蠱人；傾國傾城都綽綽有餘，更不用談害你一個凡夫俗子！老娘活了七十多歲，就沒見過這麼窮妖極豔的女子，一見之下，連我也心搖目眩，這還是個人嗎？這不是禍水是什麼！而且，你學習不認真，工作不努力，有何德何能享此豔福？不行！」孫克復高高興興地帶了美女回家，原以為老娘會大喜過望，沒料到被劈頭蓋腦地潑了一桶冷水，從頭涼到腳。這小子遇見美女俊男膽兒大，在老娘面前卻特別窩囊，一聲不敢吭。碧碧氣不打一處來，跟老太太爭吵，又罵孫克復窩囊無用，拂袖而去。但她鐵了心要嫁孫郎，便發動七姑八婆騷擾孫家，進而鬧得全村人都不得安寧，最後在村民強大的輿論壓力下，老太太妥協，同意孫克復娶碧碧。

新媳婦進門後，表現出良好的道德素質，夫妻恩愛，事母婉順，而且，她能耐還特大，可以憑空攝物，要啥有啥，孫家母子完全過上了衣來伸手飯來張口的寄生蟲生活。人狐戀出現這樣的結局，似乎也不是什麼好事，而且，孫老娘對這種結合從一開始就不看好——可不是嗎，這小子有何能何德享此豔福又不勞而獲呢？

一天，碧碧說侄子要來做客，交代孫克復注意行為檢點。孫不以為然：「你侄子來，我要檢點什麼？」第二天一見，才大吃一驚，原來侄兒就是山上遇到的那個讓他差點送了命的美少年。孫克復因為非禮在前，見面時顯得十分尷尬。但侄子談笑自若，毫不介意。孫克復居然又生賊心，越說越親昵，越說越控制不住自己，抱著小男生就是一個熱吻！誰知這小狐狸精生就一副姣童模樣，性取向卻很正常，也比黃九郎操守嚴明，不覺得有個男人這樣溺愛自己是件什麼好事。他一把將孫克復推在地，怒斥道：「狂奴故態，一絲未改，豈有做長輩這樣沒皮沒臉的！」這時，碧碧從廚房進屋，正好看見丈夫的醜態。她在這個問題上表現出那個時代的狐狸精少有的覺悟和不寬容，大罵孫克復不是東西，然後自嘆：「白費了我一番痴情，這樣的人豈能和他白頭偕老！」於是不辭而別，緊接著家裡的東西也一件件不翼而飛。當日孫克復在親吻小男生時，直覺異香入腦，不久，這香氣漸漸擴散至兩腋，從此一病不起，成了廢人。

一場令人羡慕的狐女求男，就是為了襯托最後這個警世格言般的結局。多麼美麗可人的狐狸精，多麼紙醉金迷的土豪生活，只因自己的斷袖之癖而雞飛蛋打。作者對於同性戀的態度，顯然比蒲松齡要決絕得多。當時雖然男風盛行，但也不乏像《夜譚隨錄》作者這種對同性戀現象深惡痛絕的人。嚴格說起來，這個故事比《黃九郎》要乾淨，孫克復的斷袖之癖自始至終只是單相思和耍流氓，即便如此，他的結局卻比何子蕭慘得多。蒲松齡否定斷袖之癖，但對何子蕭與黃九郎之間的膩情似乎有所認可，因而讓何死而復活，又過上了男歡女愛的好日子。《碧碧》的作者卻絲毫不給孫克復這樣的機會，讓他成了一個求死不得求活不能的病夫。當時，反對同性戀的人寫同性戀題材的作品，主題往往是善惡報應，這正是孫克復的痛苦結局所揭示出的意義。

這兩則與狐狸精有關的同性戀，都是比較典型的「男風」。在男人同性戀中，狐狸精充當美男孌童是理固宜然。

這個時代的作品中要找出女人之間的這麼點事兒，還真不容易。其實，同性戀在男女中的比例差別並不大，一些學者甚至認為，女人特別是少女之間更容易出現同性戀的關係，如法國學者西蒙・波娃就在著作《第二性》中說：「幾乎所有少女皆有同性戀傾向，而這種傾向又幾乎無異於自戀之孤芳自賞。每人在另一人身上羨慕著她自己的皮膚柔軟、線條之優美……這就是為什麼在學校、大學與藝術教室之中，盛行著許多特殊的友情……女朋友們交換互相忠誠之標誌，而不採取性慾之擁抱，她們時常以委婉的方式互相贈送情感之代表物。」作者表達了兩層意思：其一，女性之間更容易產生同性戀；其二，女性的同性戀更多是表現在精神、情感層面的惺惺相惜，而不是像男風那樣以性接觸為主。蒲松齡對於女同性戀的態度，顯然很符合西蒙・波娃的第二個觀點。《聊齋誌異・封三娘》就是表現女同性戀之間的情感，當然，其中的一方是狐狸精。

狐狸精封三娘乃「二八絕代姝」，另一個女子范十一娘則「豔美，騷雅尤絕」，都是不折不扣的美人坯子。上元日遊寺偶遇，兩人一見鍾情，把臂言歡，詞致溫婉。分手時已戀戀不捨，一個凝眸欲涕，一個悄然若失，互贈信物後，相邀再見。回家後，封三娘未如約到訪，范小姐竟相思成疾。父母問明原委，心裡老大不高興，但拿寶貝女兒也沒辦法，使人到附近村子裡去到處打聽，卻沒找到這個叫封三娘的小美女。

范小姐失去了生活的興趣，一天到晚無精打采。一日，陽光很好，便讓丫鬟搬了把椅子坐在院子裡看花。忽見一人在牆外窺望，丫鬟過去一看，正是小姐日思夜想的封三娘。范小姐且喜且怨，責怪三娘爽約，並告訴自己的病因，把三娘感動得一塌糊塗。封三娘於是留在了范家，與小姐結為姐妹，寢而同榻，食而同桌，衣服首飾不分彼此。

後來呢，封三娘就張羅著給范小姐介紹男朋友。推薦的男生叫孟安仁，貧而有才，三娘預測他以後一定飛黃騰達。但范小姐的父母不這麼看，他們要將女兒許配給一個鄉紳的兒子。接著，便上演了一齣梁山伯與祝英台式的愛情悲劇，迎親之日，范小姐攬鏡自妝，在閨房上吊身亡。

僥倖的是，這齣悲劇中多了一個狐狸精。她要孟生連夜發墓破棺，盜出范小姐屍體背回家，再用靈丹妙藥讓范小姐復活。於是，孟范二人過起了恩愛的小日子。孟生的結局也如封三娘說言，進士及第，官至翰林。

范、封二人的感情又如何交代呢？范十一娘當然捨不得這個閨蜜，便策劃讓三娘也嫁給孟生，仿效娥皇、女英同侍舜帝。封三娘不同意，說自己要練功長生，不能嫁人。范小姐倒也是個狠角兒，一不做二不休，找個機會把小美人灌醉，唆使老公將其姦汙。三娘醒後，知道自己破了色戒，大嘆：「妹子害我呀！

我神功將成，能升第一天。沒料到著了你們的道，前功盡棄，這也是命該如此？」孟夫人聽不明白，只說自己如何捨不得姐妹，嫁別人是嫁，嫁孟安仁也是嫁，大家恩恩愛愛在一起豈不更好？封三娘只好實言相告：「我是狐狸精，那日遊寺見你，便生愛慕，如作繭自縛，致有今日。此乃情魔之劫，非關人力。狐界的事兒你不了解，我若再留，大禍將至！娘子珍重，好日子還很長。」言罷，倏忽不見了身影。

封三娘最苦！她愛的人一直是范十一娘，但范對她的感情應沒有超出姐妹之份。依封三娘的能耐，她是能夠長期控制住范小姐的，但她不願做這種損人利己的事，才千方百計為范小姐物色一門好親。至於她不願嫁給孟生的原因，或許真是被狐狸精世界的一些清規戒律所約束，或許她根本就不愛男人——她從來就沒對孟生表現過絲毫的興趣。

《聊齋誌異》中很多三角戀的結局，都是兩女共嫁一夫，所以讓范十一娘、封三娘都嫁給孟安仁並沒有什麼不妥。比蒲松齡稍早的文學家李漁也寫過一部表現女同性戀題材的傳奇《憐香伴》，結局就是兩個相愛的女子嫁給了同一個男人，可見，這也是處理此類情感問題的常用模式。偏偏這一次蒲公欲言又止，讓狐狸精封三娘遺人世而獨立，頗耐人尋味。

在蒲松齡眼中，同性戀似乎可以分為情和性。有性無情者，如杭州貓兒橋的雄狐，完全是下三濫，須口誅筆伐；有性有情者，如何子蕭和黃九郎，便毀譽參半；有情無性者，如封三娘和范十一娘，則讚賞有加。他在行筆時，很注意其中的差別，寫何子蕭、黃九郎：「強之再三，乃解上下衣，著褲臥床上。生滅燭，少時移與同枕，曲肘加髀而狎抱之，苦求私昵。」、「生甘言糾纏，但求一親玉肌，九郎從之；生俟其睡寐，潛就輕薄。」而寫封三娘和范十一娘則是：「偕與同榻，快與傾懷，病尋愈。」、「相見，各道間闊，綿綿不寐。」——兩人同床共枕，只是有說不完的話，並無「一親玉肌」的行為。從結果看，何子蕭戀黃九郎而病死，范小姐戀封三娘而病癒，也可判斷兩者的品位。

李漁寫女同性戀，卻不像蒲松齡這樣收斂，如他的一首詞〈滿庭芳・鄰家姐妹〉就有如下句子：「碧欄杆外，有意學鴛鴦。不止形肖而已，無人地，各逗情腸。兩櫻桃，如生並蒂，互羨口脂香。」、「花深林密處，被儂窺見，蓮步空忙；怪無端並立，露出輕狂。」性行為描寫非常露骨，對女同性戀的情調把握，顯然與蒲公不一樣。

明清時期的男風故事，一般都有比較明顯的「戲擬」成分，上述幾起人狐同性戀事件也不例外。狐郎由於貌美扮演變童角色，何子蕭們則是性行為的主動方。在蒲松齡等人的觀念中，並不能區別真同性戀和「戲擬」同性戀，紀曉嵐這方面的認識似乎有所不同，他筆下的人狐同性戀也表現出別樣的風格。

《閱微草堂筆記・槐西雜志四》講述，雍正年間，一帥哥準備秋試，租住僧舍讀書。每日晨起，案几筆墨都收拾得乾乾淨淨，瓶中插花，硯池注水，盤中還備了精緻的點心。此人早就聽聞這裡常有狐女出沒，因此心頭撞鹿，很想見見狐妹妹。一夕月明，他假意外出，躲在窗外偷窺。夜半，聽得屋裡器具有聲，便睜大眼睛觀察，結果沒看見狐妹妹，只看見一個五大三粗還滿臉鬍鬚的男人！美男子失望又噁心，第二天就搬走了。走的時候，聽見屋梁上傳來幾聲弱弱的嘆息。

從前面狐女的傳言及屋梁上的嘆息聲分析，鬍鬚男是狐狸精無疑。他顯然愛戀美書生，但僅限於精神層面，玩得很雅，這種欲言又止的感覺很像一個朦朧的愛情故事。可以說，這個鬍鬚男是狐狸精世界一個真正的同性戀者。

曖昧而出人意表，是這個故事達到的效果。同樣的題材，紀曉嵐也可以寫得露骨而離奇，而且充滿黑色幽默：六旬老翁給人看守花園，和十幾個雇工同住。後來，這老頭居然被一狐少迷姦。狐少每天必來一兩次，每次完事後，老翁都十分懊悔，但行事之時又完全忘了自己是男人，心甘情願地讓人擺弄，實在搞不清是什麼緣故。這個故事完全顛覆了前面《黃九郎》、《碧碧》的男風同性戀形式，狐少年成了性行為的主動者，而且，其性對象居然是個雞皮鶴髮的老漢！這種令人瞠目結舌的倒錯，即便在男風盛行的背景下也無法解釋，因此紀曉嵐認為此乃「前世孽緣」。

五、狐妹妹嫁給人哥哥

在狐狸精的自述史中，人狐之婚始於大禹娶塗山氏。關於這段「歷史」前文已做過考證，那時還未有狐狸成精之說，即便大禹有塗山之婚，塗山氏要麼是人，要麼是狐狸。人娶狐狸精之事最早見於北魏楊衒之《洛陽伽藍記》，書中寫孫岩之妻婚後三年一直和衣而臥，他覺得非常奇怪，一次乘妻熟睡，悄悄解開她的衣服察看，發現這娘們兒長著一條狐尾。孫岩十分驚恐，再不敢和這狐狸精過夫妻日子，打發她走人了事。

日本學者小澤俊夫把全世界民間故事中人與異類的婚姻分為A、B、C三種類型。A型是人與動物的婚姻，是原始部落的觀念；B型以歐洲為中心，信仰基督教的民族認為人類會因為魔法而變成動物，這種情況下人與動物的婚姻，實際上還是人與人之間的婚姻；C型認為動物不需要魔法就可以變成人，異類婚姻可以發生。但在C型婚姻中，異類女婿往往以其身分暴露最後被殺為結局，而異類妻子一旦身分暴露則婚姻也隨之破裂。也就是說，在C型關係中，異類不論是男是女，婚姻破裂都是必然的結局。

日本民間傳說之「信太妻」，講的就是人狐婚姻，情節大致如下：信太地區的森林中有一隻狐狸，安倍保民救了牠的命，牠於是變成葛葉姑娘，做了安倍的妻子，為他生了個男孩叫童子丸。有一天，狐狸的真實面目被人發現了，她留下了一首歌：「如其我戀，至於和泉，信太林中，其名葛葉。」然後悲傷地離開了。童子丸長大後，成了叫安倍晴明的陰陽師。

這個故事在中世紀的日本廣為流傳，有多種版本，但基本情節大多一致。這個例子特別符合小澤俊夫關於C型異類婚姻的描述。

孫岩娶狐妻的故事也屬於C類，中國早期所有狐狸精故事中的異類婚姻基本上屬於此類。我們先看看狐郎的情況：《廣異記．楊伯成》講中唐開元時楊伯成家來了一個自稱吳南鶴的不速之客，進門就直接要求當女婿，被拒後便霸王硬上弓，入室強姦，繼而大打出手，最後被道士降伏，懲罰一百鞭，打得滿身流血，趕出楊家。《廣異記．汧陽令》的狐郎自稱劉成，也是到汧陽令家貿然求婚。汧陽令莫名其妙：「我不認識你，何以有婚姻之約？」狐郎耍起手段，女家頃刻屋動房搖，井廁交流。汧陽令無奈，只好將女嫁與狐郎。劉成入贅女家後倒也安分守己，「恆在宅，禮甚豐厚，資以饒益。家人不之嫌也」，但最後仍被著名道士羅公遠收伏。

狐郎想做上門女婿卻又行為不端，舉止粗魯，最後被道士料理在情理之中。但此時人們不能接受狐郎，並不以其行為端不端正、品質優不優秀為前提。《廣異記．李元恭》中狐郎有文化、有教養、有才藝，對經書無所不知，還擅長撫琴，居然會彈奏嵇康「從此絕矣」的《廣陵散》，尤其善彈《烏夜啼》。對待十五、六歲的崔妹妹，表現得就像一個人生導師，今天要她讀經，明天要她學書法，過些日子又教她彈琴，沒幾年就把她調教得琴棋書畫樣樣精通。如此優秀之狐，李家卻始終不能容他，必欲除之而後快。先來硬的，請術士出手，但沒能治住。不得已再來軟的，假裝與之和平共處，趁其放鬆警惕，套出了其老巢所在，然後帶人到後園竹林找到狐穴，幾大桶水灌下去，灌出十幾隻狐狸，最後出來一隻身著綠衫的老狐，人們高呼：「狐郎出來了！」興高采烈地消滅了牠。

狐女愛上男人，也長時間演繹有情人不得善終的悲劇，除了沈既濟的《任氏傳》這一著名案例，《廣異記》中還有李參軍和李麐的例子。

唐兗州李參軍赴職路上遇一老者，被問及婚姻，知其尚未娶親，老者便帶他到蕭公之家，但見門館清肅，甲第顯煥。家有數女，容顏殊麗。老頭做媒，蕭公當晚就將一個女兒嫁與他為妻。過了洞房之夜，老丈人便催李郎赴官，要女兒隨夫上任。珍寶送了五車，奴婢跟了幾十，其他服玩，不可勝數。李郎帶著這群家眷到任，見者以為是公主王妃之流，羨慕不已。兩年後，李參軍外出公幹，老婆留在家裡。李參軍有個同事叫王顒，吃不著葡萄就覺得葡萄酸，一直疑心李家美豔妻眷是狐狸精，便趁機牽著犬出去打獵，經過李家門前時，正在門口左顧右盼的婢女們大驚失色，掉頭跑進屋去。王顒故意放狗追咬，將李妻及婢女悉數殲滅。

狐狸精鄭四娘是李麐赴任路上買來的老婆，聰明婉約，不僅擅長女紅、烹飪，還會唱歌跳舞。李在官三年，鄭氏為他生了一個兒子。後李攜妻路過故鄉，大宴賓朋。鄭氏莫名其妙腹內劇痛，下馬便走，勢疾如風。李麐與僕人策馬追趕，見鄭氏鑽進了一個小洞。他喊許久也不見鄭氏出來，第二天讓村人把洞挖開，裡面唯有死狐一隻。

上面兩個故事中的狐女雖嫁給了男人，最後卻不得善終，人狐婚姻終成鏡花水月。《宣室志》中計真的故事結局更加複雜：

計真娶狐妻李氏之後婚姻美滿，李氏為他生育七子二女。多年過去，李氏容顏仍像少女一般，計真因此更加鍾愛。後李氏病重，告訴計真：「妾非人間人，天命當與君偶，得以狐狸賤質，做了二十年夫妻。我斷氣後，願你看在兒女面上，不要討厭我的遺骸，全屍埋於土中，乃百生之賜。」計真驚悼傷感，泣不成聲，將妻子用被子蓋好，不久揭被一看，李氏果然已現本相。計真埋葬狐妻，殮葬之制，皆如人禮。一年後，七子二女也相繼死去，其骸皆為人形。狐狸修行千年才成精，駐顏有術，應該是可以長生不老的，卻比計真還死得早；而且，不僅自己死了，連她生養的子女也死了，結局比任氏、鄭四娘更為悲慘。

人狐戀的悲劇模式直到北宋的《青瑣高議．小蓮記》仍在繼續。

狐狸精小蓮是李郎中從市場上買回的小女奴，在李家待了幾年，顏色日益美豔，結果被李公乘醉強暴，收為次室。後李郎中授官某州，攜妻就職，小蓮不能隨去，執李公手泣告：「夫人到官一年當逝，你也會失意而歸，妾當復見公。」後來的事情果不出小蓮所料，李郎中喪妻失官，了無生趣，終日在家枯坐。小蓮忽然來了，李公感泣萬分，拉著她的手說：「別後一如汝言！」於是，置酒命小蓮跳舞，終日極歡。月餘，小蓮求去，泣拜告李公：「我本是野狐，命定當死於獵人之手。過幾天有人獵狐歸，其中一死狐耳間有紫色毫毛，就是小蓮。請您看在多年的情分上，贖回我的屍體，以北紙為衣，木皮為棺，葬於高地，勿以是異類而無情！」李公在約定的日子北行數里，果然遇見一夥獵人。他買下小蓮的屍體，擇日葬之，還親自寫了祭文。

這幾個狐妻故事雖然經過了文人的改編或創作，但核心結構與信太妻差不多。不同之處在於結局是狐妻們都死了，她們的命運比信太妻更令人唏噓。這點不同似乎可以理解為中國文人們為了增強悲劇效果而做的技術處理。唐宋時期作者對於這種題材的拿捏，顯然還沒有脫離小澤俊夫所舉民間故事類型的思想桎梏。

異類婚姻之所以終難圓滿，歸根結柢還是人類意識中的人獸之分（這也是人類脫離動物的主要心理標誌），在文學表達時，這種觀念會被投射到狐狸精一方，讓她們自慚形穢。任氏美麗得一塌糊塗，對「屌絲男」鄭六仍會說：「事可愧恥，難施面目！」小蓮與李郎中訣別，李挽留，小蓮道：「醜跡已彰，公當惡之。」此外，異類婚姻的悲劇結局還與人類的厭獸心理有關，如《續搜神記．錢塘士人》寫杜生與一女子恩愛了數日，女子忽然變成白鷺飛走，杜生噁心不已，一氣身亡。《閱微草堂筆記．如是我聞一》記少年愛戀狐狸精，痴迷不已，狐狸精感念他有救命之恩，不想害他，現出蒼毛修尾的本相，跳上屋頂長嗥數聲而去；農家子眼見自己心愛的美女原來是隻畜生，從此斷了念想。有時，即便當事人不以為意，異類婚姻也面臨社會輿論的巨大壓力，如《西池春遊》的主角侯誠叔與狐狸精獨孤氏生活了六、七年，偶然間被長輩問及婚姻，吐露了真情。長輩道：「汝，人也，其必於異類乎？」一場異類婚姻就此終結。

但是，人們對異類婚戀的態度還是一直朝著更寬容的方向轉變。任氏、小蓮們的婚姻雖以悲劇告終，但她們死後變成狐狸，男人都沒有因此而厭惡，反而以禮葬之；《任氏傳》的鄭六在與任氏確定關係之前就已經知道她是狐狸精，卻仍然愛上了她。

兩情相悅無疑是人狐之戀最主要的促成因素，而狐狸精的美貌與男人的好色也起到了黏合劑的作用。《西池春遊》的侯生貪歡，以致「唇根浮黑，面青而不榮，形衰而靡壯」，但面對肌秀目麗的狐狸精獨孤氏，仍流連於異香錦衾，玉枕相挨，根本不能自已。《西蜀異遇》的李公子甚至親見小美女被擒獲，受法師狠狠教訓一通後化為大尾狐狼狽逃走，他依然痴心不改，仰天長嘆：「人之所悅者，不過色也！今覘媛之色，可謂悅人也深矣，安顧其他哉！」侯、李二人的這股子生猛勁兒，在後來的《聊齋誌異》等書中常被那些甘心「石榴裙下死，做鬼也風流」的男人溫和地表述為「若得麗人，狐亦自佳」。

讓狐狸精和人類終成眷屬的關鍵人物是蒲松齡。《聊齋誌異》壓軸之作《青鳳》就是一個美滿的人狐愛情故事。狂生耿去病與狐狸精青鳳好事多磨，終成連理，不僅生兒養女，還與青鳳的叔父、兄弟生活在一起，如家人父子。《嬌娜》亦然，孔生娶了狐狸精松娘，生子小宦；而他的初戀狐女嬌娜恰巧又死了老公，於是也搬過來同住。又是狐妻，又是狐紅顏，蒲松齡自己都被感動了：「余於孔生，不羨其得豔妻，而羨其得膩友也。觀其容，可以療饑；聽其聲，可以解頤。」《蓮香》則開啟了狐妻鬼妾的家庭組合模式，狐狸精蓮香和女鬼李氏經過哀婉曲折的生死輪迴，先後嫁給了桑生。《聊齋誌異》之後，完美的人狐婚姻遂成為筆記小說經常表現的主題。

狐妹妹經過數百年的努力，終於嫁給了人哥哥，過上了美滿的人間生活。但那些死乞白賴要做上門女婿的狐郎，卻一直沒有成功。《聊齋誌異》之後，人狐婚姻幾乎全是狐妹妹嫁給人哥哥，而不見狐哥哥娶了人妹妹。即便是對狐狸精有再造之恩的蒲松齡，似乎也接受不了狐郎娶人妻這樣的婚姻模式。究其原因，主要還是男尊女卑的觀念作祟。不管狐狸精如何手段高強，如何風流倜儻，但在人們心目中，成了精的狐狸仍然是獸妖，是「賤類」，獸格妖格始終低於人格。而傳統的婚姻觀念，以男尊女卑為常理，女尊男卑卻是例外。男人們對於投懷送抱的狐狸精可以玩狎，可以痴迷，也可以娶為妻妾。狐郎們對於看中的女人，也能迷媚和玩弄，甚至還能兩情相悅，但要娶為妻室就萬萬不行。

此外，異類婚姻還涉及生活方式問題：狐狸精嫁給男人，是女到男家，是狐狸過人的日子。女人嫁給狐郎，便是人到狐家，是人過狐狸的日子。狐狸精是沒有家的，他們的生活場所不是洞穴古塚，就是廢園棄倉。所以，狐狸精的生活形態對狐郎娶女人的婚姻構成了巨大的技術障礙，文人們再怎麼胡思亂想，大概也解決不了女人如何在狐狸窩中當家庭主婦的問題。因此，人狐婚姻可以有，但男人娶狐女是一條底線，直至狐狸精退出歷史舞台，這條底線都沒有被突破。

從歷史的發展看，男人娶女狐的婚姻形態在一步步突破，終至獲得圓滿的結果，而狐郎娶女人的禁忌似乎是越來越嚴厲。《太平廣記》還有多起狐郎想做上門女婿事件，其中《廣異記・楊氏女》甚至記錄了楊家二女並嫁大小狐郎的罕見事例。而到了清代，此類事件在文人筆下就已經絕跡了。這種變化實際上反映了從唐代到清代，婚姻倫理越來越固化的趨勢，使得即便如蒲松齡這樣的不羈之才，也不敢越雷池一步。

《聊齋誌異・胡氏》貌似寫一個狐郎逼婚的悲劇，卻最後筆鋒一轉，寫成了狐女嫁人的喜劇。胡秀才在富人家做先生，因課業良勤，待人有禮，深得主家賞識。但他平日行事不密，被識破狐狸精身分。主人見他素無惡意，仍然以禮待之。胡生後來竟託人說媒，要娶主家閨女。主人當然拒絕，理由很簡單：「實無他意，但惡非其類耳！」媒人怒而歸。次日，狐兵大至，馬嘶人沸，聲勢洶洶。莊客們持杖禦敵，與狐兵大戰。狐兵暫時退去，但三天兩頭來擾，雖未造成大的破壞，大戶家亦不勝其煩。

一日狐兵又來，主人看見胡生正在臨陣指揮，便大聲說：「在下自以為不曾失禮於先生，何故三番五次興兵擾我？」狐郎本來理虧，就喝住了小狐狸。主人乘機上前拉住他的手，邀入家中飲酒，語重心長地說：「以我倆的情分，怎麼會拒絕與先生聯姻呢？但先生家車馬、房屋，多不與人間同，弱女相從，先生亦知其不可呀！」這幾句話點到狐狸精的痛處。主人掉轉話頭，說自己幼子可以做胡家女婿，不知可有年齡相仿的小狐女否。胡生聽罷大喜過望，說自己有妹妹比公子小一歲，才貌出眾，正好婚配。於是，二人把酒言歡，盡釋前嫌。一年後，胡家人果然送妹子過來。公婆見新娘溫麗異常，嫁妝又多，高興得合不攏嘴，完全沒有「惡非其類」的感覺。小狐狸精就這樣嫁入富人家，過起了人間日子。此後，兩家常相往來，「胡生兄弟以及胡媼，時來望女，人人皆見之」。

真是好事多磨，最終皆大歡喜，整個故事就是為了詮釋狐郎為何不能娶女人，這也足以說明《聊齋誌異》中未出現狐郎人女的婚配模式，完全是蒲松齡堅持原則的結果。對於這個小祕密，後來模仿《聊齋誌異》的文人都心照不宣，不寫也不說，清乾隆年間成書的《夜譚隨錄．崔秀才》透露出的一點相關信息，則說明狐界的自律越來越嚴明：

奉天劉爺年輕時倜儻好客，揮霍不吝。家裡經常高朋滿座，門庭若市。食客中有一個叫崔元素的山東秀才，十幾天一來，無非貸款借糧，劉家人很煩這個沒出息的書生，但劉爺一直善待他。不久，劉家突遭變故，家產蕩盡，寒冬臘月連過年的米糧都沒有。劉無奈，出門找朋友借點兒錢糧。豈料往日那些良朋密友一個個虛與委蛇，好話說盡，就是不見些米糧進袋。窮途末路之際，崔秀才來了，給了八千貫錢救急，又贈一袋黃金供他讀書創業。劉爺從此轉運，不僅科考及第，還重新發家致富，興旺超過當年，劉、崔二人遂成為生死之交。

劉爺想與崔秀才親上加親，打算把自己的獨生女嫁給他兒子。不料崔一口拒絕：「此大不可也！」劉爺十分不解，兩家關係友好，自己財力雄厚，女兒聰明漂亮，這樣的天賜良緣老崔咋就不答應呢？他一個勁兒問為什麼，崔秀才只得吐露真情：「我倆是老朋友了，告訴你也無妨。之所以不敢與君家聯姻，只因我是艾山一老狐。」劉爺哈哈一笑，再不說嫁女之事。

蒲松齡筆下的胡生還有點非分之想，到了崔秀才不僅沒了這個念頭，對送上門來的兒媳婦也斷然拒絕——狐狸精遵守人狐之分的自覺性無疑達到了新的高度。

第五章

雅慧之妖

一、狐狸的智商

在中國的文化傳統裡，狐狸精首先被理解為「媚」的化身；其次，他還代表過人的聰慧。「慧」這個意義依然存活在現代語言中，如「狡猾的狐狸」這類表述，雖然有貶義，卻肯定了「狐慧」這一基本事實。

狐狸的嗅覺和聽覺極為發達，行動敏捷而小心翼翼。野生的狐狸千百年來免不了和人打交道，也進化出一些對付人類的技能。《西頓野生動物》故事中的「源泉狐」就記錄了一隻老狐與獵狗的鬥爭，獵狗追牠時，牠迎著飛馳而來的火車跑去，在最後一剎那躍出軌道，而後面的獵狗卻來不及變道，慘死車輪下。狐狸還有一個奇怪的行為：一隻狐狸跳進雞舍，把十幾隻雞全部咬死，最後僅叼走一隻；有時竟一隻不吃，一隻不帶，空手而歸，這種行為叫作「殺過」。

最新研究發現，狐狸的生理結構還有些奇特的地方，如牠是犬科動物，眼睛的瞳孔卻像貓一樣是狹長形的，這使得牠們比其他犬科動物有更好的視覺能力；冬天，狐狸捕食雪層下的小動物，其腦部的某個區域竟可以利用磁場定位；而在城市化程度很高的歐美發達地區，狐狸也表現出了與時俱進的城市生活能力。但這些或聰明或詭異的行為方式，仍屬於動物的本能。科學界一般觀點認為，比較不同物種動物的智商沒有意義，因為經過數百萬年的演化，動物大腦經歷了複雜的變化，牠們各自有一套對付環境的辦法。英國聖安德魯斯大學海洋哺乳動物研究中心的文森·雅尼克和哈佛大學心理學家詹姆斯·李等人的研究發現，只有靈長類和某些鯨類動物具有更好的學習和交流能力。因此，即便對動物的智商進行排名，狐狸也不會名列前茅。

但狐狸長期被古人視為一種特別聰明的動物，而且中西文化的觀點比較一致。古希臘《伊索寓言》中有多則與狐狸有關的故事，儘管寓意各有不同，但絕大部分表現了狐狸的智慧或狡猾，如：

狐狸落在井裡，沒法上去，只好待在那裡。一隻山羊渴極了，也來到井邊，他看見狐狸，就打聽井水好喝不好喝。狐狸遇見這麼個好機會，大為高興，就竭力讚美那井水如何好，如何可口，勸山羊快下去。山羊一心想喝水，又沒有心眼兒，就跳下去。當他解了渴，和狐狸一起設法上來的時候，狐狸就說，他有辦法，可以救他們兩個出去。他說：「假如你願意，可以用腳扒著井壁，把犄角放平，我從你後背跳上去，再拉你出去。」狐狸一再勸說，山羊欣然同意了。於是，狐狸就踩著山羊的後腿，跳到他的後背上，再從那裡跳到他的犄角上，然後扒著井口，跳了上去，上去以後，就走了。山羊責備狐狸背信棄義，可是狐狸回過頭來說道：「朋友，你的頭腦如果和你的鬍子一樣完美，那麼，你剛才就不會不預先想好出路就跳下去。」（《狐狸和山羊》）

猴子在野獸的集會上跳舞，受到歡迎，被選立為王。狐狸嫉妒他，看見一個捕獸夾子裡有一塊肉，就把他領到那裡，說自己發現了這個寶物，沒有動用，把它當作貢品獻給王家，特為猴子保管著，勸他親自去拿。猴子不假思索，走上前去，就被夾子夾住了。他責備狐狸陷害他，狐狸回答說：「猴子，憑你這點心智，就想在野獸中稱王嗎？」（《狐狸和猴子》）

甚至主神宙斯也喜歡狐狸的聰明機智，曾一度將獸類的王冠賜給了牠。中世紀在歐洲廣泛流傳的列那狐，也是機智狡猾的化身。

狐狸在日本也一直被視為極聰明的動物，如平凡社出版的《世界大百科事典》記載：狐狸極為聰明，牠在頭上戴著雜草，身體浸在水中，接近鴨群，捕食鴨子。牠在兔子身邊裝出十分痛苦的樣子，滿地打滾，一旦兔子接近牠就一躍而起，逮住兔子。從這個意義上看，說狐狸是騙子絕不是虛假的。

中國人以為狐狸多智，最典型的例子就是《戰國策》中的「狐假虎威」。與狐狸有關的成語還有「狐埋狐搰」，據《國語》記載：「夫諺曰：狐埋之而狐搰之，是以無成功。」意思是說狐狸把吃不完的東西埋起來，埋好後不放心，又挖出來看看，這樣埋了挖，挖了埋，總是埋不成。以此說明狐狸的多疑到了可笑的地步。先秦時代出現的「狐疑」一詞，就是形容狐狸這種狀態，而多疑是機警的表現。

到了晉代，狐狸的機智聰明又有了新的例證，據說在冬天，狐狸能夠透過聽冰下有無水流聲判斷冰層的厚度，決定可不可渡河。這個傳說出現於晉人郭緣生的《述征記》中：「冰始合，車馬不敢過，要須狐行。云此物善聽，冰下無水乃過。人見狐行，方渡。」行人車馬過河，須仰仗狐狸的機敏，在這點上，人智居然不如狐智。唐人楊濤、滕邁還對此大發感慨，寫下《狐聽冰賦》，稱道「一獸之智，可以偕善，必聽而配規行者也」。

狐狸的「一獸之智」遂被理解為高出其他動物的靈性，那麼牠們成精成妖就更加容易。明代話本中，這種說法比較突出。如：

> 話說諸蟲百獸，多有變幻之事，如黑魚漢子、白螺美人，虎為僧為嫗，牛稱王，豹稱將軍，犬為主人，鹿為道士，狼為小兒，見於小說他書，不可勝數。就中惟猿、猴二種最有靈性，算來總不如狐成妖作怪，事蹟多端。（《三遂平妖傳》）

> 天地間之物，惟狐最靈，善能變幻，故名狐魅。（《二刻拍案驚奇》）

> 天下獸中，猩猩猿猴之外，狐狸在走獸中能學人行，其靈性與人近。（《型世言》）

照此說法，狐狸精的妖媚也有較高的智商含量。

二、獸之好學者

按照六朝小說家的記載，狐狸精早在漢武帝時就造訪過大儒董仲舒。一日，董大師正帷下獨詠，忽有客來。此人風姿不凡，談經論道，辯鋒無礙，而且指著天色說就要下雨了。董仲舒鬱悶了，身為帝師，從來就是自己說別人聽，哪裡受過這樣的憋屈？且在學術圈混了這麼多年，也從沒聽說過這位青年才俊呀！他越想越覺得不對勁，就不談學問了，直接搞人身攻擊：「俗話說巢居知風，穴居知雨，你不是狐狸，就是老鼠！」來客聞聲色變，化成狐狸逃走了。帝師這才挽回一些顏面。這個故事《搜神記》和《幽明錄》都有記述。

狐狸精仗著聰明，就想與高人才子辯談學問，但他們沒料到那些貌似滿腹詩書的高人才子，辯不過時也會來橫的。據《搜神記》記載，西晉第一才子張茂先聰明絕頂，學識淵博，詩書辭賦無所不通。一日，有雅士持名片來見，談老莊，論風雅，茂先「無不應聲屈滯」。張才子完敗後，仰天長嘆：「天下豈有此等少年！若非鬼魅，就是狐狸精啊！」馬上命人鎖門，想方設法讓狐狸精現出本相，取了他小命，事後還假惺惺地說了句：「千年不可復得！」

這兩則故事中的狐書生，好學又有點顯擺，造會名人大儒只為一展才情，卻因鋒芒太露為人所忌，死的死，逃的逃。兩則故事中有個相似細節很有意思，董仲舒和張茂先本來並不知道來訪者是狐狸精，他倆推斷的依據就是對方比自己更加聰明博學。大概董、張二人以為自己是人間極品，凡智商高於己者就不是人了。

狐狸精何以一出場就滿腹經綸、辯鋒無礙？因為狐狸精不僅聰慧，也很努力好學。在狐書生如此高調行為的後面，是他們有目的、有組織的文化教育活動。

《搜神記》就有吳中白毛老狐課小狐讀書的故事，唐代《廣異記・孫甑生》又出現同樣場景。孫以養鷹捕獵為業，某日偶入一洞穴，見十幾隻狐狸圍坐讀書，中間一老狐正在講解課文。孫奪書而歸，第二天有十幾人帶厚禮上門討書。

錢鍾書先生讀《太平廣記》也特別注意過這一現象，《管錐篇》對晉、唐小說中狐讀書之事有一段梳理，且曰：「按古來以狐為獸中黠而淫之尤，傳虛成實，已如鐵案。然獸之好講學而愛讀書者，似亦推狐，小說中屢道不一……《聊齋誌異》卷四《雨錢》稱胡翁博洽，深於經義；晉唐小說中胡氏家風未墮也。書淫與媚學二語，大可別作解會。」

其實，清代作家中，紀曉嵐寫狐讀書事遠多於蒲松齡，《閱微草堂筆記》有兩則故事更是明裡暗裡照應狐翁墓穴課子孫情節。

一則虛寫，載《如是我聞一》：紀曉嵐老鄉王五賢是個私塾先生，一次夜過古墓，聽見責罵聲：「你們不讀書識字，不能明理，將來什麼壞事不敢做？一旦觸犯天條，悔之晚矣！」王五賢大吃一驚，想有誰會在這荒山野地裡調教子弟呢？他仔細聽了好一陣，才發現聲音出自古墓狐穴。故事到此戛然而止，王先生並沒有進一步探尋究竟。

一則實寫，出自《灤陽消夏錄三》：書生夜間獨行莽叢，忽聞誦書聲，尋之，見一老者坐墓墟間授課，身邊十幾隻狐狸捧著書蹲坐。書生以為一夥狐狸精既然讀書，當不會害人，就與老翁揖讓，席地而坐，談論起來。他最關心的問題是：「你等狐狸精讀書為何？」老翁說只為修仙，其正途先學人道，再學仙道，「故先讀聖賢之書，明三綱五常之理，心化則形亦化矣」。書生借視其書，皆《五經》、《論語》、《孝經》、《孟子》之類，而且都無注解。書生問為何無注，狐翁道：「吾輩讀書，但求明理。聖賢言語本不艱深，口相授受，疏通訓詁，即可知其義旨，何以注為？」接著，狐翁又攻擊了一番宋儒。

幾則故事頭尾相隔近千年，可見狐族的讀書傳統是長期延續的，怪不得錢鍾書先生說「胡氏家風未墮」。但細辨兩個時代的狐翁課子，有一處明顯不同：晉、唐時的狐翁是一隻老狐狸，紀曉嵐筆下的狐翁則是老先生。究其原由，可能還是成仙觀念的影響。晉、唐之時，狐狸精修煉成仙的思想尚未形成，故而只強調本相與變體之別。到了紀曉嵐生活的時代，修仙思想已深入影響文本敘事，且紀本人對此話題尤為關注，曾在《閱微草堂筆記》中多次論及。紀氏認為，讀聖賢書乃是狐狸精修仙正途的必由之路，那麼讀書多少就會表現出不同效果。老狐已成人，小狐還是狐，就是要說明這個問題。

袁枚《子不語．狐生員勸人修仙》則更是透露了狐界的一個大祕密。趙襄敏西樓夜讀，門戶已閉。一個扁得像紙的人從窗縫鑽了進來，搓搓頭、揉揉手，慢慢變成了書生，對趙作揖道：「生員我是狐仙，在這裡已經住了一百多年。此間歷位主人對我都很客氣，從不打擾。先生現在忽來讀書，您是天子大臣，我不敢違抗，因此特來請示：如果您必欲在此讀書，我就打算搬遷，但您得給我三日寬限。如果大人還容我寄居於此，就請您把門鎖上，我倆互不打擾。」趙襄敏覺得太有趣了，問他：「狐狸精也有生員嗎？」狐狸精相告，蒙泰山娘娘主持一年一次的科考，文理精通的狐狸精取為生員，文理不通的繼續做野狐。狐生員可以修仙，野狐就沒有這個資格。之後便勸趙襄敏修仙，說讀書人修仙比狐狸精容易，因為狐狸精要先學人形，再學人語，才能修仙。趙公聽他說得頭頭是道，次日便讓出西樓供其繼續讀書修仙。

狐界知識分子不僅讀書、科考，他們還過著一種與書為伴的風雅生活。《獪園》之雅狐：「其人甚儒雅，入堂中與之語，言頗清遠，辯論亦博……窺其案頭，惟書一卷而已。此公平居但讀書，書皆古文字，不可識。」《子不語．狐道學》：「室中有琴、劍、書籍，所讀書皆《黃庭》、《道德》等經，所談者皆『心性』、『語錄』中語。遇其子孫奴僕甚嚴，言笑不苟。」紀曉嵐對知書好禮、行事風雅的狐狸精青眼有加，《閱微草堂筆記》中多有記錄。《如是我聞二》寫一雅狐，必擇人而居，晚上主人讀書，他也吟詩誦詞。主人周蘭坡學士搬走了，他也跟著搬走。後來舊居又搬來一讀書人家，雅狐才帶著家眷回來，還給新主人寫了一封很有文采的短信：

> 僕雖異類，頗悅詩書，雅不欲與俗客伍。此宅數十年來皆詞人棲息，惬所素好，故挈族安居。自蘭坡先生恝然舍我，後來居者，目不識駔儈之容，耳不勝歌吹之音，鼻不勝酒肉之氣。迫於無奈，竄跡山林。今聞先生山蘿之季子，文章必有淵源，故望影來歸，非期相擾。自今已往，或撿書獺祭，偶動芸簽；借筆鴉塗，暫磨鸜眼。此外如一毫陵犯，任先生訴諸明神。願廓清襟，勿相疑貳。末題：康默頓首頓首。

讀書的狐狸精文化水平也參差不齊，水平高的術有專攻，水平低的也不過小學蒙童。如《螢窗異草》的談「易」狐，就是「易學」權威。陝西書院一夥秀才探討《周易》，因經義深奧，辯來辯去不得要領，這時來了位耄耋老人，為諸生解疑，一一剖析，口若懸河。年餘，教得這些學生六爻十翼無不通曉。後來，學生們才發現老翁是個狐狸精。但老狐的學問專而不博，只對《易經》無所不通，扯到其他經書就言語支吾。《閱微草堂筆記．槐西雜志二》中兩個狐狸精則顯然還在混小學，他倆在樹林子裡邊走邊背課文，不小心掉了一本書，被人揀去。書中盡是些藥方、春聯之類的淺顯文字，雜亂無序。拾者未及看完，狐弟萌娃突然跑來奪書，逃走時又掉了一張紙條，上面寫著：「《詩經》於字皆烏音，《易經》無字左邊無點。」大約是學習口訣之類。紀曉嵐因此說這兩個狐狸精是「粗材之好講文藝者」——才智雖然差了點，但學習的精神還是值得肯定的。

但聰明有文化的狐狸精，也不一定就品行端正。正如紀氏筆下一個狐狸精所言：「至我輩之中，好醜不一，亦如人類之內良莠不齊。」《搜神後記》卷九中的狐狸精，做壞事還有花名冊。吳郡顧旃到山上狩獵，忽然聽見野地裡有人說話：「唉，今年不行了！」找來找去，發現山頂空塚裡面蹲著一隻老狐，對著一個簿子指畫。顧旃將老狐打死，見簿子上盡是人家女兒的姓名，已被誘姦過的就用紅筆勾掉，沒打勾的則是準備去引誘姦汙的。顧旃驚訝地發現，自己女兒的名字也在冊。

三、狐書

狐狸精除了讀人間書，還自有一套神祕的內部知識系統。晉人伏滔《北征記》中有一段記載：

> 皇天塢北古特陶穴，晉時有人逐狐入穴，行十餘里，得書二千卷。

那麼，兩千卷狐書上都是些什麼內容呢？《北征記》沒說，我們得透過其他的文獻來考證。先看《宣室志・林景玄》：武夫林景玄常飛鷹走狗。一次圍獵時被野兔引到墓穴邊，他下馬正準備扒墳，聽見裡面有人說話：「我命屬土，克土者木也。今天姓林的來了，我命當絕！」林低頭探視，見一白鬚老頭拿著書本正滿口之乎者也。林武夫二話沒說，發一箭進去，把老頭兒射成了老狐狸。扯出那本書一看，全是外文，「似梵書而非梵字」，一個字也不認識。林武夫覺得拿著也沒什麼用，便一把火燒了。

《玄怪錄・狐誦通天經》所敘與此類似，但是後半部分有很大不同。一個叫裴仲元的人也是如此這般地進入大墓，看見一隻狐狸憑棺讀書。他心想兔子抓不著了，抓隻狐狸也不錯。結果狐狸也沒抓著，他只搶到了那冊書，回家一看，書上文字一個不識。這時，有胡秀才求見，開門見山就說自己是墓中讀書的狐狸，書被無端搶走，現來索回。裴仲元問那書上講的什麼玩意兒。秀才答：「《通天經》，非人間所習，對你老人家實在沒有用處，不如還我，我以百金為謝！」裴不同意，秀才又把酬金提高十倍。裴還是不答應，胡秀才拂袖而去。沒過多久，裴仲元遇見已經去世的表兄，他正心裡盤算這是人還是鬼，表兄卻說自己能看懂狐書上的字，不妨拿出來瞧瞧。裴仲元於是取出狐書讓他過目，他接過書，說了句「我為胡秀才取書」，頓失蹤影。緊接著，裴仲元暴病而亡。

後來，在文人們的筆下，對這個母題的演繹變得越來越注重索書的情節。《靈怪錄・王生》的搶書情節與上述二則故事稍異：王生是杭州人，離開父母進京打理產業，順便想謀個一官半職。途經樹林，看見兩隻野狐手執黃紙文書，倚樹而談，旁若無人。王生沒見過這麼目中無人的野狐，破口大罵，但兩狐狸根本不理會。王生一彈弓過去，正中執書狐狸的眼睛。那傢伙大叫一聲，扔下文書逃走。王生跑過去拾起文書，就一兩張紙，「文字類梵書而莫究識」。接下來的索書過程非常複雜，騙局設計之精妙，充分體現了狐狸精的高智商。

晚上，王生正和店主人敘述白天的奇遇，這時進來一個眼部受重傷的客人，一副疼痛難忍的樣子。他旁聽了幾句王生的話，表示很不可思議，問能不能把狐書拿出來瞧瞧，證明王生不是吹牛。王生正掏那兩張紙，店主突然發現瞎眼哥們屁股後面拖著一條尾巴，於是大喊：「他是狐狸精！」王生反應極快，一手將書紙揣回懷裡，另一手抽刀就砍，瞎眼男子化為狐狸急逃而去。深夜，聽見外面有人喊：「不把文書還我，後悔莫及！」狐狸精越是這樣急著取回文書，王生越覺得這是件不得了的寶貝，便藏在箱底帶往京都求官去了。

駐京月餘，杭州來了一個家童，手執凶訃，說他母親已去世數日，且留有遺言，要他變賣產業趕回杭州。王生低價處理了田宅，急急忙忙租船趕回杭州。經過揚州河段，對面駛過一艘船，一派歡歌笑語。靠近一看，居然是家裡人。他們見王生一身喪服，莫名其妙。王生見了母親，才知老太太也收到他的信，說自己在京城當了大官，要家裡賣掉田宅，全都上京城去。王母見子心切，也低價處理了家產，高高興興地進京。兩人拿出書信一看，皆空無一字。賤賣家產加上路途花費，剩下的錢不及原產十分之一，只買得幾間破屋遮蔽風雨。

王生有一兄弟，多年不見，事發後不久忽然來了，見家道敗落至此，問王生發生了什麼。王生原原本本說了事情經過，並揣度是奪了狐狸精的文書才惹的禍。兄弟連說不可思議，王生便拿來狐書給他看。此人接過天書，揣進懷裡，說道：「今日還我天書！」言畢化為一狐而去。

這個故事後來被馮夢龍寫成話本小說《小水灣天狐詒書》，收進《醒世恆言》。此外，《乾䉛子・何讓之》、《河東記・李自良》、《廣異記・孫甑生》以及《太平廣記》收錄的張簡棲故事都大同小異，說明這個題材的故事在唐代至明代這段時期廣泛流傳。這些故事的結局大多是搶了狐書不肯還的人，最後遭到狐狸精各種各樣的惡搞報復。也有些故事表現歸還了書的人得到了福報，如《河東記》寫李自良歸還了狐書，後來狐狸精在關鍵時刻幫忙，使他當上了工部尚書、太原節度使。

這些情節相似的故事，充分說明狐狸精有一套神祕的內部知識系統，其載體就是「狐書」。狐狸精特別看重這玩意兒，一旦失去定會千方百計、不惜代價地索回。而這狐書「似梵書而非梵字」，或者「其字皆古篆」，人莫能識；要破譯狐狸精的這套知識系統，解釋狐書的來源及內容就成了關鍵。

中國道教幾乎從創立時期就分為兩派，一派是丹鼎道，另一派是符水道。符水道派道士的宗教活動中，符籙是件重要道具。這玩意兒就是一些筆畫屈曲、似字非字的圖形。符籙不僅可以遣神役鬼、鎮魔壓邪，也是教徒入道的憑據。符籙具有三個特點：圖形難解、法力無邊、不能外傳——這似乎有點狐書的影子了。

道教在魏晉時非常昌盛，其時佛教在中國也是方興未艾的，道佛之爭日趨激烈。道遇上佛，很快就表現出理論上的劣勢。佛教經典可以從西域源源不斷地輸來，而道教徒除了拿得出牽強附會的老子《道德經》和理論水平較低的《太平經》，就實在沒什麼東西了。為了彌補這個不足，道士們於是大量偽造經典。東晉中葉，先後有《三皇經》、《靈寶經》、《上清經》三部道經面世，此即後世道教所謂的「三洞真經」。有了經還不行，道士們還得渲染這些經的神祕出處。

《抱朴子內篇》就說：「《靈寶經》有正機、平衡、飛龜授袟，凡三篇，皆仙術也。吳王伐石以治宮室，而於合石之中得紫文金簡之書，不能讀之，使使者持以問仲尼。」而且，這種說法還不是葛洪首創，東漢袁康所作《越絕書》中，就提到大禹治水，遇神人授《靈寶五符》以伏蛟龍水豹的故事。據說大禹後將此書藏於洞庭包山之穴，「至吳王闔閭時，有龍威丈人得符獻之，吳王以示群臣，皆莫能識。乃令賚符以問孔子」。這樣，三洞真經的出現就與一個神祕的洞穴有關，而大禹則不過是傳經者之一。

符水派的神祕道具和道士們的造經傳說，顯然作為養分被狐狸精故事的作者所吸收。狐書上的文字一會兒「似梵非梵」，一會兒「字皆古篆」，則明顯透露了道教依佛典造偽經的信息。狐狸精為什麼要讀這些天書呢？道理很簡單，符水道主張信徒要六時行香，誦念道經，方可降福消災，得道成仙。人讀經可以成仙，狐狸自然也可透過讀經而成精成仙。有了這層理解，我們才會明白狐狸精為何要千方百計地索回失去的天書。

狐書的故事《太平廣記》收錄最多，說明唐代流傳最廣。明代小說家馮夢龍對這個主題也情有獨鍾。他不僅依照這個傳說的主要情節寫了話本小說《小水灣天狐詒書》，而且將該題材融進了他改寫的長篇小說《三遂平妖傳》。

《三遂平妖傳》是中國最早的神魔小說，原著二十回，作者是羅貫中。後來，馮夢龍在西安購得此書，廣泛吸收民間妖異傳說，增補改編成《新平妖傳》。從篇幅上看，新書比舊作足足多出二十回。而內容上最大的改動就是：羅本《平妖傳》和狐狸精沒有半毛錢關係，馮本《平妖傳》的幾個主要人物都成了狐狸精。狐狸精的天書在這裡也有了清晰的來龍去脈：

雲夢山白雲洞一隻通臂白猿跟從九天玄女修道，被玄女帶上天庭。玉帝封他為白雲洞君，掌管九天祕籍。這祕籍叫《如意冊》，是一本長三寸、厚三寸的小冊子，裡面細開著道家一百單八樣變化之法，三十六大變，應著天罡之數，七十二小變，應著地煞之數，端的有移天換斗之奇方，役鬼驅神的妙用。豈料白猿野心未泯，擅自將天書帶回白雲洞，把內容全部刻在了石壁上。案發後，白猿被抓回天庭。這傢伙巧舌如簧，一通講演讓大神們動了惻隱之心，沒殺他也沒讓他下獄，只罰他回白雲洞護法守經，勿使洩露人間。就這樣，天書被刻錄在一個神祕的山洞中，而袁公守護天書的祕密也在民間流傳。

緊接著便出現了一個天生地造的蛋子和尚，他歷盡艱辛，先後三次冒著生命危險獨闖白雲洞，拓下天書帶出，在月圓之夜對著月照看，果然隱隱出現綠色字樣，細字有銅錢大，粗字有手掌大，但多是雷文雲篆，半字不識。之後，蛋子和尚於夢中聽見一個老者的聲音：「欲辨天書，須尋聖姑。」

聖姑何許人也？乃雁門山下大士洞中的白色牝狐。她還生有一雙兒女，這仨狐狸精就是《三遂平妖傳》貫穿始終的主要人物。蛋子和尚頗費周折找到了老狐狸精聖姑姑，拿出天書請她指教。聖姑姑翻閱一遍，便說這是《如意寶冊》，記錄的是七十二地煞變法，並問還有三十六天罡變法，如何沒有拓下來。蛋子和尚佩服得五體投地，說石壁上所有刻字都拓了，但有十幾張無論怎麼看都沒有文字。聖姑姑嘆道：「緣也！命也！」遂為蛋子和尚一一指示，哪些是符，哪些是字，大字什麼意思，小字又什麼意思。兩人於是按照天書的內容開始修煉。聖姑姑還用白話文將《如意寶冊》翻譯一遍，交給小狐狸精胡興兒，讓她也練成了法術。後來，仨狐狸精仗著法術攛掇小混混王則造反當草頭王，被朝廷發兵鎮壓。聖姑姑也被九天玄女用照妖鏡收降，帶上天庭，最後受到的懲罰卻很有意思——替代袁公去白雲洞守護天書，從此白雲洞再無人到。

此外，馮夢龍還不忘交代聖姑姑能解梵文：華陰縣楊巡檢夫妻倆信佛，得西域僧人送一部梵字金經，無人能識。聖姑姑一看，便說是一卷《波羅蜜多心經》，但裡面少了「菩提薩摩訶」五個字。楊巡檢找來唐本《心經》比對，果然少了五字。至於這老狐狸精為何有這麼大的能耐——書中說「原來這老狐精多曾與天狐往還」。

還有什麼妖精能像狐狸精這樣，天生慧質，飽讀詩書，還得到中外祕籍的滋養，從而成為中國妖界的超級知識分子呢？

四、媚袖添香

狐族讀書的傳統可謂源遠流長，但狐的世界跟人的世界一樣，讀書是狐郎狐翁分內之事，狐女則不然，儘管美麗聰明，卻並不一定讀書，唐傳奇的任氏未曾讀書，《聊齋誌異》的青鳳、嬌娜也未聞有讀書事。但既然在男人統治的世界中，能寥若晨星般出現蔡文姬、薛濤、李清照、朱淑真等才女，狐族中也就不乏這樣的人物。

第一個有文才的狐女出現於《太平廣記》收錄的《姚坤》。此女自薦於處士姚坤，云為富家女，名喚夭桃，「妖麗冶容，至於篇什等體，具能精至」。後來姚坤入京應制，夭桃不樂，取筆題竹簡為詩一首：「鉛華久御向人間，欲捨鉛華更慘顏。縱有青丘今夜月，無因重照舊雲鬟。」

北宋《青瑣高議》中的狐狸精獨孤氏也吟詩傳情：「人間春色多三月，池上風光直萬金。幸有桃源歸去路，如何才子不相尋？」、「春光入水到底碧，野色隨人是處同。不得慇勤頻問妾，吾家只住杏園東。」詩意淺顯，近似打油，且「字體柔弱，若五、七歲小童所書」。

而同時期小說集《雲齋廣錄》狐女的詩作水平則要高出許多，該女欲與李公子相廝守而不可得，便以花箋書《蝶戀花》一首以表相思：「雲破蟾光穿曉戶。欹枕淒涼，多少傷心處。唯有相思情最苦，檀郎咫尺千山阻。莫學飛花兼落絮。搖盪春風，迤邐拋人去。結盡寸腸千萬縷，如今認得先辜負。」後來兩人相見，同遊園圃，共飲荼蘼花下，狐狸精微醺，又寫詩一首：「綠鞅盤紆成紺幄，屑玉紛紛迎面落。美人欲醉朱顏酡，青天任作劉伶幕。」

狐女中的大學問家則屬《獪園》朱家宅子的某太太。京兆韋翰林想娶她女兒為妾，托媒婆帶了大禮上門提親。太太很高興，設席以待。韋翰林又備上厚禮興匆匆跑過去，在客廳等待良久，「太太出矣，可稱五十許人，妝飾淡雅，舉止可觀」。狐太太開口就問韋翰林研習什麼經典，韋答以《周易》，太太隨便舉出「咸卦」一章跟他討論，接著又談到了《春秋》。狐太太對於這些艱深的典籍，頗通大義，熟如注水；韋翰林卻越說越窘，無招架之力。太太見小夥子不行了，便放他一馬，不再論經，拿他的扇子過來欣賞，把扇面上詩朗讀一遍，隨即和詩一首，吩咐青衣呈上筆硯，題寫於五彩紙箋。席間，太太又轉移話題，談論朝政國事及天下大計，也是詞氣高邁，深有士風。韋翰林本以為自己有才且多金，意欲在婦道人家面前顯擺，沒料到被這麼一通修理，方寸大亂，慌慌張張避席而去，壓根兒沒敢提娶妾之事。

明清較之唐宋，女性所受道德綱常的束縛越來越多，對男人的依附程度也更深。舉例言之，唐代有薛濤、上官婉兒，不僅聰慧過人，薛濤還當過劍南節度使韋皋的校書郎，上官婉兒更是為武則天掌管宮中制誥多年，有「巾幗宰相」之稱；宋代則有李清照、朱淑真等，不僅詞作是一流水準，生活經歷也豐富多彩，可歌可泣。明清兩朝再無這樣的女子，即使是勉強上得檯面的柳如是，格局才情都與此四美相去甚遠。

秀外慧中的女性應該每個時代都有，但她們在越來越由男人主宰的世界裡能幹什麼呢？不能參加考試，不能開課授徒，不能做女祕書，更不能當官理政，最恰當的用處就是紅袖添香夜讀書。科舉時代，莘莘學子寒窗苦讀，博的是一朝金榜題名，從而封妻蔭子、光宗耀祖。但成功之前過的是一種「數卷殘書，半窗寒燭，冷落荒齋」的愁苦生活，紅袖添香的意境對於他們無疑是最溫暖的心靈慰藉。然而，撥開這層溫情脈脈的面紗，紅袖添香的心理指向，無非是男人們對於性與功名的組合幻想。顛倒衣裳之後，色授魂與之際，倘能西窗剪燭而談詩論文，則香豔的性伴侶又成了紅顏知己甚至掃眉才子，這種意境就更使人心醉神迷。

有意思的是，「紅袖添香夜讀書」這句話不是男人說出來的，而是出自清乾隆時女詩人席佩蘭的《壽簡齋先生》。原詩很長，相關的幾句是：「萬里橋西野老居，五株楊柳宰官廬。綠衣捧硯催題卷，紅袖添香伴讀書。願公二十三房裡，一個環房一年徙。」從詩意分析，作者不僅承認了「紅袖」為「伴」的地位，而且以此為雅，以此為榮。席也算得上清代才女，不僅能詩，而且擅畫蘭。她還是袁枚的弟子，深得袁老師賞識。袁曾評論她的詩：「字字出性靈，不拾古人牙慧，而能天機清妙，音節琮淨，似此詩才，不獨閨閣中罕有其儷也。其佳處總在先有作意而後有詩，今之號稱詩家者愧矣。」

袁老師雖然不遺餘力讚賞這個女弟子，但席佩蘭詩文為人所知者似乎只有這一句。袁老師倒是在自己的作品中以狐狸精故事演繹過女弟子的詩意。

《續子不語．李生遇狐》載，少年書生李聖修，寄讀於離家二十里外的岩鎮別院。一夜有麗人來，年可十五、六，坐榻上與李相視而笑。孤寂的少年哪裡禁得起這種誘惑，遂就燕好。此後女子每夜飄然而至，教他吟詩填詞。然而提到科舉八股，女子就很不感興趣，對李說：「此事無關學問，且君科名無分，何必耐此辛苦？」後來李生金屋藏嬌為同學識破，被父親召回家，狐狸精也跟了回去，使個隱身術在李家進出，只有李生一人能見。全家都擔心李生會被狐狸精害死，卻苦於驅狐無法。一日他嫂子過來串門，這娘們是一猛女，聽說此事後站在堂屋大聲責罵：「狐狸精也得知羞恥，怎麼能強奪別人的夫婿！我家小叔早已訂婚，以後入門，誰大誰小？」這個林妹妹似的狐狸精實在心慧而臉皮薄，當晚就哭著對李生說：

「你嫂嫂罵我，話糙理不糙。我再待下去就是死皮賴臉了，就此別過！」李生挽留不住，兩相唏噓於枕畔。雄雞起鳴，狐狸精揮淚而別，一段美好的人狐姻緣就此了結。李生的命運也被狐狸精言中，在科考場裡終究沒混得個出頭之日，但拜狐女所教，詞律詩賦寫得很好。

袁枚先生寫了這麼個狐狸精林妹妹，意猶未盡，又寫了一個狐狸精寶姐姐。《子不語．狐讀時文》與上面的《李生遇狐》大異其趣。這則故事的男主角也是一個李生，四川臨邛人，家貧無依，讀書備考。狐翁帶著嫁妝要送女兒上門給他做媳婦，李生驚疑之際，已「香車擁一美人至，年十七八」。交拜之後，李生猴急，拉著新娘就要解衣就寢。狐狸精卻說：「我家無白衣女婿，須得功名，我才和你成婚。」李生無奈，只好拿出平日寫的八股文給新娘檢查。狐狸精認真批閱，評點道：「袁太史文章雄奇，本來對科名是有好處的，應該讀；但他天分太高，你不能學。」批改之後又吩咐李生，「你以後作文，先向我稟報立意再落筆，不要匆匆忙忙一通亂寫。」李生從此文思日進，後來考取了舉人。狐狸精呢？當然做了他的媳婦，而且「事姑孝，理家務當，至今猶存，人亦忘其為狐矣」。

如果認為狐狸精伴讀都必須這樣香豔，那你就錯了。書生和狐女之間的故事也可以很純潔、很高尚，只有精神沒有肉體。《醉茶志怪．狐師》雖也是寫紅袖添香之事，但絕無風情，只有說教。男主角宮斯和白天與朋友看戲，見一女子姿容絕代，擠在人群中粉汗交下。宮生晚歸寢室，挑燈獨坐，女子來了。按一般的套路，接下來應該是一番風月情濃，然而書生和狐狸精的表現都出乎意外。

書生說：「這是讀書的地方，不是你這種風流女郎該來的場所。即便你不怕被人說三道四，我還得避嫌呢！請你趕快離開，我的朋友們要來了。」狐狸精說自己是來報恩的，並非要勾引他。宮生又一番義正詞嚴：「這是爾輩慣用伎倆，不是說有緣，就是說報恩，目的還是在苟合。」狐狸精沒料到遇見這麼個二愣子，也來了脾氣，說：「你也不看看自己啥模樣！咱報恩不是想憑顏值與你有床笫之歡，而是憑學識當你的老師。」宮生不信，狐狸精直接戳他的痛處，「瞧你這趾高氣揚的樣子，讀書多年卻連個功名都沒撈著，混什麼混！」宮同學屬於學習認真但智商不高且不善變通的主，考試成績一直不太好，這下被狐狸精戳中要害，氣不打一處來，抱怨誰的功名靠賄賂，誰的功名是舞弊，而自己太老實所以什麼也沒撈到。

狐狸精教育他不要怨天尤人，要反省自己：「平心而論，你的文章真寫得好嗎？」宮生大言不慚自我表揚，狐狸精於是一一指出他文章的毛病。這些文章宮生從未給狐狸精看過，她卻點評得頭頭是道，宮同學方不得不服，願拜師學藝。狐狸精說：「孺子真可教，以後叫我胡姐姐吧。」此後胡姐姐每晚來，天亮離開，只教讀書寫作，不談男女之私。一年之後，宮同學文思大進，寫出的文章胡姐姐也沒有修改的餘地。這個小祕密後來被同學發現，眾人深夜埋伏，欲捉拿妖精。胡姐姐何等聰明，早就算準此事，在窗外道：「宮斯和你小子學業已成，好自為之，不要荒廢學業。我與你就這緣分，即便這幫傢伙不來搗亂，我也不會久留，拜拜！」宮生開門一看，但見星月皎潔，銀河在天，胡姐姐無影無蹤。

不過，狐狸精的伴讀對升學考試的效果也因人而異，聰明的狐狸精遇到智商太差的書生，也只能徒嘆奈何，搞些歪門邪道助其矇混過關。《益智錄》中的鞏振先路遇狐狸精胡姐姐，情不自禁尾隨跟蹤，誰知當晚就得手，交拜之後兩人大談功名八股。此時的鞏振先連個童生資格還沒混到，被胡氏奚落：「富貴功名，乃大丈夫分內事。別人能得，你怎麼就不能得，真是枉為男人！」鞏生訴苦，說八股文真特別難寫。狐狸精不以為然，對他說：「如果我是個男人，取個功名就像拾粒芝麻！」鞏生連忙說：「你幫我，你幫我。」狐狸精既不批改作文，也不指點閱讀，而是搞舞弊替考，幫他答題寫作文。鞏生成績本來不好，作文往往只得三等，自從狐狸精替考之後，分數神速提高，超過了成績好的同學。於是有兩個差生請他吃飯，討教學習祕訣。他酒後吐真言，說：「文章不是我寫的，是我胡姐姐寫的。」差生之一屢次考試成績不及格，面臨留級，便央求鞏生請胡姐姐幫忙。胡姐姐覺得幫一個是幫，幫兩個也是幫，就替考寫文章讓他矇混過關了。鞏生就這樣靠老婆替考中了秀才。

鄉試考舉人時，鞏生想故技重施。胡姐姐說這次不行，這次是關聖帝君監考，她去不得，而且告訴鞏生，他沒當舉人的命，拿個秀才安飽終生、夫妻白頭偕老就很好了。鞏生不知深淺，一定要老婆同去。胡姐姐只好隱形於卷袋之中，希望混進考場。鞏生才進大門，就聽得她喊：「周倉來了！」嘩啦一聲破袋而去。鞏生只好自己硬著頭皮胡亂寫了篇文章交卷，結果自然沒考上舉人，胡姐姐也再不跟他玩了。

可見考場舞弊古已有之，而且狐狸精隱身替考，比現在攜帶高科技設備進場，安全係數更高。只要關聖帝君不來監考，這遊戲就可以一直玩下去。

那個時代多紅顏伴讀的狐鬼故事廣泛流傳，不少人信以為真。既然有了巴望狐妹妹狐姐姐不期而至的痴男，就有行騙的市場，於是假狐女便粉墨登場。《閱微草堂筆記．槐西雜志三》記某風雅之士在廣陵納一妾，頗通文墨，兩人時於閨中詩歌唱和，詞賦相答。後來，此妾不辭而別，留下一封信：

> 妾本狐女，避處山林。以夙負應償，從君半載。今業緣已盡，不敢淹留。本擬暫住待君，以展永別之意，恐兩相淒戀，彌難為懷。是以茹痛竟行，不敢再面。臨風回首，百結柔腸。或以此一念，三生石上，再種後緣，亦未可知耳。諸惟自愛，勿以一女子之故，至損清神。則妾雖去而心稍慰矣！

被拋棄的男人大為感動，逢人便傾訴這段銘心刻骨的愛情，聽眾也一起慨嘆。但過不多久，女子卻被發現和另一個男人在一起。原來這是人販子的騙局，先賣此女給人做妾，一段時間後就托名狐女逃走，再賣給別人。這種伎倆能夠得手，無非是利用了當時讀書人相信真有狐狸精的心理。有趣的是，紀曉嵐把這事告訴一個朋友，那哥們居然說：「是真狐女，何偽之云？」

舉了清人筆記小說中這麼多「狐袖添香夜讀書」的故事，卻沒有提到蒲松齡大師，這看上去很不合理。其實他老先生也寫過此類故事，而且風格獨特，試看《鳳仙》：

某狐翁有仨女兒，水仙、八仙和鳳仙各帶男友參加家庭音樂會。鳳仙最美，男友劉赤水卻最窮，既無功名也不富有。應酬之際，狐翁難免有點嫌貧愛富。這讓鳳仙非常不爽，唱了一曲與現場氣氛很不和諧的《破窯》便拂袖而去。劉赤水垂頭喪氣地回家，鳳仙在路邊等他，說：「你也是個男子漢，就不能為床頭人爭口氣？書中自有黃金屋，願好自為之！」臨別給了他一面鏡子，「若想再見，就努力讀書，否則，永無見面之日！」劉赤水惆悵而歸，拿起鏡子看，發現鳳仙在鏡子裡，背對著自己，慢慢往遠處走。他猛地想起鳳仙的臨別留言，趕緊讀書，過幾天再看鏡子，鳳仙已轉過臉來，盈盈欲笑。但讀書是苦差啊，劉哥堅持了個把月，實在熬不住，又出去和酒肉朋友玩耍了幾天。

劉哥回家對鏡，只見鳳仙愁容慘淡；隔天再看，美女已轉過臉去，慢慢往遠處走。劉赤水生怕失去鏡中美女，痛下決心閉門苦讀。月餘，鳳仙又轉過臉來有了笑容，劉赤水於是懸鏡桌前，讓鳳仙陪讀。他用功，鳳仙就露笑容；他稍有鬆懈，鳳仙就顯愁容。兩年之後，劉赤水科試及第，攬鏡視之，則鳳仙畫黛彎長，笑容可掬。忽然，鏡中人說話了：「所謂影裡情郎，畫中愛寵，不就是說咱倆嗎？」赤水驚喜四顧，鳳仙妹子已經坐在了身邊。從此，劉赤水就和狐女鳳仙幸福地生活在一起了。

鳳仙的伴讀方式真是巧思過人，效果也很好，兩年之間竟使一個「遊蕩自廢」的浪子回頭，考取了功名。但鳳仙和前面幾個紅袖添香伴讀書的狐女有一點不同，她自己似乎沒讀過書，不能給劉赤水講解課文、批改作文。不僅如此，《聊齋誌異》裡的嬌娜、青鳳、嬰寧、顛當、恆娘、封三娘等一眾狐女都沒怎麼讀書——一句話，蒲松齡就沒讓她們讀書！紀曉嵐是科考場中翹楚、翰林院大儒，深得聖賢之書的好處，因此說狐狸精要成仙也得讀聖賢之書。蒲公以不羈之才而屢考不中，久困科場，對死讀聖賢之書能有什麼好感？這些冰雪聰明、生動曼妙的狐女，為何還要讓她們受讀書之苦呢——大師們也是有私心的。

五、狐祟

妖精都能作祟，狐狸精也不例外。妖精的來源不同，作祟的方式也有區別，如豺狼虎豹變成的妖精，往往會暴力傷人甚至吃人。狐狸是小獸，智有餘而力不足，因此，狐狸精的作祟方式也不出此藩籬，重智不重力，整體上表現出柔而非剛的特點。

古往今來，狐狸精最嚴重的作祟是所謂「魅」，即讓人神志昏亂，進而舉止癲狂，這方面的例子不勝枚舉。狐魅固然害人不淺，但它仍是精神致幻，與暴力犯罪有本質不同。由魅發展而來的採補，也是傷身害命的手段，但此種「暗裡教君骨髓枯」的勾當，表面上也是溫柔鄉裡的男歡女愛。

早期的狐狸精還有一種頗為奇特的作祟方式，即割人頭髮。最早的紀錄出自東漢的《風俗通義．怪神篇》，說一個狐狸精被除，在其巢穴發現了很多被割下的髮結。北朝的《洛陽伽藍記》則載孫岩識破狐妻身分後打發她走人，狐妻臨別抽刀割了孫岩的頭髮。鄰里義憤填膺，幫著追捕這惡婆娘。此女越跑越快，最後變成狐狸逃脫。之後，城裡先後有一百多人被割去頭髮。其情形都是色誘在前，割髮在後：「（狐狸）

變為婦人，行於道路，人見而悅之，近者被截髮。」

一個叫靳守貞的人還因此事與狐狸精發生過流血衝突，基本案情是：霍州城牆年久失修，磚穴土洞裡有狐狸經常出來搗亂，動輒割人頭髮，而且專選官宦子弟和百姓家有姿色的子女的頭髮割，「夜中狐斷其髮，有如刀截」。城裡人靳守貞會些武功、符咒之術，經常幫政府抓犯人、押囚徒。一次他押解囚徒後回家，走到汾河邊，見一個紅衣女子在對岸洗衣。那女子忽然淩空飛起，直向靳守貞撲來，掀開他的斗笠就要揪頭髮。守貞操起斧子迎空一劈，將其砍落於地——原來是隻雌狐。此後，霍州再沒發生過狐狸精割人頭髮的事件。（《紀聞．靳守貞》）

這些事件被當成狐狸精作祟而記錄在案，但所有的敘述都到截髮為止，至於被截髮之後產生什麼結果，完全沒有交代。那麼，割人頭髮何以被視為作祟呢？

首先，頭髮被古人視為身體的重要部分。《孝經．開宗明義》：「身體髮膚，受之父母，不敢毀傷，孝之始也。」妖精割髮不僅意味著對人們身體的傷害，更意味著對人類道德感情的侵犯。其次，這種作祟方式可能由原始巫術衍生而來。頭髮在巫術中是很重要的道具，巫師獲得某人的頭髮，透過念咒施法就可以達到加害對方的目的。這種巫術被稱為接觸巫術，弗雷澤在《金枝》一書中有大量論述：接觸巫術最為大家熟悉的例證，莫如那種被認為存在於人和他的身體某一部分（如頭髮或指甲）之間的感應魔力。比如，任何人只要據有別人的頭髮或指甲，無論相距多遠，都可以透過施法而達到傷害那個人的目的。由此可見，截髮即是作祟，而且是四兩撥千斤的作祟方式。

除了這幾項比較惡劣的方式，狐狸精的作祟大多是坑蒙拐騙以及無厘頭的惡作劇。最早的一個騙局還鬧出了人命，這便是《搜神記．吳興父子》所講述的故事。

晉時吳興一個農家，兩兒子在田裡耕作，父親突然跑來對他們又打又罵。兒子們很委屈，回家向母親告狀。老太婆發飆，罵道：「你這老不死的東西，沒事兒跑田裡打兒子幹啥？」老頭兒丈二金剛摸不著頭，因為自己根本沒去田裡打罵過兒子，由此斷定是狐狸精變成自己的模樣去打罵他們。於是他告訴兒子實情，還說下次再遇到這種事就把老頭兒往死裡打。狐狸精察知其意，停止了行動。過了幾天，老頭怕兒子對付不了狐狸精，憋不住跑到田裡去巡視。兒子們正納悶狐狸精咋不來了，老頭兒就出現了，於是一頓狂毆將其打死。這邊兩傻兒子興高采烈埋掉了老頭兒，那邊狐狸精又變成老頭子的模樣回到家裡報喜，說兒子們已將狐狸精打殺了。晚上兒子回來，一家人高高興興地慶賀除妖成功。假老頭在這個家庭裡生活多年，直到一個法師出現，看出此家有邪氣，施法捉住老狐狸，騙局才被戳穿。兩兒子禁受不住沉重的打擊，一個自殺，一個氣死。

同樣情節的故事後來又出現在唐宋時代的《朝野僉載·張簡》和《夷堅志·海口譚法師》中。《張簡》的人物是一對兄妹，因狐狸精戲弄導致妹妹被誤殺。《海口譚法師》幾乎是《搜神記·吳興父子》的翻版，但增加了許多細節，使故事看起來更加合理、生動。最後由於譚法師的介入，狐狸精被滅，這個結局也更符合大眾的心願。

這幾個故事雖然都有命案，但狐騙子的作祟方式仍然是非暴力的。而且，這一故事脫胎於《呂氏春秋·慎行論》的「黎丘奇鬼」，原本是講的鬼作祟，所以血腥氣比較重。後來，這種狐祟套路被繼承且發揚光大，但幾乎都去掉了親人相殘的血腥結局，變成狐狸精詭計敗露或死或逃。如《紀聞·沈冬美》的狐狸精變成沈家已死的婢女，聲稱已成仙，因想念主母回來看看，酒醉飯飽後現了原形，丟掉小命。《廣異記·嚴諫》的狐狸精則冒充嚴諫已去世的叔父，在靈堂上吆三喝四，最後被嚴諫識破，嚴諫帶了蒼鷹、獵犬圍剿，狐狸精變為野狐落荒而逃。

《太平廣記》收錄的狐精故事中，狐狸精變成僧人、尼姑甚至菩薩行騙，而降伏他們的高手往往是道士。如《廣異記．代州民》載，有菩薩乘雲而來，接受村人供養，還與居家之女私通，使之懷孕。最後道士識破老狐真面目，持刀砍殺之。《廣異記．汧陽令》和《紀聞．葉法善》的狐狸精也變成胡僧和菩薩，被著名道士葉法善與羅公遠打敗。這些故事表面上看，是寫搗亂失敗，再搗亂再失敗的狐騙子，實則有明顯的謗佛意味。

這一主題直到袁枚筆下還有表現。《子不語．狐仙冒充觀音三年》寫杭州周生與張天師經過保定旅店，見美婦人跪在階下，對天師有所祈請。周問：「這是啥子事體，美女為何跪著求你？」張天師解釋：「她是個狐狸精，向我求人間香火。」周生見婦人長得漂亮，心有不忍，便代為求情。張天師於是批黃紙一張，許了狐狸精三年人間香火。三年之後，周生遊蘇州，聽說上方山某庵觀音靈異，便前往求籤。他登山時摔了一跟頭，心中煩躁。入廟見香火極盛，觀音卻在錦幔之中不讓人見。和尚說觀音長得漂亮，怕人看見產生邪念。周生不信，一定要揭開看看，結果發現媚態觀音就是三年前見過的狐狸精。周生不禁大怒，罵狐狸精忘恩負義，靠自己求情才得幾年香火，卻不保佑自己，上山還摔了跟頭，而且三年期滿還在這裡騙吃騙喝。話音剛落，觀音像便仆地而碎。

這些騙局多數情況下是狐狸精變成某人以假亂真，但有時他們也幻化外物戲弄人。明代筆記小說《獪園》載，某家多狐鬧，老主人忍無可忍，密藏短劍在身，準備對狐狸精動武。事情說來就來，第二天一隻白狐從草堆鑽出，直撲到他身上。老翁手起劍落，只聽得一聲孩兒啼叫，白狐被斬於地。老翁仔細一看，壞了，死在地上的竟是鄰居五歲的孩子！這下可闖了大禍，鄰家父母兄弟十幾個人又哭又鬧，把老翁扯到縣衙。知縣坐堂審案，人證物證一應俱全，殺人犯被判死刑收監，秋後問斬。過了兩個月，老翁家忽然有狐狸精在空中說話：「你家老爺子本想殺我，不料殺了鄰家孩子。你們好好求求我，我就把孩子還給你們，老頭兒也可出獄。」全家大小立馬跪倒在地，磕頭拜狐。

但狐狸精說這樣不行，得老頭兒親自跪拜。家人於是急急忙忙到獄中通報。誰知該老頭也是個不信邪的，斷然拒絕：「老夫六十七、八了，本來就到將死之年。誤殺小孩，乃是前世因果，無非一死而已。為此而求妖魅，他想得美！」老翁不從，狐狸精不讓，家人只得天天哀求祈禱。又拖了十幾天，狐狸精態度慢慢轉變，答應還孩子。沒兩天，孩子果然出現，如熟睡初醒。翁家、鄰家皆大歡喜，抱著孩子去縣衙報告。知縣大驚，叫衙役再去驗屍，發現被殺者原來是隻白犬。

如果說蒲松齡的最愛是美麗的情狐，紀曉嵐則對那些插科打諢、遊戲人間的智狐情有獨鍾，他的《閱微草堂筆記》幾乎就是一本「狐式」惡作劇大全，而且具有鮮明的紀氏風格——包含著對人情世故、道德學問的譏諷和批判。這種模式中的紀氏狐狸精，是作者批判現實的代言者。

《灤陽消夏錄四》記女巫郝老太經常裝神弄鬼，假稱狐神附體給人算命，揭人隱私往往一說一個準，因此信者甚眾。其實她的手段是廣布徒黨四處刺探，將打聽來的情況事先告訴她。一日她正要焚香「招神」，忽然真被狐狸精附體，開口便道：「吾乃真狐神也。吾輩雖與人雜處，實各自服氣煉形，哪有閒工夫和這老太婆搭手，過問別人家務事？這老太太詭計多端，以妖妄手段斂財，卻讓我等背黑鍋擔罪名，因此今天我狐神真來附體，讓各位知道真相。」言畢，郝老太忽如夢醒，知道被狐狸精揭了短，便灰溜溜地逃跑了。

紀曉嵐雖為鴻儒，卻頗信因果報應，因此有些時候，他筆下的狐狸精惡作劇又成了對小人物幹壞事的現世報應。

《如是我聞一》中的陳忠為主家辦採購，從中漁利。夥伴說他最近獲利，餘錢不少，要他請客，他矢口否認。次日，藏錢的箱子裡只剩下了九百文，陳忠納悶：箱子鎖得緊緊的，鑰匙一直帶在身上，錢咋就少了許多呢？他左思右想，認為是樓上的狐狸精幹的好事，就去叩問，果然聽見空中有人說話：「九百錢是你應得的工錢，我不敢動。其餘的錢非你所應得，我拿去買了魚肉瓜菜，都放在樓下空屋裡了，宜早做烹飪，時間長了會腐爛。」陳忠到樓下一看，屋子果然堆得滿滿的。他一個人吃不下這麼多，只好請眾人共餐，真是啞巴吃黃連，有苦說不出。

《姑妄聽之二》的一則故事則講紀氏自家事：其曾祖母八十大壽，賓客滿堂，熱鬧非常。家僕李長孫掌管酒水，順了半罈酒藏在屋裡準備自己享用。晚上回屋就寢，聽見酒罈裡有鼾聲，李長孫知道是狐狸精，於是很生氣，使勁兒搖晃酒罈，鼾聲卻越來越大。長孫伸手往裡掏，壇口忽然冒出一個人頭來，漸如斗大。他一巴掌搧過去，大腦袋掉落地上，酒罈子也隨之而碎，壇中之酒一滴不剩。李哥那個氣憤啊，跺腳便罵，屋梁上忽有人語：「長孫無禮，難道只許你盜，不許我偷？你既然捨不得酒，我也喝高了，現在就還你。」言罷一大口嘔吐物傾瀉而下，把李長孫從頭到腳淋了個一塌糊塗。

六、狐趣

「腹有詩書氣自華」，狐狸精的優秀代表方方面面都會表現出雅致的審美品位。紀曉嵐對於此類雅狐更是青眼有加，而且，他很願意向大家介紹自家或者親戚家的雅狐。

《閱微草堂筆記・灤陽續錄五》介紹他長輩家的雅狐：外叔祖張蝶莊家有書室，院子裡種著牡丹、芍藥，開花時香氣四溢。門客閔某攜僕人住在裡面，一夜就枕後，聽見外面有女子聲：「姑娘致意先生：今日花開，又有好月，我邀三五個朋友過來賞花，不會打擾先生。也請先生不要開門出來，唐突我等，謝謝先生雅量！」閔某不敢吱聲，在屋裡宅了一整晚，只聞外面衣裳窸窣，私語竊竊，直到雞鳴犬吠聲起方才安靜。清晨開門，唯西廊地面留下幾行輕微的小腳印——狐狸精的賞花是何等雅致文明！至於他們為何要閔某迴避，張先生認為閔某是個粗人，「莽莽有傖氣」，無端出來會敗壞狐狸精賞花的興致。

《灤陽消夏錄三》則介紹自家的雅狐：紀家院子的假山上有座小樓，狐狸精住了五十多年，人不上去，狐亦不下來，人狐兩不相擾。狐樓的窗扉經常無風自開自合，夜晚還傳出琴聲棋聲。家丁沒文化嫌吵，覺得狐狸精越來越過分，跑去告訴紀家前輩。前輩不以為然，反而數落家丁：「他們彈琴下棋，比你等飲酒賭博要好得多！」次日，長輩又告誡年輕的紀曉嵐：「海客無心，則白鷗可狎。我們與狐仙相安已久，最好的相處方式就是兩不相擾。」就這樣，紀家之狐與紀家之人一直保持著風雅的默契。

紀曉嵐還聲稱自己在北京寓所曾與狐狸精有過一番詩畫唱和。那些日子他寄住於朋友宅院，主人說樓上有狐狸精，不要隨便上去。他便題詩於壁和狐狸精開玩笑：「草草移家偶遇君，一樓上下且平分；耽詩自是書生癖，徹夜吟哦莫厭聞。」不久，丫鬟上樓取雜物，大呼怪事。他上去一看，只見一地灰塵上畫滿了荷花，「莖葉苕亭，具有筆致」。紀曉嵐沒料到狐狸精還真與自己酬和，大喜，又鋪開紙寫詩一首貼在牆上：「仙人果是好樓居，文采風流我不如。新得吳箋三十幅，可能一一畫芙蕖？」但狐狸精沒再理會他。

雅狐是擇人而居的，表面上是寫狐雅，實際寫了人雅——這可能就是紀曉嵐要透露給我們的家族文化自信。

風雅的狐狸精即使要勾引什麼人，也不會隨隨便便。紀曉嵐又講了一個故事：某處故家廢園，往往見豔女靚妝，登牆外視。武生王某粗豪有膽，帶被子住了進去，希望和狐妹妹來場豔遇。過了半夜也不見狐妹妹來，他就抱著枕頭自言自語：「都說這個宅子裡有狐狸精，今天都哪兒去了？」窗外忽然小聲應道：「六娘子知道大哥你今晚會來，躲到溪邊看月去了。」王某問：「你誰呀？」答：「我是六娘子的小婢。」王某很不爽：「狐狸精還如此傲慢，為何不見我？」狐婢道：「我也不知道。只聽六娘子說，不想見這個武夫粗人。」

個別的雅狐對男人的相貌有特別嚴格的要求，是骨灰級的外貌控。《閱微草堂筆記．灤陽續錄三》寫某狐妹喜歡一小鮮肉，開門見山地說：「俺是狐狸精，但不會害人，你不必害怕。本姑娘我為何沒看上別人就看上了你？我也不騙你說是什麼前世姻緣，俺就是喜歡你長得帥！」於是兩人相處十年，情同夫妻。小帥哥年過三十，鬍鬚暴長。狐妹越看越不順眼，嘆道：「這臉鬍鬚像一地亂草，人何以堪！看上去就令人煩躁，只怕緣分已盡。」帥哥以為狐妹說說而已，哪會因為男人長了鬍鬚，緣分就盡了呢？豈料狐妹真的就拋棄了他，十年的魚水恩愛被一把鬍鬚徹底毀了。

蒲松齡也特別認同狐狸精的品位，他筆下的雅狐勾引書生很注重文化交流。

例證之一見於《沂水秀才》。秀才在山中讀書，兩美女進來，含笑不語，各以長袖拂榻，輕輕落座。一美女拿出白綾詩巾放在桌子上，另一美女則擺上一個銀元寶。秀才猶豫片刻，既沒有撲向美女，也沒有端詳詩巾，而是拿起桌上的銀元寶裝進口袋。美女鄙夷不屑：「俗不可耐！」說完手拉手走了，秀才口袋裡的銀元寶也不翼而飛。

例證之二見於《狐聯》。也是兩狐妹妹手牽手去勾引書生。誰知這哥們滿臉鬍茬卻情竇未開，對美女沒什麼反應，要她們別打擾自己讀書。狐妹妹沒料到這哥們原來是一木頭人，就想測試一下他的才華：「你看上去也是個名士樣兒，我出一聯你對，對上了，我倆走人，再不打擾你：戊戌同體，腹中只欠一點。」書生想了很久對不上來，狐妹妹笑道：「想不到名士就這水平！我們替你對吧：己巳連宗，足下何不雙挑。」言畢一笑而去——不是說好對得出才走人嗎，怎麼對不出也走呢？顯然是狐妹妹對這種既無才華又不懂風情的男人根本就沒有興趣。

狐妹撩書生還不乏高山流水的韻致：

《柳崖外編・鮑生》中的小官吏繆某，「家豐而性鄙」，請家教捨不得花錢，到夜店聽小姐唱歌卻出手大方。他的鄰居鮑生是個風雅之士，家境困頓卻十分注意儀表言行，而且擅長作曲彈唱。繆某也是一小曲兒愛好者，因此經常請鮑生飲酒、談音樂。一晚，繆某獨坐東院花廳，聞樓上琵琶聲起，清音迷人。隨即下來一個小狐狸精，「乃十五、六歲垂髫女也，杏衫桃裙，丰姿綽約」。繆某除了看美女沒有別的表現，狐女嘆道：「非可人也！」化為黑煙而滅。

繆某將此事告訴鮑生，要他晚上也去花廳獨坐，看看是何情形。鮑生攜琴前往，夜深人靜，樓上琵琶聲又起。鮑生也彈起琵琶，與樓上和奏，琴音繞梁。小狐女又出現了，顧鮑生而笑，微嘆道：「可人哉！」鮑生一臉興奮，說：「你的琵琶彈得真是太好了！」狐女又道：「狐鬼皆有假相，你就不怕我變化？」鮑生說自己也會變呀，隨即唱起了小曲兒：「變一面菱花鏡，照著姐姐的貌。變一條鴛鴦絛，繫著姐姐的腰……」小狐女被勾得靈魂出竅，輕啟櫻唇伴唱，一曲又一曲。沒想到繆某一直在外偷聽，興奮得大喝一聲：「唱得好！」狐女隨聲消失，此番高山流水之趣戛然而止。

即便作為家庭婦女，狐女的插科打諢也極有文化含量且妙趣橫生。《聊齋誌異・狐諧》就寫了這樣一個狐狸精：她是書生萬福的小妾，既漂亮又口才出眾，尤其擅酒席間開玩笑，每一語即顛倒賓客。一日，萬家置酒高會，狐女又作弄朋友。在座的陳所見、陳所聞兄弟逞能打抱不平，起鬨道：「狐狸公在哪裡？還不管管這個狐狸婆！」狐女乘機講馬生騍子的故事，巧妙地借出使紅毛國大臣之口，說馬生騍子是「臣所見」，而騍子生駒是「臣所聞」。另一人孫得言出聯取笑萬福：「妓者出門訪情人，來時萬福，去時萬福。」狐女應聲對了下聯：「龍王下詔求直諫，鱉也得言，龜也得言。」眾人莫不絕倒。

這個狐女作弄人的情節被解鑑在《益智錄．鞏生》中借用。鞏生妾胡氏是個狐狸精，一日，友人在鞏家聚飲，出聯曰：「金字旁，銅與鉛，出字分開兩座山。一山出銅，一山出鉛。」另一友對：「木字旁，櫃與櫥，林字分開兩段木。一木為櫃，一木為櫥。」鞏生對：「水字旁，湯與酒，呂字分開兩個口。一口飲湯，一口飲酒。」兩個朋友要胡氏也對一對，胡氏便對：「人字旁，你與他，爻字分開兩把叉，一叉傷你，一叉傷他。」

關於狐狸精的才情特點，紀曉嵐說：「狐能詩者，見於傳記頗多，狐善畫則不概見。」然而，這種「不概見」的事情，偏巧就讓他遇見過。狐狸精能在地板的灰塵上作畫，如果出於三家村冬烘先生之口，我們大可一笑了之，而以紀大學士的見識，當不至於把幾行貓腳印看成荷花。那麼，他看見的到底是什麼東西，實在是個謎。但揣測他這番話的含意，應該是認為既然狐狸精能詩，那麼擅畫也是可以有的。他在《閱微草堂筆記．灤陽續錄六》中，就講述了一個狐狸精善畫的故事。

周處士擅畫松。有人請他在書房畫壁，松根起於西牆，枝幹橫過北牆，最後樹梢在東牆掃了幾筆。松樹栩栩如生，身處書房頓覺濃蔭密布，長風欲來。主人很高興，置酒邀友共賞。朋友們面壁賞松，讚不絕口。這時，突然有人大笑起來，眾人湊過去一看，也哄堂大笑。原來松樹下面有一幅維妙維肖的工筆春宮畫，赤裸的一男三女，正是主人與其妻妾。主人惱羞成怒，指天畫地，大罵狐狸精不要臉。屋簷上忽然也傳來笑聲：「老兄你太傷風雅了！我一直聽說周處士擅畫松，未嘗得見。昨晚參觀他作畫，看得入迷忘了避你，但也沒把你怎麼著，你竟罵我祖宗八代。我心裡實在氣不過，因此在松下加了幾筆戲弄一下你。你不知反省，現在又罵我，信不信我把你家這點事畫到門板上去，讓路人都欣賞欣賞！」

主人這才想起，前夜周處士畫松時，他和家童秉燭進書房，忽遇一黑物衝門而出。他知道是經常在家裡活動的狐狸精，便破口大罵了一陣，沒想到今日遭此報復。但他擔心狐狸精真把春宮圖畫到門板上去，心裡有服軟的意思，眾人也在旁勸慰，要他與狐和解。於是他設宴招待，空一位邀狐狸精入座。隱形的狐狸精又喝又說，還諄諄教誨了主人一番，才叮嚀而別。眾人再看松下春宮圖，已壁淨如洗。第二天，書房東壁多出幾枝桃花，襯以青苔碧草；花不甚密，有已開的，有半開的，有已落的，有未落的，還有七、八片花瓣隨風飛舞。旁邊題詩兩句：「芳草無行徑，空山正落花。」周處士嘆道：「都是神來之筆，我的水平遠不能及！」

這種大俗而大雅的弄人法，只有狐狸精想得出，只有狐狸精做得到。一會兒精筆春宮，一會兒水墨桃花，說有就有，說無就無；而且飲酒高談，亦莊亦諧，連個身形也不露——人間哪得這樣的尤物！

第六章

狐鬼之間

一、亦仇亦友

現代人對於「鬼」這種東西，似乎有所了解，但又語焉不詳。古人在這個問題上要認真得多，他們基本上相信鬼的存在，但解釋起來也頗費周折，有時顯得書呆子氣十足，如：

人所歸為鬼。（《說文解字》）

鬼有所歸，乃為不厲。（《左傳》）

鬼者，歸也。精氣歸於天，肉歸於地土，血歸於水，脈歸於澤，聲歸於雷，動作歸於風，眼歸於日月，骨歸於木，筋歸於山，齒歸於石，膏歸於露，毛歸於草，呼吸之氣歸復於人。（《韓詩外傳》）

以上每段釋文裡都有「歸」字，這裡的「歸」，就是指的人死亡。這些解釋儘管沒怎麼說清楚鬼究竟是什麼東西，但至少明確地告訴了我們，鬼和人的死亡密切相關。古人的這個定性，與《不列顛百科全書》對「鬼」的解釋是一致的：死者的靈魂或幽靈，通常認為住在陰間而能以某種形式重返人間。根據信鬼者的描述或描畫，鬼可以活人形象出現，可以死者之模糊身影出現，有時也可以其他形狀出現。中國古人以為鬼與死亡有關，其實也是這個意思。

至於狐狸精，古人以為是與鬼相似的東西，其性質處於人鬼之間。紀曉嵐就持這種觀點，他在《閱微草堂筆記》中有多處闡述。如：

人陽類，鬼陰類，狐介於人鬼之間，然亦陰類也。（《灤陽消夏錄五》）

余嘗謂小說載異物能文翰者，惟鬼與狐差可信，鬼本人，狐近於人也。（《如是我聞一》）

人物異類，狐則在人物之間；幽明異路，狐則在幽明之間；仙妖殊途，狐則在仙妖之間。（《如是我聞四》）

紀先生解釋狐鬼，運用的不外乎中國的陰陽理論，籠統而模糊。生為陽，死為陰，鬼屬陰類，這很好理解；但狐狸精為何不陰不陽地處於人鬼之間，他也沒說清楚。估計紀公不過浸淫典籍，蒐羅鬼神，發現鬼魂所在，狐狸精也經常光顧，因而才認定他們之間大有關聯。而其中的所以然，確非紀曉嵐這樣的古代學者所能講清楚。

狐狸精和鬼的誕生，遠早於紀曉嵐生活的年代，其理論源頭是原始時期的泛靈論和靈魂轉移的觀念。泛靈論認為，人有靈魂，動物也有靈魂，萬事萬物都有靈魂。這些靈魂都可以離開軀殼存在，且以某種物質形式出現，這就是靈魂轉移的觀念。人的靈魂在人死後離開軀殼，變成了鬼；狐狸的靈魂經過修煉，在特定的條件下成了精，變成了人形，就是狐狸精。所以，鬼也好，狐狸精也罷，都是靈魂的存在形式。

在古代文獻中，鬼的出現比狐狸精要早得多。《左傳．宣公十五年》記載，秦桓公伐晉，晉大夫魏顆領軍抵抗，與秦勇將杜回對陣，魏顆力不能支。戰場上忽然出現一個老人，把地上的草打成結，絆倒了杜回的戰馬，杜回稀里糊塗地被俘，晉軍反敗為勝。晚上，魏顆夢見結草老人來訪，道：「我女兒是你父親的小妾，你父臨死時神志不清，要將我女兒殉葬。你沒有照辦，讓她改嫁了。今天我結草絆倒杜回，是報你救命之恩。」這個結草老人顯然就是鬼，因此後世言報恩一直有「生當銜環，死當結草」的說法。

狐狸精的出現，雖比「結草報恩」的傳說晚了幾百年，但甫一出世，就與鬼魂有關係。《搜神記・張茂先》「積年能變幻」的斑狐生活於燕昭王墓前，而《阿紫》中「作好婦形」的狐狸精也居於空塚。墓塚是鬼魂的居所，狐狸精也以此為家，讓人覺得有鬼的地方，往往就有狐狸精。此後歷朝歷代，狐狸精居墓塚之事不絕於書，古墓的意象幾乎伴隨了狐狸精的全部歷史。

狐狸居於墓穴很可能是古代常見的自然現象。在現實世界中，墓穴或者山洞，對於狐狸而言並沒有什麼不同。但在人的觀念中，則涉及狐狸精和鬼的關係問題。古人既相信墓為鬼所，又認為狐狸精常以墓穴為家，他們就得有個道理解釋鬼魂何以總是離開墳墓，以致巢穴被狐狸精侵占。

人死後屍身歸葬於土，靈魂卻不會死去。其白天蟄於墓穴，夜晚出來遊蕩，或為非作歹，或申冤報仇，或勾引男女，這就是鬼的基本存在方式。但在中國神祕文化的思想體系中，鬼只是一種過渡性產品，他們最終會轉變成不同的東西。

其一是升格成為神，這是鬼魂最理想的歸宿。生前有大功德大仁義，便可成為大神，如三國的關羽成了關聖大帝，宋代的林默成了媽祖。能為民請命，慷慨赴死，則可以成為各地的城隍，如會稽的城隍是唐將龐玉，南寧的城隍是宋代進士蘇緘，杭州是周新，蘭州是紀信，北京是楊椒山，等等。常人的鬼魂若能做些善事，也可以混個土地神當當。《聊齋誌異・王六郎》就是一個這樣的小鬼，他不願以人之死換己之生，一念惻隱，上達於天，於是被授為招遠縣鄔鎮的土地神。這些成神的鬼魂都有專祠祭祀，也就不需墳墓了。

第二種情況是復活再生，這類故事從《搜神記》到《聊齋誌異》都有。如《搜神記・李娥》寫婦人李娥病卒，葬埋城外，十四日後有盜墓賊發棺，不料李娥卻復活了。《列異傳・談生》寫書生夜讀，有美女相就，歡合之餘，囑咐三年不可用燈火照她。書生按捺不住，未到三年就乘她睡後點燈照看，見其「腰以上生肉如人，腰以下但有枯骨」。女鬼復活的希望被書生偷偷一照，完全摧毀。

第三種情況是轉世投胎，這是佛教的輪迴思想在中國世俗化的表現，而且，這種觀念也成為中國古人解決鬼魂歸宿問題最常見的方案。

還有種比較特殊的情況就是道教的所謂「屍解」。道士追求的本是長生不老，真實的人間卻是人皆有死，長生不老太容易被證偽。為了自圓其說，他們便提出「屍解」一法。得此法者，看著是死了，其實卻升仙而去，墓塚裡只留有衣冠。

凡此種種，都會產生無鬼的空塚，狐狸精因此能經常性地獲得無主的房產。另外，在古代還有一種說法，認為狐狸能搬走人的屍體，占領棺木或墓穴而受人生氣，以便於成精，《耳談類增．屍變》記錄的便是此類事件：京城郊外的荒寺有一具寄厝多年的婦人棺木，後來，其家人決定運回收葬。搬運上船時，家人感覺棺木很輕，而且內有響聲，於是開棺查看，裡面不見女屍，只有四個衣著一致的小男人，加一塊兒也不到十斤。大夥以為不祥，把破棺和小男人都沉到水裡去了。但有人就說，這是狐狸搬走了屍體，而四個小男人正是還未完成轉化的狐狸精。

由此可見，狐狸精雖經常居住在空棺墓穴，但一般情況下，他們與鬼的生活不會攪和在一起，故有「自古狐鬼不併居」之說。但偶發的產權糾紛也在所難免，《閱微草堂筆記．如是我聞二》就寫了一場狐鬼間為爭奪居所而發生的衝突：

東城一獵戶，夜半睡醒，聽見窗紙窸窣作響，便大聲叱問。外面答道：「我是鬼，有事求你，請不必害怕。」獵戶問何事，鬼說：「自古狐與鬼不併居，狐狸精住的窟穴都是無鬼之墓。我的墓居在村北三里許，前不久我外出旅行，墓穴卻被一夥狐狸精霸占，讓我有家難歸。本想和他們爭鬥，無奈我是文人，打不贏他們。想去土地廟申訴，即便一時得勝，又怕他們以後報復。左思右想，覺得狐狸精最怕獵人，因此請你下次打獵時到我住處繞一圈，也許他們就逃走了。但也請你不要傷了他們，萬一以後他們知道了原委，又會找我尋仇。」這個窮酸的文人鬼實在可憐，獵戶便做了個順水人情，打獵時在鬼墓邊繞了一圈。晚上，那個鬼果然來謝，說狐狸精逃跑了。

這是狐鬼交往史上少見的狐欺鬼事件，此鬼之所以抵不住這夥狐狸精，原因一，鬼是文人鬼，善文鬥不善武鬥；原因二，鬼力單，狐狸精勢眾。所以，不能憑這次交鋒就得出一般性的結論，認為狐鬼打架，占上風的總是狐狸精。這起事件倒可以引出一個有趣的話題：如果狐鬼單挑，誰的戰鬥力更勝一籌呢？

紀曉嵐說，鬼魂是「有形無質」，狐狸精是「有形有質」，鬼魂的精妙程度要高於狐狸精，以無質對有質，鬼的勝算應該大於狐狸精。古人雖然沒有專門討論過這個問題，但從少量的故事中還是可以看出鬼強於狐的端倪。

如唐代《廣異記．宋溥》記載長安尉宋溥年少時與人夜間捕狐，看見一個鬼戴笠騎狐而來，一邊走還一邊唱山歌。眼見狐狸就要走進宋溥等設下的圈套，鬼便打狐狸的臉頰，要牠止步。此故事中的狐狸似乎還未成精，缺乏應有的靈性，但鬼與狐的主僕關係十分清楚。

《閱微草堂筆記．槐西雜志四》則寫東光獵戶以捕狐為生。一夜獵人正在埋伏，發現墳頭上冒出一個秀才模樣的鬼魂，對天長嘯，群狐四集，猙獰號叫，齊呼抓住這惡人煮了吃。獵人無路可逃，爬到樹上，秀才鬼便指揮群狐鋸樹。獵人驚恐萬分，對著下面喊：「放我一條生路，以後再不惹你們了！」下面的總指揮說：「既然如此，你就指天發誓。」獵人立即對天發誓，鬼與狐很快就消失了。

兩個故事都表現了鬼狐之間領導與被領導的關係。鬼能御狐，狐不能御鬼，是狐鬼能力對比的正常反映。因此，一般情況下，狐狸精遇見鬼，一對一地單挑，狐狸精必敗；即便以眾敵寡，狐狸精也不一定能占上風。《聊齋誌異．長亭》就寫了一個鬼入狐穴欺侮群狐的故事：

泰山人石太璞跟道士學法術，道士能驅鬼，也能降狐。但道士沒教石太璞降狐，只教了他驅鬼，並告之學精此術，就不愁吃穿。石太璞果然憑此手段謀生，實現了小康生活。

一日有老翁上門，說女兒被鬼纏上，危在旦夕，請他救命。石太璞上門諮詢病情，家人七嘴八舌地相告：白天總見一少年來纏女兒，與之共寢，趕又趕不走，捉又捉不住；時間一長，女兒就病得不省人事。

石太璞當晚就在老翁家作法驅鬼。夜半三更，一個衣冠整齊的少年進來。太璞以為是老翁家人，正要起身問候，少年卻說：「我就是你要驅趕的鬼。這老頭家是一夥狐狸精，他們害人，我害他們，你犯不著以人的身分幫狐狸精的忙。」而且告訴他，被纏的女子叫紅亭，還有個姐姐叫長亭，長得十分漂亮。如果石太璞說：「要是鬼好辦，如果是狐狸精，我就沒辦法。」老翁斷然否定少年是狐狸精。石太璞放手不管這事兒，他可幫助石娶長亭為妻。

石太璞想，既然是一起鬼狐恩怨，自己的確沒必要攪和，便答應了鬼的條件。次日，紅亭甦醒，一家人非常高興。石太璞趁機東張西望，果然見繡帘後面有一女郎，麗若天人，心想這一定就是長亭了。他賣了個關子，藉口取藥離開。這一去不打緊，鬼又在老翁家肆意橫行，一家女人除長亭外都被淫惑。老翁百般無奈，再次登門請石太璞驅鬼。石太璞一會兒說燙了腳，一會兒說沒老婆日子難過，推三阻四就是不去。老翁心裡雖明白，但不願這樣被挾持。眼見鬼在家裡越鬧越凶，最後老翁只好答應，只要他將鬼趕走，保得一家平安，就把長亭嫁給他。後來雖然頗費周折，但石太璞最終還是娶得美人歸。

狐狸精淫惑凡人，鬼卻淫惑狐狸精，狐狸精遇見鬼，真是小巫見了大巫。

狐鬼相爭之事大約不止寥寥數起，只是這兩次事件都是借助於人的力量才得以擺平，才被寫成了故事。但鬼和狐狸精並不是絕對的敵人，反之，因為習性相近，他們之間倒也有幾分惺惺相惜，而且團結友愛的歷史源遠流長。狐鬼交好的紀錄最早出現於北宋劉斧所撰《西池春遊》。

這是一個人狐相戀的故事。潭州人侯誠叔在西池春遊，遇見狐狸精獨孤氏，兩人詩書對答，產生戀情。這本來只是狐狸精勾引男子的常套，節外生枝的卻是兩次約會都出現了一個王夫人，她是獨孤氏的鄰居。侯誠叔與獨孤氏親熱之際，心裡竟放不下這位王夫人。原來，獨孤氏是居於隋朝獨孤將軍墓中的狐狸精，而王夫人則是鬼魂。在這組三角關係中，獨孤氏與王夫人是閨蜜，與侯是戀人；侯與王的關係未及肌膚相親，卻頗有幾分曖昧。三者間的糾結，不僅是人狐之戀、狐鬼之誼，還隱約浮現了狐女鬼婦共事一男的三角戀情。

鬼魂是墓穴的產權所有者，狐狸精是寄居者。所以，人間的房屋租賃關係，也出現於狐鬼世界。《聊齋誌異．巧娘》的女主角巧娘是鬼，獨居無偶；華氏母女是狐狸精，漂泊無家，於是寄居巧娘墓塚。狐鬼為伴，互相關照。後來巧娘和華氏之女三娘都嫁給了一個廣東人。

豔鬼美狐比鄰而居，很容易產生閨蜜般的友誼。《子不語．狐鬼入腹》就寫一對狐鬼姐妹作祟害人，彼此的情義卻生死不渝：

李翰林燈下讀書，來了兩個絕色美女勾引他，被他拒絕，於是怏怏而去。不一會兒，李翰林吃了點宵夜，剛放下碗筷，聽見剛才女子的聲音從肚子裡傳出：「我們附魂在茄子上，現在已經在你肚子裡了！」李翰林從此精神失常，時常摑自己耳光，頭頂石塊跪在雨中，見人就磕頭作揖。人漸漸變得面黃肌瘦，形銷骨立。

李翰林請來法師降妖，法師齋戒三日，又誦咒三日，方才動手。他要李翰林跪下張開嘴，將兩個指頭伸進李的口中，似乎抓住一個東西往外一拽，一隻小狐狸便從口裡爬了出來，一邊爬一邊喊：「我為姐姐探風，不料被捉。姐姐保重，千萬不要再出來了！」

法師把狐妹妹封在罈子裡，投到江中，李翰林神志稍許清醒了一些。突然腹中嘆息之聲大作：「我與你有前世冤孽，因尋你不著，故拖了狐仙姑同來。不料她因此喪命，我於心何忍，更加饒你不得！」話畢，李翰林腹疼不已。此法師的道術正好與前面長亭故事中的石太璞相反，只能治狐不能治鬼。他拿出鏡子照了照李的腹部，說：「肚子裡是翰林的前世冤鬼，不是狐狸精，我治不了她。」不久，李翰林病死。

《柳崖外編．翠芳》的狐鬼之誼則寫得離奇而纏綿。明代李御史青年高第，奉旨巡察濟南，見公署旁有廢園，花木蔥秀，亭觀森列，遂問這麼好的園子為何無人居住，衙役回答園中鬧鬼，住人會出事兒。李御史以為自己德高位重，又年輕氣盛，妖鬼奈何他不得，偏要進去住一晚。暑夜獨眠榻上，李御史口渴欲飲，正要坐起，一隻纖手在背後扶他。李公開眼視之，則二八女郎也，便問：「狐耶？鬼耶？想幹啥？」女子嬌嗔：「你猜呀！」這時，地下傳出另一個女子的聲音：「今晚李公到此，我有苦相訴，你還有心開玩笑！」說完哭了起來。

李御史一驚，又問這是誰，女子還要他猜。地下女聲哭道：「翠芳，你我親如骨肉，為何就不幫我說句話！」翠芳這才長跪而告：「她叫椒季，是個烈女子，這個園子本是她家。多年前濟南兵亂時，她因不肯從賊被害。賊人痛恨，把她的屍骨裝進罈子貼了封印埋入地下，因此魂不得出。數年來，我寄居於此，夜夜與她作隔壇語。」李問為何不放她出來，翠芳道：「實不相瞞，我是狐狸精，哪裡敢揭封印！而且，何時何人開啟，乃是命定。」李公二話沒說，叫來人手掘地，果然挖出一個大壇，封印上有兩字「辛開」。他一算日子，今天正是六月十一，乃悟「辛開」之意。李御史吩咐手下取出白骨重新安葬，還請僧人做了法事，才離開濟南。之後，翠芳一直跟隨李公，成了賢內助。椒季則投胎再生，十幾年後也成了他的小妾。

作為族類，狐鬼之間的對立關係比較明顯，即所謂「狐鬼不併居」；但作為個體，他們的友誼是可以存在的。但狐鬼友誼只發生在女性之間，男鬼男狐則未聞團結友愛之事。究其因，或如紀曉嵐所言，「鬼陰類，狐介於人鬼之間，然亦陰類」，而女性也是人類中的陰性，所以狐、鬼、女性之間有更多共性。再者，在古代文學作品中，女鬼女狐都是文人們內心深處的靈魂意象，是他們既愛又怕的夢中情人。《西池春遊》中的獨孤氏和王夫人已經隱約表現出一種妻妾關係，到了蒲松齡、長白浩歌子的作品中，狐妻鬼妾共事一夫的和諧場面就堂而皇之地出現了。讓她們惺惺相惜，是男人的願望。

二、狐死也為鬼

狐狸精不是千年之狐，就是百年之狐，沒這把年紀就只能是狐狸而成不了精。但百年千年並不等於萬壽無疆，狐狸精如果不提高檔次成仙，仍有可能死去。所以，狐狸精或修行煉氣，或參星拜月，或媚人採補，或讀書悟道，莫不是為了成為長生不死的神仙。一部分狐狸精可能透過不懈努力最後如願以償，名列仙籍成為「狐仙」，大部分狐狸精卻仍逃脫不了生死輪迴，病亡於修仙的漫漫征途，暴斃於法師的符水、咒語之下，甚至還會死於內訌或意外事故。更不可思議的是，狐狸精還會自殺！

《子不語·狐仙自殺》講的是南京張家有三間空屋，相傳裡面曾有人上吊自殺，所以沒人敢住。一天，有少年來租房，老張說沒房子出租，少年便揚言：「你不租給我，我也會來住，到時你不要後悔。」老張聽這口氣，估計遇見了狐狸精，就把那三間空屋租給了他，心想：你不是橫嗎？那就去和吊死鬼做伴，看你們誰厲害！第二天，空屋裡有了歡聲笑語，連日不斷，但半個月之後就鴉雀無聲了。老張以為狐狸精走了，過去查看，結果發現一隻黃色的狐狸上吊自殺了。

而由此產生的一個問題就是：死去的狐狸精會成什麼？

我們不妨做一個推論：既然人死為鬼，那麼在同樣的觀念中，死去的狐狸精也應該變成了鬼。無論是三家村學究蒲松齡，還是學界領袖紀曉嵐，涉及狐狸精死後問題，並沒有其他的解決辦法，也只能讓他們變成鬼。《閱微草堂筆記·如是我聞三》有一則故事，講的是紀曉嵐先師趙橫山的經歷。

趙少年時讀書西湖，寺樓幽靜，夜聞窸窸窣窣之聲，如有人行，便大聲叱問：「是鬼是狐，何故擾我？」過了一會兒，聽見一個遲緩的聲音：「我亦鬼亦狐。」趙先生甚感奇怪，又問：「鬼就是鬼，狐就是狐，怎麼亦鬼亦狐？」對方答，自己本是數百歲之狐，內丹已經煉成，很快就要成仙了，不料被同類謀殺，盜取了狐丹，所以成了狐鬼。趙先生說：「那你去陰間打官司，找閻王爺評理呀！」狐鬼只好說出自己的苦衷：「如果內丹由吐納導引煉成，別人是盜不去的。我的內丹是透過採補煉成，手段不正當，如劫人錢財，而且害了人命。到陰間去打官司，也不一定能贏。」所以他只好住在這裡修太陰煉形之法，打算再煉回狐狸精之形。

這個狐鬼明知自己理虧，被同類劫殺了也不敢喊冤。但有個狐鬼曾跑去陰間打了一場官司，而且打贏了，只是結局有點出人意料。此事見於《聊齋誌異·董生》。

狐狸精媚殺董生，又勾引他的朋友王九思。王把持不住，和狐狸精交歡，沒多久也將精盡人亡，一夜夢見董生來告：「這個女子是狐狸精，已媚殺我，又來媚你，不要執迷不悟了。她若再來，你讓家人在門外點一炷香，便可收拾她。」王九思暗暗吃驚，第二天便在外面點了一炷香。狐狸精很快警覺，跑出去把香拔掉，對王說：「如果命當長壽，交歡也長壽，不交歡也長壽，你害怕什麼！」

王九思貪戀狐狸精美色，沒再點香，次日又夢見董生勸他一定得點香，如此方能救命。王這才覺得到了生死關頭，於是又囑咐家人點香。狐狸精知曉，再次跑出去拔掉。但家人見香滅便再點上，狐狸精這才知道是董生來索命了，嘆道：「我害了他又媚你，是我不對。但董生之死，他自己也有責任。等我去陰府和他對質，再來會你。望你念多日的情分，不要壞我皮囊。」說完，仆地而死。

王九思燃燭一看，果然是隻狐狸。他唯恐其復活再來，急忙叫家人剝了皮，掛起來晾曬。不久，他夢見狐狸精對他說：「我已到陰間打了官司。判官說董生貪色，咎由自取，死當其罪。我的責任只是不該去媚惑他，罪不至死。判官收了我的金丹，放我返生。你沒動我的皮囊吧？」王九思告訴她，家人不知，已經剝了她的皮。於是，這個狐鬼雖然在陰間贏了官司，但屍身已壞，不能復活，只得抱恨而去。

幸好這個狐狸精沒能復活。試想，她在陰間被收了狐丹，即便能復活，也只能復活為一隻狐狸，而不能復活為狐狸精。狐狸不成精，還來找王九思幹啥子？按照這個思路反推，狐狸精死後成鬼的問題就出現了一些麻煩。

人死為鬼，通常保持在世時的形象；儘管有時臉白舌長，滿臉血汙，但終歸是個人形。狐狸精死後成鬼，以何種形象出現卻有些不確定。對狐狸精而言，狐狸是本相，人形是幻相；本相是常態，幻相是非常態。狐狸精死時一般會原形畢露，那麼，狐狸精如果成了鬼，是以狐狸的形象出現，還是以人的形象出現呢？如果狐鬼的形象是狐狸，則不管蒲松齡等人是如何妙筆生花，這故事總難以講得生動了；如果狐鬼的形象是人，則人形本來就是狐狸精的幻相，死後成鬼無非再幻變了一次，狐狸精的死與不死就好像沒有什麼區別。

紀曉嵐、蒲松齡等人顯然也意識到了這個問題，對狐鬼的形象進行了一定的技術處理。手段之一，只聞其聲，不見其形，趙橫山的故事即為一例。手段之二，狐鬼以夢魂的形式出現，董生的故事就是這樣。

古人以為，夢是鬼魂與生人溝通的重要方式之一，死去的狐狸精在夢中出現，既符合了鬼的特徵，又免去了定形的麻煩。他可以是人形，也可以模糊不清，甚至還可以表現為狐狸的原形。有些狐鬼類故事，為了避免形象轉換產生的麻煩，乾脆從狐狸精階段就淡化形象的確定性，而以「靈魂附體」的方式開始故事情節；死後成鬼，則直接轉為夢魂。

袁枚《續子不語．心經誅狐》寫錢塘鄭秀才之妹被鬼狐煩擾，經常僵臥三五日，或作瘋癲狀，其時靈魂離體，隨一鬼一狐外出遊玩。後來狐狸精胡三哥被道士正法，鄭秀才之妹夢見陰間解差二人，一人手持長槍，槍上掛著一個帶血的毛頭。次晚睡覺時，她見那個毛頭滾地而來，在自己左臂上狠咬了一口，自此或晝或夜，毛頭在腳邊滾來滾去，鬧得她不得安寧。鄭秀才也經常在夢中與人打鬥，對手形容模糊，只知是一個不滿三尺的黑物而已。秀才信佛，覺得《心經》法力浩大，可以解冤釋結，於是誦《心經》三百遍，超度胡三哥鬼魂，滾地毛頭和夢中打架的黑物終於消失了。

在這個故事中，狐狸精胡三哥始終沒有直接出場，而是透過鄭氏和女鬼繆三姑的轉述來表現。因此，胡三哥到底是人形，還是不滿三尺的毛物，也一直模棱兩可。

除了形象轉換的麻煩，狐變鬼的故事還要處理的另一個棘手問題是狐狸精和鬼的技術能力等級。狐狸精那些伎倆，鬼都具備，而且有過之而無不及。狐狸精能幹的，鬼都能幹；狐狸精幹不了的，鬼也能幹。妖精成了鬼，豈不是越變越可怕？這情形如果出現在驅狐降妖的故事中，就頗有幾分滑稽。高人好不容易處決了狐狸精，結果他成了鬼再來搗亂，高人要麼就得使出更強硬的手段制服鬼，要麼就受害於鬼。這樣一來，高人們豈不浩嘆：早知如此，還不如就讓他一直是狐狸精呢！

這樣的倒楣事還真被一個叫趙三公的術士趕上了。《螢窗異草．瀋陽女子》寫此人精於驅狐，且手段極為特別：不作法事，不畫符籙，而是用銀針刺手指。瀋陽一女子被狐狸精附體，行為癲狂。家人請來趙三公降狐，三針下去，狐狸精投降，離開了女子家。

按照一般降狐故事的情節，這事兒就算完了。但趙三公給女子扎針時見她貌美，便動了一點歪心思，想把她配給自己的兒子做媳婦。等女子病好後，便上門提親。女方家人正欲感謝趙三公，便欣然許諾。成親之日，伉儷歡娛，公婆高興。

不料沒過幾天，投降的狐狸精又來了，照樣附上了那女子的身體，表現形式就是兒媳對趙三公亂罵：「老畜生，你把我趕走，原來是為了你兒子娶這個女子做媳婦！我死也不甘，一定不讓你們得逞。」趙三公自覺有些理虧，對狐狸精好言相勸：「我上次饒你不死，你已發過誓不來搗亂，怎麼說話不算數呢？」但狐狸精這次是鐵了心搗亂，跳罵不休。趙三公忍無可忍，五針齊下。狐狸精大喊：「五百年基業毀於一旦，趙三公你好狠心，我變成鬼也不會放過你！」

不久，狐狸精真的變成鬼找來了，在窗外又哭又罵，向趙三公索命。趙三公能降狐卻不能制鬼，不久被狐鬼吵死。狐鬼還不罷手，又纏上他的兒子，兒子也怏怏而亡，家裡只剩下一對老少寡婦。

表面上看，這場人、狐、鬼之爭，似乎是狐狸精變成的鬼取得了最後勝利。但細想一下又不盡然，趙三公父子死後也成了鬼，豈不會在陰間找狐鬼尋仇，把陽間的恩怨延伸為陰間的決鬥？如此，則人、狐、鬼的糾結，便會沒完沒了地發展下去。要防止陰陽間恩怨無休止地循環，就得設立一個第三方裁決，判定是非曲直，並給出解決方案。在中國神祕文化體系中，陰曹地府的判官就扮演著這樣的角色。傳說中的地府有十大閻羅殿，因此判官也是一個龐大的技術人員群體，他們掌冥刑，掌善惡簿，掌生死簿，以此維持陰間的社會秩序。判官的來源十分複雜，各色人鬼都可以充當，有時陰府還到人間去招聘，唐代《稽神錄·貝禧》就是講地府北曹招鄉幹部貝禧為判官的事。《聊齋誌異》之後，狐鬼之說越來越多，閻羅殿裡的狐判官也就應運而生了。

有個題為《狐判官》的故事也出自《螢窗異草》，內容可與《瀋陽女子》互為表裡。此文講的是新城刀筆小吏杜梧公務繁忙，經常在單位值班，每每雨夜當值，就會有美女來與之共寢。杜梧知道這女子是狐狸精，卻無法擺脫，時間一久，精氣耗盡，奄奄一息。一天杜梧忽然昏死，魂遊到陰間，遇到已死多年的同僚。那老吏看見他，驚問：「你正值年少，如何也到了這裡？」杜梧道出原委，請求老吏幫助。老吏說：「這是狐判官司轄範圍。」於是帶著杜梧找到了狐判官。狐判官長得十分醜陋，鬢毛如蝟。杜梧彙報了情況，老吏又在一旁求情，狐判官於是召來狐狸精審問，最後判杜梧罪不當死，發回陽間延醫問藥，並不失時機地教訓他：妖由人興，人不思淫，狐狸精其奈我何？

我們講狐狸精變成鬼，是說狐狸精死後成了鬼魂式的存在。在極少情況下，活著的狐狸精也會變成鬼的模樣出來行騙或媚人，《螢窗異草·蘇瑁》所述就是這樣一個故事。

蘇瑁擅醫術，家住城外，經常進城給人看病，晚間寄宿於上元道觀。一夕蘇瑁與道士對飲，相談甚歡。道士告訴他，這地方晚上不安寧，東廊裡有一具持拂塵的侍女塑像成精，常出來惑人；閻王殿的一具赤身女鬼像，也在夜間哧哧發笑。蘇瑁不以為然，還奚落道士：「你真是沒福氣，這可是豔遇啊！」

一晚蘇瑁出診留宿病者家，寂寞無聊，便出去走訪親戚，下半夜才回。他一個人拎著碗燈趕路，不覺到了上元觀附近，經過觀門，瞥見一個雪白的人影站在屋簷下。蘇瑁想起了道士說過的事，不禁有些害怕，但還是壯著膽子舉燈想看個明白。燈光下，一個赤身裸體的婦人挺身而立，陰森地對他說：「痴男子，膽子芥子般大，還敢打著燈照我，不怕被嚇死！」言罷，披髮垂手朝他撲來。蘇瑁扔掉燈盞，大叫著狂奔，巨大的動靜吵醒了不少街坊。幾個膽大的出來觀望，只見蘇大夫狂奔亂叫，狀如癲狂。有人將他喝住，他回頭一看，身後什麼也沒有。

眾人怕他再被鬼擾，將他送回住處。蘇瑁受此一驚，又累又困，和主人寒暄了幾句，就進屋睡覺，不料揭開被子，卻早有一人偎枕而臥——正是剛才追他的赤身婦人！蘇瑁大驚，一邊叫喊，一邊返身撥門閂逃命。但手被抓住，掙脫不得，只得求女鬼饒命，卻聽見婦人溫柔地說：「我見你是個高雅之人，因而忘恥相就，豈能害你？」蘇瑁不信，仍然哀求不已。婦人又說：「你可能誤會了，以為我是鬼。陰間的閻王厲害得很，哪能讓鬼魂到處亂跑。實話告訴你，我是仙人，經常出來走走。這裡人傳說中拿著拂塵、衣冠楚楚的女子就是我。」蘇瑁還是將信將疑，這一絲不掛的婦人便撒起嬌來，秋波流情，媚言入耳；肌骨之柔軟，意態之風騷，遠非人間所有。蘇瑁這才有相見恨晚之感，和這身分不明的婦人狂歡了一夜。

後來，蘇瑁去道觀的閻羅殿觀看塑像，果然見一赤身女人伏在地上，旁邊立一巨鬼，舉著叉子準備將她叉進油鍋。仔細一瞧，女人的模樣和那晚上追他的赤身婦人很像。道士又告訴他，殿裡還有一個狐狸精，經常變作閻羅殿女人的模樣出去媚人。蘇瑁這才恍然大悟，追他的婦人是女鬼，而躺在床上的則是狐狸精所化。那晚他以為遇見的是同一個女子，實為一鬼一狐。

狐狸精變成鬼的故事，清代以前少見。狐鬼的登場是在蒲松齡等人的創作年代，但未成為狐狸精故事的主體情節。到長白浩歌子的《螢窗異草》，刻畫的力度就顯然加大。狐鬼的出現，無疑豐富了狐狸精的題材，也使故事情節的發展更為曲折。

三、前世今生

狐狸精死後成了鬼，輪迴的過程卻沒有完結，因為鬼這種形式並不是靈魂的終點，還會轉變為其他的存在。

《聊齋誌異．辛十四娘》的女主角辛十四娘是個狐狸精，嫁與廣平馮生。她後來忽然厭倦了人間生活，於是迅速變老，患病，死去。馮生悲痛欲絕，安葬了妻子。但馮生的家僕後來在太華又見到了死去多年的辛十四娘，她騎著青騾，帶著生前的婢女，對他說：「告訴馮郎，我已名列仙籍。」言畢不見。明明已經死去的辛十四娘為什麼成了神仙？可能性有兩種：其一就是道家所謂的「屍解」，假死真成仙，棺木裡只留下衣冠，身體成為所謂「屍解仙」；其二是死後成鬼，後來又因某種機緣直接成了仙，也就是所謂「鬼仙」。

仙是長生不老，鬼是陰間幽魂，成仙不可能是鬼，是鬼則不可能成仙，仙與鬼是兩不相容的。因此，「鬼仙」這個詞，實則是把「死」與「不死」湊成了一個矛盾的概念。然而，在古人的觀念中，「鬼仙」並不是個文字遊戲，而是實有所指的存在。我們可以透過《聊齋誌異．王蘭》了解「鬼仙」的生成過程。

王蘭暴病而亡，鬼魂已到陰間。閻王爺按照程序複審他的死案，發現他死期未到，是鬼卒勾錯了魂，於是責令那個不負責任的鬼卒將他送還陽間。但複審耽擱了時間，那個「二百五」鬼卒做事又磨磨蹭蹭，王蘭的鬼魂被送回陽間時，其屍體已經敗壞了。鬼卒既不能送王蘭還陽，又不能再帶著他的鬼魂去閻王處交差，便靈機一動想了個主意，對王蘭說：「人而鬼也則苦，鬼而仙也則樂。現在有個法子可以讓你直接成仙，幹不幹？」王蘭當然答應。鬼卒說：「這裡有個狐狸精在修煉，金丹已成，我帶你去把它偷來。吃下金丹你就成了仙，不僅靈魂不散，還可以為所欲為。」

於是鬼卒帶著王蘭到一處院落，看見一隻狐狸在月下煉形：對月呼氣，一粒紅丸便從口出，直飛入月中；吸氣，紅丸又從月中飛回口裡。狐狸如此一呼一吸，煉得十分認真。鬼卒乘其不備，一把接住從月亮飛回來的紅丸，讓王蘭吞下。狐狸大怒，但看見對手是兩個鬼魂，只能憤恨而去。王蘭因此成了鬼仙，大搖大擺地回家去了。

鬼成為仙，本是一個邏輯上說不過去的問題。但閻王殿小公務員的一次工作失誤，便可造就一個鬼仙，可見在中國神靈鬼怪的世界裡，幾乎沒有什麼不可能的事。

辛十四娘在陰間的經歷可能沒有王蘭那麼離奇，但畢竟也成了鬼仙，脫離生死進入了永恆。但這樣的結局並非死去的狐狸精個個能有，大部分狐狸精也和人一樣，死去就意味著進入下一個生命的輪迴。

狐狸精的前世今生有時會以一種比較隱晦的方式表現出來。清代一個叫嚴秉玠的人在雲南祿勸縣做官，縣衙東邊有三間小屋，相傳為狐仙所居。此間慣例，新來的官員都得祭拜狐仙，嚴秉玠也循例常去祭拜。他老婆跟著去看熱鬧，每次都被安排在門外等待，看不見他在裡面幹啥。

一次，嚴秉玠又去祭拜，老婆還是被留在門外。婦人很不高興，滿肚子狐疑，到處轉悠，忽然發現屋裡一個美婦人倚門梳頭，心想：這老不正經的總不讓我進去，原來裡面藏著狐狸精呢！於是她帶了一幫奴婢衝將進去，對美婦大打出手，美婦變成白鵝繞地求饒。嚴秉玠似乎也要證明自己的清白，拿出官印在白鵝背上重重蓋了一下。白鵝變成狐狸墮胎而亡，腹中還有兩隻小狐狸。嚴又拿出硃筆在小狐狸額上各點了一下，於是小狐狸也死了。

過了兩年，夫人生下一對雙胞胎，額上各有一個點紅，如硃筆所點。夫妻倆想起一年前點死的兩隻小狐狸，大驚失色。不久，兩人相繼去世，一對孩子也沒有養活。

有時候，托生轉世的狐狸精能夠預知自己來生的去向。《子不語．張光熊》中，男主角張光熊和狐狸精王氏的愛情被張父橫加干涉，其父請來高僧、道士設壇降妖。狐狸精眼見在劫難逃，哭著對張光熊說：「天機已洩，不得不告辭了！」張依依不捨，問：「後會有期嗎？」狐狸精答：「二十年後華州相見。」

張光熊後來娶陳氏為妻，又進士及第，當上了吳江知縣，不久，升任華州知州。在他官運亨通時，陳氏患疾而亡。他老爸於是在家鄉為他續絃，娶了王家一個黃花閨女送到華州。張光熊一見這女子，簡直驚呆了——她竟長得和二十年前的狐狸精一模一樣！問她年齡，正好二十歲。張光熊無限感慨，問新妻記不記得二十年前的事，王氏一臉茫然。

對狐狸精王氏而言，與情人的生離死別，是她無法改變的命運結局。但「二十年後華州相見」的回答，不僅表現了她對人間愛情的追求，也似乎說明她在投生轉世的問題上，具有一定的主動性。死固然不可避免，但投生到什麼地方卻可以自己選擇。

《聊齋誌異．劉亮採》寫一個姓劉的人與胡姓狐翁為友，往來如兄弟。劉某無後，經常為此煩憂。一次，胡翁忽然對他說：「你不用擔心，我將做你的後人。」劉某不明白他的意思。胡翁又說：「我命數已盡，即將投生轉世，與其投到別人家，還不如生在老朋友家裡。」劉某很奇怪，狐仙狐仙的，仙怎麼會死呢？胡翁說：「非你所能了解。」晚上，夢見胡翁來投胎，劉某驚醒，夫人當晚生下一個男嬰。這孩子長大後，身材短小，言詞敏捷，相貌極像胡翁。

轉世輪迴的思想來自印度。在這個理論中，生命的靈魂不會真正死去，而是在三界中以天、阿修羅、人、畜生、餓鬼、地獄六種方式轉世存在，這就是所謂「六道輪迴」；其中天、阿修羅、人為三善道，畜生、惡鬼、地獄為三惡道。眾生因前世的業力決定後世的生存形態，作惡業者入惡道，作善業者入善道。

在佛教思想中，鬼是人轉世後的形態之一。前世是人，來世則可能是鬼，也可能是畜生，還可能是另一個人；而人死到投胎之間這段時間裡的靈魂稱之為「中陰身」。在被中國人改造過的輪迴觀裡，鬼卻不是轉世後的存在形態，只是前世今生之間的過渡，即所謂「中陰身」環節。中國式的輪迴故事的後世不會是鬼，而是一個新生命的誕生，因此較多使用「托生」、「投胎」這樣的詞語表述。

按六道分類，狐狸精顯然只能算畜生，轉世為人是由惡道進入了善道，這就意味著此狐狸精生前積累了善業。六道輪迴是一個可順可逆的循環，狐狸精可輪迴成人，人當然也可轉世為狐狸精。人轉世為狐狸精之事最早見於北宋的《小蓮記》。狐狸精小蓮是京師李郎中之妾，她前生是一富人家的小妾，遭報應轉世為獸，且命中注定必死於獵人的鷹犬。至此，報應期滿，她方能再次投生為人。

前世為人，後世成了狐狸精，顯然是惡業所致。《小蓮記》明確交代她遭報應的原因：「前世嘗為人次室，構語百端，讒其塚婦，浸潤既久，良人聽焉。自茲妾獨蒙寵愛，塚婦憂憤乃死，訴於陰官，妾受此罰。」

遭報應而墮入惡道，本是輪迴故事中常見的主題，目的無非是勸人行善。這種觀念進入狐狸精故事，則是從《小蓮記》開始的。清康熙年間的《扶風傳信錄》交代女主角胡淑貞前世為宋代宮女，得寵於君，性尤妒，宮中之人多被讒害，因此落劫，轉世成了狐狸精。這顯然是沿襲了《小蓮記》的思路。

此類「寓勸誡之方、含箴規之意」（清人張維屏語）的人狐輪迴故事，到紀曉嵐《閱微草堂筆記》被發揚光大。前生作惡，後世受報，不僅墮為畜生，前世的恩怨也被帶入來生，一一受報，不報則恩怨永不得銷。

《如是我聞一》講述弓手王玉射死拜月黑狐，回家後寒熱大作。他聽見哭聲繞梁：「我自拜月煉形，和你有何相干，你卻將我射死，我死不瞑目，必到陰曹地府去告你，讓你也不得安生！」過了數日，狐鬼又來，在窗外說：「我昨日已到陰府告你，判官查找資料，方知你前生負冤告狀，當時我為刑官，私下收人賄賂包庇對方，使你有理不得申辯，憤恨自殺。我也因此事轉生墮為狐狸。你一箭射死我是報應，我不怨你。但當年你告狀時我抽了你百餘鞭，這筆賬還未勾銷。求你發一個願，請陰曹免去我這項報應，我們就兩清了。」誰知王玉根本不理會他那一套：「這輩子的事還扯不清，哪顧得了上輩子？你愛怎麼的就怎麼的，老子要睡覺了。」狐鬼在冥府的官司沒打贏，陽間的事主又是個二愣子，只能自認倒楣。

王玉的態度，貌似不把因果報應放在眼裡，但狐狸精一死只是報王玉前生一死，冤受的鞭刑並未得報。狐狸精想投機取巧勾銷孽債，這是根本不可能的。所以王玉之粗憨，不自覺地體現了有罪必報的因果關係。紀曉嵐講因果報應，幾乎到了精密計算的量化水平，所謂「一報還一報」，不可多，也不可少。《槐西雜志二》中寫另一個人狐轉生的故事就表現了這種更加複雜的報應關係：

狐狸精化形為朱某的婢女，幫他經營持家，他因此成了富人。狐狸精臨死告訴朱某：「君九世前為巨商，我是你的會計。你待我很好，我卻私吞了三千餘金，因此死後成了狐狸，修煉數百年，方成人形。我再想成仙，卻因欠你的三千金孽債未銷，不能如願。我為你持家數年，幫你賺的錢足夠抵當年所欠。現在我可以屍解成仙了。我死後，你將我遺體交由僕人去掩埋，但他必定會將我裂屍剝皮。他四世前為餓殍，我當時還是狐狸未成精，吃過他的肉，因此這是報應。他剝了我的皮，冤債也就一筆勾銷了。」言罷，化為狐狸仆地而亡。朱某念她平日的好處，不忍交給僕人，自己背出去埋了。但後來那個僕人還是挖出了狐屍，剝下皮賣掉。朱某知道後，長嘆不已。

通常情況下，六道輪迴是一種道德因果律，講的是善惡報應，但有時這種故事模式也被用來表現愛情主題。以生死佐證愛情，本是中國文學的傳統，如漢樂府《孔雀東南飛》結尾，劉蘭芝、焦仲卿為情雙死，合葬於華山旁，「東西植松柏，左右種梧桐；枝枝相覆蓋，葉葉相交通。中有雙飛鳥，自名為鴛鴦；仰頭相向鳴，夜夜達五更」。這種寫法顯然已經超出了《詩經》的「比興」範疇，具有強烈的象徵意味。這種表現手法遇到輪迴托生的觀念，很容易相互融合，演繹出前世今生的愛情故事。

清代王士禛《居易錄．徐生》載，徐生戀上光豔照人的狐狸精，還生下一個聰明絕頂的女兒。這場人狐婚戀的前世姻緣如下：狐狸精是唐朝開元年間的宮女，徐生為內侍。兩人眉目傳情，私下有了婚姻之約。不料事發，兩人同被處死。內侍轉生幾世，成了徐生；宮女卻投了狐狸胎，刻苦修煉多年，得成狐仙，然後輾轉多年，才找到徐生，再續前緣。

宦官愛上了宮女，本來就是不該發生的事情，兩人即便不被處死，又會有什麼好結果呢？非常有趣的是，這個故事在清嘉慶年間又被一個叫金捧閶的人重寫，金顯然發現了《徐生》情節中的紕漏，他在《客窗偶筆．狐女》中，將男女主角的前世關係做了調整：宋代宦官與宮女兩人偷偷相愛，未被人發現，也未被處死，而是彼此意識到這種愛情的無果結局，便私誓願來世結為夫婦，後各轉生，宦官成了宜興男人許三官，宮女則成了狐狸精。

然而，有人堂而皇之地續寫人狐姻緣，也有人明目張膽地解構這種道德家不屑的情事。在《閱微草堂筆記．姑妄聽之二》中，一段人狐間的隔世姻緣完全成了黑色幽默：

一個老翁給人看守花園，和其他十幾個打工者同住一室。一晚，油燈未盡，忽然聽見老翁如女人般嬌喘，身軀也一起一伏，似是與人做愛。此後，老翁便經常白天閉門，或突然躲到僻靜處，神神祕祕地不知道幹些什麼。有人好奇前去偷窺，便遭瓦石飛擊。久而久之，老翁隱瞞不住，便對大家說了一件離奇的事：

某日他澆園時，看見一位年輕人進來，只覺那人似曾相識，卻又想不起在哪裡見過。兩人坐下閒聊，年輕人說：「我有事相告，請你聽了不要驚慌。你我四世前是好朋友，後來你卻巧奪了我的田地。我告於官府，不僅不得申冤，反遭鞭打。我憂憤而死，到陰府裡告狀。誰知判官認為這種事情難斷是非，沒有判罰你，而是主張歡喜解冤，判你來世為女身，做我妻子二十年。不料我罪孽深重，二十年姻緣還差四年，我就轉生成了狐狸。待我修煉成人，你女身已死，又轉世成了男人，而且已經老了。找到你是前世姻緣，我不能再等你轉世成為女人，現在就得了結四年未了之情。」

老翁驚魂未定，被年輕人對面吹了一口氣，立刻變得迷迷糊糊，遂被姦汙。此後，年輕人每天必來一兩次。每次完事後，老翁都十分懊悔，但行事之時又完全忘了自己是男人，心甘情願地讓人擺弄，實在搞不清是什麼緣故。

此事過於離奇，有人不信，以為是狐狸精想強姦這老翁，故意找個理由。紀曉嵐卻似乎寧信其為真：「狐之媚人，悅其色，攝其精耳。雞皮鶴髮，有何色之可悅？有何精之可攝？其非相媚也明甚。」唯一可以解釋的，就是生死輪迴的因果報應：「怨毒糾結，變端百出，至三生之後未已。」

狐狸精前世今生的愛情追求，經過紀曉嵐的強力糾錯，終於又回到了因果報應的正確軌道！

四、狐妻鬼妾

一夫一妻多妾是中國古代常見的婚姻形式，妻妾之間除了地位不同，還承擔著不同的義務。妻的作用是持家事親，講究的是「德」；妾的作用更傾向於滿足男人的性慾，強調的是「色」。因此，民間一直有「娶妻娶德，娶妾娶色」的說法。但對於盼望「書中自有顏如玉」的男人們，「兩美一夫」的婚姻則更是心底的憧憬。

麗狐豔鬼很早就是讀書人性幻想的對象。從《搜神記》開始，人娶鬼妻之事不絕於書，但在蒲松齡之前，似乎沒人考慮過一個男人能夠同時擁有狐妻鬼妾或者鬼妻狐妾。原因有二：其一，狐鬼雖經歷代讀書人的潤色，呈現出不少溫和的人性，卻仍脫不掉害人之性；堂室之內，床笫之間，不是狐狸精就是鬼魂，傷身害命的風險實在太大。其二，如紀曉嵐所說，「狐鬼不併居」，這種觀念有一定的普遍性，多數情況下兩類井水不犯河水，更不用說狐鬼共事一夫了。因此，狐妻鬼妾故事模式的出現是一次觀念的突破。

康熙九年（一六七〇）秋，三十歲的蒲松齡受同邑進士、江蘇寶應知縣孫蕙之請，南下做幕賓幫辦文牘。他騎馬南行，經沂州進蘇北到達寶應。在那裡待了一年時間，次年初秋辭幕，回到淄博老家，這是他一生中絕無僅有的一次出省遊宦。南下經過沂州時，大雨阻路，他只好在旅館休息。一個叫劉子敬的親戚來看他，帶來一份手稿《桑生傳》。蒲松齡被其情節深深吸引，以此為基礎創作了《蓮香》。

《蓮香》是一個麗狐豔鬼共侍一夫的故事。男主角桑子明性情靜穆，平時在學館讀書，很少外出。女主角蓮香是狐狸精，冒稱西鄰妓女，叩齋夜訪。寂寞書生遇見傾國之色，兩人登床成歡，自此，必三五日一會。

一晚桑生獨坐凝思，有女子翩然而入。桑生以為是蓮香，正要與她說話，卻發現來者是一個十五、六歲的陌生女孩，「嚲袖垂髫，風流秀曼，行步之間，若還若往」。桑生大驚，以為遇見了狐狸精。女子告訴他，自己姓李，是良家女子，因慕桑生人品學問，故來相就。雞鳴之時李氏離開，留下一隻精巧的繡花鞋，說如果想她了，就拿出來玩弄，她就會很快趕來，但切不可以此示人——這個女子就是女鬼李氏。

桑生周旋於兩美之間，夜不虛席，蓮去李來，李去蓮來，正所謂「兩斧伐孤木」，沒多久便累得神氣蕭索。蓮、李二人都真心愛戀桑生，蓮香年長，在慾望方面比較克制；李氏年幼情深，縱慾無度。而桑生一直以為李氏是良家女子、蓮香是娼妓，因此對李知無不言，對蓮香則有所保留。蓮、李二人雖然分別和桑生幽會，但不久便彼此知道對方的存在，各自向桑生挑明對方的真實身分，蓮說李是鬼，李說蓮是狐。桑生耽於美色，左右逢源，以為兩個女人為自己爭風吃醋而中傷對方，不信她們真是狐鬼。

兩個月之後，桑生一病不起，彌留之際，二女在床前碰面，為推卸責任而爭吵。桑生此時方知，兩個女人果然是一狐一鬼。蓮香指責李氏只顧自己快樂，不顧桑生死活。李氏不服，認為蓮香也脫不了干係。不過，危難關頭，她們還是盡棄前嫌，聯手救活了桑生。之後，李氏借富家女張燕兒屍身還魂，由鬼成人。但張燕兒身形比李氏胖大，於是，這個張燕兒和李氏的組合體昏睡數日，體膚盡腫，醒來後遍身搔癢，皮脫之後，張燕兒的身體變成了李氏的模樣。蓮香從中撮合，使桑生娶張燕兒為妻，自己也和他們生活在一起。

不久，蓮香生下一子，產後暴病，臨死前拉著燕兒手說：「我兒即你兒，請費心撫養。若有緣，十幾年後當能相見。」狐狸精蓮香病亡，屍化為狐。桑生夫婦悲慼不已，厚葬了原形畢露的蓮香。留下的孩子取名狐兒，燕兒撫如己出，每年清明帶著他去給蓮香掃墓。

十四年後，門外有老嫗賣女。燕兒想起蓮香臨終時的話，叫老嫗將女兒帶進來看看。這女孩姓韋，儀容態度果然和死去的蓮香一模一樣。在張燕兒的啟發下，女孩子漸漸想起了前世之事。兩人共話前生，悲喜交織。清明時，燕兒帶韋氏到蓮香墓前，只見荒草離離，塚木已拱。燕兒說：「我與蓮姐，兩世情好，不忍相離，我們的屍骨也葬在一起吧。」於是，人世間的張燕兒、韋氏和桑生組成了一個幸福美滿的家庭，而女鬼李氏和女狐狸精蓮香的屍骨也被合葬於一個墓穴中。

《蓮香》是蒲松齡用力最深的作品之一，透過人、狐、鬼之間的三角戀情，穿越了前世今生的時間跨度，表現了愛與慾、生與死的複雜主題。

蓮、李二人的容貌、體態，反映了蒲松齡對於「色」的夢想。蓮香是「傾國之姝」，李氏則「風流秀曼」。蓮香評價李氏「窈娜如此，妾見猶憐，何況男子」；李氏評價蓮香「世間無此佳人」。蓮香的身體伴隨著性的享受，「息燭登床，綢繆甚至」；李氏的身體則寄託著一種病態的審美，手冷如冰，身輕如草，「蜷其體不盈二尺」，三寸金蓮「翹翹如解結錐」。二美合璧，奼紫嫣紅，是一種參差錯落的風情。

作為文學形象，蓮、李二人的性格也大不一樣。蓮香溫柔大方，善解人意，出場時就冒稱「西鄰妓女」，對桑生投懷送抱的目的主要在於一種有節制的肉體樂趣。李氏聰明靈巧，臉薄心窄，自稱良家女，「慕君高雅，幸能垂盼」。她愛戀桑生顯然更多是出於一種情感追求，但強烈的精神渴望又導致她和桑生的肌膚之親過於密切，反使桑生縱慾無度，幾近喪命。李氏的精神世界遠比蓮香豐富，她是「已死春蠶，遺絲未盡」。她在陰冥世間孤獨而寂寞，雖有泉下少年郎可伴，但「兩鬼相逢，並無樂處」。因此桑生的愛與溫存，是她心靈的莫大慰藉。但靈與肉在李氏身上被無情割裂，親近桑生，固然溫暖了自己，桑生卻有性命之憂；而離開桑生，自己就是一個可憐的孤鬼。兩難之下，她憤不歸墓，隨風漂泊，「晝憑草木，夜則信足浮沉」，最後借屍還魂，以張燕兒之身復活，和桑生成為恩愛夫妻。這個單薄寒怯的女鬼，身上蘊藏著一股超越生死的巨大精神力量。

蓮香和李氏的不同還表現為狐與鬼的區別。當桑生還未弄清二女真實身分時，李氏問：「君視妾何如蓮香美？」桑生答：「可稱兩絕，但蓮卿肌膚溫和。」狐狸精是活的生命體，所以身體是溫暖的。鬼魂是死去的生命，所以「陰氣盛也」。鬼與人正是生命的陰陽兩極，古人認為人鬼交接，一方面陰必損陽，另一方面陽也能壯陰，只是在不同的故事中，寫作者對這個問題的兩面會有所側重。《聊齋誌異》裡，《蓮香》、《連鎖》、《聶小倩》、《小謝》等都是表現人鬼戀的主題，蒲松齡基本堅持了「斷無不害人之鬼」這樣的原則，因此，李氏、連鎖、小謝等女鬼都必須復活或托生，然後方能與人結為長久夫妻。

狐狸精則既可以轉世投胎，徹底成人後與人結合，也可以直接為人妻妾。《聊齋》名篇《青鳳》、《嬌娜》等都講人狐之戀，狐狸精都是直接嫁給了男人，並沒有經過轉世投胎的程序，蓮香轉世投胎成韋氏再嫁給桑生，看來似乎多此一舉。其實，這恰恰體現出蒲松齡一種微妙用心。當蓮香是狐狸精、李氏是鬼時，兩者之間的地位是平等的，但她們都比人的地位低。李氏離開桑生，固然出於愛惜他的性命，但還有另一種心思，就是「徒以身為異物，自覺形穢」。因此，她以張燕兒身體還魂，與桑生成為恩愛夫妻，這既可使有情人終成眷屬，同時也獲得了心理上的平等。

本來，在一夫一妻婚姻中，男人女狐的結構是可以接受的；在多妾婚姻裡，狐狸精做妾也無不可。但蓮、李本是一狐一鬼，而且蓮香年長，被稱為「蓮姐」，對李氏也多有訓導，一副做姐姐的樣子。李氏成人嫁給桑生之後，蓮香仍是狐狸精，是所謂「異類」，地位變得十分尷尬。所以，聽了燕兒敘說由鬼變人的經歷，蓮香默默若有所思，下定決心向燕兒學習，透過轉世投胎成為真正的女人。這一對狐鬼姐妹，終於成了人間妻妾。如此，則蒲松齡之筆墨，不負李氏，也對得住蓮香了。

狐鬼之事往往只能說「大致如此」，而不能說「必然如此」。由於地域的不同或者創作者的主觀故意，某些具有一定普遍性的原則也可能不被遵守。《聊齋誌異》中還有一篇同類題材的作品叫《巧娘》，故事的發生地是海南島。狐狸精三娘和女鬼巧娘先後嫁給廣東人傅廉為妻妾，「二女諧和，事姑孝」，顯然也是美滿的婚姻。與《蓮香》最大的不同是，三娘和巧娘始終是狐狸精和鬼；而且，巧娘是鬼卻並不害人，還在墳墓裡為傅廉生下一個兒子。

古代狐仙崇拜及狐狸精故事的傳布中心，在蒲松齡、紀曉嵐的家鄉山東、河北一帶。《中國狐文化》的作者李建國先生認為，從地域上看，清代狐仙信仰是以北方為中心向南擴散，最受影響的是江浙地區，愈遠而愈微，兩廣、雲貴地區明顯呈弱勢。「南方多鬼，北方多狐」的諺語在清代一直流行，說明越到南邊，鬼的勢力越強；且粵、瓊之地遠離中原，鬼神觀念有著較獨立的發展源流。北方人以為「斷無不害人之鬼」，海南島上的少數民族可能就不這樣認為。

《巧娘》故事的原型是蒲松齡聽一個叫翁紫霞的高郵人說的，而翁紫霞又是從廣東聽來的。基本可以判定，在這個故事原型裡，巧娘就是以鬼的身分嫁給了傅廉。蒲松齡保留了故事原型的這點異趣，但在寫法上似乎又有意模糊。傅廉問三娘「巧娘何人」時，三娘明確回答：「鬼也。」至於如何成了鬼，則又說巧娘曾嫁給一個天閹的男人，不能過夫妻生活，「邑邑不暢，賚恨如冥」。不直說「亡」，而說「如冥」，好像是故意要造成一種似死非死的效果。後來傅廉到李氏廢園找巧娘，叩墓木而呼，巧娘抱著孩子從墓中走出，也完全是居家婦女的感覺，沒有什麼鬼氣，與《聊齋》其他鬼故事的氣氛大有不同。

狐狸精蓮香有賢德，女鬼李氏有個性。從夫妻之儀的角度說，蒲松齡認可蓮香；但從內心的感情看，他似乎更看重李氏。文以《蓮香》名，顯然蓮香應是第一主角，但寫到後面情形發生了翻轉，李氏的分量超過了蓮香。她不僅對愛情的追求更加主動，而且先於蓮香借屍還魂，成為明媒正娶的大夫人。蓮香則是受了她的影響才去托生，十幾年後再次出場成了一個小姑娘，由張燕兒買進家門。張、韋二女雖能情如姐妹，不分彼此，但在婚姻中張正韋副的名分卻無法更改，這種關係與狐鬼世界中的蓮姐李妹形成落差。

如此的狐鬼妻妾美則美矣，但賢德大方的蓮香最後成了妾，總令人心生糾結。後世的長白浩歌子有感於此，創作了一篇《溫玉》，不僅重溫蒲松齡的情色夢，而且糾正了他在《蓮香》中表現出的重鬼輕狐的傾向。

《溫玉》中的狐狸精就是溫玉，女鬼叫柔娘。在遇見紹興人陳鳳梧之前，她們是閨蜜，音律相知，經常對月唱和。溫玉吹笙，「聲如和鳴之鳳，共噦之鸞」；柔娘擅笛，笛聲若鶴之清唳、雁之哀鳴。至於兩女容貌，一則玉潤珠圓，嫣然百媚；一則花愁柳怨，笑可傾城。兩人和陳鳳梧的關係以及事態發展一如《蓮香》，三角戀的結果是陳生憔悴不勝，命在旦夕。

陳生彌留之際，夢見溫玉揮淚而來，對他說：「你不聽我的勸告，致有今日！我為了給你治病，上嵩山採藥，不料觸犯山神，墮崖而死，現在和柔妹一樣，也成了鬼魂。」陳生大慟，唏噓不已。溫玉又告訴他，自己雖已成鬼，但他命不當絕，有某醫生可以治好他的病。

之後，也發生了借屍還魂後嫁給男主角的情節，但人物是死去的狐狸精溫玉，而不是女鬼柔娘。陳鳳梧遠比桑生有出息，他帶著老婆到處履新，先在新蔡做官，很快遷升為秦州知州，十年後又任安慶知府，赴任途中，遇見窮老太攜一小女郎乞食——這小女郎就是轉世投生的柔娘。溫玉花錢買下她，帶進家中，傷心嘆息：「妹何一寒至此！」這個故事於是又有了圓滿結局，陳鳳梧妻賢妾美，兒女繞膝，官也不做了，遨遊於溫柔之鄉以終老。

長白浩歌子做了這番撥亂反正後，意猶未盡，還要聲明其重溫玉而輕柔娘的嚴正立場：「若柔娘，獨無可取，惟願為女一節，聊可解嘲。然非溫玉之淑，又烏能附驥尾以傳也哉！」

從《蓮香》、《巧娘》兩文看，蒲松齡是狐鬼並重，對鬼女的憐愛或甚於狐狸精；長白浩歌子則明顯愛狐嫌鬼，《溫玉》中柔娘還勉勉強強是個「能附驥尾」的小妾，而在另一個同題材故事《春雲》中，鬼女春柳則成了忘恩負義、破壞別人婚姻的小三。

汭陽人畢應霖生性聰敏，科舉考試不用功，詞章詩賦卻做得很好。秋日遊菊圃偶遇狐翁，老頭兒以為雅人相會，不談俗事，定要畢應霖對菊吟詩。畢生在香山花海中喝了一下午茶酒，正想擺弄擺弄，便吟了兩首菊花詩。狐翁閱後大喜，覺得眼前這少年雅致有才情，乘著酒勁兒拍他的肩膀許願：「真吾家快婿也！」數日之後，狐翁家那位麗容稚齒、玉潤花妍的女兒春雲就嫁給了畢應霖。

婚後不久，春雲歸寧，畢應霖同往岳家。狐翁之家疏竹倚牆，幽蘭盈砌，果然是個遠離塵囂的去處。他告訴畢應霖，自己是狐狸精，但不害人，為愛女擇婿，好不容易才找到吉士雅人。畢應霖心裡有些害怕，請求先回去。狐翁不高興，說女婿上門，哪有酒都不喝一杯就走的道理，於是吩咐設宴，又叫春雲的姐妹們出來陪酒。這幾個姐妹個個貌若天仙，狐翁又特指一女介紹：「這是春柳，我的乾女兒。」畢應霖眼神兒溜過去，發現這春柳風流妖嬈，別具風韻，便有些心猿意馬。

家宴開始，春雲姐妹陪坐左右。香粉繚繞，口脂頻吹，畢應霖幾杯黃湯下肚，樂而忘形，竟然不顧岳翁在座，與眾女划拳鬥勝。狐翁沒料到這小子居然也有俗不可耐的時候，不終席便拂袖而去。再喝了一會兒，眾美女不勝酒力，也相繼退去，席間只剩下畢應霖和春柳。畢醉眼矇矓，更加覺得春柳風流動人。兩人眉來目去，勾搭成奸，就在堂側找個地兒雲雨了一番。

事畢，春柳還挑撥離間：「人與狐處，三月當有死道。老頭兒說不會害人，那是騙你的。」畢應霖本來就有些首鼠兩端，聽了春柳的話更加害怕。他對春柳的身分也有些懷疑，這狐狸精的乾女兒又能是什麼好東西呢？春柳告訴他，自己是人，就住在山下，迫於無奈才在這裡強顏歡笑，哪會真心做狐狸精的乾女兒！

畢應霖於是跟著春柳私奔下山，沒走多遠就到了春柳家裡。茅屋數間，圍以竹籬，比狐翁家的光景差得很遠。畢應霖覺得離開了狐狸窩，又抱得美人歸，心裡十分高興，急忙鋪床展衾。畢應霖在狐翁家與春柳交接後，便覺小腹隱痛，但不以為意。來春柳家再次貪歡時，他忽覺冷逼丹田，痛徹臟腑，沒多久就暈死過去。

薄情郎甦醒時，發現春雲伏在自己身上哭泣，其他姐妹站在旁邊。春雲一邊給他穿衣，一邊輕聲數落：「你以為我是異類，不念舊情，也得找個好人，奈何與鬼為婿？今日若不是我們姐妹，你就命喪九泉了。」畢應霖不解，春雲指著岩下一堆白骨說：「這就是你的可人兒。她本是宋代淮南一名妓，隨商人至此，患心疾而亡。精魂不消，經常出來惑人。老父本來要整治她，她極口求生，老父不忍，收她做了乾女兒。昨日家宴，老父本不想讓她出來的，但念你是個高雅之人，必不會與淫鬼胡混，沒想到……」畢應霖希望重修舊好，春雲說不可能了，言罷揮淚而去。

狐妻鬼妾的婚姻是一齣風險很高的愛情狂想曲，無論是《蓮香》中的桑生，還是《溫玉》中的陳鳳梧，都差點因此喪命。只有當蓮香、李氏她們的狐鬼之軀托生成人，有情人才終成眷屬。所以，嚴格說來，這兩個故事是以人狐、人鬼之戀開始，而以人與人之間的婚姻結束。狐鬼之性，即便在蒲松齡、長白浩歌子這等離經叛道的才子筆下，也不可能完全被顛覆，其間包含多少文化傳統的強制和創作個體的無奈！至於《春雲》，則完全是對這種性幻想的解構，不僅狐妻鬼妾不可得，雅人相配、共守白頭的婚姻亦不可得，讓狐鬼歸於狐鬼，而俗人歸於俗人。

無論愛情如何動人，以凡人的體能享受狐妻鬼妾的無盡豔福，對於講究養元保精的古人，總是刀口舔血的危險事兒。蒲松齡和長白浩歌子的解決方案是讓狐鬼最後都變成人，害命的警報也就解除了。溫玉托生成人後再次嫁給陳鳳梧，燕爾情濃，夕無虛度，比身為狐狸精時放浪得多。陳鳳梧戲問：「你現在就不怕我生病了？」溫玉道：「今非昔比。鬼狐都是異類，五夕一交你也受不了，而況夜不虛席！現在我以人身做了你的妻子，陰陽交接是天經地義，稍微過分一點也無大礙。」狐鬼世界的詭祕風流，最終變成了人間的男女恩愛。

俗諺道：「石榴裙下死，做鬼也風流！」享樂抑或保命，男人的選擇向來猶豫不決。想像一下生死冒險伴隨著醉心蝕骨的感官享受，對於平淡的生活著實刺激。狐鬼變成真人之後，這種神祕情趣自然也就消失了。有沒有一個比轉世托生更好的法子，讓豔鬼麗狐永遠媚態紛呈，而左摟右抱的男人又無性命之憂呢？《益智錄》作者解鑑透過《隗士傑》、《翠玉》等故事提供了另一種解決方案。

同樣是狐妻鬼妾的題材，解鑑筆下兩則故事的男主角卻都有一個人妻，狐與鬼只充當媵妾，人妻、狐媵、鬼妾張弛有度地陪伴在丈夫周圍。男人平日和人妻生活在一起，跟狐鬼媵妾若即若離，她倆有事則來，無事則去。把男人夢想設計得這樣完美無缺，連解鑑自己都覺得不好意思，又故意使個小手段破一破：《隗士傑》故事的主角隗公妻妾成群，家財萬貫，卻有大不孝之事，這些妻妾愣是沒給他生個兒子。狐女要他再納一極醜的婢女為妾，方可生下兒子；而且，她覺得隗士傑豔福太盛，「納之，亦可少折消受嬌妻美妾之福」。隗士傑看慣了美女，不願納個醜婢，一拖再拖，年近古稀還膝下無子。最後不得已納醜婢為妾，果然生下一子。

五、誰是狐狸精的領導

狐狸精的生命形態分為三個階段：狐狸—狐狸精—狐仙。狐狸是獸，遵從動物的本能，飢餐渴飲，穴居野外，雌雄發情便生一窩小狐狸。狐仙是仙，享受仙的生活，雲遊十方，長生不老，遠離塵世卻又受人供奉。狐狸精是妖精，妖精的定位就很是模糊：他不是獸，所以動物的生存原則不適合他；他不是人，所以不能服從人間的管理；他也不是神仙，所以不需要遵守仙界的秩序；他還不是鬼，也不能在陰曹地府謀個一官半職。於是出現了一個問題：狐狸精游離於所有現實的和想像的體制之外，又具備超常的能力，如果沒有必要的約束，豈不是可以為所欲為？

從《搜神記》到《太平廣記》，在這個漫長的歷史階段中，大部分狐狸精的確就是這樣自由散漫。他們騙吃騙喝，欺男霸女，經常毫無道理地折騰平民百姓。人們對付他們的辦法就是請來術士高人降妖，但道術妖術互有高低，有時降得住，有時降不住，人與狐基本上處於一種強力對抗的狀態。這情形頗似花果山的孫猴子，不在現有的一切天界、人界、冥界秩序內，又總是翻筋斗雲上天宮鬧騰，弄得玉皇大帝、王母娘娘等天界的主要領導煩躁不已。玉帝當然可以發兵捉拿，但興兵一次，即差四大天王，協同李天王並哪吒太子，點二十八宿、九曜星官、十二元辰、五方揭諦等十萬天兵，布下十八架天羅地網，就為去抓一個毛猴，維穩成本實在太高。而且抓到以後還麻煩不斷，玉帝要處決這猴頭，將他綁在降妖柱上，不料刀砍斧剁、雷打火燒，就是不能損他一根毫毛。太上老君出來充能幹，把他帶回去扔進八卦爐裡煉。結果讓孫悟空煉成了火眼金睛，還跑掉了。

俗話說滷水點豆腐，一物降一物，就是強調秩序。如果某物在任何秩序之外，沒有任何對手，就只能毀滅，否則全世界人鬼神都沒法玩。吳承恩筆頭跑馬，一路寫到孫猴子踢翻八卦爐揚長而去，自己也有點害怕了，只好讓如來佛出來收場，將猴子一掌壓在五行山下，又讓觀音菩薩送他一個金箍，再讓手無縛雞之力的唐僧掌握了緊箍咒，大鬧天宮的猴子就只好護送唐僧上西天取經去了。

既然神通廣大的孫猴子都是這個結局，狐狸精又如何可能永遠地放任自流呢？所以，他們在自由撒野了幾百年後，也被歸到一個管理秩序內。《閱微草堂筆記．如是我聞四》一場人狐對話討論過這個秩序的管理問題。出場角色有三個：故事的講述者劉師退先生、滄州的一位學究和一個狐狸精。此狐狸精「軀幹短小，貌如五、六十人，衣冠不古不今，乃類道士」。話題從狐狸精如何修仙講起，狐狸精說成仙正途是煉形服氣，媚惑採補是旁門左道，傷人過多就會干犯天律。這自然就引出了劉師退的提問：「狐狸精也得遵守天律禁令嗎？那麼又是誰來執行賞罰呢？」狐狸精答：「小賞罰統於其長，大賞罰則地界鬼神鑒察之。如果沒有禁令，我們狐狸精來則無形，出入無跡，什麼壞事幹不出來呢！」

「統於其長」說明狐狸精內部已經有了一個自律性的管理體制。《閱微草堂筆記》和《子不語》等書中就有很多狐狸精家庭，老狐狸有時對子女的要求比人類的家教還嚴格。其中，《如是我聞一》寫鄉下人王五賢夜過古墓，聽見墓穴裡有老狐狸精課子：「你不讀書識字，不能明理，將來什麼壞事幹不出？到冒犯天律時，後悔就來不及了！」而《狐道學》則更是塑造了一個思想變態的狐家長：他家狐小孫調戲主家丫鬟，居然被他活活掐死了。

有了狐狸精家庭，當然也就會有狐狸精的社會組織，而高級管理者乃是狐祖師之類的角色。《子不語．狐祖師》記載了一個德高望重的狐狸精領袖為子弟討回公道的故事。狐祖師不僅在狐狸精社會中享有崇高地位，而且連關帝也敬他三分。這個故事還透露出一個很重要的信息，即關帝對狐狸精有制約作用。

紀曉嵐所謂「大賞罰則地界鬼神鑑察之」，就是指關帝之類的神靈出面履行對狐狸精的管理職責。而關帝管狐狸精這種觀念，在清代有相當的普遍性。《聊齋誌異．牛同人》寫牛同人家患狐，他非常氣憤，寫狀紙告於玉帝，訴關帝失職。不久，關帝駕到，先責備牛同人不該越級告狀，打了他二十大板，再派黑臉周倉去捉狐狸精。《清代野記．方某遇狐仙記》也寫方家患狐，方某到關帝廟焚香告狀，結果狐狸精被發配陝西。

同樣是對付狐狸精，請術士道人降妖和進關帝廟告狀是很不相同的兩種方式。前者是私了，被請的人可來也可不來，錢多就來，錢少就不來；來了可能降得住，也可能降不住。被請的術士本來和狐狸精沒有任何關係，只是因為有些手段，才為人所用，暫時成了狐狸精的對頭。後者顯然是透過法律解決，只要有人告，關帝就不得不受理，否則就是在位不作為，意味著處理這事兒本來就是他的職責所在，狐狸精的世界屬於他的管理範圍。

另一種對狐狸精有鑑察之職的神靈是城隍之類的冥神，而且，其履行職責的時間遠在關帝之前，最早的紀錄出自前面提到過的《小蓮記》。

小蓮被李郎中收為側室，頗得寵愛。李郎中半夜醒來，發現小蓮不在身邊，拿著蠟燭找遍廚房、廁所，還是不見蹤影。直到天亮，小蓮才回。李郎中大怒，要揍她。小蓮只得道出真相：自己不是人類，每天夜半時分要去參見界吏，否則就會受重責。所謂界吏，就是指城隍之類的冥官，管理鬼界事務。李郎中不太相信小蓮的話，第二晚開宴飲酒，灌醉了她，然後高燭四列，守了一晚。小蓮醒後說：「相公愛我甚厚，不讓我離開，我很感動。但我會因此獲罪的。」次日半夜，小蓮又不知去向，天曉才回，脫了衣服讓李郎中看，果然滿身青痕。李郎中方信，對她的夜半離開不再介意。後來，李郎中到別處做官，要帶小蓮同去。小蓮泣告：「我屬於此地冥神管轄，實在不能相從遠行。上次一夕不往，就被打得傷痕累累。如果跟你到別處，一定性命不保。」李郎中不再勉強，只好帶著大老婆赴任去了。

在《夷堅志．張三店女子》中，這個管理狐狸精事務的冥神進一步被明確指出為城隍。一個叫李七的窮小子租住在張三客店，遇見一個狐女。狐女對他很好，給錢給物，還送酒送肉供他吃喝。但後來李七對狐女的身分產生了懷疑，便將兩人間的私密告訴了店老闆。狐狸精怨他不該洩密，使了些手段折騰他。李七於是請高人將此事告到城隍那兒。晚上，李七夢見自己和狐狸精被一夥劊子手帶到城隍廟，有一紫袍金帶官員升堂審案。李七將自己和狐狸精鬼混的情狀述說了一遍，只聽得上面一人厲聲發落：「李七是生人，先放還；狐狸精當死，押進大牢。」李七旋即被送出城隍廟，正往家趕，一跤摔到懸崖下，夢也醒了。平心而論，這個狐狸精並沒有害人，倒是李七白白占了不少便宜。城隍爺如此判罰，實在有些不公。

城隍審人狐官司的情節，後來也出現於《續子不語．心經誅狐》的故事中，作者筆下的狐狸精叫胡三哥，女人鄭氏被他迷惑，跟著他東遊西蕩。鄭家念《心經》請觀音菩薩降妖，觀音於是拘禁了胡三哥。觀音在神仙世界的地位大大高於城隍，但審理此案顯然不屬她職權範圍，便將這一人一狐帶到了城隍廟。城隍神恭恭敬敬迎接觀音上殿正坐，自己坐在側首，開始審案：「孽畜何得擾害生人？」胡三哥辯解：「我原在新官橋裡住，因政府搞拆遷，暫借居羅家空樓。她不是生人，是個女鬼，跟著我覓食。」城隍爺叫判官一查，證實鄭氏根本就沒死，便喝令掌嘴，又打了胡三哥三十大板。但城隍爺的權力似乎也僅限於此，掌完嘴、打完屁股，就對胡三哥說：「我處亦不究你，解往真人府去治罪。」最後，胡三哥在真人府被處決。

不僅人狐之間的官司，狐狸精內部的糾紛有時也告到城隍那兒解決。《槐西雜志二》寫狐狸精告狀：某狐狸精作祟，人之將死還不放手。其家忍無可忍，請來獵戶伏擊，狐狸精現原形而逃。但這傢伙並沒有逃回自家洞穴，而是跑進了另一個狐狸窩。眾人追至，熏煙布網，幾乎將一窩狐狸殺絕，犯事的狐狸精卻又逃脫了。受到株連的狐狸精氣不過，將肇事者告到了城隍處，罪名是嫁禍。下面是城隍廟法庭審案過程，很有意思：

城隍爺問：「他犯事而你受禍，你來告他是理所當然。但你想想，你的子弟有沒有犯過事？」狐狸精沉吟良久，答：「也有過。」問：「害死過人嗎？」答：「可能也有過。」問：「害死了幾人？」這時狐狸精心裡開始犯嘀咕——我這是原告還是被告啊？是不是這爺們已經被逃走那小子買通了？狐狸精想著，沒有回答。城隍爺一點兒都不含糊，命令小鬼們上來就是幾個嘴巴。狐狸精被打得滿地找牙，急忙答道：「害死過幾十人。」於是，城隍爺發落：「你家殺人數十，現今償命數十，沒有什麼不合理。這事兒是被你家害死的冤魂假另一個狐狸精之手來報應，你有什麼好告的？」說著，城隍爺拿出陰府檔案給狐狸精看了一遍，便打發他走人。狐狸精做夢也沒料到會遇見這麼一個匪夷所思的城隍爺，只好自認倒楣，泣號而去。

在中國的神仙世界，關帝號稱「關聖帝君」、「蕩魔真君」、「伏魔大帝」，乃是王侯級的大神，而城隍不過是縣處級幹部，兩者地位相差甚遠。關帝斷狐狸精案往往直接就處以死刑，而城隍的懲罰多為掌嘴、打板子，一般不貿然處死。但關帝和城隍作為神，本質完全一樣，即他們都是由人鬼變成的神靈。關帝是三國時蜀國大將關羽的英魂，城隍則多為死去的名人，在神仙系列中屬於冥神，專管陰間事務。由此可見，所謂「地界鬼神鑑察之」，其「鬼神」實際上可以理解為「由鬼變成的神」，是他們在管理狐狸精，狐狸精的世界也是陰府的轄區。所以紀曉嵐說：「狐介於人鬼之間，然亦陰類也。」歸根結柢還是把他們當成了與鬼差不多的存在。

既如此，對付鬼的辦法就可以用來對付狐狸精。在民間信仰中，最著名的捉鬼英雄莫過於鍾馗，因此，他也經常被人們借來降狐。《香飲樓賓談．湘潭狐》、《埋憂集．鐘進士》等文都記錄了鍾馗驅狐之事，而《如是我聞三》所記最為生動有趣：

趙家少年被狐狸精附體，經常聽見他隔著衣袖與人說話，卻不見其形。趙家於是貼了一張很小的鍾馗圖在牆上，希望能降住狐狸精。晚上，屋裡有打鬥追逐之聲，趙家以為狐狸精會被趕走，誰知到了第二天，狐狸精還在鬧事。趙家人就問狐狸精，難道沒遇見鍾馗嗎？狐狸精說：「鍾馗固然可怕，但你們找的鍾馗太小了，身高只有一尺，手上的劍只有幾寸長。他追上床，我就跳到床下；他追下來，我又上床。他能拿我怎麼辦？」

鍾馗在陰間並無官職，捉鬼降妖完全是行俠仗義。但以民間英雄的身分降妖，和術士道人降妖差不多，靠的是手段，力度不夠，就可能降不住。在一些古代繪畫作品中，鍾馗身軀高大，怒目橫髭，一手持劍，一手捉鬼，鬼的體形大不過他的手掌。《香飲樓賓談．湘潭狐》中狐女所見鍾馗形象更加恐怖：鬚髯似戟，口大如盆，齒齦齦若利鋸，嚼鬼腿如啖甘蔗。可見鍾馗捉鬼並不使用什麼符籙、道術，靠的就是身強力壯，抓住鬼像嚼甘蔗一樣吃掉。趙家請鍾馗驅狐，辦法是對的，但請的鍾馗身形太小，以致捉不住這隻狐狸精。有趣的是，鍾馗自己也是鬼，還是個大鬼。據說他原是終南山讀書人，因相貌醜陋導致考進士落第，一氣之下觸階而亡，成了鬼魂。但此鬼的思想境界特別高，不僅不作祟害人，還立志除妖治鬼。所以，鍾馗捉狐狸精，也是一場鬼與狐的糾結。

除了上述幾位「地界鬼神」，在一些作品中，泰山娘娘也行使對狐狸精的管轄之職，但業務範圍和關帝、城隍有所不同。關帝、城隍是執法幹部，主要受理狐狸精的司法訴訟；泰山娘娘是行政幹部，管理行政事務。

首先是科舉考試。茲事體大，是明清士子陞官發財的敲門磚；推而論之，狐狸精要修煉成仙，也得經過考試。《子不語．狐仙勸人修仙》就說：群狐蒙泰山娘娘考試，每歲一次，取其文理精通者為生員，劣者為野狐。生員可修仙，野狐不許修仙。湯用中《翼駉稗編．狐仙請看戲》也說：泰山娘娘每六十年集天下諸狐考試，擇文理優通者為生員，生員許修仙，其他皆不准。六十年考一次，為一科。兩說唯一不同是一年一考和六十年一考。湯用中是袁枚晚輩，《狐仙請看戲》這一情節很可能是沿襲《狐仙勸人修仙》，只是做了一點合理化的改編。一年一考太像人間，既然狐狸精是長命之狐，六十年為一周期方能顯出妖仙之氣。

其次，泰山娘娘還負責狐狸精的日常工作安排。《子不語．陳聖濤遇狐》中，狐狸精就自言「往泰山娘娘處聽差」；俞樾《右台仙館筆記》卷七的狐女吳細細，被上帝任命為「碧霞宮侍書」，也就是泰山娘娘的直接下屬。泰山娘娘還會指派狐狸精去完成一些特殊任務，管世灝《影談．洛神》中一個叫袁復的狐狸精，就奉命徵調黃河水母。行政長官也有處罰下屬的時候，《子不語．斧斷狐尾》的一個狐狸精蠱惑婦女，泰山娘娘知道後，罰他修建進香的山路，永不許出境。

泰山娘娘即碧霞元君，是中國名氣最大的三位女神之一。關於其來源有多種不同說法，有說她是東嶽大帝的女兒；有說她是黃帝派遣的七仙女之一；更有說她是漢代民女石玉葉修道成神，而這個石玉葉實際上又是觀音菩薩的化身。其實，泰山娘娘依於泰山，很可能是源於人們對泰山的地祇崇拜，後來被穿鑿附會，添加了五花八門的出身。但泰山娘娘是地神，不是關帝、城隍之類的人鬼神，而且其神系歷史似乎也和狐狸精沒什麼關係，她又怎麼與狐狸精扯到一起了呢？

推斷一：泰山娘娘是女神，而明清時期狐狸精的女性化傾向十分明顯，女妖精的管理者總是關帝、城隍這些男神，有些事兒處理起來可能不太方便，只好由泰山娘娘出來管理。

推斷二：以泰山神管理狐狸精符合神仙世界的邏輯。遠在漢代，中國人就以為人死靈魂歸於泰山，實則是以泰山神作為治鬼的冥神。《後漢書．烏桓傳》說：「死者神靈歸赤山，赤山在遼東西北數千里，如中國人死者魂神歸泰山也。」《博物誌》也說：「泰山一曰天孫。言為天帝之孫也，主召人魂魄，東方萬物始成，知生命之長短。」泰山主神最初稱泰山府君，後來被提升為東嶽大帝。佛教進入中國後，地獄觀念逐漸流行，陰府的主管是所謂閻羅王，但民間一直認為東嶽大帝是閻羅的上司。這就說明，不論碧霞元君所司何職，總是出於泰山冥神系列，管理鬼域理所當然。而將狐狸精歸於她管轄，正說明狐狸精的觀念脫不掉鬼的影響。

第七章

恩與仇

一、妖精也要個說法

《搜神記．五酉》是一個戲說孔子的橋段。他老人家帶著一幫弟子周遊列國，落難於陳，但師生們精神頭兒很好，在賓館裡唱歌。不料來了一個身長九尺的妖人攪局，大聲呵斥他們噪音擾民。子貢同學出去交涉，被一把扣住，動彈不得。子路前去救援，與妖人大打出手。孔子現場指揮，妖人被擒，原來是條大魚成精。孔子發表重要指示：「夫六畜之物及龜蛇魚鱉草木之屬，久者神皆憑依，能為妖怪，故謂之五酉。五酉者，五行之方，皆有其物。酉者老也，物老則為怪。殺之則已，夫何患焉！」於是師徒們架鍋燒水，把魚精煮著吃了，但覺肉味鮮美，吃了之後身體倍兒棒。

雖是戲說，但也比較準確地表現了孔子「不語怪力亂神」的現實主義態度，從思想認識上把妖精妖怪還原為「龜蛇魚鱉草木之屬」，見了就殺，殺了就吃，吃了也沒什麼大不了的。《搜神記》對待妖精的基本方式就是不問緣由地打殺。

《搜神記．陸敬叔》寫陸為建安太守時，指使人伐大樟樹，有隻人面狗身的怪物從樹中鑽出來，被打殺，烹而食之，味道跟狗肉差不多。另一則故事《白衣吏》寫山陰人王瑚為東海蘭陵尉，晚上總是有一個白衣黑帽的小吏敲門，開門迎接又不見人影。王瑚派人暗查，發現該小吏是隻白狗成精，便設伏打殺了。

《高山君》記齊人梁文好道，家中常設神祠，拉著布幔。一次祭祀，忽聽幔中有人說話，自稱高山君。梁文不知是何方神聖，事之甚恭。高山君能吃能喝，還能為梁家看病開藥。某日，高山君喝得有些飄飄然，梁文便說：「你老人家在這裡住了幾年，我一直未睹真容，是否能讓我看上一眼？」高山君喚他進去，讓他伸手摸臉。梁文摸到一把鬍子，便揪住順勢一扯，扯出來一隻老山羊。梁文全不念幾年的交情，把羊殺了。

三個故事分別寫樹精、狗精、羊精，結局都是被殺。這幾個妖精都不是作祟之輩，樹妖只是長得較醜，狗妖搞點小惡作劇，羊精雖然騙了一些酒食，卻也為主家看病問疾，但人們殺妖毫不心慈手軟。從這些故事中不難總結出《搜神記》作者對待妖精的基本認識和態度：其一，妖精是客觀存在的；其二，物老成精只是自然現象，沒什麼神祕可言；其三，對付妖精最簡單直接的辦法就是殺掉，甚至烹而食之；其四，殺妖不會有什麼不良後果——「殺之則已，夫何患焉」。

狐狸精作為妖精的一種，自然逃不了被打殺的命。《狸婢》講述村民黃審在田間耕種，一陌生婦人帶著小丫鬟於壟上經過。黃便問她從何而來。婦人笑而不答，繼續趕路。黃審疑心其是狐狸精就操刀追殺，臨動手時又有些猶豫，不敢砍婦人，只砍了丫鬟，婦人果然化為狐狸逃走了。《張華》講述一老斑狐變成翩翩書生，求見名士張華，與之談學論道。老狐才情絕世，辯鋒無礙，張華於是將其扣押，千方百計將其整死。在《搜神記》這兩則故事中，狐狸精平白無故被殺，理由只有一條——他們是妖精。

這種對狐狸精格殺勿論的態度一直延續至唐宋時期。《宣室志》記一個叫尹瑗的人，進士不第，退居郊野以文墨自娛。一日，有白衣男子慕名來訪，自稱吳興朱氏子。兩人交談融洽，成了朋友。此人辯才縱橫，詞章典雅，尹瑗深愛之。朱生住處離尹瑗不遠，因此經常來往。尹瑗覺得他是個人才，勸他出去求官，不要沉淪鄉里。朱生嘆道：「並非我不願拜謁公侯，只恐有旦夕禍福啊！」尹瑗見他情緒不好，還說了很多安慰的話。到了重陽節，友人送給尹瑗一罈好酒，他便請朱生同飲。朱起初推說有病，不能飲酒，旋即又說：「佳節相遇，豈敢不盡主人之歡！」於是兩人對飲，飲罷大醉欲歸，沒走幾步就仆倒在地，變成了一隻狐狸。尹瑗毫不猶豫，抽出刀就把這隻狐狸斬了。

但從《太平廣記》收錄的唐代狐狸精故事看，無端殺妖事件較之《搜神記》還是少了很多，人們對狐狸精總體上已表現出「人不犯我，我不犯人」的理性態度。最常見的人狐關係變成了狐狸精首先騷擾、侵犯人類，然後人類才想辦法制服他們。如《長孫無忌》、《上官翼》、《李元恭》等故事，都是寫狐狸精媚人妻女，才招致人的報復；《楊伯成》、《汧陽令》等故事，則寫狐狸精上門逼婚，事主被迫反擊，請人捉妖；《大安和尚》、《曾服禮》、《葉法善》等故事中的狐狸精，因變成和尚或菩薩招搖撞騙，最後被道士或高僧所降。而且，即便狐狸精作祟為害在前，對他們的處置也經常會網開一面。如《廣異記·楊伯成》寫自稱吳南鶴的男狐上門求親，楊伯成不許，狐狸精便在楊家鬧事，搞得雞犬不寧。一日有法師上門求水喝，見伯成憂心忡忡，便問緣由。伯成如實相告，法師說這好辦，畫了道三字符，要書僮拿去找吳南鶴。吳南鶴正在屋裡調戲丫鬟，見書僮持符來，立馬癱倒於地，爬著去見法師。法師罵：「老妖精，見了我還敢扮著人樣兒！」吳南鶴遂變成一隻皮毛不全的老狐狸。楊家被這狐狸精鬧得夠慘，恨不得立即打殺，但法師說：「狐狸精也是天神驅使的僕役，不能隨便打殺。但他犯了事，也不可不懲罰。」說著拿出一根棍子，打得老狐血流滿地，然後趕走了。

人們對狐狸精態度的轉變，實則有很深的思想根源。《搜神記·五酉》中孔子的一番高論固然是託言，但的確反映了儒家道統一種心理定式，即以人為貴，以人為尊，有學者稱之為「人貴論」。正統思想中，關於人為天地之尊的表述隨處可見，如：

惟人萬物之靈。（《尚書·泰誓》）

水火有氣而無生，草木有生而無知，禽獸有知而無義，人有氣有生有知亦且有義，故最為天下貴

也。（《荀子．王制》）

人之超然萬物之上，而最為天下貴也。（《春秋繁露．天地陰陽》）

倮蟲三百，人為之長，天地之性，人為貴，貴其識知也。（《論衡》）

這種觀點在先秦兩漢時期尤為盛行。從積極方面講，「人貴論」肯定人的價值，強調人的尊嚴，是一種優秀的人文主義傳統。從消極方面講，這種思維方式也容易忽視其他生命的價值，從上面的一些表述中，我們就能明顯感覺到古人對禽獸草木的不屑。那麼，依附禽獸草木而生的妖精自然也不在話下，殺之除之就是順理成章的處理方式。

隨著佛教在中國的傳揚，眾生平等的觀念也漸漸深入人心。佛家所謂眾生並不僅指人類，而是包括畜生、餓鬼及地獄等有情。因為眾生的「業力」各不相同，在輪迴中的位置也不一樣。人這一世做惡業，下一世就可能變成畜生；畜生這一世積德，下一世也可能變成人。可見六道中的眾生本質上是相同的，否則，畜生、阿修羅、人、天等之間就不能互換角色，所謂的今生為人、來世做牛做馬的說法也就沒了理論依據。

在這種觀念中，生命物種（不包括植物）在本性上是相同的，沒有高低貴賤之分。《長阿含經》明確指出：「爾時無有男女、尊卑、上下，亦無異名，眾共生世故名眾生。」正因為如此，佛教強烈地反對殺生，殺戒被列為重戒之首；戒殺對象不僅指人類，也包括畜生妖鬼，因為輪迴中的畜生妖鬼，也許就是前世的人，還有可能是自己的親人。故《梵網經》云：「一切男子是我父，一切女人是我母，我生生無不從之受生，故六道眾生皆是我父母，而殺而食者，即殺我父母，亦殺我故身。」

眾生平等以及戒殺的觀念是對「人貴論」的反衝，兩種觀念此消彼長的結果也在狐狸精故事中表現出來，且越往後發展，慎殺不殺的態度就越明顯。《聊齋誌異》、《閱微草堂筆記》等書中，搗蛋鬧事的狐狸精不少，蒲松齡、紀曉嵐等人的態度卻都比較友善，承認妖精存在的合理性，主張人與妖應該恪守本分，共同生活於這個陰陽更替、因果相隨的世界。《閱微草堂筆記．姑妄聽之四》中有場法師與狐狸精的爭吵，爭的就是這個理。

某書生四十無子，買了個小妾，大老婆不能相容，對她經常辱罵。一年後，小妾肚皮爭氣，生了兒子。大老婆更加吃醋，最後竟背著書生將小妾賣到遠方。書生是「妻管嚴」，知道後也只能忍氣吞聲，一個人坐在書房裡悵然若失。夜深，小妾忽然掀帘而入。書生驚問：「你從何而來？」小妾笑答：「逃回來的。」書生喜而轉憂——即便回來，又如何見容於悍妻呢！小妾寬慰：「實不相瞞，我是個狐狸精。上次是以人的身分來，人有人理，被大老婆詬罵，也只好忍著。她既然不把我當人看，我這次就以狐狸精的身分來，變幻無端，出入無跡，她能拿我怎麼樣！」

後來，這事還是讓大老婆知道了，她高價請來術士降妖。狐狸精被捉後，很不服氣，跳起腳和術士論理。術士怒曰：「爾本獸類，何敢據人理爭？」狐狸精道：「人變獸，心是由好變壞，陰間陽間都有刑律治他。獸變人，心是由壞變好，不鼓勵也就罷了，為何還要問罪？法師據何憲典治我？」法師業務不精，舉不出法律條文，只能來硬的：「我只知誅殺妖精，不知其他！」狐狸精大笑：「妖亦為天地之一物，如果不犯罪違法，天地也會養育。上天尚且不誅，法師難道想將我們斬盡殺絕嗎？」術士理屈，只得饒了狐狸精。

對於如何懲治狐狸精，蒲松齡、紀曉嵐等人大約有幾點共識：第一，強調要有理由，不能平白無故地殺狐；第二，應有適當的力度，不能太過；第三，狐狸精「亦為天地之一物」，不可能徹底消滅，因此，人狐之間應維持一種平衡。

至於殺狐之事，任何時代都在所難免，蒲松齡那般愛狐，《聊齋誌異》仍有殺狐故事。但分析以下兩個故事中的殺狐事由和殺狐者的結局，則可以發現作者「以理懲狐」的用心。

《賈兒》寫某人在外經商，老婆被狐狸精媚惑，歌哭叫罵，日夜宣淫，百計不得解。最後是她十歲的兒子設計毒死了三隻狐狸，才妖除病癒。而這個少年英雄後來當了總兵。

《遵化署狐》描述了殺狐事件的全過程。遵化官衙後院的一座舊樓裡有很多狐狸精，經常出來搗亂，新官到此都得祭拜以求平安，這已成為慣例。邱老爺到任後，聽說此事非常憤怒，決意剿滅。狐老大知道這位邱爺不好惹，變成一個老太太對他家裡人說：「請轉告邱老爺，不要把我們當仇敵。寬限三天，我們收拾收拾東西搬到別處去。」邱某知道後默不作聲，第二天吩咐眾人扛著幾十門大砲衝進後院，對著舊樓亂轟。樓房頓時被夷為平地，狐狸皮毛血肉雨點般落下。濃塵煙霧之中，一道白氣沖天而去。眾人大喊：「逃走了一隻狐狸精！」

滅狐英雄邱老爺在遵化當了兩年知府，想運作陞官，叫部下進京送銀子。因沒見著受賄對象，就把銀子寄存在熟人家。不久，有一個老翁突然到京城衙門告狀，說邱某殺人妻子，剋扣軍餉，還指明了贓款的藏匿處。皇上下旨速查，衙役跟著老翁到了某家，果然搜出了銀子，邱某因此下獄。

賈兒和邱老爺的不同結局，明顯表達了蒲公的態度：《賈兒》中狐作祟在前，且手段特別惡劣，後果特別嚴重，被毒殺完全是罪有應得。《遵化署狐》裡狐狸精也有擾民前科，但情節並不嚴重；關鍵是邱公甫一到任，狐狸精便懾於其威嚴，主動請求撤走。在這種情況下邱公仍然對狐族大開殺戒，明顯是處置不當。蒲松齡對此有幾句評論：「狐之祟人，可誅甚矣，然服而舍之，亦以全吾仁。公可云疾之已甚者矣！」紀曉嵐在《閱微草堂筆記．姑妄聽之二》也對一起過殺事件有說法：「夫狐魅小小擾人，事所恆有，可以不必治，即治亦罪不至死。遽駢誅之，實為已甚，其銜冤也固宜。」——兩人的觀點高度一致。

雖然都是殺狐，但《聊齋誌異》和《閱微草堂筆記》中的案例，與《搜神記》和《太平廣記》裡面那些毫不憐憫、全無理由的殺狐故事，已經很不一樣了。人狐之間有了是非曲直，就可以比較平等地講理。在紀曉嵐看來，妖精也是懂道理的，對於那些品性不太惡劣、行徑也不特別出格的狐狸精，完全可以曉之以理。

《閱微草堂筆記．如是我聞四》就記錄了一個跟狐狸精講道理的故事。交河老儒劉君琢某年參加科考回家，途遇大雨，想在一處民居借宿。主人說：「空屋倒有兩間，但經常鬧妖鬧鬼。你若不以為意，就請便。」劉君琢實在找不到其他躲雨的地兒，只好住下。半夜，天花板上轟轟震響，似萬馬奔騰。劉老穿戴齊整，長揖道：「一介寒儒，偶然宿此，實為不得已。諸君若想害我，我與諸君無仇無怨；若想戲弄我，我也從未與你們開過玩笑；若想趕我走，則今晚必不能走，明天也必不能留。諸君何必如此騷擾！」過了一會兒，從上面傳來一個老太太的聲音：「客人說得有理，你們不要在這兒胡鬧了！」接著稀里嘩啦的一陣腳步聲遠去，屋裡頃刻安靜下來。

這就是紀公所謂的「以理屈狐」。推而言之，對於占理的狐狸精，人類也不妨禮讓三分，《如是我聞四》中的另一個故事就體現了這一點。故事的主人公叫劉景南，他在某處租房，入住之夜狐狸精來搗亂。劉呵斥：「我出錢租房，與你等狐狸精有何關係！」狐狸精厲聲答道：「如果你先住此，我們過來與你爭，那自然是我等無禮。事實上誰都知道我們在這裡已經住了五、六十年，房子多得很，你哪裡不可以租，偏偏要租到這裡相擾？這分明是欺人太甚，我等豈能善罷甘休！」劉景南想想狐狸精說得也有道理，第二天就搬走了。如此「能屈於狐」，方表現出人高於狐的思想境界。

紀曉嵐還喜歡以人狐關係為君子小人之喻，他的態度是：「君子之於小人，謹備之而已；無故而觸其鋒，鮮不敗也。」對於那些無故而觸其鋒的「君子」，他特別不以為然，甚至反感。其筆下就有多起此類道德君子無端撩狐而自取其辱的事件。

《灤陽消夏錄四》裡寫一老學究夜居凶宅，忽聞窗外異響，便大聲呵斥：「邪不干正，妖不勝德，我講道德學問三十餘年，難道會怕你嗎？」外面有女子說話：「先生講道學，我早有所聞。我雖為異類，也頗讀詩書。《大學》的主旨在誠意，誠意扼要在慎獨。您一言一行確實遵照古禮，但這樣做都是為了修行嗎？是不是也有博取名聲的動機呢？您寫的那些與人辯論的文章，條理分明，完全是為了探究義理嗎？難道就沒有些爭強好勝的念頭？您口口聲聲邪不干正，妖不勝德。請您捫心自問，難道心裡就沒有些邪心妖氣？」老學究汗如雨下，無言以對。外面之人又道：「您不敢答，說明還能不欺本心。我也不打擾了。」嘩啦一聲，掠過屋簷而去。

《灤陽消夏錄五》中的一則故事，則是寫狐狸精對道德君子的報復。海豐僧寺有狐狸精擾人，常常拋磚擲瓦。教書先生在東廂房開私塾，聽說此事後跳出來伸張正義，到佛殿裡呵罵狐狸精。此後數夕，僧院果然清靜無事。老先生以為自己的德行著實了得，連狐狸精也服了，頗為嘚瑟。一日，有學生家長來訪，老先生作揖迎接，舉手之間，袖內飄落一幅畫卷。家長連忙拾起遞給他，順便瞅了一眼——居然是幅春宮圖！老先生錯愕不解，百口難辯。家長默然而去。第二天，學生都不來了。老先生不僅失業，還落了個品行不端的醜名。

二、人狐官司始末

狐狸精一直都有「賤類」的自我認知，雖然作祟媚人，調皮搗蛋，但心理上還是屬於弱勢群體。一般情況下（特別是在早期），他們無論咎由自取或無故被殺，都只會保持沉默。但其族類中也不乏先知先覺者，對於同類遭受的這種「非人」待遇心懷不滿，由此走上一條抗爭申訴之路，試圖透過法律手段解決問題。

據《廣異記·李參軍》記載，兗州的李參軍娶狐狸精蕭氏，在他外出辦事時，同僚王顒牽著一隻獵犬過其家門，因李妻和丫鬟見狗驚慌，便認定這夥娘們是狐狸精，遂縱犬行凶，將幾個女人咬死。案發後，李參軍岳父蕭公把凶手告上法庭，要求開塚驗屍。事經一波三折，最後證實被殺女人的確是狐狸精，連前來上訴的蕭翁也是狐狸精，他最終也被犬咬死。

這個故事中的狐狸精似乎都沒有犯罪前科，嫁給李參軍也無害人之意。王顒多管閒事，白日行凶製造滅門慘案，本是驚天大罪。但在此案的審理過程中，死傷了多少人、手段是否殘忍、社會影響是否惡劣等等，都不是討論的要點，法庭只關注一件事——被害者是不是狐狸精，如果不是，凶手難免牢獄之災；如果是，則李參軍上訴無理，還涉嫌娶狐狸精為妻敗壞社會風氣，膽大妄為的王顒不僅無罪，還可能除妖有功。

《廣異記·謝混之》也寫了一個狐狸精訴人的官司。唐開元年間，有兩人到中書令張九齡處，狀告東光縣令謝混之殺其父兄。張九齡吩咐御史張曉前往東光查案。張曉是謝混之朋友，動身之前將信息透露給了謝。謝混之雖然為政嚴酷，但並沒有殺過什麼人，因此一頭霧水，問遍下面的幹部，也都說沒有到中央陳情的。謝混之感覺陳情者可能是騙子，只待張曉到來當面講清楚。這天，一鄉幹部開完會回家經過寺廟，忽聽得有人在破殿裡對金剛像祈禱：「縣令凶殘，殺我父兄。我派兩個弟弟進京告狀，中央就要來人了，願大神保佑，還我公道。」鄉幹部剛從謝縣長那兒聽說有人陳情，還弄不清誰呢，居然就撞上了，於是就守在屋外查探究竟。不一會兒，禱告的人從門縫中鑽了出來，神色慌張地跑進寺去，到廁所附近就不見了蹤影。鄉幹部一肚子狐疑，跑到謝混之那兒彙報。兩人一合計，認為此人行為詭異，像是個妖精，此時謝混之恍然大悟：「開春時外出打獵，殺了很多狐狸。這告狀的人該不會是狐狸精吧！」不久，張曉帶著原告到了，謝混之和縣裡的人果然都不認識這兩人。原告在庭上言辭激烈，謝混之完全不知所云。他的那些部下在外面商量後，放了隻獵犬衝進去，原告看見獵犬，跳上屋頂化為二狐逃掉了。

兩起訴訟中，狐狸精都是講理的一方，人卻是不講理的一方。案件的最後解決也完全不是依靠法律手段，靠的是放狗攪局的盤外招。

《夷堅志．宜黃老人》講述南宋紹興年間，撫州宜黃縣發生的一起狐狸精訴人案。此案狐狸精依然沒有勝訴，但執法者對案件的處理卻明顯與上述兩案有所不同。宜黃徐知縣坐堂，有老人侯林哀哭呈狀，說家居祭壇之旁，遭弓手夏生縱火焚燒居所，三個兒子被燒死。徐縣長看過狀紙，真是滿紙悲憤，心想這還了得，大白天殺人放火！他立馬命令逮捕夏生，進行刑訊逼供。夏生不知所云，只不停地哭著喊冤，還絕食抗議。縣衙的同事見夏生可憐，出來替他說情：「夏生平時老實巴交的，怎會幹這種白晝放火殺人之事呢？侯老頭既然說房屋被毀，大老爺不妨派個人去查查，也許就可以搞清原委了。」徐知縣顯然是當官不久，審案方式簡單粗暴，正弄得騎虎難下，於是就派人實地查看，結果真沒發現侯老頭住址有火燒之跡。徐知縣只好再提審夏生，問他到底在祭壇附近幹過甚。夏生說因為準備祀社，領導吩咐他打掃祭壇，他把大堆枯枝敗葉塞在一個洞穴中焚燒，誰知這洞穴是個狐狸窩，三隻小狐被燒死了。講到此處，徐知縣和夏生恍然大悟——這告狀的老頭是那三小狐的老爸！最後，夏生得以無罪釋放，老狐狸精不知所終。

這裡雖然也是狐狸精敗訴，但徐縣長顯然比較講道理，也更講究法律的程序。但判案邏輯還是一致的：只要上訴者是狐狸精，就沒什麼是非對錯可言。以狐狸精的地位爭人權，關鍵是不能暴露身分。身分一旦敗露，整個訴訟就成了騙局，有理也成了無理。上述三個故事中，老狐蕭公似乎離勝訴最近，卻因那隻可惡獵犬的出現而功敗垂成。

那麼，以妖精的真實身分和人類論長短可不可能？「我就是妖精，我就是狐狸，人類為什麼可以對我們想殺就殺？」狐狸精這樣去法庭高喊可不可能？不可能！此時的狐狸精還沒有這個勇氣，人類也還不具備這樣的心理寬容。

《湖海新聞夷堅續志》有一則故事叫《妖狐陳狀》，表現出一些新的情形。青年才俊周居安出任江陵松滋簿尉（相當於法院院長），他家老爺子夢見真武神來告訴他：「你兒子去松滋赴任，不日會有七個狐狸精變的女人來告狀，你得提醒他留意，到時整治狐狸精。」老爺子將此事告訴了兒子。周居安到任不久，果然有七個女人來告狀。周院長裝模作樣聽訟，女人們七嘴八舌鬧得不亦樂乎。周院長的戲實在演不下去，把臉一抹，喝令早已埋伏的衙役抓人。兩個反應快的狐狸精撒腿就逃，五個被擒，悉現本相。她們威脅周院長：「不可殺我，殺我不祥！」周不理這一套，令人將五隻狐狸精亂棍打死。不久，周居安因殺妖有功升職，辭別家廟時忽見一隻老狐坐在廳堂，對他說：「你殺我五人，本該殺你；念你富貴在前，且饒你一命，但必從你家取五條人命！」周居安一不做二不休，舉起棍子又將這個老狐打死。但此後兩年內，周家二弟死，二妹死，老父親也死了。當時就有人認為，這是殺死狐狸精的報應。

僅從案件本身看，這起訴訟比前面幾例更不成功。狐狸精貌似聲勢浩大，一下去七個告狀，堂上也頗逞口舌之快，實則技術水平低，且陳情之前已被管閒事的真武神告密，因此，一場貌似熱鬧的官司完全變成了狐狸精的自投羅網，六個狐狸精被殺，結局慘不忍睹。但失之東隅，收之桑榆，老狐預言周家必死人抵命，周家後來果然死了幾個人。這個結果是對狐狸精不幸遭遇的一種心理補償，因為周家喪事與狐狸精被殺有明顯的因果關係，這是一個警示——在法庭上草菅「狐」命是要承擔後果的。

狐狸精有上公堂狀告人的，人類也有去狐狸精上級部門維權的。大約從宋代開始，人們意識到狐界也有社會組織，他們的管理者是城隍爺、關帝或泰山娘娘這些神仙。到了明代，這種觀念就更為流行。既然弄清了狐類的組織關係，人們對付狐狸精也就多了一個辦法——自己打不過，法師也降不住，還可以到城隍廟、關公廟去討公道。明代筆記小說記錄過人訴狐狸精事。如《說聽》卷上記乾州人唐文選吹牛說大話得罪了狐狸精，被狐妖侵擾，他一紙訴狀告到城隍廟，結果二狐被鉸去舌頭。《燕山叢錄》卷十記山東章丘狐狸精媚惑人妻，繼而霸占。窩囊的丈夫力不能勝，告到縣令那兒。縣令也覺得棘手，寫了一紙訴狀轉呈城隍廟，狐狸精不怕官只怕管，知難而退了。

這個情況很有意思。狐狸精到人類公堂爭人權，不是被殺就是落荒而逃，幾百年沒弄出個結果。人們為了對付狐狸精將他們告到城隍廟，卻往往能取得勝利。但這種行為的副作用就是從法律層面把狐狸精擺到了平等的地位，致使狐狸精能坦然以妖精的身分成為被告了。既然如此，狐狸精也就可以名正言順地開始爭取「狐權」。

狐狸精爭取「狐權」的過程當然很漫長，而且一定有很多失敗的經歷，有一天，他們終於創造了歷史。那起官司大約發生於乾隆年間，地點是江蘇鹽城一個鄉村的北聖帝祠，事載《子不語・狐祖師》：

狐狸精糾纏良家婦女，被受害人家屬告到聖帝祠，聖帝指示鄒將軍處理。該將軍疾惡有餘，斷理不足，三下五除二斬掉了犯事之狐，接著又擊殺了一夥前來討說法的狐狸精。沒想到狐祖師一紙訴狀把鄒將軍告上法庭。鄒將軍認為自己為民除害，沒有過錯，於是招呼村民來聲援，控辯雙方在聖帝祠展開激烈爭論。

原告狐祖師說：「小狐擾世當死，但您的部將滅我族類太多，涉嫌濫殺，也是罪不容恕！」被告代表周秀才義憤填膺地回擊：「老狐狸，白髮如此，縱子弟淫人婦女，反過來還向聖帝說情！我看你也罪該萬死！」狐祖師笑而不怒，從容答道：「人間通姦該當何罪？受什麼處罰？」周秀才吼叫：「大板子打屁股！」狐祖師又微微一笑：「可見通姦非死罪吧！我子孫以異類姦人，即便是罪加一等，也不過充軍流放，何致被斬？況且鄒將軍不僅斬我一子，還斬我子孫多人，這不是濫殺是什麼？」

周秀才還想爭辯，聖帝的判決下來了：「鄒將軍疾惡太嚴，殺戮太重，念其事屬因公，為民除害，情有可原。罰去一年口糧，降級任用。」

先是人訴狐，再是狐訴人。狐訴人的部分，以狐狸精完勝結案，且狐祖師在法庭上的氣度風采也遠超周秀才。鄒將軍是北聖帝手下小神，居然因此受罰，若無為民除害的減罪情節，一頓皮肉之苦只怕難免——人狐權利平等的新常態出現了。

狐告人是狐狸精的抗爭，人告狐也反映了人對於狐狸精態度的轉變。不是動輒打殺，而是對簿公堂，這就是給予了狐狸精講理論法的權利。因此，清代乾嘉之後的筆記小說中，在神間或人間對簿公堂遂成為處理人狐糾紛的常見手段，如《咫聞錄．治狐》講述的這個故事：

汶上縣盧貢生有一子一女，子已娶而女未嫁。家道小康，人少屋多，空房子裡有狐狸精借居，時間久了，彼此相安無事。

一日，女兒收拾衣物，發現一個三寸小兒在衣服上睡覺，急忙喊嫂子過來看。這時，突然出來一隻大貓，叼住小兒跑了。豈料狐狸精卻以此事為由尋釁，在盧家胡鬧。盧某沒去找法師，也沒施下套放毒的陰招。他聽說鄰居家也住了一個叫九姑的狐狸精，從不搗亂害人，還為人排憂解難，調停紛爭，於是要老婆去找九姑，請她出面調解。

九姑聽了情況介紹，笑道：「這個畜生叫黑胡同，小兒不是他的，不過借個由頭鬧事。他老婆在麒麟台下迷人害命，已被雷擊身亡。他躲在比干墓裡才逃過一劫，沒想到又出來作祟鬧事！且待我去找他，再給你回話。」

次日，九姑託人帶來口信：「事沒辦成。這個畜生死了老婆，非要占你家女兒為妻。就住你家後樓，還要你家在樓中供奉大仙黑胡同之位，日獻雞酒香茶，方能免禍。」

盧翁怒道：「狐狸精就不講天理王法了？聽說城隍專門管理他們，我現在就去城隍廟告狀！」忽聽得黑胡同在房上喊：「你去告，我正要你去告！」是夜三更，外面有人大喊：「城隍爺來了！」盧氏父子急忙出去迎接，只見廳上磷火熒熒，中間坐著一個穿紅袍的，直呼盧之名，指手畫腳。一聽他說的話，都是黑胡同平日裡所罵之詞。盧某知道是狐狸精裝神弄鬼，扔石頭就砸，假城隍和嘍囉一哄而散。盧某女兒正在室內，忽然倒地哀號。母嫂趕緊扶起，只見女兒遍體青紫。盧家上下膽顫心驚，不知拿這事怎麼辦。

守到天亮時，縣令召集眾紳士議事，盧某也是參與人員。會議完畢，縣令留下盧某單獨問話：「年兄神情恍惚，該不是有什麼心事吧？」盧某只好把家裡的事情一股腦兒說了。縣令是資深紀檢幹部，立馬有了對策。為了穩住黑胡同，縣令故意指責盧某：「凡人豈可與神仙爭執？狐仙死了老婆想娶你家女兒，可謂理正情順。只是你女兒跌摔未癒，一、二日不能成禮，奈何？這樣吧，你先回家，將樓上房間整理好，供上大仙黑胡同之位。待你女兒傷癒，擇期成婚吧。」看著盧某迷迷瞪瞪不甚明白，臨別時又對他使了個眼色：「別擔心，我不是迂腐之人。」

盧某歸家後一切照辦，黑胡同樂不可支。縣令沐浴齋戒，閉門一日，神神祕祕不知幹些啥，傍晚召集衙役，只言要親自帶人赴西鄉捕盜。行至城隍廟，縣令入拜，從懷裡取出拘捕申請燒了，然後發令：「出北門到盧某家！」縣令一進盧家便問：「供仙之樓安在？」盧某帶引眾人上樓，縣令手指黑胡同牌位怒喝：「妖狐竟敢在此作祟害人？」一把抓過牌位扔到樓下，命人用秸草包成人形杖擊。打了幾十杖，草人忽然跳起逃跑。眾衙役圍住一頓亂棍，直打得草散木爛，然後點火焚燒，一股毛髮燒焦的臭味升騰而起。

處理了黑胡同，縣令又回城隍廟謝神，高聲禱告：「還望城隍爺恩准，三月內盡將城內狐黨驅逐，以保一方平安，謹代表全城官民感謝城隍爺庇佑！」此夜，滿城狐狸嗚嗚聲四起，有的哭黑胡同，有的罵盧某，對於縣令卻無怨言。凡縣令所到之處，哭聲頓息。三個月後，城裡果然再無狐鬧。

黑胡同即便在狐族中也可謂潑皮牛二，尋釁滋事，強占民女，冒充神靈，嚴重擾亂社會治安，而盧某的處理方式卻很注意分寸。首先庭外調解，不成則上訴神靈，再不成才請政府官員出面。縣令治狐也講究法律程序，辦案前後都到城隍廟請示彙報，因此黑胡同被法辦，滿城的狐狸精也沒一個說不公的。縣令事後談心得：「吾非王道士，何以能捉妖？不過本之以誠，誠則有靈，邪不勝正耳。」

三、報恩

動物報恩是中國民間故事中經常出現的母題，涉及面很廣。德國學者艾伯華在《中國民間故事類型》中特別提到的三種動物是虎、蛇和燕子。翻檢古代典籍，最早出現的報恩動物是蛇和黃雀。

蛇的報恩故事和隋珠這件寶物有關。隋珠即「靈蛇珠」或「明月珠」，是與和氏璧對舉的稀世之寶，《墨子》云：「和氏之璧，隋侯之珠……此諸侯之所謂良寶也。」漢代《淮南子》也說：「譬如隋侯之珠，和氏之璧，得之者富，失之者貧。」但在這兩部書中，隋珠和蛇還沒發生關係。到了東漢末年，高誘注《淮南子》時才說隋侯看見一條大蛇受了傷，他給治好了，後來蛇就從江中銜大珠以報答他的救命之恩，所以這顆明珠就叫「隋侯之珠」。高誘的這個說法從何而來，已無可考證。

鳥的報恩即成語「結草銜環」中的後半個故事，主角是東漢時期的楊寶。這個故事在《搜神記》和南朝人吳均所著《續齊諧記》中都有記載，講的是東漢人楊寶少時到華陰山玩耍，見黃雀被鷹抓傷，墜落樹下，又被一堆螞蟻噬咬。楊寶將黃雀帶回家，放在巾箱中用黃花餵養。百餘日之後，黃雀傷癒飛走。晚上，有黃衣童子向他再拜謝恩：「我是西王母使者，謝謝你的救命之恩。現以白玉環四枚致意，希望你的子孫都像玉環一樣心性潔白，官運亨通。」

隋珠傳說的發展過程比較有意思，東漢之前的文字記載都沒有江蛇報恩之事，到了東漢末這種附會的故事才出現。兩者之間有一個關鍵的節點，就是佛教的傳入。因此，學術界一般認為，動物報恩的觀念是隨著佛教故事傳入中國的；而在此之前，中國文化中雖然存在動物和人的特殊關係，如瑞獸、人獸婚配等等，但動物對人的報恩觀念卻未出現過。從六朝之後大量出現的動物報恩故事看，其基本主題不外乎善惡報應，似乎也能說明此類故事和佛教文化有不解之緣。

同是動物報恩，「隋珠」與「銜環」卻有很大的不同。隋珠故事中的蛇始終是動物，受恩時是動物，報恩時還是動物；而銜環故事中黃雀受傷時是動物，報恩時則是黃衣童子。兩個故事代表了動物報恩的兩種類型：「動物受恩—動物報恩」是A型，「動物受恩—變成人報恩」是B型。從一般原理上分析，A型應該更原始。但具體到文獻的記載中，兩類故事並無時間上的繼承關係，無論是《搜神記》還是《聊齋誌異》，A型和B型都是存在的。

狐狸精的報恩都是B型，而且在「動物受恩—變成人報恩」的這種敘事結構基礎上，衍生出更加豐富的內容。不同的是，狐狸精在報恩故事中登場時，並沒有隋珠之蛇、銜環之鳥那樣幸運地獲得人的呵護。作為妖魅，祂們是人類憎惡的對象，根本談不上去救助。偶爾，狐狸精被擒而未被殺，就得報這「不殺之恩」。因此，狐狸精報恩是從不殺之恩開始的，最早的故事即《搜神記·陳斐》，該故事的報恩形式後來一直流傳民間，在《太平廣記》收錄的故事裡，《袁嘉祚》的情節幾乎與之一模一樣；《鄭宏之》的情節稍有改良，多出了一隻無尾黃犬，最後出面報恩的不是狐狸精，而是這個犬精（貌似狐狸精的部下）。

唐代一些故事說到狐狸精圈子裡流傳著一種天書，乃性命攸關之物，一旦失去，非得千方百計地找回不可。索之不得，狐狸精便會展開報復。達成協議，拿回天書，狐狸精也不忘報恩。《河東記·李自良》從這番奪書還書開始，狐狸精的厚報則是讓李自良當上了工部尚書兼太原節度使。狐狸精運作此事的手段獨特而富有幽默感：當時馬燧為太原節度使，李自良是他的部將。貞元四年秋，李自良隨馬燧進京覲見唐德宗，跟隨進京的十幾個將領中，自良資歷最淺，名位最低。朝堂之上，德宗突然問馬燧：「太原是北方重鎮，誰可替代你為節度使？」馬燧腦子一陣發蒙，除了李自良的名字什麼也想不起，便脫口上奏：「李自良可。」德宗道：「太原的功臣名將多了去了，你都不推薦，只推薦了李自良，這人我聽都沒聽說過，你還是再考慮考慮吧！」馬燧隨口就答，嘴巴好像不聽自己使喚：「以臣所見，非自良不可！」德宗問了三次，馬燧都說的是李自良。

德宗覺得這事兒不太靠譜，沒當場拍板，要他回去再想想，容後再議。馬燧出門，忽然清醒，怎麼也弄不明白為何只推薦了李自良。見到部將後，馬燧汗流浹背，表示次日見皇上一定會推薦德高望重的人。次日上朝，德宗問：「想好了沒，到底是誰呀？」馬燧又立刻腦子發蒙，只記得李自良一人。德宗沒想到馬燧還是這樣說，就要他先退下，待與宰相商量後再定。不日宰相入朝，皇上問馬燧的部將誰可擔當大任，宰相居然也像馬燧一樣暈頭暈腦，只說了李自良的名字。於是，李自良就這樣官拜工部尚書、太原節度使。

讓人陞官發財是報恩最常見的套路，但《太平廣記》所載《姚坤》，男女關係首次作為報恩的要素出現，情節也更加曲折複雜。

姚坤是個處士，不求聞達，閒居以琴瑟自樂。住所附近經常有獵人經過，並帶著狐兔之類的獵物。姚坤心善，常買下活物放生，幾年下來，救了很多狐狸、野兔的性命。後來，姚坤被一夥凶僧陷害，困於井下，萬般無奈之際，聽得井口有人叫他，且說：「我是通天狐，感謝你過去經常救我子孫性命，現在特來救你。你照著我教的法子練功，不多久就可以從井口飛出來了。」姚坤依而行之，果然飛了出去，但他一直沒見著那個千年老狐。

過了十幾天，有美女上門，自稱夭桃，說被人誘拐至此，回不了家，只要給口飯食，願以身相許。姚坤見這女子容貌靚麗、舉止得體，就答應了。沒料到此夭桃不僅能持家操勞，還會吟詩作賦，這可讓姚坤大喜過望。有這樣的紅袖添香，姚坤的學問自然長進飛快，於是他帶著夭桃進京應試。誰知路上遇見一隻獵犬，衝過來就咬夭桃。美女夭桃忽然變成了狐狸，跳上犬背抓牠的眼睛。獵犬大驚，馱著狐狸狂奔而去。姚坤跟著追趕數里，見犬斃於地，而狐狸已不知去向。

姚坤猝失紅顏，心情惆悵，應考的心思也沒有了。晚上，有老人帶了一罈美酒拜訪他，說是舊相識，可姚坤怎麼也想不起在哪裡見過此老。對飲一夜，老人長揖告辭：「我已經報答你了，現在我的孩子也安然無恙。」說罷就不見了身影，姚坤這才明白，老人應該就是救過自己命的狐狸精！

故事自始至終未挑明夭桃與千年老狐的關係，但夭桃上門以身相許顯然是狐翁的安排。明清時期，隨著狐狸精形象的女性化趨勢加劇，以身相許遂成為最常見的報恩方式。

「恩」這個概念最基本的含意是「給予」，如《說文》所解「惠也」。養育之恩是恩，救命之恩是恩，一飯之恩也是恩，在「惠」的含意裡，恩與報恩實際上就是給予和回饋的關係。但「恩」的另一層含意，則和男女之情聯繫在一起，即我們通常所言「恩愛」。因此，以情報情，也是狐狸精報恩故事中多見的類型，這種故事往往還夾雜了前世因果的糾結，如前面所舉《子不語．張光熊》就是講生死輪迴後的以情報情，而《聊齋誌異》裡《甄后》、《褚遂良》兩篇，更是把人或狐的前世與歷史上的名人聯繫在了一起。

《甄后》的男主角叫劉仲堪，勤奮好學，腦子卻不太靈光。一天正看著書，忽聞異香滿室，來了一個美人，和他促坐對飲，談古論今，劉郎這也不知那也不曉。美人嘆道：「沒想到我往瑤池赴一回宴，你生歷幾世，聰明盡失！」於是叫人準備熱水，洗得劉仲堪身心澄淨，接著就吹燈解衣，曲盡歡好。次日天未亮，美人起床梳妝，不再理他。劉仲堪莫名其妙做了一夜快活神仙，總想問個明白。美女只好說：「不告訴你吧，你會問個不停；告訴你吧，又怕你不相信。我是三國時魏文帝曹丕的皇后甄氏，你前世是宮裡的工作人員，對我痴情，因此獲罪。我一直於心不忍，今日一會，就是來報答你這個情痴！」

《褚遂良》的情節與此類似，只是狐狸精一出場就向男主角趙某亮明了身分，說自己是狐仙，特來做他的老婆。趙某又窮又病，根本不想癩蛤蟆吃天鵝肉，狐狸精就說趙某前世乃是唐代著名書法家褚遂良，對她有恩，故特來報恩。這對人狐組合的結局比劉仲堪好——狐狸精不堪趙某鄰里的騷擾，搬了把梯子往大樹上一架，帶著老公、書僮上天做神仙去了！

蒲松齡寫這類故事，似乎很喜歡將「情」作為報恩的起點。他總是塑造這樣的狐狸精，為了一點真情——哪怕是段朦朧的單相思或男女之間的一夕之好，也會千方百計去報答。《聊齋誌異．小梅》是一個情節曲折、感人至深的報恩故事，故事從狐狸精和一個男人的一夜情開始：世家子王慕貞偶遊江浙，看見一個老婦人在路邊痛哭，便上前詢問。老婦說先夫早逝，只有一個兒子，犯了死罪押在大牢，想請人救命。王慕貞心軟，出手也向來大方，就花了不少錢從中斡旋，把人犯從牢裡救了出來。但那人知道王慕貞救了自己時，茫然不解其故，就到了王的住處，一邊感恩，一邊問其所以。王慕貞告訴他：「很簡單，我只是可憐你的老母親！」那人更是吃驚，說自己的母親已經去世多年了。這讓王慕貞也感到奇怪，不知發生了什麼事。晚上，老婦人也來謝恩，王很不高興，責備她說謊。老婦只好說：「實不相瞞，我是東山老狐，二十年前曾與這小夥子的父親有一夕之好，故不忍他家斷了後。」

東山老狐挖空心思借王慕貞之手救出死刑犯，就是為了報答二十年前的一夜情。而王慕貞本來與此事毫無關係，救人犯一命又是對老狐狸精造恩。這一環節中，情是第一層恩由，救命是第二層恩由，恩情的分量越來越重，老狐狸精於是遣女兒小梅出場，完成一項艱鉅複雜的任務。

小梅在王家現身頗為奇幻。王慕貞妻子患病，臥床兩年，彌留之際對他說：「我死之後，你可娶小梅為繼室。她伺候我兩年，關係很好，我已經把這話對她說了。」但王家從來就沒有過小梅這麼個人，過去也沒聽妻子說起過，所以王慕貞就當是妻子病重時的胡言亂語。守靈之夜，忽然聽見靈柩後面有啜泣聲，王慕貞大驚，以為來了鬼，帶了幾個人到後面察看，發現一個身著縗服的二八佳人。他這才意識到妻子臨終說的話並非妄言，便對女子說：「如果亡妻的話是真的，就請你上堂，受兒女們一拜；如果你不願意，我也不敢妄想。」小梅便大大方方地上堂受拜，成為王家主母。

小梅持家十餘年，張弛有度，內外和順，不僅田地連阡，倉儲萬石，還為王家生了一個小兒子。一日，小梅忽然說要帶孩子回娘家看看。王慕貞覺得奇怪，小梅來十多年了，與娘家人從無往來，現在怎麼突然要回娘家呢？正遲疑不決，外面車馬已到，說是小梅娘家來的，小梅便讓王慕貞送一程。兩人共乘十餘里，她握著丈夫的手作別，說自己是當年東山老狐的女兒，入王家十幾年只為報答他的救人之恩。現王家衰運將至，在劫難逃，只有把幼子帶往他處，才能逃過此劫。還說家中一旦死人，王便有血光之災，免災之法唯有次日雞鳴時趕到西河柳堤，見挑桃花燈者路過，擋住苦苦哀求，自可得免。說罷，不顧王慕貞淚流滿面，小梅乘車急馳而去。

七、八年後，瘟疫流行，王家婢女病亡。王慕貞想起小梅臨別時的交代，準備第二天清晨趕往河邊。但當晚來了朋友，主賓飲酒大醉，王慕貞一覺醒來，雞鳴已過。他跌跌撞撞趕到河邊，見挑桃花燈者剛剛過去，約在前方百餘步。於是急追，但越追距離越遠，挑桃花燈者漸漸消失了。他失魂落魄地回到家裡，沒幾天果然病逝。

王家留下一妾一女，孤苦無援。亂七八糟的族人很快將家裡的東西瓜分得一乾二淨，賣了丫鬟，還合謀把宅子賣掉分錢。王妾和女兒抱頭痛哭，其狀慘不忍睹。這時，有人抬著一頂轎子進門，小梅帶著一個男孩從中走出，見家中如此紛亂，便問都是些什麼人。王妾一五一十哭述緣由，小梅大怒，叫隨行僕人關門落鎖，把這夥人關在院裡。眾人一不做二不休，準備動粗，但頓時渾身無力，只能束手就擒。小梅進屋，拜了王慕貞靈位，傷心痛哭，對王妾說：「這是天意！本來一月前就要來的，但因母親的病耽誤了。今天過來，想不到已經陰陽兩隔。」接著便一一追繳財產，又請來王慕貞父親的一位朋友，證明她帶來的男孩是王的親子，繼承了王的所有財產。將一切安排妥貼，小梅往王慕貞墓前祭掃，但半天過去都沒回來，家裡讓人去找，只見祭拜的東西還擺在墳前，小梅卻人影杳然。

這個東山老狐，為了二十年前的一夕之好可謂仁至義盡！她似能洞見過去未來的所有因果，卻無法改變人的命運。自己不能救人，則費盡心機假慕貞之手救之；自己不能報答，就派女兒小梅去報答，為王家保留下一根獨苗。小梅和王慕貞看上去是恩愛夫妻，但她與王本無絲毫關係，更談不上感情，嫁給他完全是替母親盡義務。這個故事由「情」開始，由「義」結束。小梅雖然長得漂亮，但性格內斂而精明，缺少風情，以冰雪之姿而忍辱負重，是典型的「義狐」而非「情狐」。

情可以報之以義，義也可以報之以情。不殺之恩、救命之恩也能生發出一段刻骨銘心的愛情。《小豆棚．劉祭酒》中的劉孩兒，家裡世代以釀酒為業。他幼年失怙，十二歲就持掌家業。有段時間，酒窖裡的酒每晚總會空一罈，卻找不出原因。釀酒師傅說，可能是狐狸精偷喝了，查也白查。劉孩兒不服，偏要查個究竟。夜深不眠，在酒窖外巡視的劉孩兒聽見裡面有細微的喝酒聲，於是輕輕地進去，發現聲音是從一個開了封的酒罈裡傳出來的。他脫下一隻鞋把壇口蓋住，罈子裡便沒動靜了。

到了下半夜，罈子裡有說話聲：「我為何在這裡？」劉說：「誰讓你自己進去的？」發覺情況嚴重，裡面停頓了一會兒，告求：「放我出去吧！」「談何容易！放你出去，誰賠我十幾罈好酒？」「這容易，我出去後加倍賠償你就是！」劉畢竟是個孩子，對錢財並不十分計較，但不耐孤獨，玩心重，就說：「我也不要你賠酒了，你若以後每晚都來陪我玩兒，我就放你；否則，就把你悶在罈子裡，拿去煮了！」裡面之人急忙發誓，劉孩兒便放了他。

第二天晚上，劉孩兒吃了飯就坐在門外等待，果然來了一個十四、五歲的俊美少年，頭綰雙髻，身著花繡短衣、雲紋絲褲，腳穿小紅鞋，脖子上戴金絡索圈，手上還戴著玉鐲。他說是來赴約的，自己姓于，十五歲。劉喜出望外，稱他為兄，兩孩子就一塊兒玩耍。美少年是個文藝全才，會跳舞會唱歌，會講故事會做遊戲，還會剪紙在窗戶後面演皮影，沒幾天兩人就成了形影不離的好朋友。

一次，于哥剪了片紙影，吟道：「一片熱腸，空費裁成為紙戲。」要劉弟對下聯，劉孩兒慚愧地說：「我沒讀過書，不會對。」于哥乘機道：「老這麼玩也不是事兒，得讀書呀！」劉孩兒說想讀書，但沒人教。于哥便告訴他，自己白天在家就是讀書的，以後可以每晚把白天學的知識都教給他。自此劉孩兒收斂玩心，跟著于哥讀書，因天性聰慧，進步很快，不幾年竟連中了秀才、舉人。

劉孩兒成了劉舉人，滿腹詩書，會寫八股文，心裡也有了一些特別的想法。一日他忽然對于哥說：「我看天下女子，真還沒有一個比你長得漂亮的！」于哥說他少見多怪，告訴他自己的妹妹特別漂亮。少年劉舉人眼睛一亮，問能否見見。于哥說：「這有何難，我現在就給你叫來！」說完掀帘而出，一轉身又進來了，卻成了個絕色女子，寶髻雲鬟，娉婷如畫，側立不語。劉舉人拿著蠟燭凝視良久，如夢如痴地問：「你不是于哥嗎？」女子笑道：「傻子，你于哥也纏足？」劉舉人往下面一看，果然是裙下雙鈎，翹然三寸。「那麼我的于哥呢？」「你于哥回去了，叫我來陪你！」女子說罷，到帘外取了一雙男鞋進來，「喏，這就是你于哥留下的鞋子。」

劉舉人看著這雙鞋，不覺淚如雨下。美女只好安慰道：「別傷心了！我就是你于哥，不是他妹妹。」劉哭著說：「我也知道，但是你為何不早點讓我知道啊！」于姐從袖中拿出手巾為他拭淚，解釋道：「非我不讓你早點知道，是你年紀太小了。現在告訴你也不晚啊，這幾年我倆不一直就像小夫妻嗎？」劉舉人破涕為笑，拉著美麗動人的于姐要做真夫妻。于姐說：「且慢，幾年前出的那個對子你還沒對出來呢！」此時的劉弟弟已非吳下阿蒙，脫口而對：「幾回苦口，漫勞點撥助膏燈。」于姐欣慰點頭，兩人遂成夫妻。

劉讀書有成，釀酒的生意也不做了，帶著妻子赴京趕考，但連考幾場都名落孫山，便問妻子自己有無中進士的命。妻子不答，寫了幾個字：「進士二字，恐怕不成。」劉舉人守著這樣可人的妻子，家裡也不缺錢，對科舉不是太在乎，便說：「既然如此，那咱就不讀書了！」妻子說：「恐怕不成，才更要讀書，怎能荒廢學業呢？」

一天，于姐忽然傷心落淚，對老公說：「我倆的緣分今晚盡了！」劉如雷轟頂，泣不成聲，問有什麼辦法可想。于姐道：「此是命定，無可更改！」劉舉人於是設席餞別，兩飲兩傷，且酌且哭。劉問：「你要去什麼地方？」妻子說，要去上清宮輪值，一去就是五百年，那時也不知道世界是何模樣了。劉想知道自己的官祿，妻子道：「天機不敢洩露！」說罷舉杯澆地，要他記住這個暗示。東方既白，雞鳴三遍，于姐大哭而去，劉亦暈倒於地。

此後，劉舉人再不沾杯，唯恐對酒懷人，情不能堪。戊戌年他又去趕考，高中進士，後來還當上了國子監祭酒。他方知于姐早年所說「恐怕不成」的「不成」，指的就是「戊戌」；而以酒澆地，則是暗示他要做國子監祭酒！

狐狸精受人之恩還有一項比較特殊的內容就是躲避雷劫，《子不語・吳子雲》就是講述一個因避雷劫而報恩的故事。吳子雲是桐城一個秀才，一年鄉試前在園中賞月，聽見空中有人語：「吳子雲今年當考第四十九名！」接著朗誦了一篇題為「君子之於天下也」的八股文。吳子雲記不住內容，但覺得文題很好，就預寫了一篇備考，沒想到這年的鄉試正是此題，他也果然考了第四十九名。不久，他又中進士，督學湖南，滿載而歸。

歸途夜宿旅店，吳子雲欲取夜壺小解，忽然有人雙手捧上，十指纖纖。吳驚問是誰，答曰：「我是狐仙，與您有緣，特來侍奉。」吳子雲點亮蠟燭一看，果然是個絕色女子。狐狸精說自己曾有雷劫，躲在他的車子裡才得免一難，此番特來報恩。吳子雲全然記不起啥時候救過一狐狸精，稀里糊塗地成了恩人，不僅官運亨通，落宿荒郊野店還有美人投懷，好不愜意！狐狸精還告訴他，前途有難，如此如此便能免災。

第二天上路，吳子雲到了一戶呂姓店家，果然如狐狸精所言，店家有一個九歲的小女孩。他按照前夜狐狸精的吩咐認了這女孩為乾女兒。夜半三更，店主把他叫醒，說自己是響馬頭兒，本欲謀財害命，沒想到你這麼一有派頭的大人物也看得起咱，認了咱女兒為乾女兒，那咱們就是親戚了。說罷取下牆頭鈴鞭敲了敲，一夥嘍囉跑了進來，呂頭兒說：「吳學院是我的乾親家，你們不得無禮，急為我護送到家。」吳子雲憑狐狸精的指點得免此劫，帶著財物衣錦還鄉了。

狐狸精報恩，並不是除了福祿壽喜就是軟玉溫香，老辣的狐狸精能洞見過去未來，送恩人一個好死也是種特殊的報恩形式。紀曉嵐在《閱微草堂筆記．灤陽消夏錄三》中記載他任兵部侍郎時聽人說起的一個故事。部裡有個小吏為狐狸精所媚，形銷骨立，眼見性命難保。此人到處求治，請來了一道張真人符，結果還真的鎮住了狐狸精，身體一天天康復。忽一日，他聽得屋簷間有聲音和他說話：「可惜！你為吏非法貪財，命中當受刑而死。因前世於我有恩，故我以美色誘你，好讓你精盡人亡，也算得個好死！沒想到你找了張真人符籙治我，乃知你罪孽深重，不可救藥。我現在要離開你家了，望你珍重，努力積善，或許還有改變結局的機會。」小吏病癒後不思悔改，盜用印信私蓋公章牟利，最後被判死刑問斬。

呵呵，狐狸精也有多少對人世的無奈呀！

四、復仇

《聊齋誌異．九山王》講述了一個狐狸精的復仇故事。清順治時期，盜匪橫發，動輒嘯聚萬人，官方莫之奈何。曹州李某家財厚人多，生怕盜匪打劫，整日憂慮。此時村裡來了一個自號「南山翁」的算命先生，李某便請至家中，要他算一卦。誰知南山翁一進家門，不問凶吉，只恭維他有帝王之相。李某開始還謙虛了幾句，但禁不住一番勸進，心裡真就萌生了帝王夢。南山翁自告奮勇，願做諸葛孔明輔佐他成就大業。李某大喜，要他去招兵買馬。南山翁離開數日，果真帶了幾千人回來。李某於是拜南山翁為軍師，揭竿而起。縣裡派兵鎮壓，被南山翁指揮嘍囉打敗；府裡再派兵來，又中了他的埋伏。兩仗下來，李某聲名大震，隊伍也很快發展到一萬多人。李某遂自立為「九山王」，封南山翁為「護國大將軍」，以為黃袍加身指日可待。誰知樹大招風，朝廷再派精兵圍剿，旌旗蔽日，喊聲震天。李某急招護國大將軍商量退兵之計，南山翁卻不知去向。於是，九山王束手就擒，滿門抄斬。臨死前，他想起一件事來：

李家原來有個荒廢的園子，某日忽來一老者出百金求租。那只是個荒園，裡面並無房屋，出這麼高的價，李某雖覺得不靠譜，但最後還是收了租金。第二天，村子裡人都問他家來了什麼貴客，大車小車直往裡運東西。他心中疑惑，回家查證，見院子裡並無異常。幾天後，老人上門拜訪，說剛搬過來忙著收拾，今天才登門拜訪，很是失禮，準備了一頓飯菜，請主人賞光。李某隨他到後院一看，後院已經煥然一新，舍宇華好，陳設芳麗，酒鼎沸於廊下，茶煙裊於廚中，一派歡歌笑語。李某是個心理陰暗的人，凡事不往好處想，認定這就是夥妖精，一邊吃飯喝酒，一邊竟盤算如何下毒手。此後，他陸續將一些硫黃、硝石之類可燃物偷偷埋進後院，一日乘狐翁外出時點火引爆，頓時黑煙瀰漫，烈焰沖天，燒得死狐滿地，焦頭爛額者不可計數。狐翁回家，見狀神色慘慟，責問李某：「彼此從無嫌怨，給你的租金也實在不少，為何下此毒手！此仇不報，天理不容！」言罷憤然而去。死牢中的李某幡然醒悟，那個忽悠了自己起兵造反，關鍵時刻卻不見蹤影的南山翁，不是狐狸精又會是誰！

狐狸精復仇的特點仍然是用智不用力，玩的是三十六計中的借刀殺人。當然，借刀殺人也不一定都是這種戰爭大場面，有時只要製造一起凶殺案就可以達到目的，如下面這個《古今怪異集成》的故事所述：

同治庚午三月，浙江嵊縣發生一起血案，知縣嚴思忠和妻女及一個傭人被殺，嚴思忠父女身中七十餘刀，血肉模糊，慘不忍睹。凶手龐某當日就擒，但此人懵懵懂懂，對發生的事情一無所知。捕役還原案發經過：龐某父親是個木工，在嵊縣開小店鋪，龐某自己卻在鄰縣新昌習武。清明時龐某回家省親，途中忽發癲狂，燒了自家的房子後失蹤。鄰人以為他自知犯了事不能收場，逃走了。誰知他懷揣凶器，從後門進入知縣住處，逢人便砍。作案後，見床後有條花裙，他便扯出來繫在身上，又佩上知縣的官印，還從箱子裡拿出一錠銀子，才離開作案現場。出門時天剛亮，路邊一豆腐店正開門，他又持刀撲殺，店家抄起門板抵抗，擊落龐某菜刀和官印。龐某逃逸，潛藏水中，不久即被抓獲，最後被判死刑，但此案的離奇之處一直無解。

凶犯那天發瘋，當晚即砍殺嚴思忠，事後對案發經過全無記憶。而嚴思忠與龐氏父子毫無過節，嚴為官頗有政聲，算得上是清廉有為的好官。於是，關於這起凶案的原委，便有了一個故事，給出了符合當時人們觀念的解釋。

嚴思忠年輕時，父親是山東博山知縣，嚴在縣衙外魁星閣讀書。樓上沒有住人，卻似乎經常有人活動。嚴懷疑是妖精，要僕人暗中偵察，果不其然是狐狸精，僕人還找到了他們的洞穴。他面告母親，準備動手殺狐。可巧的是，其母夜夢老者來訪，告訴她：「吾族與郎君素無嫌怨，兩不相害。他卻居心陰狠，必欲滅殺我等。這是劫數，只怕會遭其毒手。但我們以後一定會報此大仇，因此，我也先告訴您一聲。」老太太夢魘未消，正心驚膽顫，兒子便來說要滅狐，她一百個不答應：「彼雖異類，於你無害，為什麼要滅殺他們！你若下此毒手，便不再是我的兒子。」嚴思忠懾於母威，沒有馬上動手，消停了幾個月，但止不住年少輕狂，偷偷買了火藥埋進狐穴，乘夜引爆，炸得死狐枕藉。因此，同治年間嚴家的滅門凶案，就是狐狸精的報復，而龐某不過是復仇的道具，附體作祟本就是狐狸精的拿手好戲。

佛教的輪迴思想，對於確定狐狸精復仇的合理性有至關重要的作用。但古人講述這些故事，其主要目的並不在於為妖精伸張正義，而在於勸誡世人不可無端作惡。因此，人造孽於前，狐報仇在後，遂成為此類故事的固定模式，人所領受的懲罰都是自作自受的業報。

既然狐狸精的復仇被納入了因果報應體系，那麼，有現世報應，就會有來世報應。明末清初西周生所著百回長篇小說《醒世姻緣傳》，就寫了一個漫長的輪迴報應故事：

周家莊薙山洞有隻千年雌狐，修煉成精，經常變成絕色佳人迷惑男子。某日，遇紈褲子弟晁源帶著一夥男女上山打獵，她便動了心思，變成一個身穿縞素的女子，不緊不慢地在前面行走，三步一回頭，五步一招手，撩得晁大哥魂不附體，心想咋就這麼好的運氣，出門打獵就遇見漂亮寡婦，不妨弄回家玩玩，也不枉一世風流。不料意外情況突然發生，晁大哥帶的鷹犬嗅出了妖氣，衝著美女直撲過去。白衣寡婦一緊張現了原形，犬在後面追，鷹在空中飛，眼見得無路可逃，她乾脆鑽到晁大哥的馬肚子下躲避，指望晁源救她性命。晁源是個愣頭青，跑了半天還沒見著一個獵物，見美婦變成了狐狸，也沒什麼憐惜之意，扯出雕弓搭上羽箭，對著下面就是一箭，只聽得「嗷」一聲，老妖狐四腳朝天，一命嗚呼。晁源把狐狸帶回家後，見死狐毛皮溫厚，便吩咐家人剝皮做個馬背墊。

當晚，晁源夢見一個白鬚老頭兒對他說：「源兒，我是你爺爺。今天打獵遇見的那個狐狸精，你不該將她射殺。她是雍山洞裡千年狐妖，今天你見了她就不該起那邪心；你動了這個心思，就是與她有緣了，她指望你搭救，你不救也罷了，反把她一箭射死，還剝了皮，叫人拿去做馬背墊！我剛才來你家受供，就見那狐妖夾著一張狐皮坐在村口石頭上，她將你殺害她的原委告訴我了，說你若不是動了邪心，她也不會勾引你。你把她哄到跟前，害了她的性命。這個仇她一定得報！你現在家道興旺，屋裡又供著《金剛經》，她想報仇也不敢來，但以後的事就很難說了，你好自為之吧！」

老爺子雖然做了預警，但報應還是如期而至。不久，晁源與皮匠小鴉兒的老婆唐氏淫亂，被小鴉兒雙雙切掉腦袋。小鴉兒還把兩顆人頭結在一塊，背到縣城告官。縣官升堂審案，認為小鴉兒是捉姦殺人，不僅無罪，還賞了他十兩銀子再娶。

晁源慘死如此，報應卻仍未完結。他死後托生為狄希陳，被他射死的狐妖卻托生為鄰居的女兒薛素姐，嫁與狄希陳為妻。狄哥極端頑劣，誰也管不住。薛素姐貌美如花，在娘家時極溫順嫻靜，入狄家後立馬變成悍婦。狄希陳呢，卻變成一個極端怕老婆的人，經常被關在門外不能進屋，還被施以種種家暴，綁在床腳上棒打、針刺、炭火燒。薛素姐不僅折磨狄希陳，還氣死公婆，甚至氣死了自己的父親。狄希陳對這個喪門星簡直毫無辦法，惹不起也躲不起，跑到天涯海角都會被找到，活受了三十年折磨，最後被她一箭射中，差點丟了性命。幸得高僧胡無翳點明了他們的前世因果，又教狄希陳念《金剛經》一萬遍，才得以消除冤業。

有人讀了《醒世姻緣傳》後，發了一通這樣的感慨：「原來人世間如狼如虎的女娘，誰知都是前世裡被人攔腰射殺、剝皮剔骨的妖狐；如韋如脂如涎如涕的男子，盡都是那世裡彎弓搭箭、驚鷹紲狗的獵徒。轃攏一堆，睡成一處，白日折磨，夜間撾打，備極醜形，不減披麻勘獄。」——這正是作者寫這段人狐冤報所要達到的效果。狐狸精報仇故事大多情節曲折，懸念重重，頗有可讀性，但其主旨無非宣揚因果報應，勸人行善。

在這些復仇故事中，狐狸精都是作為有理的一方出現，而血仇血報、以命償命，也體現了結局平等的原則。因此，人類對狐類的侵害如果不嚴重，狐狸精也不可報復過當。《閱微草堂筆記・姑妄聽之三》中的報仇故事，貌似也是一起命案，實則是以非常手段讓事主陷於貧苦而達到報復的目的：

河城縣農村秋收時，一個少婦抱著孩子在田間行走，忽然失足倒地，再沒爬起來。遠處農人見了覺得蹊蹺，趕過去查看，發現婦人已死；手中抱著的孩子，也因瓦角刺穿腦袋而亡。農人大驚，急忙把情況告訴了田主，田主報告了里胥。這幾個人組織鄉鄰辨屍，卻無人認識，都說方圓幾十里內就沒見過此人。婦人與孩子都穿金戴銀，顯然是大戶人家。里胥覺得問題嚴重，一邊用席子蓋好屍體，派人輪番看守，一邊把案情上報縣衙。第二天，縣官下來查案，翻開席子一看，里胥和田主目瞪口呆：一直有人須臾不離看守著的兩屍首已經不翼而飛，只有一束秸稈。縣官大怒，將田主和守屍人拘捕回城。但刑訊逼供多日，也審不出個結果；折騰了一年多，只好以疑案上報。上面的領導又以案情不清，發回重審；又調查一年多，還是不了了之，但田主經過兩年多官司，家產蕩盡，成了赤貧戶。

田主及知情人對案件本身百思不得其解，想來想去，歸結到一個原因：村子裡一直傳說南邊墓地裡有黑狐拜月，見過的人還不少。田主的兒子喜歡打獵，曾經夜伏守候，見黑狐出來，一箭射中其大腿。黑狐化為火光西逃而去。這哥們又搜查洞穴，抓獲兩隻小狐帶回家，但不久小狐也逃走了。過了一個多月，就發生了婦人猝死案。此案撲朔迷離，只有狐狸精變幻報冤一說方能解釋得通。

可見狐狸精的復仇，分寸要拿捏恰當。田主家人雖然射傷老狐、抓捕小狐，但終未傷生害命，狐狸精的報復也就止於讓他虛驚一場後耗盡家產。因此，狐狸精的復仇故事，還是在傳導「報應不爽」的價值觀。

五、狐友

相對人狐異性之間的愛情，古代文學作品中對人狐同性之間的友誼描寫是個弱項，出現的時間也較晚；而且，所謂「狐友」似乎只是男性世界裡的事。

第一個故事是《廣異記．崔昌》。崔昌在庭院讀書，進來一個漂亮的孩子，坐在榻邊玩，還翻他的書。崔昌漫不經心地問：「誰家的孩子？來幹啥？」孩子答：「喜歡讀書，知道你有學問，來找你玩兒。」兩人聊天，孩子對答如流，崔昌就喜歡上了，要他常來。於是，兩人成了忘年交。數月後，孩子忽然扶著一個醉酒老人進來，說讓老人坐著歇歇，自己出去倒杯水給老人醒酒。孩子剛出去，老人就吐了，嘔吐物裡有人的毛髮指甲。崔昌心頭一緊：莫非這老頭是個妖怪，咋吃人呢？於是抽出利劍就砍了他的頭，老人倒地變成了斷頭狐狸。孩子回來，發現老人已成死狐，指著崔昌大罵：「為何無緣無故殺我家長？要不是看這段日子的交情，我也殺了你！」邊罵邊出門而去，後來也沒找崔昌尋仇。

另一個故事便是前面提到的《宣室志．尹瑗》，情節和《崔昌》有些類似，不過俊美小童成了風雅朱公子。他與考進士不第的尹瑗談詩論道，情投意合，後來醉酒現原形，被尹瑗所殺。

這兩個故事貌似點到了人狐友誼，其實是人狐仇怨——兩個狐狸精與人成為朋友，是因為崔昌、尹瑗根本不知道對方是狐狸精，把他們當成了同類；一旦知曉了對方的真實身分，則再好的交情也止不住要抽刀害命。這兩個故事明確地告訴我們：那個時代離開性關係的基礎，人類和狐狸精不可能友好相處。

只有《廣異記．李萇》稍許透露了一點人狐友情的端倪。李萇家中患狐，借來鷹犬降治，捕獲數隻狐狸掛在屋簷下示眾。夜間有人喊他：「你家鬧狐，是某某狐婆搗亂，跟我家沒關係，為何殺了我的老娘？幾天之後，那個狐婆還會來搗亂的。明日你備些菜餚請我喝杯酒，我教你個對付狐婆的好法子。」李萇頗感奇怪，想弄個明白，便說家中正好有酒，希望他明早過來。第二天早上，酒菜擺好，狐狸精來了，只聞其聲，不見其形。主人端杯，對面的酒杯也憑空升起，然後翕然而盡。這場人狐對飲，狐狸精喝了三斗，李萇喝了兩升。狐狸精說：「今天喝多了，恐失禮儀，就此告辭。狐婆不足慮，明兒我告訴你法子治她！」翌日，李萇到衙門上班，聽見屋簷上有喊聲：「接住，這法子可以治狐婆。」李萇接住一個紙團，打開一看，是份治狐說明書，要他席上擺盞燈，並在燈後面書符。李萇依法而行，狐狸精果然再沒搗亂。

嚴格來講，這個故事也不能說李萇與狐狸精之間就有了真正的友誼，狐狸精為人出力這種事在《搜神記．陳斐》、《紀聞．袁嘉祚》都出現過，所不同的是，那幾個出力的狐狸精都是為了感謝不殺之恩而為之。這個故事的奇怪之處在於，李萇不僅對狐狸精無恩，還錯殺了狐狸精的老娘，結果狐狸精不僅沒尋仇，反而幫他出謀劃策對付搗亂的狐婆，似乎要以此自證清白，所取報酬不過一頓酒食。這說明此時的狐狸精總體地位還是作祟的賤類，犯事固然該殺，不犯事被枉殺也沒什麼大不了的。

上述三個故事中，有一個共同的、特別重要的道具——酒。酒的意義，一方面能使狐狸精原形畢露，一方面也能使人與狐形骸俱忘，在醉中模糊了地位、身分的差異。三個狐狸精的修為也因此分出了等級：朱公子最差，酒後完全現出原形，被殺；狐小孩的家長次之，未現原形，但嘔吐物透露了祕密，也被殺；修為最高的就是李萇的酒友，自控力極強，喝了三斗，主動止飲，一直隱身不現。這個狐狸精不顧殺母之仇幫李萇治狐，或許也因他是狐類中的貪杯之徒？友誼憑酒，情愛靠色，酒與色是人狐關係的重要媒介。

蒲松齡顯然受到了這類故事的啟發，筆下的人狐友誼也是從飲酒開始。《聊齋誌異．酒友》中車生好飲，每晚至少喝三大杯才上床睡覺，床頭經常備酒。一次深夜醒來，發現身邊有隻狐狸醉臥，車生笑道：「此我酒友也！」不忍驚醒狐狸，還給他加蓋一件衣服。不久，狐狸翻身打哈欠，車生說：「睡得真香啊！」掀開衣服，狐狸已成儒冠俊人。狐帥哥顯然已知發生了什麼，驚出一身冷汗，起拜榻前，謝不殺之恩。車生不以為意，反而安慰：「人說我是酒痴，我就喜歡以酒會友。如不見疑，我倆可結為兄弟，歡迎常來對飲。」次日清晨，狐友不辭而別。傍晚，車生備酒菜以待，狐狸精果然如約而至。兩人促膝歡飲，相見恨晚。狐狸精海量，且十分幽默，喝得車生慨嘆不已：「酒逢知己千杯少呀！」

這個故事幾乎是《宣室志．尹瑗》的反寫——尹瑗發現朋友飲酒後變成了狐狸，毫不猶豫就殺掉了他；車生發現一隻狐狸偷飲了自己的酒，卻引為知己。蒲松齡透過《酒友》確定了一種新型的人狐友好關係。

故事再往下發展，狐友感念車生真情，很想報答。然車生與狐交友，只為飲酒，沒有別的想法：「鬥酒之歡，何足掛齒！」這讓狐友更加感動，說：「話雖如此，但你是貧寒之士，我幫你賺些酒錢還是應該的！」於是告訴他什麼地方可以撿金子，什麼地方可以挖窖錢。後來狐友又教他做生意，賤買貴賣。車生因此成了富人，家有兩百多畝肥田。狐友一直往來其家，呼車妻為嫂，視車生子如己出。車家一切種植都聽狐友安排，種麥則麥貴，種黍則黍貴。車生去世後，狐友才不再往來。

在兩者交往過程中，車生雖然得到了厚報，然而蒲松齡寫人狐之誼，是很注意重情輕利的。正是車生平等以待，心無所求，才使狐友感動，自願報答。蒲松齡生性敏感而又際遇坎坷，對人情冷暖有切膚之感。《聊齋誌異》自序有這樣一段文字：「門庭之淒寂，則冷淡如僧；筆墨之耕耘，則蕭條似鉢。每搔頭自念，勿亦面壁人果吾前身耶？……知我者，其在青林黑塞間乎！」於是，在人間得不到的真情，蒲松齡俱寄之妖鬼。他在《胡四相公》敘人狐之誼，更是到了形骸俱忘的境地。

故事也是從飲酒開始。山東萊蕪人張虛一，性情豪放不羈，聽說某家宅子有狐狸精，居然帶了名片登門拜會。門扉無人自啟，虛一兄正冠肅衣而入，見堂屋裡桌椅整齊乾淨，闃寂無人，便對空作揖道：「仙人既然同意我進來，為何不現真身？」空中有人回話：「先生光臨寒舍，真是難得。請坐！」即見兩張椅子移動，相對擺放，一個紅漆盤托著兩盞茶憑空而來。兩人各取對飲，吱吱有聲，另一側卻始終不見人。狐狸精自稱姓胡，排行第四，人稱胡四相公。茶畢是酒宴，各種佳餚也是憑空而至。杯盞往來不斷，張虛一只覺得有不少僕人在伺候。更妙的是，他剛想要吃什麼菜，這菜立即就上來了。兩人酬酢議論，志趣相投，不覺酩酊大醉。這情節顯然是移植於《廣異記・李萇》。

此後兩人成了好友，經常小聚，或張家或胡家。張虛一外出遠行，胡四也派小狐隨行保護。但這些小狐也和胡四一樣，只聞聲不現形。胡四告訴他，凡獨行在途，有細沙散落衣襟，就表示有小狐在旁護佑。

虛一因此旅途安穩，不畏虎狼強盜。如此交往年餘，張虛一始終未見過胡四的模樣。一日相聚，他終於忍不住說：「有你這樣的知己，我人生無憾。但從未目睹真容，心有不甘！」胡四道：「交情好就行，何必一定要見面？」

又一日，胡四邀飲，席間相告：「我家在陝西，明天要回去了。交往多時，你一直沒見過我的容貌，深以為憾。我今天就讓你看看，以便他日相認。」張虛一四處張望，還是一無所見。胡四說：「你推開寢室門，就可以看見我了。」張推門一看，果見裡面有位英俊少年，衣冠楚楚，眉目如畫。然而轉瞬之間，美男子又消失了。張虛一依依不捨，喝了很多酒。深夜，一盞朱紗燈籠引導他回了家。

多年後，張虛一前往四川看望兄弟，路遇騎青驢的英俊少年，兩人結伴而行，相談甚歡。此少年不僅貌美，而且談吐文雅。至歧路處，少年拱手而別，告訴張：「前面不遠處有人等，會把故人一些東西交給你，望你笑納。」張虛一想問個明白，少年已驅驢而去。行不多遠，果然見一名老僕等在路邊，老僕遞給他一隻沉重的竹籃，說：「胡四相公敬致先生。」他啟籃一看，滿滿的全是銀子。一轉眼，老僕也不知去向。

古人相交甚深，謂之「形骸俱忘」，這個說法，在人間朋友只是誇張的修辭，而發生在人狐之間就顯得煞有介事了。形骸不現，在蒲松齡筆下是表現情的相忘，到紀曉嵐筆下卻變成了理的勸誡。《閱微草堂筆記．灤陽消夏錄五》一則故事講的也是人狐之誼，狐狸精也是不見其形，直面的卻是人間的悲涼：

這也是一群酒友，狐狸精為其中之一，隔三岔五就聚飲。狐狸精每飲必至，飲食笑談，與人無異，但只聞其聲不見其形。有人說：「對面不見人，還談得上是什麼朋友！」狐狸精答曰：「相交者交其心，非交其貌。人心叵測，險於山川。現在大家交友，以貌相交者認為是密友，以心相交反被認為疏離，很是可笑！」因此，他最終也沒像胡四那樣讓大夥看他長什麼模樣。

狐狸精有各種法術，可以預知未來，可以點石成金，真金白銀也能憑空攝來，因此，如何對待人狐友誼中的錢財關係是一個敏感問題。蒲松齡似乎有情義潔癖，特別重視君子之誼，但他並非不食人間煙火，反而因生活的困頓深知錢財的重要性。人狐歡聚也要喝酒吃菜，沒有錢財又如何進行下去？《酒友》、《胡四相公》都牽扯到錢財問題，車生由於狐友的幫助而富甲一方，冰清玉潔的胡四相公最後也送給張虛一滿籃銀子。

但是，情與利的分寸如果把握不到位，一切便成竹籃打水。《聊齋誌異．雨錢》講濱州一秀才夜讀，有老翁來訪，自稱姓胡，是狐仙，仰慕秀才學問，特來交流交流。秀才與之交談，對方果然博古通今，名理精湛。秀才難得遇見這樣的學友，留他住了很久，天天談經論道。忽一日，秀才對胡翁說：「咱倆關係這麼好，你看我這麼窮，但你舉手之勞就能來錢，何不周濟我一些？」胡翁沉吟片刻，笑道：「這很容易，但你得拿出十幾枚錢做引子。」秀才大喜，取出十幾個銅幣。胡翁邀他進入密室，禹步作法，俄頃，數不清的銅幣如暴雨般自梁間鏘鏘而下，地面很快鋪了三、四尺厚的銅幣。胡翁袖子一揮，錢雨驟停。秀才暴得大富，心裡甭提有多美。他想進屋拿錢取用，卻發現除了自己的十幾個銅板，一地錢幣已化為烏有！秀才大怒，罵胡翁是個騙子。胡翁也不示弱：「我本與你是文字之交，不想幫你做賊。你的這個想法，只合去找梁上君子，老夫不能奉陪！」言罷拂袖而去。

交狐友只為錢財，有時便會遇上狐騙子。《閱微草堂筆記．灤陽續錄三》記：某人求財心切，尤其相信狐狸精助富之事，千方百計想交個狐友。後來他還真的交上了，狐狸精說自己年歲大胃口好，要他多準備些酒食相待。此人便擺下豐盛的酒席請狐狸精吃。到傍晚時分，酒食被一掃而光，狐狸精也醉後現形，東倒西歪地躺了七、八個。沒過幾天，狐狸精又呼朋引類來吃。幾頓下來，招待費甚多，連衣物也典賣出去了，於是此公只好向狐友透露求財的意圖。狐狸精吃飽喝足，抹一把嘴笑道：「我們正是沒錢供酒食，才和你交朋友。如果我們自己有錢，早就自醉自飽了，何必找你呢！」說罷一哄而散。紀曉嵐評說此事：「此狐可謂無賴矣，然余謂非狐之過也。」——誰叫你貪財來著！

作為潦倒文人，蒲松齡當然懷有對於錦繡生活的嚮往。人間富貴之交難得，便只能寄情於狐鬼。在他的內心深處，狐狸精便是潛在的富貴之友。只是如何在君子之交中擺正利與情、義的關係，蒲松齡十分糾結。他寫《酒友》、《胡四相公》、《雨錢》等故事，雖說立場堅定，原則清楚，但過於黑白分明。因此，在《真生》這個故事中，他再次深入探討了這個問題。

狐狸精真生與長安人賈子龍之間的友誼，也是從飲酒開始。喝著喝著，壺中酒已盡，真生拿起空壺往杯中注酒，居然源源不斷有酒流出。賈子龍驚異之餘，求真生教授此術，指望著掌握這個法子，以後再也不用花錢沽酒了。真生道：「我之前不願與你交往，就因為你比較貪心。這是神仙祕術，怎能隨便教人！」賈子龍申辯：「冤枉啊，我怎麼就貪心了！只不過是太窮，想搞些酒錢而已。」

此事一笑而過，二人依舊飲酒，依舊做朋友。真生雖未教授祕術，但還是經常幫賈子龍，每到他實在缺錢，就拿出一小塊黑石，念幾句咒語，放在瓦礫上磨幾下，瓦礫就變成了白金（也可能指白銀）。但每次變的金僅夠所用，沒有多餘。賈子龍求財心切，總想多要些。真生笑道：「我說你貪心吧，如何？」賈子龍求術不得，想多要些金子也不能，就來邪的，趁真生不備做梁上君子。真生發覺，割袍而去。

故事講到此處，也就和《雨錢》差不多，而賈子龍的偷盜行徑，顯然比濱州秀才還要惡劣許多。後來發生的一件事，使真、賈二人的關係發生了戲劇性的變化。

不久，賈子龍在河邊撿到一塊石頭，看上去很像真生的寶石，就藏了起來。沒幾天，真生果然找上門來，說石頭是仙人的點金石，借給他用，不久前丟了，掐指一算知為子龍所得；還說石頭萬萬丟不得，請交還於他。賈子龍說：「你與我相處那麼久，當知我不是欺友之人。石頭的確在我這裡，可以還給你，但你知我一貧如洗，也得給些回報。」真生提出以百金為謝，賈不同意，非要真生教他口訣，讓他用點金石變一次金子。真生擔心雞飛蛋打，教了口訣還取不回點金石，頗為猶豫。賈子龍道：「你是仙人，難道算不出我的誠信！只變一次就還你。」真生無奈，只好把口訣教給他。賈子龍拿出點金石想往一塊巨大的砧石上磨，真生拉住他，不讓他靠前。賈子龍就撿了半塊磚，放在砧石上，說：「像這個，不算多吧？」真生就允許他一試。結果賈子龍不磨磚卻磨砧石，真生來不及阻攔，砧石已變成金子。真生道：「罪過罪過！妄以福祿與人，必招天譴。但事到如今，也無可挽回。望你以後一邊享用這金子，一邊施捨，施足一百具棺木、一百件棉衣，方能免去我的罪過。」賈子龍如約歸還了點金石，並牢記真生的勸誡，一邊做生意，一邊施捨，三年後施滿雙百之數。

一天，真生忽然來了，握住賈子龍的手說：「哥們，真講信義啊！我弄丟點金石，又擅自做主讓你變了一塊巨金，被福神上奏天帝，削去仙籍，眼看就要加罪，老兄你的施捨到位，因此我才免於處罰。」賈子龍拿出酒食，二人痛飲暢談，成了生死之交。

這個故事與前述幾則相比，情節較為曲折，主角的性格也更加複雜。賈子龍與狐狸精交往，一開始就動機不純，狐狸精真生對此也心知肚明，因此刻意與他保持距離，飯照吃、酒照喝，也適當給他補貼些酒資，卻不教點金術。然而，點金石失而復得事件，表現了賈子龍品性的另一面——他信守承諾，變了一次金子就如約交還點金石，之後還施捨三年，直到完成真生交代的任務。賈子龍的「貪」透過「信」完成了昇華，友誼關係的基石「情」轉換成了「信」。賈子龍貪財且行為不端，但貪而不吝，貪而守信，因此不失為可交之人，真、賈二人的友情通過層層考驗而最終確立。

狐友，可與之治酒相歡，可與之談天說地，也可因之獲取富貴，有些狐友還能用意想不到的方式幫人解決重大難題。《閱微草堂筆記．姑妄聽之二》有一個兩世狐友的故事：老儒與狐狸精相交三十餘年，老儒死後，狐友仍住在他家倉屋，與其子往來。兩人開始還相安無事，漸漸地卻鬧騰起來。其子也是秀才，承父業教書為生，但腦袋瓜比父親活泛，經常幫人寫狀紙打官司。然而他操守不嚴，有時難免顛倒黑白。他給學生批改的作文，放哪兒都好端端的；但為人寫的狀紙，則不是被塗鴉，就是被撕毀。他教書所得總是分文不少，訟事所得則經常不翼而飛。事主上門議事，也會被暗處飛來的磚瓦打得頭破血流。

秀才被這狐狸精鬧得夠嗆，只好請來法師劾治。法師登台打醮把狐狸精招來問責，狐狸精侃侃而答：「老先生不以異類視我，我也把他當作兄弟。但其子不認真教書育人，做種種惡業，只怕不得善終。我一再騷擾他，無非是想讓他改邪歸正。取走的錢財，都埋在他老父墳裡，一旦他犯事，也好用來周濟他妻兒。不料我一片苦心，居然驚動了您。我的所作所為都講清楚了，要殺要剮，任憑發落。」法師來捉狐狸精，沒想到遇見了好人，一把握住他的手說：「有亡友如此，太感人了！我也做不到你這樣啊！」秀才驅狐不成，卻受了一場人生觀教育，從此痛改前非，不再刀筆害人，最後考上了進士。

蒲、紀二人一處江湖之遠，一居廟堂之高，人生觀不相同，寫作立場也不一致，但對狐友的評價都很高，有時還以狐友的品性反襯人的低俗。二人的內心深處，顯然都隱藏著對人間的某種失望。

六、狐財神

關於民間淫祀供奉狐神以祈福求財，唐代已有記錄。到了明清時期，把狐神、狐仙當作財神供奉已經成為中國北方的普遍現象。晚清薛福成在《庸盦筆記》中說：「北方人以狐、蛇、蝟、鼠及黃鼠狼五物為財神。民家見此五者，不敢觸犯。」當時及此後的一些外國人也注意到這種現象，如歐文神父和日本學者永尾龍造都在他們的著作中記錄過中國人供奉狐狸等五仙（或四仙），並稱之為「小財神」之事。

但這種事情如果像道教鼓吹長生不老一樣，只是空喊而拿不出任何實例，那就根本玩不下去。因此，供奉狐狸精致富的願望，在古人的筆記小說中就變成了現實。

據陸延枝《說聽》記錄，明弘治初，汴城有個張羅兒，過年時在家裡擺上食物祭祖。過了兩天，食物少了許多。張羅兒知道祖宗是不會真來吃供品的，便懷疑來了賊，晚上埋伏在桌子下偵探。下半夜，發現一隻白狐進來偷食，張羅兒急忙起身迎接，白狐也立馬變成了白髮老人。張羅兒將錯就錯，「爺爺」、「爺爺」喊個不停，還端出好酒好肉讓他享用。老狐狸精心裡美滋滋的，一邊吃一邊讚揚：「吾兒孝順！吾兒孝順！」酒醉飯飽後，決定留下不走了。從此，張羅兒家缺什麼東西，只要告訴老狐狸精，他就會給弄來。三年過去，張家已有萬貫家財，蓋了新房，兒子也當了幹部。

作為例證稍微有些不圓滿，因為張羅兒並不是供奉狐仙致富，而是供奉祖宗時意外撞上了狐狸精致富。但關鍵的問題還是解決了——讓狐狸精住在家裡，哄得他高興，就可以發財致富！因此，下面的兩則故事就順理成章地出現了。

一則發生在山東德州。明嘉靖年間，周某妻子被狐狸精迷媚，周某當然很不爽，但也沒有什麼辦法。

時間長了，他乾脆來個將計就計，心想狐狸精不是小財神嗎，自己對老婆出軌睜隻眼閉隻眼，去問狐狸精要些東西，總是可以吧！於是，他透過老婆把想法告訴了狐狸精，狐狸精果然就把他想要的東西給辦來了，但手段很不光彩，是「偷他家物給之」。過了很多年，周家居然由此成為巨富。周某感念狐狸精的好處，在屋後堆了兩個巨大的禾垛供其居住。後來，周某的孫子搞擴建，想拆遷禾垛。狐狸精不幹了，指著這孫子罵：「我讓你家世代富有，現在你忘恩負義要驅趕我，小心老子一發飆又讓你家變得赤貧！」周某孫子大吃一驚，急忙改弦易轍，不僅不拆禾垛，還增其體積，使它看上去就像兩座山丘。周家也因此幾代富甲一方。

另一則故事發生在河南上蔡。狐狸精私通袁某兒媳，被擒獲後狐狸精告饒：「放我一條生路，能讓你發家致富。某處地下埋有黃金，你去看看；如果沒有，再殺我不遲。」袁某到那地點一挖，果然挖出了金子，於是便放了他。狐狸精也不食言，不斷偷別人家的東西送來。袁某因此致富，被當地人稱為「袁生金」。但作為交換條件，袁家後來所娶的媳婦都得與狐狸精保持不正當關係。

這兩個故事出自明人徐昌祚的《燕山叢錄》。從寫作手法看，作者是在做記錄而非搞創作，因此有些情節寫得非常實在，讓我們感覺不到狐狸精應有的媚、魅二氣。兩個故事都涉及狐狸精與人的性關係，但寫得根本不像人妖間的誘惑迷媚，更像是人間男女的偷情通姦。至於狐狸精的招財手段，就更加讓人無語，無非是做梁上君子，偷東家補西家。把狐狸精寫得如此人性化，把事件寫得如此明白真實，無非是要為「狐能致富」的觀點提供鐵證。

這些故事發生在不同的時間、地點，卻都說狐狸精能帶來財富，而且祂們的東西都是偷來的。看來，狐狸精並不創造財富，只是人間財富的搬運工。正如《螢窗異草．於成璧》中所述：「凡狐之供具，皆以術攝取於人間，故豐儉因乎其地。」就是說，在豐饒富裕之鄉，狐狸精可以大展身手；到了一貧如洗的地方，他們也難為無米之炊。

狐狸精的致富手段是如此低端且人性化，以至於現在的學者很容易進行現實主義的還原，美國哥倫比亞大學康笑菲博士的《說狐》是這樣解構的：在這裡，女性的經濟價值和女性身體，也許使得華北地區為貧困所苦的家庭，在實際上以性交易謀生。透過租售妻女和媳婦的方式，利用家庭女性的經濟價值來養活自己，是一個重要的生存策略。只要把不正當的性關係和財富都歸咎到狐狸精身上，家裡的男性成員就可以合法享用狐狸精／女人帶來的財富。一言以蔽之，就是古代農村地區貧困家庭的性交易（也許還有小偷小摸行為）被包裝成了狐狸精故事。

這些交織著謊言與夢想的素材在小說家的筆下逐步昇華，盜竊於是變成了憑空攝取（現代特異功能大師喜歡稱「意念搬運」或「意念致動」），手法之靈巧完全表現了狐狸精的神仙範兒。如《聊齋誌異．狐妾》寫山東萊蕪人劉九洞有個狐妾，劉過生日大宴賓朋，事先約請的十多個廚子只來了兩個，劉急得團團亂轉。狐妾出手解難，乾脆把兩廚子也打發回去，將廚具及魚肉薑椒移至裡屋，自己一手操辦。只聽得裡面刀砧之聲不絕於耳，轉眼間就喊人進去取飯端菜。十幾個人來回跑堂，足足擺滿了三十桌。

這時，有人忽然提出要吃湯餅，老劉又犯難：原料都沒預備，倉促間哪裡弄得出湯餅？這時聽狐妾在裡屋說：「稍候，我想想辦法。」不一會兒便叫人進去端，一共端出幾十碗熱氣騰騰的湯餅。宴罷客散，狐妾對劉九洞說：「得派人去償還湯餅錢了。」城中一家餅店此時正因湯餅不翼而飛百思不解，劉家的湯餅錢送來了，方知自家的湯餅為狐狸精攝取。某日，劉九洞夜飲，忽然想喝老家的鄉釀。狐妾出門片刻，回來說：「門外一罈可飲數日。」劉九洞舀來一嘗，果然是家鄉的翁頭春。這個狐妾不僅是技術能手，而且是道德模範，攝取店家湯餅救急，事後還不忘立即還錢！

狐狸精的意念攝取與人工搬運相比，檔次高了N個級別，空間的隔閡，時間的長短，規模的大小，統統都不是事兒了，狐狸精可以想啥有啥，說來就來。《聊齋誌異．褚遂良》寫長山趙某貧病交加，本來是等死的光景，偏生來了個美麗的狐狸精要做他老婆，趕都趕不走。趙某只好把她帶進家門，土炕無席，灶冷無煙。趙說：「沒想到我貧寒至此吧？即便你願意跟我受窮，甕底空空又如何養得活你呢？」狐狸精說了句：「沒關係！」話音剛落，絮褥錦衾已經鋪到了炕上，傢俱器物也煥然一新，連菜餚酒飲都擺到了桌上。

狐狸精的攝取之術雖然高妙，卻終究是一種超級偷盜術，說到底還是上不了檯面。因此，蒲松齡一邊表揚狐狸精能幹，一邊還忘不了讓她償還湯餅款；但若攝取太多，就償不勝償，對於物從何來也只好不做交代了。那麼，狐狸精有沒有什麼招數，既能讓人的發財夢成真，又符合社會道德及商業精神呢？有的，狐狸精能掐算未來！這一招作為獲利手段，放之古今中外普遍有效，試想現在的股市、期貨交易中，有人能準確預測股票漲跌，那麼他不想發財都難。

唐代著名狐狸精任氏，就是一個這樣的「股神」。案例見於《任氏傳》：

首先，任氏說需要一定的本金，鄭六於是向人借了六千錢。接下來是選股，任氏要他去市場上買一匹屁股上有暗斑的馬。鄭六去馬市一看，果然就發現一匹這樣的駑馬，牽回家，親戚朋友都笑掉了大牙，不知他為何要買一匹廢物回來，但他不動聲色。不久，「股神」任氏說：「現在牽馬到市場賣掉。記住，低於三萬不要出手！」鄭六牽馬入市，很快就來了顧主，開價兩萬，鄭六說不賣。旁邊看熱鬧的比他倆還急，有的說鄭六貪，有的說買者傻。鄭六不知所措，乾脆騎著馬回家。那人竟一路跟來，慢慢加碼到了兩萬五，鄭六還是咬牙挺住，非三萬不賣。誰知老婆、小舅子們不幹了，圍著他罵。鄭六熬不過，只好二萬五拋售。但這樣一匹爛馬居然被別人哭著喊著高價買去，鄭六自己都想不通，事後打探，方知長安郊縣一個小吏餵養御馬，三年前死了，但並沒有銷戶；最近官府估值，那匹死馬值價六萬，所以小吏急忙要買一匹長得像的馬充數。而這一切都被狐狸精任氏掐算得清清楚楚。

《聊齋誌異．酒友》中的男狐也有這番掐算能耐。他與車生以酒交友，見車生貧窮，就幫他搞錢，告訴他這裡有遺金、那裡有埋銀。車生喜不自禁，以為有了這麼多錢，可以慢慢喝酒了。狐狸精卻不以為然：「這種無源之水哪能長久呢？還得另作打算。」幾天後，狐友對車生說：「市上蕎麥便宜，多買些囤積，到時奇貨可居。」車生於是買了四十多石囤在家中。沒多久當地大旱，禾豆盡死，只有蕎麥可種。車生將囤積的蕎種賣出，獲利十幾倍。車生用這筆贏利買下很多田地，種收全聽狐友安排，種啥啥值錢。沒幾年，貧農車生就成了土豪。

除了經營馬匹、麥粟，狐狸精偶爾也涉足藝術品市場，一幅不起眼的字畫轉手便有千金進項，而且把親情友情、過去將來都包裹其中，掐算得滴水不漏。《夜譚隨錄．雜記五則》中的這個故事就頗具代表性：

某縣學教授與狐翁交往年餘，對狐家頗多關照。後來，狐翁送給教授一軸畫以為留念。畫極平常，就是一翁一媼並坐，教授也不認識，便順手放進抽屜。不久年老退休，因囊中羞澀回不了老家，只好天天坐茶館消磨時間。豈料遇著一個特有錢、特高調的張太學與他攀談，對方越談越興奮，把他邀至家中登堂拜父。教授一見張父就傻眼了——這不就是畫中那老頭嗎？但他沒吱聲兒，覺得不過是巧合而已。十幾天之後，張父突然去世。張太學思父心切，請人給父親畫張像，但連續請了幾個畫師都畫不好。教授只得相告自己有幅畫，畫中人與張父很像。張太學不看則已，一看驚得魂飛天外，又拜又哭：「天下哪有此等奇事！不僅家嚴形象維妙維肖，家慈已經辭世二十多年，何以也畫得栩栩如生！」教授便交代了畫的來歷，張太學嘆曰：「這是狐翁欲假我之手厚贈你以報德啊！狐翁於我也有此大恩，我豈能不報？」於是花了千兩銀子將畫買下，教授靠這筆錢帶妻兒回到了故里。

狐狸精招財進寶的另外一招就是點石成金。這種法術在不同的狐狸精手裡也會有技術性的不同，如《聊齋誌異．真生》中的狐狸精，是對一塊小寶石念幾句咒語，然後拿寶石在磚瓦上磨，磚瓦就變成了金銀。《夜譚隨錄．小手》裡狐狸精的點金術就要複雜一些，多了個提煉的過程：

京城海公家的壁龕裡常供狐仙。一次，海公外出公幹，墜馬跌傷左腕，成了殘廢，被免去職務。沒多久，家裡就入不敷出了。狐仙安慰說這是命定，正可以休閒遊玩，有何不好。家裡人都怪狐仙站著說話不腰疼，沒米下鍋了豈能不愁！狐仙便要海公購買了大量南鉛放進地窖，囑咐家裡人切不可偷看。此後每夜三更，屋裡就響起拉風箱的聲音，五更方止。過了七七四十九天，狐仙叫海公到地窖前，取出一錠紋銀給他。海公仔細審視，果然是真銀，於是叫家中男女搬運，足足搬出了五千兩。海公猶不放心，問銀從何來，是真的嗎？狐仙道：「你供我多年不容易，所以略施仙術煉銀相贈，既不是偷來也不是假貨，放心使用吧！」狐仙贈銀後便離開了海家，而海公憑這五千兩紋銀營運多年，財雄一鄉。

意念攝物（包括偷竊）、掐算未來和點石成金是狐狸精的致財三術，由此而來的金銀財寶都是真的。不過，狐狸精擅長幻術，經常搞些惡作劇，有時會把枯枝敗葉變成華裳美飾，把牛糞馬溲變成美酒佳餚。此類事件也不絕於書，如《宣室志．韋氏子》寫杜陵韋生傍晚遇見一素衣婦人，說被鄉幹部欺負，請他幫助寫狀子打官司。韋生應承，婦人便拿出杯盤請他飲酒。韋生剛舉杯，從西邊來了一夥獵人，婦人驚慌失措往東逃，沒跑多遠就變成了一隻狐狸。韋氏大恐，手上的酒杯頓時變成了骷髏，酒也變成了牛尿。

《湖海新聞夷堅續志．狐精媚人》則記溫州人季公喜為狐狸精所惑，他累得黃皮寡瘦卻揚揚得意，還對人自誇豔遇，拿出狐狸精留在家裡的手帕、包袱及首飾炫耀。但別人見他手上的東西，都是些枯枝敗葉。這些事件對狐狸精的聲譽造成一定的負面影響，以至於人民群眾對他們的財物一直抱有懷疑，賀蘭進明的家人就曾把狐狸精給的禮物燒燬，而海公對狐狸精煉紋銀的真假也一問再問。

狐狸精把錢財給誰不給誰是有講究的，他們通常只在三種關係中施財或幫人謀利：一是受人祭拜，如《張羅兒》、《小手》；二是友情，如《酒友》、《真生》；三是愛情（或性關係），如《任氏傳》、《狐妾》。這些條件如果發生變化，狐狸精也會翻臉，把送出的錢物取走或損毀，並予以不同程度的報復。如前面故事中的張羅兒靠認狐狸精做祖宗致了富，他對這種天上掉餡餅的事心裡沒底，擔心狐狸精哪天不高興會把財富取走，就設計想把他殺了。誰知三天後張家便發生火災，資產付之一炬；不久，次子因殺人罪入獄，後死於獄中；又過一年，張家其他人也死於瘟疫。

七、狐居

狐狸精的歷史總體上表現為一個脫魅成仙的過程，但仙的本質是人，並不是鬼神之類的精神性的存在。因此，袁枚、紀曉嵐等人筆下的狐仙，較之晉唐時代的狐狸精，反而具備更多的人性，其行為方式也有了更多的人間煙火氣。

《太平廣記》中的狐狸精，要麼不交代所從何來，要麼就是居於洞窟墓穴。到了《閱微草堂筆記》和

《聊齋誌異》，雖然還有些不成器的狐狸精繼續生活於洞窟墓穴這種場所，但不少的狐狸精已生活在人間了。如《閱微草堂筆記・姑妄聽之二》提到的老先生家的狐狸精，在空倉裡一住就是三、四十年，與人相安無事。在《灤陽消夏錄三》中，紀曉嵐還曾一本正經地說：「余家假山上有小樓，狐居之五十餘年矣。人不上，狐亦不下，但時見窗扉無風自啟閉耳。」《聊齋誌異・遵化署狐》也說遵化官衙最後一棟樓房為狐狸精所居，他們經常出來搗亂，官吏們無奈，只得好吃好喝地供著，以求平安。

因為這種分別，有人把晉唐時期的狐狸精稱為「野狐」，而把明清時代生活於人間的狐狸精稱為「家狐」。野狐成為家狐，是狐狸精仙化的一個結果，也和人們對狐神、狐仙祭祀方式的改變有關。

據《朝野僉載》的記載，唐代民間已普遍祭祀狐神以「乞恩」，但語焉不詳，對於祭祀的形式沒有任何交代。根據《太平廣記》收錄的故事中狐狸精的棲息地多為野洞荒窟判斷，當時祭祀狐神應該不會在人們的生活場所。宋金時期，則已有專廟供奉，文獻對此已有記載：

> 王嗣宗真宗朝守邠州。舊有狐王廟，相傳能與人為禍福，州人畏事之，歲時祭祀祈禱，不敢少怠，至不敢道胡字。（《呂氏雜記》）

廟的建制如何，離村落城市多遠，都沒有具體交代，但有一點似乎可以肯定，狐神廟為獨立祭祀場所，不是人們居所的一部分。而到了明清時期，祭祀狐仙活動多在家庭中進行。

祭狐由野外進入家庭，一方面，可能反映了狐狸精作為能施禍福的小財神在人們心目中的地位從模糊到確定的變化；另一方面，則很可能是國家政權對淫祀加強管控造成的結果。

對狐仙的祭祀是典型的所謂「淫祀」之一，而古代的淫祀既能為迷信群體的動亂提供信仰依據，又能為人們的聚集提供機會和基礎，因而統治者認為其與社會動亂之間有必然的聯繫。從漢代張角的太平道，到隋末的彌勒教、宋代的方臘左道，直至元末的白蓮教和紅巾軍，都是以民間宗教迷信為指導思想組建的武裝暴動勢力。因此，歷代統治者對於這些民間宗教活動一直嚴加管控，而明代尤甚。何至於此？元末劉福通等人起兵造反，是依靠白蓮教、明教（兩者的關係一直就扯不清）的旗號，明太祖朱元璋靠投奔紅巾軍發跡，與明教關係微妙，後來建國即以「明」為國號。而明教、白蓮教等民間宗教本來就是頭緒混亂且沒有嚴密組織結構的龐雜系統，你可以用，別人也可以用。劉福通、韓林兒等人利用它「挑動黃河天下反」，以至於朱元璋順勢而為，推翻蒙元，奪取天下。但他登基建制後，載舟的洪流遂變成覆舟的禍水，白蓮教轉而成為別人造反的工具，明初陝西高福興暴動和唐賽兒的武裝活動，以及之後山東田斌、四川蔡伯貫、浙江李福松等人的暴動，無不以白蓮教相號召。因此，明代統治階級對此類活動的嚴防死守，較前朝為甚。如洪武三年禁左道，白蓮教、明尊宗、白雲宗三者並列；洪武七年刊布的明律，亦禁妄稱彌勒佛、白蓮社、明尊宗、白雲宗等會。

一方面是統治階級對淫祀管控的加強，另一方面則是民間狐仙信仰的高漲，這就導致公開的廟祀減少，而祕密的家祀越來越多。家祀的狐仙多了，文學家筆下的狐狸精也就越來越有人間生活的樣子。明代已有狐住人間的紀錄，《耳談類增》記山東臨清、東阿之間，有狐兄弟二人，都是雅士，「具姓號，住街市」，與居民士人交往。家中經常留客宴飲，衣冠華麗，饌餚精美。而且他們多有善舉，救急救窮，頗得鄰里讚譽。狐狸精就這樣過起了人間生活。他們也遵守人間的禮儀，享受宴樂，體驗煩惱。

《子不語》中的狐道學家對子孫奴僕管教甚嚴，竟日不苟言笑。一天，情竇初開的狐孫子在巷子裡抱住主家婢女親嘴，婢女訴至狐翁。狐翁安慰她：「別生氣、別生氣，我會打這小子。」第二天到了中午，狐翁家門不開，使勁兒敲也無人應答。主家覺得情況不對，叫人翻牆進去探看，裡面人物俱空，書桌上擺了三十兩銀子，下面壓一紙條，上書「租金」二字。再四處找找，發現台階下有一隻被掐死的小狐狸。這種嚴酷到變態的道德楷模即便人間也很少見，袁枚於是大發感慨：「此狐乃真理學也！世有日談理學而身作巧宦者，其愧狐遠矣！」

《閱微草堂筆記．槐西雜志三》記載，一士人夜坐納涼，忽然聽見屋簷上有人吵架，急忙起身張望。說時遲那時快，兩美女扭打著從屋簷掉了下來，大聲問道：「先生是讀書人，給評評理，哪有姐妹倆共用一個男人的？」這哥們嚇得渾身亂顫，哪敢回答，兩狐狸精卻逼著他斷斷是非，他只好囁嚅道：「在下是人，僅知人禮。鬼有鬼禮，狐有狐禮，非在下所能知。」狐狸精很失望：「這人的書白讀了，什麼道理都不懂，我們再去問別人！走走走！」二女拉扯著走了。

《閱微草堂筆記．如是我聞四》記載，守墓人朱某，一日進城未歸，其妻獨宿。深夜聽見園中樹下有打鬧聲，朱嫂點破窗戶紙一瞧，原來是爺兒仨打架呢！兩兒子扭成一團，老父親舉杖隔勸；但兒子越打越凶，倒地變成了兩隻狐狸，滾來滾去把老頭兒也給撞倒了。老頭兒大怒，翻身躍起，一手按住一隻小狐大喊：「逆子，逆子！朱大嫂快來幫我！」朱大嫂伏在屋裡大氣不敢出，哪還敢出去幫忙？老狐狸不見朱大嫂出來，只得放開兩狐子說：「人間不能評理，咱找土地神評理去！」父子仨氣沖沖地走了。

在狐狸精的家庭，有姐妹爭風吃醋，有父子反目為仇，至於夫妻間的矛盾就更少不了，妻管嚴也在所難免。《閱微草堂筆記．灤陽消夏錄四》記載，紀曉嵐的叔叔紀儀庵在西城有一座庫房，樓上隔間住著狐狸精，人狐之間長期相安無事。狐家每晚語聲歡雜，顯然小日子過得不錯。一晚，傳出陣陣鞭笞聲。樓下的人不知發生了何事，都豎起耳朵聽。忽然，上面有人負痛疾呼：「樓下諸公都是明白事理的人，你們給評評理，世界上哪有老婆打老公的道理！」正巧下面就有一個怕老婆的，日前才遭受家暴，臉上傷痕累累。被狐狸精這麼一問，大夥哄堂大笑，對上面喊了一嗓子：「這種事情人間多了去了，不足為怪！」樓上狐狸精聽了，也大笑起來。

這個故事在當時肯定廣為流傳，因此袁枚在他的《續子不語》中也有一篇雷同之作，取名《狐仙懼內》——人間怕老婆之事就是茶餘飯後的優質談資，而況是狐狸精怕老婆呢！

第八章

鬥狐

一、以力勝狐

中國古代的城鄉，似乎到處都有狐狸精，此即「無狐魅，不成村」。狐狸精作崇擾民，管控他們就成為一項重要的維穩工作。狐狸精是如此之多，人們須時時防範，這種氛圍容易使人疑神疑鬼，荒郊野外的不期而遇也可能變成一場麻稈打狼式的衝突。

唐傳奇《紀聞田氏子》載，田某家僕外出沽酒，大清早出門，深夜才回，腳還受了傷，一瘸一瘸的。田某問是啥情況，僕人說：「走山路時遇見一狐狸精變成女人追我，逃跑時摔的。狐狸精一直緊追不放，我只好反擊，打傷了她，這才逃脫，好險好險！」次日，一個蓬頭垢面的婦女過門討口水喝，說晚間走山路，遇見老狐變人。但她不知是狐，想與他結伴而行。不料老狐突然攻擊她，下手特狠，她命大才沒被打死。田某作聲不得，這才明白兩男女昨晚彼此以為對方是狐狸精，打了一架；暗地裡吩咐家僕躲著別讓人發現，這邊讓婦人喝了水就打發她趕緊走人。

上述故事雖然是場烏龍，但反映了當時人們遇見狐狸精的一種應急方式，就是簡單的拳腳打鬥。所謂以力勝狐，即基於狐狸精的生物性特點，採取簡單粗暴的物理手段加以制服。

《搜神記．宋大賢》載，魏晉時南陽西郊有個亭子，據說裡面鬧鬼，人進去就會遭殃。城裡的宋大賢素來膽兒大，偏不信這個邪，晚上抱了一張琴在裡面自娛自樂。剛過半夜，來了個面目猙獰的鬼物，和宋大賢搭訕。宋不搭理，只管彈琴。那傢伙出去，不久拿了一個死人頭回來，扔在宋大賢面前。宋淡淡地說：「很好！我睡覺沒枕頭，這個正好用得著。」鬼物沒想到這大爺如此心大，傻了眼，又出去想招兒。鬼物尋思很久也沒想出什麼好招，心頭的一股悶氣憋不住，噔噔噔地跑回來向宋挑戰：「咱倆打架如何？」

宋大賢答：「行啊！」說著直接就撲過去。沒拆幾招，宋大賢抓住對手的腰部。鬼物疾呼：「要出事兒！要出事兒！」之後沒幾下就被宋大賢弄死了。次日一看，鬼物原來是隻狐狸。

宋大賢事件之後很久很久，《續子不語．安慶府學狐》又記錄了一起人狐鬥毆事件：

田某負責看守秋祭供品，一天守夜，來了兩個狐小夥，大概想偷祭品，被田某發現，於是雙方交手。田某孔武有力，狐狸精不能敵，一個被擒住扔下台階，哭號著化狐而逃；另一個堅持片刻，也被修理了。田某以為全勝，回屋睡覺，不久，忽聽得外面人聲喧鬧，急起應對，見一白眉老頭帶著十幾個少年衝了進來，不由分說，直接命令狐小夥們動手。田某以一敵十，勇不可當。十幾個狐小夥應手而倒。老頭實在看不下去，親自出馬，一記鐵頭功撞向田某左臂。田某受重創，倒地不起，老頭喝令將其拖到柴房。田某尋思，這一被拖走怕是要沒命，於是拚命抱住掛銅鐘的大木架。老頭抓住田某的手肘拽拉，連著木架拉出數米。田某死活不放手，狐老頭沒料到這小子如此頑強，只好叫狐小夥就地將他狠揍了一頓，揚長而去。田某被打得遍體鱗傷，嘔血不止，第二天才被人救醒。

表面上看，這場鬥毆狐方占了上風，實則是狐狸精以眾敵寡，勝之不武。如此看來，狐狸精與人類較量拳腳功夫，完全沒有優勢。

狐狸精是狐狸變的，他們成精成人甚至成仙成神後，內心深處始終保留著狐狸的一些特性。在古代社會，狐狸因為皮毛珍貴，是獵戶們的獵殺對象，因此，作為獵物的恐懼感任何時候都潛伏在狐狸精的心底，成為他們的「阿基里斯之踵」。

《子不語．獵戶除狐》講的是海昌元化鎮某家，樓上的三間臥室被一夥狐狸精占領，他們雖然不作什麼大惡，但每天要主人供食，還經常圍著桌子敲盤起鬨：「主人翁，主人翁，千里客來，酒無一杯！」主人不勝其擾，先後請了幾個道士降妖，都敗於狐狸精，落荒而逃。此後，狐狸精更加肆無忌憚，為所欲為。主人全無辦法，在鬧騰中忍氣吞聲地過了半年。冬暮大雪，有十幾個獵戶來借宿。主人說借宿不難，只怕不得安寧，便將家中鬧狐狸精的事告訴了他們。獵戶說：「我們就是獵狐的！你拿幾瓶燒酒讓我們喝好，我們為你驅狐。」主人大喜，沽酒備宴，燃燭張燈，招待獵戶們痛飲。這些漢子喝得酩酊大醉，拿出鳥銃對空鳴放，一時間煙塵障天，地動山搖。天明雪止，獵戶們告辭。主人忽然心神不寧：這下要是還制不住狐狸精，他們豈不變本加厲！但幾天過去，樓上還是靜悄悄的。主人躡手躡腳上去看個究竟，只見一地狐毛，門窗盡開，狐狸精果然逃走了，再也沒有回來。

古人狩獵，犬是助手而狐是獵物，犬狐之間便構成了明顯的天敵關係。在狐狸精的全部歷史中，其對犬的畏懼一以貫之，女人若是長得妖豔又特別怕狗，就會被懷疑是狐狸精。《聊齋誌異．甄后》中的司香容貌絕世，自稱是犯小過而謫居人間的仙女。但小美女看見要飯的老太太手牽黃犬，便嚇得魂飛天外。其夫劉仲堪於是懷疑她是狐狸精：「卿仙人，何乃畏犬？」

所以，放狗也是經常使用的治狐之法。但再好的狗也只能識別狐狸精與非狐狸精，不能識別美狐狸精和醜狐狸精，也不能識別好狐狸精和壞狐狸精，犬狐對決中就有幾個良善的狐女遭了殃，如任氏、小蓮和阿稚姐妹；《聊齋誌異》中的青鳳和《螢窗異草》中的住住也曾被犬攻擊，幾乎喪命。

然而，並不是隨隨便便拉隻犬過來就可以對付所有的狐狸精。犬的體形有大小，性情有溫猛，攻擊力也有強弱；狐狸成精後道力有高低，防禦力也有強弱。如《搜神記》中的那隻犬，就拿千年斑狐沒奈何；《廣異記》王顒的獵犬攻擊李參軍的妻妾綽綽有餘，對付蕭公則完全不靈。如果犬的戰鬥力一般而狐狸精又特別勇敢，勝負的結局很可能會逆轉。《姚坤》中的狐狸精夭桃也曾面臨任氏的險境，她隨老公姚坤入京，路遇犬攻，但她沒有像任氏那樣落荒而逃，而是突然變成狐狸跳上犬背，伸出爪子摳牠的眼睛。該犬猝不及防，號叫著跳騰而去。姚坤追了很遠，發現犬已斃命，夭桃變成的狐狸卻已不知去向。

這隻犬是千餘年犬狐相爭中少見的烈士，但較之《集異記‧薛夔》中的幾隻窩囊狗，牠敗於狐爪也雖死猶榮。驍衛將軍薛夔曾居永寧龍興觀，此處多妖狐，夜晚在院子裡亂竄，根本不把將軍放在眼裡。有人出主意，說妖狐最怕獵犬，鄰居李太尉家多鷹犬，不妨借幾隻厲害的過來試試。薛夔於是借了三隻獵犬，晚上放出去捉狐。當晚月光明亮，院子裡的活動看得一清二楚，三隻犬剛進院就被妖狐當成了坐騎，東西南北地使喚；腳步稍慢，妖狐就啪啪地揮鞭抽打。薛夔看了一夜馬戲表演，第二天乖乖帶著家人搬走了。

二、以術勝狐

古代驅鬼除邪之術統稱為「厭勝」，原本是巫術的一類，後來被運用於各種民間宗教而成為對禁忌事物的克制方法。道教符水派即以此為能事，五斗米道、太平道以及後來的靈寶、上清、神霄、清微各派，均透過符籙祈禳以驅邪卻禍、治病除瘟。在狐魅橫行的唐代，降狐治狐的工作量肯定很大，厭勝術便分離出了專門的治狐術。

《廣異記‧韋參軍》記開封縣令之母遭狐祟，前後請了幾個術士也沒解決問題。後來一個能掐會算的道士告訴他，不日有異人過境，請得此人則太夫人疾病必癒。縣令安排人查訪，果然尋得途經此地的潤州韋書佐。於是縣令帶了禮物恭恭敬敬前往拜訪，請他上門治狐。韋書佐道：「你身為堂堂縣令，因太夫人而屈身求人，其心可憫。明天我前往府上，必手到病除。」次日，韋書佐到縣令家，問詢太夫人病情，然後用柳枝沾水灑在她身上。須臾，一隻老狐從床下爬出，慢慢走遠了。

《太平廣記》中還有些故事記錄了當時人們學習治狐術的情形。《稽神錄》記道士張瑾，好符法而學無長進。某日見路邊賣瓜老農面帶飢色，他心有不忍便不斷買瓜吃。誰知這瓜農是土地神微服私訪，不料就發現了好心道士張瑾，於是送給他一本書，說是禁狐之術，要他拿回家認真學習。張瑾依照書裡教的法子畫符，果然能治狐患。但他的水平只是依法而行，並不能融會貫通。最後書被狐狸精偷走，他還被羞辱一番，這才覺得自己不是當術士的料，不再畫符降妖了。《朝野僉載》則記魏州人王義方辭官回家，以教書為業。同鄉郭無為精通方術，教他役狐。王義方學習能力和張瑾差不多，能把狐狸招來卻不能使喚。狐狸們來了幾次，發現其法術不過是黔驢之技，就開始搗亂，一會兒搶書一會兒扔磚瓦。王義方曾長期在朝做官，是很要臉面的人，忍受不了這種難堪局面，竟然一氣而卒。

實施厭勝術一般有兩個環節，即念咒和使用道具。因為符水道教在這個行業的統治性地位，符籙也被視為厭勝術中最重要的道具。此外，銅鏡、鐵劍、桃枝、柳枝乃至鵲頭、鵲巢，都可以充當道具。在符水道教理論中，咒與符都具備獨立的厭劾作用。在一些治狐降妖故事裡，大師高人只念幾句咒、出一道符，妖狐便乖乖就擒。

《紀聞》載某縣令內眷被妖僧迷惑，合掌繞塚，六親不認。縣令請道士葉法善降妖。葉大師授符一道，要他放在居室門口。內眷們見符即悟，痛陳自己是如何受騙上當，還齊心協力抓住妖僧，反縛其雙手去見大師。大師淡淡道：「見了我還不速現原形？」妖僧說不要、不要啊，大師又輕吐兩字：「不可。」妖僧頓時袈裟委地，變成老狐。

道士們如此自我標榜，僧人也不甘落後，他們也聲稱佛家經典能降妖除魔。如《楞嚴經》說：「當知如是誦持眾生，火不能燒，水不能溺，大毒小毒所不能害。如是乃至龍天、鬼神、精祇、魔魅所有惡咒皆不能著，心得正受。」關於此經，歷來有人以為是偽作，上面這段話真還有些援道入佛的意味。有了這樣的理論表述，就不難衍生出佛經降妖的故事了。

《續子不語．心經誅狐》記錢塘秀才鄭國相的妹妹被妖物附體，發作時不省人事。鄭國相拽住她衣領朗誦《心經》，才使其甦醒。不久她又被女鬼附體，胡言亂語，這次國相不念《心經》了，拿出一本《周易》鎮邪。誰知這個女鬼不怕《周易》只認《心經》，要國相為她誦三百卷《心經》超度。國相只好照辦，也因此與女鬼建立了友好關係。女鬼招供，自己本是一萌妹，被老狐狸精胡三哥所害。胡因此被菩薩囚於千尺地洞，正準備越獄。國相到觀音像前請願，表示要刻《心經》三千卷，將胡三哥的罪狀附錄於後，廣為布施。觀音很滿意，把胡三哥交由城隍及真人處置，胡三哥被斬。但其陰魂變成一顆毛頭滾來滾去，還在鄭國相夢裡和他打架，攪得鄭氏兄妹日夜不寧。無奈之際他又想到了《心經》，於是再往觀音廟許願，誦《心經》三百卷，方解仇怨。

《金剛經》也有驅狐之效。《湖海新聞夷堅續志．誦經卻狐》寫婺陵人李回應舉不第，歸家途中夢見一個和尚對他說：「君來年必及第，只是要多念《金剛經》。」他便沿途念誦。一日他夜宿橋下，不期就遇見了三個狐狸精，迷迷糊糊被帶到一處村落。李回心裡還有些明白，知道繼續被仨狐女忽悠下去沒好結局，就脫口念起了《金剛經》。這一念不打緊，他頓時口吐異光。妖女見狀大驚，化為狐狸逃走了。在《醒世姻緣傳》中，《金剛經》不僅有防狐降妖之效，而且還是解決人狐恩怨的關鍵手段。

但下面的情形就有點莫名其妙：

《子不語》寫蕭山李選民少年倜儻，入廟燒香時結識了一個美女，三言兩語勾搭上手，帶回家中。但沒過多久他的身體就出了狀況，疲憊不堪。他覺得這女子很可疑，做愛的方式也與常人不一樣，而且方圓數十里之內發生的事都能預測。他越想越覺得不對勁兒，確定是遇上狐狸精了。但他不敢輕舉妄動，拉上朋友楊舉人走到三十里開外才實情相告。楊舉人還真有招，說《東醫寶鑑》中有驅狐之法。李選民趕緊上琉璃廠買來這本醫書，請人翻譯相關文字，遵照實施，果真把狐狸精趕走了。《續子不語》寫耿家莊一個叫劉化民的，家裡患狐魅，百計無解，甚至城隍爺出面也解決不了問題。一次偶然聽人說「右戶右夜」四個字能驅狐，他就用黃紙寫了貼在屋裡，狐狸精果然被鎮住了。之後紹興桂林庵鬧狐狸精，有人又寫了這四個字，狐狸精也被嚇跑。

《東醫寶鑑》的哪段文字有驅狐之效，楊舉人沒說，袁枚頗以為憾。「右戶右夜」四字為何能驅狐，袁枚也深感疑惑：「余按四字平平，不解出於何典，乃能降狐如是，故志之。」

古代醫術中有祝由一科，就是以厭勝術治病。上溯源頭，遠古時期本是巫醫不分的，以《東醫寶鑑》驅狐大約也是這個思路。蒲松齡也寫過醫術勝狐的故事，不過此醫術不是祝由，而是房中術。《聊齋誌異．伏狐》記載：某太史被狐狸精採補，即將精盡人亡。請了不少術士，用盡符籙禳禁也不管用。一天，有郎中搖著醫鈴從門口走過，聲稱能治病降狐。太史急忙請到家裡，要他救命。郎中拿出幾粒藥丸讓他服下，然後與狐狸精採戰。吃了「威而鋼」的太史變得銳不可當，直接「姦滅」了狐狸精。

厭勝術的降妖能力透過符咒而表現，其實是一種心理能量，與上節「以力勝狐」中的物理能量明顯不同。但物理的強制性和符咒的禁劾作用也可以結合到一起，這種法術可謂之「容器收妖」，也是降狐時的常用手段。收妖的容器為皮囊布袋或瓶瓶罐罐之類，只要能形成一個密閉的空間即可。

容器收狐的最早紀錄出於《搜神記》卷三：韓友是個術士，擅長治狐。某家女遭狐祟之時，他用布袋矇住窗戶，在屋內禹步作法。布袋很快鼓脹爆裂，某女頓時更加癲狂。韓友換上兩個皮囊矇住窗口，施法如前，皮囊又被脹滿。他急忙紮緊囊口，掛在樹上，二十多天過去，皮囊慢慢變得空癟，打開一看，裡面只剩兩斤狐毛。

《聊齋誌異》提及此術甚多，但不是使用皮囊而是瓶子。如《胡四姐》的降狐高手是個陝西人，把兩個瓶子放在地上，念咒良久，有黑霧四團進入瓶中，再封住瓶口，狐狸精就被控制住了。《荷花三娘子》的番僧降狐，不必自己到場，只書符兩道，吩咐事主將一個淨壇擺在床前，一符貼壇口；狐狸精入壇後，用一個盆子蓋住壇口，盆上再貼一道符，把淨壇放進開水煮或火中燒，狐狸精很快就會斃命。

這種降狐術簡單易行，成本也低，凡夫俗子只要學幾道符咒、帶幾個瓶子就能成為專家。狐狸精被收進瓶子裡，也能帶在身邊以備他用。落到心術不正者手裡，被收降的狐狸精還能成為詐騙的工具。《聊齋誌異．胡大姑》記益都人岳于九家有狐祟，高價請來治狐專家李成文處理。這哥們又是畫符又是用鏡子做探雷器，在院子裡審了豬狗審雞鴨，最後拿出一個小酒瓶，三咒三叱，收了狐狸精。狐狸精在瓶子裡發狠話：「岳四你好狠，過幾年我還會再來。」岳于九心想這還了得，便強烈要求把狐狸精煮了或燒了。李成文不同意，帶上瓶子走了。後來，有人發現李家牆上掛著幾十個瓶子，每個瓶中都塞著一隻狐狸。大家這才知道，岳家狐狸精搗亂就是李成文放出來的。

此人的手段可謂高矣，但心術不正，乃縱狐為患，以此斂財。

三、以狐制狐

狐狸精也有很不爭氣的時候，因為私利而窩裡鬥。常言道：堡壘最易從內部攻破，人們若能利用狐狸精的內部矛盾，便能以狐制狐。狐狸精對於自己的內訌並不諱言，有人問：「同類何不相惜？」狐狸精回答得振振有詞：「人與人同類，尚且強凌弱、智欺愚，你們何不同類相惜呢？」（《閱微草堂筆記・槐西雜志二》）

早在狐魅橫行的唐代，狐狸精的內鬥就經常發生，《太平廣記》收錄了多起以狐制狐的案例。《廣異記・李氏》記唐開元中，一對狐兄弟發生矛盾，狐哥偷了狐弟的紅綢，狐弟懷恨在心，伺機報復。得知哥哥喜歡一個李姓女孩，狐弟便去拆台，告訴女家種種對付狐狸精的法子，致使狐兄功敗垂成。狐弟所教無非三招：第一招，要李氏掐無名指，狐兄的媚術立馬失效；第二招，給李家一把藥草，放置車後，李氏坐於車內，狐兄帶了幫手也不敢靠近；第三招，用桃枝蘸朱紅在木板上畫符，釘於門外，狐兄從此再不敢登門。這些看似稀鬆平常的招數，卻有降狐之效，可見狐狸精也有人類不易知曉的軟肋。

狐狸精的弱點他們自己最清楚，因此，狐狸精怕這怕那，其實最怕的還是內部出叛徒，即所謂「狐畏狐」。這話可是狐狸精自己說的，《閱微草堂筆記・姑妄聽之一》寫某狐居書樓中幾十年，整理捲軸，驅除蟲鼠，成為主家好友。一日參與宴飲，有人問他害怕什麼，答曰「吾畏狐」，還講了一番道理：「天下惟同類可畏也……凡爭產者，必同父之子；凡爭寵者，必為同夫之妻；凡爭權者，必為同官之士；凡爭利者，必同市之賈。勢近則相礙，相礙則相軋耳……由是以思，狐安得不畏狐乎！」

但出賣同志從來都有很大風險，弄不好就會禍及己身。《廣異記・韋明府》記自稱崔參軍的狐男上門求親，韋家自己不能對付，請來的道士也被打敗，無可奈何之下，只好把女兒嫁給了他。過了一年，韋家兒子變得迷迷瞪瞪，看這樣子又像遭了狐媚，韋夫人便問狐婿是咋回事呀。崔參軍如實回答，八叔女兒已長大，也想找個大戶人家做兒媳。韋太聽罷大罵：「死狐狸精，你們公然害我女兒還不夠，現在又來打我兒子的主意！我只有這一個兒子，給你們狐狸精做女婿，是想讓我韋家絕後啊！」崔參軍笑而不語——自己混進高門做了女婿，又怎麼好意思擋妹妹的路呢？

韋氏夫婦有了前面的經驗，知道來硬的不行，就對狐婿展開感情攻勢，說：「你已經是我家女婿了，家裡出了這麼大的事兒，你總不能袖手旁觀吧？」狐婿態度軟化，表示：「辦法是有的，但你們對付了狐妹，又用這法子對付我那咋辦呢？」韋太指天發誓：「絕不會，絕不會。」狐婿於是拿出一張紙，要岳母把上面的字抄一遍；又在門外焚燒鵲巢，取鵲頭防身。韋家依法而行，兒子的狐患果然解除。但韋家沒有遵守誓言，對付了狐妹，立馬又用這法子對付狐婿。崔參軍仰天長嘆，連夜逃走，後被天神擒獲，鞭杖幾死，流放荒漠。狐狸精這次可是搬起石頭砸了自己的腳。

至於鵲能避禍，古有此說。古人認為：「鵲知太歲之所在。」太歲乃道教中的值年神，《淵海子平》曰：「太歲乃年中之天子，故不可犯，犯之則凶。」民諺有「太歲頭上動土」和「太歲當頭坐，無喜恐有禍」等，說明太歲脾氣大。知道太歲所在，就可以不冒犯，也就能避禍。在《酉陽雜俎》中，鵲巢的避禍作用進一步明確為驅狐：「貞元三年，中書省梧桐樹上有鵲，以泥為巢，焚其巢可禳狐魅。」鵲頭、鵲巢為何有這種神奇作用，則不得而知。在上述故事中，都是狐狸精自己揭露的小祕密，這或許也暗示了作者對其事理的不解。

狐狸精最失顏面最慘烈的窩裡鬥事件載於《宣室志．裴少尹》。江陵縣裴公子聰敏秀慧，深得父母喜愛，不料忽然病倒，醫藥無效。父母心急如焚，決定找道士驅邪。不久有道士上門，自稱姓高，擅長符術。道士診看了公子的病，說：「沒什麼大事，貴公子是被狐狸精纏上了。我略施小術，便可治癒。」施了幾道符，念了幾句咒，公子果然能起床，說自己病好了。裴老爺千恩萬謝，送了很多東西。高道士臨走時囑咐：「公子的病還未痊癒，我以後日日會來。」說也奇怪，自他走後，公子雖不臥床了，但精神萎靡，喜怒無常，裴老爺只好經常請高道士上門診治。

不日，又有王道士來訪，自稱能禁除妖魅，見了裴公子大驚道：「你兒子是被狐狸精纏上了，不速治，將有生命之憂啊！」裴老爺說已請高道士診治。王道士冷笑道：「怎知他就不是狐狸精呢？」於是擺開架勢，準備給公子驅邪。這時，高道士來了，一見王道士在場，衝著裴老爺發飆：「公子的病就快好了，怎麼讓一個狐狸精到家裡來？想要公子早死啊？」王道士毫不示弱：「啊呀，果然是個狐狸精！來來來，我正要擒你！」兩人在裴家對罵起來，裴家一屋老小嚇得不知所措。僕人進來報告，說又來了一個道士，能視妖鬼，聽說裴家患狐，特來捉妖。裴老爺急忙跑出去，說家裡正鬧得不可開交。來人道：「這個容易，我進去搞定！」裴老爺覺得來了救星，急忙將他請入。不料吵架的高、王二人一見來人，齊聲大罵：「你這個狐狸精，不在洞裡待著，怎麼變成道士出來招搖撞騙！」來人立即加入了罵戰。裴老爺目瞪口呆，帶著家人躲到院子裡，聽著三個道士在屋裡吵罵鬥毆，束手無策。天色將晚，屋裡才安靜下來。大夥兒躡手躡腳過去，開門一看——仨狐狸躺在地上氣喘吁吁，不能動彈！裴老爺想此時不動手何時動手，喚家丁一通鞭打將幾隻狐狸打死。過了幾天，公子終於痊癒了。

狐狸精的內部矛盾有時會發展成為狐族之間的大規模械鬥，難分勝負時，也會請人當外援打擊對手。這事兒又和紀曉嵐的親戚有關，事見《閱微草堂筆記・灤陽消夏錄五》：

紀氏的三叔父家有個叫畢四的僕人，一身蠻力，能挽十石弓，閒暇時常幹些捕鳥獵獸的勾當。一夜，有老翁前來作揖，直截了當地說：「我是狐狸精，兒孫與北村的狐狸精結仇，舉族械鬥。他們捉了我一個女兒，每戰必反綁於陣前侮辱；我方也抓住了他們主子的一個小妾，也綁於陣前戲弄。因此仇恨越來越深，現已約好今晚決戰。早聽說英雄俠義，武功又高，故特請畢兄出手，助我一臂之力，定將沒齒不忘！」畢四是好事之徒，聽說有這新奇事兒幹，欣然同意助陣。老翁又特別吩咐：「打鬥時拿鐵尺的是敵方，拿刀的是我方。」入夜，畢四隱蔽在樹叢裡，果然有兩夥狐狸精對陣，打得非常激烈。兩狐狸奮力血拼，扭打在一起。畢四看得真切，引滿弓朝手拿鐵尺的北村老狐射去。誰知箭力太猛，貫腹而過，將兩隻老狐身子一併射穿。兩夥狐狸精頓時大亂，奪屍棄俘而逃。

狐與狐鬥，能請人幫忙；人與狐鬥，也可以請狐幫忙。《聊齋誌異．周三》就是這樣的故事：泰安富吏張太華家中患狐，百法無解。他便將此事告到了州府。州尹聽過案情，心想：你小子腦袋進水了吧，這事兒也拿來告狀，我管得著嗎？正巧有個幫閒公子來串門，便給州尹支招兒，說州東邊有個狐翁，喚作胡二爺，和世人相處甚洽；何不使張太華去找他，說不定老爺子有法子呢。州尹一聽，覺得這主意好，既打發了這個二桿子，又沒有不作為，於是照辦。

張太華備了酒席，請胡二爺赴宴，把家中的情況做了詳細彙報。胡二爺客客氣氣地說：「你的情況我都知道了，但我自己不能辦這事兒。我的朋友周三能辦。他住在岳廟之東，我替你去找他。」

次日，胡二爺帶了一個滿臉鬍子的人過來，說這就是周三。張太華又設宴接待，周三幾杯酒下肚，開始發話：「你家的事，胡二弟都對我說了。這幫傢伙我能治，但非得動武不行。你得先清掃房屋，讓我住下。」張太華一聽，腦袋有些大，心想：你也是個狐狸精，那個狐狸精還沒趕走，這裡又來一個狐狸精，會是什麼結果呢？周三馬上知道了張太華的心事，告訴他：「別擔心，我和那些鬧事兒的狐狸精不一樣；而且，和你有緣，請勿有疑。」張太華這才答應下來。周三又吩咐，第二天家人都不得出門戶，也不要說話。

第二天，果然聽見院子裡有格鬥聲，過了一個時辰，張家人開門探視，見地上血跡斑斑，散落著數個碗盞大小的狐首。張太華再趕到周三的房間，見他拱手微笑：「這夥狐妖已被消滅了。」從此，兩人成為好友。

四、狐精現形

狐狸精有這樣的特點：變成人形時具備各種超能，一旦恢復原形就成了小動物，法術盡失，很容易被擒拿。因此，若能使其原形畢露，對付他們就是很簡單的事。問題是，如何才能讓狐狸精現出原形呢？

第一個法子是找到他們的老巢。

按照紀曉嵐等人的說法，狐狸精成仙有兩種方式，即由妖直接成仙和先成人再成仙。但不管哪種成仙法，這個過程都要經過如下形態變化：狐（狐形）→狐狸精（狐形＋人形）→人或者仙（人形）。這就是說，在狐狸精階段，他們的物理形態還不穩定，時而為狐，時而為人。那麼，狐狸精什麼時候為狐形，什麼時候變成人形呢？狐狸精通常居於墓穴野洞，往來人間是俊男靚女，回到洞穴則應該變回狐狸。人們若能找到其巢穴，狐狸精就只有束手就擒的份。

《紀聞》載，唐代的袁嘉祚五十歲時得授縣丞之職，到任時見官署房宇殘破，荊棘充塞。一問才知是狐狸精作祟，已經弄死了幾任縣丞。當晚果有妖魅為怪，但袁不動聲色，他暗中觀察，看準了妖魅出入的洞窟。第二天，帶人掘地，果然挖出了一窩狐狸，袁嘉祚將牠們一個個烹了，縣衙裡從此平安無事。

《廣異記》講述唐開元年間的劉甲攜妻往河北赴任，夜宿山店時妻子被狐狸精攝取。因事先對此處妖怪所為有所知曉，他在妻子身上塗了很多麵粉。第二天，劉甲僱人循著地上的麵粉痕跡跟過去，果然找到了大桑樹下的狐狸洞，發掘丈餘，捉住了裡面的老狐狸。

到了清代，人們依然用這種手段對付狐狸精。《閱微草堂筆記．槐西雜志二》載，一夥惡少聽說野外荒塚的狐狸精能化形媚人，便在夜裡帶了獵具去捕狐，結果捉住兩隻雌狐。《聊齋誌異．小髻》寫長山某村民家旁搬來了一位新鄰居，是一矮個男子，經常過來串門。問他住什麼地方，他便以手指北，語焉不詳。此男子三天兩頭向人借東西，有時主家吝嗇不借，此物便會無故失蹤，由是村民懷疑此人是狐狸精。大家想到村北有個古塚，深不可測，估計是狐狸精的老巢。一夥村民帶上刀斧，晚上摸到古塚邊埋伏。一更過後，果然有狐狸結伴而出。村民一陣砍殺，剿滅了狐狸精。

第二個法子是讓狐狸精醉酒。

妖精醉酒現原形的事，我們在《白蛇傳》中見過，可見酒精作用對妖精普遍有效。妖精們大多知道酒不是好玩意兒，但為什麼還要喝呢？

其實，妖精們也挺不容易。狐狸精變成人在人世間廝混，是比當雙面間諜難得多的活兒。光有個人樣兒根本不行，還得有人的脾氣，具備人的好惡，舉手投足都跟人一樣。否則，只有人樣而行為方式卻是狐狸，動不動就鑽進籠子裡抓雞，立馬就會被認出來。狐狸精飲酒，其實就是做了件人事兒。但黃湯入腸，有時就可能失去自控能力，現出原形。

《紀聞》記錄唐代有個叫沈東美的，家裡死去多年的婢女一日忽然回來了，說自己已經成神，想念主母回來看看，肚子餓了，希望主人搞頓飯吃。酒醉飯飽後，婢女踉蹌而去。傍晚，僕人在草堆裡發現一隻大醉的狐狸。《宣室志・尹瑗》也有狐狸精醉酒現原形而被殺的情節，類似的醉酒現原形的情節後來又出現於《聊齋誌異・酒友》中。《益智錄・顧清高》的醉酒情節則頗似《白蛇傳》：顧清高與妻尤氏對飲，尤氏過量而醉；深夜，顧自書房回屋，見一白狐臥於榻上。

狐狸精醉後變不變形，和他們的道力深淺有關。道力淺的，喝點酒便不能自控；道力深的，即便喝醉也能保持人樣兒。《閱微草堂筆記・槐西雜志二》記一個叫朱靜園的人與狐友對飲，狐友大醉，呼呼睡去。靜園也聽說過狐狸精酒後變形之事，便想看個究竟。他用被子蓋住狐友，自己坐在旁邊靜靜等待。但直到醒來，狐友都還是沒有變形。朱靜園很是失望，問：「聽說貴族類醉後往往變形，我今天守了你一宿，怎麼沒見你變呀？」狐友答：「這得看道力的深淺啊！道力淺的固然能化形幻形，但醉則變，睡則變，驚慌失措也會變；道力深的就是脫形了，就像仙家的所謂屍解，已歸人道，何變之有？」可見灌酒的招數也只適合對付那些道力不太深的狐狸精。

第三個法子是使用照妖鏡。

葛洪曾在《抱朴子內篇・登涉》中說：「古之入山道士，皆以明鏡徑九寸以上，懸於背後，則老魅不敢近人。或有來試人者，則當顧視鏡中。其是仙人及山中好神者，顧鏡中故如人形；若是鳥獸邪魅，則其形貌皆見鏡中矣。」按照葛爺的描述，這種照妖鏡除了尺寸稍大，並沒有其他特殊之處。唐傳奇《古鏡記》裡也有一面照妖鏡，但制式比葛洪的鏡子複雜得多：背部中心刻一麒麟，四周是龜龍鳳虎，外側是八卦，之外再設十二生肖，最外面還有二十四個誰也不識的銘文。鏡主王度偶宿於朋友程雄家，婢女鸚鵡恰巧是狐狸精，一見古鏡嚇得魂飛魄散。王度引而不發，拿著古鏡逼鸚鵡講出自己的身世。最後，鸚鵡為兩個男人醉舞一場，化為老狐而死。

馮夢龍版《三遂平妖傳》的天狐聖姑姑也是被照妖鏡降伏的，其中一段細節揭示了照妖鏡的工作原理：

處女便把天庭照妖寶鏡扯出錦囊，一道金光射去。那紙剪的白象，從空中墮下。聖姑姑倒跌下來，把衣袖蒙頭，緊閉雙眼，只是磕頭求饒。原來萬物精靈，都聚在兩個瞳神裡面，隨你千變萬化，瞳神不改。這天鏡照住瞳神，原形便現。聖姑姑多年修煉，已到了天狐地位，素聞得天鏡厲害，見處女取出天孫機杼上織就的無縫錦囊，情知是那件法物。只恐現了本相，所以雙眸緊閉，束手就擒。

據紀曉嵐言，他外公家還發生過照妖鏡顯狐形之事，當事人就是他舅舅！此事見於《閱微草堂筆記．灤陽消夏錄二》，其舅十一、二歲時，看見空屋內坐著一女子對鏡梳妝，鏡裡的形象卻是一隻狐狸。女子感覺到有人偷窺，急忙繞鏡呵氣，鏡面被一層霧氣模糊；霧氣散盡，鏡中之影又變成了一個美人兒。舅家這鏡和古鏡不同，是大方鏡，高達五尺，和現在的穿衣鏡差不多。從文意推斷，這面鏡子應該就是紀曉嵐外公家的傢俱。普通的鏡子如何有了照妖功能呢？紀曉嵐說：「明鏡空空，故物無遁形。然一為妖氣所翳，尚失真形。」關於這個道理，葛洪也早有交代，《抱朴子內篇．登涉》中說：「萬物之老者，其精悉能假托人形，以眩惑人目而常試人，唯不能於鏡中易其真形耳。」因此，在道教觀念中，明鏡是有煞氣的。

照妖鏡的功能有大有小，有些只能顯原形，有些則具備攻擊力，可直接擊殺狐狸精。這玩意兒真好，拿在手裡，狐狸精敢來，就是自尋死路。但它在古代肯定極少、極神祕，否則，每家每戶配備一面，狐狸精個個原形畢露，也就什麼故事都不會發生了。

使狐狸精現原形，除了能降低治狐難度，還有一層重要意義就是驗明正身——如果不現原形，人們如何判斷對方就是狐狸精呢？萬一錯殺個真人，豈不成了殺人犯！《搜神記》的黃審操刀砍殺那一瞬間，心裡就冒出了這個念頭，以至於沒敢直接砍殺微笑的婦人，只是先砍婢女試試運氣！所以，殺狐也得講究程序的正確：首先，須判斷對方是不是狐狸精；其次，得讓狐狸精原形畢露以驗證自己的判斷；接下來才是殺不殺和如何殺的問題。

像黃審那樣僅憑自己的懷疑就殺人的莽撞行為是風險極大的，名士張華殺狐就嚴格遵守了程序。首先，判斷對手的身分，這很容易：張華自認為老子天下第一，從來就沒見過比自己更聰明的人，眼下忽然冒出個素不相識的少年，辯得自己張口結舌，因此，張華就斷定他不是人，只能是鬼魅或狐狸精！接下來張華並沒有馬上動手，他得驗明正身才行。但在這個環節他遇到了技術難題，雖然拘押了少年，卻沒什麼辦法使對方原形畢露。後來他採納朋友的建議拉隻獵犬來試，少年還是少年，並對他反脣相譏。張華惱羞成怒，取來燕昭王墓前的千年古木點燃了照他，少年終於變成了一隻斑狐，被張華殺掉。

程序出了問題，殺狐就很可能變成羅生門式的迷案，《廣異記．李參軍》的故事就一波三折。唐代兗州的李參軍娶蕭公女兒為妻，帶了一群女婢赴任。兩年後，他去洛陽，將內眷們留在家裡。不料，李家婦女被外出打獵的王顒放狗咬死，現了原形。李妻稍有不同，死後還是人形，只是身後拖著狐狸尾巴。雖然這是一夥狐狸精，但王顒畢竟殺了同僚家屬，因此上報都督陶貞益。陶對李參軍一屋嬌妻美妾早有耳聞，於是隨王某前去驗屍。見這夥千嬌百媚的女人成一窩死狐，嗟嘆不已，叫人挖坑掩埋。

不料十幾天後，李參軍的丈人蕭公找來，號啕大哭，到都督處告狀，講得頭頭是道。都督接待來訪，表示要將王顒繩之以法。王顒早已得知，一不做二不休，放獵犬衝進去撲蕭公，心想：讓你老小子也成隻死狐狸，都督就不會怪罪我了。但是意外情況出現了，獵犬衝進去後，不僅沒咬蕭公，還被蕭公招降，抱在膝上撫摸。都督只好將王顒收押。過了幾天，李參軍回來，得知家眷被狗咬死，哭得昏天黑地，衝到監獄狂毆王顒。蕭公在旁煽風點火：「人被無端虐殺，還說她們是狐狸精，情何以堪啊！」於是李參軍強烈要求開墳驗屍，陶都督只好讓人把狐狸墳挖開。眼前情形使他大吃一驚——埋著的都是人，沒一隻狐狸！李參軍這下更加悲憤。都督也覺得事態嚴重，表示要治王顒重罪，但心裡直犯嘀咕：先前看見的明明是狐狸，怎麼蕭公來了又變成了人？王顒要自證清白，更是想盡辦法，私下請人帶很多錢到洛陽搞來一隻專門對付狐狸精的咋狐犬。這犬一到，蕭公臉色沮喪，舉動張皇，變成老狐狸下階逃跑，被咋狐犬追殺。都督再派人驗屍，說來也怪，一窩死屍又成了狐狸！王顒因此得以免罪。

上述案例中，為了讓狐狸精現出本相，借助了酒、照妖鏡或者獵犬等手段，而《續子不語．治妖易治人難》記錄的案例，則全憑聰明人的邏輯分析而確認狐狸精的身分。

金家嫁女，出閣時忽然出現兩個一模一樣的新娘子，夫家無法驗收，將兩女一併退回。金女父母也難辨真偽。於是，兩家以人妖莫辨訴諸公堂，但從州府告到省府，一直沒能解決問題。這案子後來轉到漢陽令劉某手上，他借了撫軍的大印，升堂審案。兩女首先被分開盤問，但無論父母年歲、家庭住址，還是家境產業、房間陳設，回答都一模一樣，毫無破綻。劉爺不動聲色，對二女說：「我看你二人原是一母所生的雙胞胎，若都斷給夫家，你們父母肯定不同意。現在鋪一道鵲橋，能走過去的就嫁，走不過去的就回家。」言罷吩咐人憑空拉一匹白布，從大門口直拉到堂前。一女見狀頓時盈盈淚下，表示走不了鵲橋。另一個則喜形於色，說沒問題。劉爺將不能走的那個趕了出去，要能走的上橋。此女欣欣然上布，如履平地，不一會兒就走到劉爺跟前。劉爺偷偷取出官印，劈頭蓋臉地打下去，兩邊的衙役再用網罩住，活生生就是隻狐狸。劉爺命人將其投入江中，久而未決的偽新娘事件終於結案。

劉爺巧設騙局，讓狐狸精自現妖形，真假立判。此案的審理方式，頗似《舊約》中所羅門王斷嬰兒案，靠的是智慧。

五、僧、道、狐的戰鬥力比較

在中國傳統文化特別是民俗文化層面，僧人和道士經常充當降妖驅邪的角色。人們不堪狐擾請他們出面降妖，這是沒有問題的。但俗話說得好，「道高一尺，魔高一丈」，道術遇見妖術，孰勝孰負還真不好說。同為降狐陣營的戰友，僧道之間也長期死掐，誰也不服誰，僧、道、狐於是形成了比較複雜的角力關係。

漫長的人狐鬥爭史上，道士無疑是降狐主力軍，我們在《太平廣記》中很容易見到葉法善、羅公遠、葉靜能等著名道士的英雄事蹟。《廣異記．王苞》寫吳郡王苞，年少時曾從葉靜能學法術，後來轉而學儒，成了太學生。一天夜讀，有美人翩翩而來，願與結歡，於是兩人便廝混到一塊。一天，王苞去拜訪葉老師，葉靜能一見王苞便說他身上有野狐氣，王苞只好交代了豔遇始末。葉老師說：「這就對了！美女是個老狐狸精。我書一道符，你含在口裡帶回去，進家門後吐出，狐狸精自己就會來。我打發他走，免得害你。」王苞含著師父這道符回家，婦人果然變成老狐銜著符直接去葉靜能處領罪。葉大師說：「放你一條生路，但不可再到王家搗亂了！」狐狸精遵命，從此再也未去過王家。

同為著名道士，羅公遠遇到的對手不同，降狐的經歷就相當曲折。《廣異記・汧陽令》寫唐汧陽縣令被狐狸精迷惑，官當得好好的忽然要出家，整日閉門不食，誦經念佛。家人擔心他這樣下去會沒命，於是到處找高手除妖。羅公遠正好途經此地，縣令之子上門求教。羅道士聽後說：「這是天狐搗亂，好辦！」畫了幾道符，要他回家投入井中，汧陽令就神志清醒了。然而，過了幾年狐狸精又來了，變本加厲地作祟。這家人又找到了羅公遠，要他搞售後服務。公遠掐算道：「此狐精過去法力一般，我對付他沒問題。現在精通符籙，法術比我還高，我奈何他不得啊！」老客戶賴著不走，非要他出馬，說：「你不負責，那我找誰去！」公遠只好硬著頭皮再去降狐。這次他當然是如臨大敵，在宅外起壇作法。壇剛成，狐狸精拄著手杖過來了，一副很厲害的樣子，根本不把羅放在眼裡。兩人交手，你來我往鬥了數十回合不分勝負。羅公遠覺得這樣下去不是個事兒，便悄悄吩咐徒弟：「他若再擊中我，我就裝死。你上來哭，我想辦法治他。」徒弟照辦，哭得如喪考妣。狐狸精果然上當，以為對手已死，放鬆了警惕。誰知羅公遠暗中念咒，請來了天神。狐狸精猝不及防，變成老狐。公遠一躍而起，舉起凳子劈頭亂打，然後用一大袋子裝了狐狸精，反敗為勝。

善於學習的狐狸精，妖術會不斷進步，一次處理不到位，復出時就非吳下阿蒙。道、狐再鬥，勝負難料。此番鬥法，羅道完全是險勝。他收了狐狸精，還不敢處以極刑，只是將其流放到朝鮮半島。據說，那裡後來有一個叫劉成的神仙，受人供奉，就是他發配過去的狐狸精。

紀曉嵐在《閱微草堂筆記・灤陽消夏錄一》中記錄了一起道士降狐事件，結局雖然也是道勝狐敗，但道士的狀態十分堪憂。葉旅亭御史家有狐狸精鬧事兒，要他搬家讓地兒。葉當然不同意，家裡遂怪事連連，杯盤自舞，桌椅自行。他無奈之下只好求助於張真人，真人委派部下前去劾治。先書一道符，剛黏上就裂了，又向都城隍發牒文，也沒效果。這個法師認為狐狸精妖術高超，一般手段不足以制服，便建壇拜章，大作法事。前三日，狐狸精還不以為然，和法師對罵；第四天，口氣軟了下來，申請和解。到了第七天，狐狸精準備逃跑，被法師擒獲，裝進罐子埋到土裡。後來，有人問張真人何以能驅役鬼神，沒想到大名鼎鼎的張真人卻說：「我也不知道所以然，只是照本宣科，依法施行而已。」

知其然而不知其所以然，大名鼎鼎的張真人尚且如此，道士中的南郭先生還會少嗎？事實上，有記錄的第一次道、狐交鋒，是以道士的完敗告終。《搜神記．倪彥思》載：三國時期吳國嘉興人倪彥思家裡鬧狐，狐狸精與人說話，飲食如人，但是別人看不見他。後來，狐狸精想勾引倪彥思的小妾，他忍無可忍，找來道士降妖。道士擺好祭壇，還未施法，狐狸精就潑了一攤糞在桌子上。道士大怒，擊鼓招神。狐狸精也不示弱，拿著一隻壁虎在神座上吹喇叭。道士等了一陣，擒妖的神鬼沒到，他卻覺得背上發冷，驚起解衣，原來是狐狸精手裡的那隻壁虎。道士知道遇見了難對付的主兒，落荒而逃。

在紀曉嵐等人看來，狐與道是對立統一的共同體，二者之間的力量此消彼長，沒有絕對的優勢。道能降狐，除了法術的等級須高於對手，還得有合理的動機和良好的心態。如果只是手段高明，沒有正確的價值觀，降狐就成了黑吃黑，到最後還不知誰會死得更慘。

《閱微草堂筆記．灤陽續錄二》記某人精通茅山道法，劾治鬼魅多有奇效。某家患狐祟，請他前往降治。將行之日有老人來訪，告訴他：「此狐是我朋友，托我帶幾句話給先生：『我們從無過節，你答應出手無非是報酬可觀；只要你藉口推託，我可以出十倍的價錢。』」說完取出銀錠放在桌上。此人見錢眼開，第二天就告訴主家，自己只能捉拿普通狐狸精，現已查明鬧事的是天狐，自己沒有辦法。得了狐狸精的賄禮，他又想，既然狐狸精多金，直接抓來拷問，要他們交錢，豈不發財更快？於是他大施術法，不斷招來周圍的狐狸精嚴刑逼供，弄得狐不聊生。狐狸精開會商量，認為這樣下去會被搞死，得主動出擊救亡圖存，於是群策群力偷了他的符印，附了他的身。此人最後被群狐整瘋，投河自盡。

在唐代的降狐故事中，道士經常扮演該出手時就出手的英雄，狐狸精則會變成菩薩、僧人出來搗亂，栽在道士手裡，還得謝不殺之恩，這事兒怎麼看都像是「道粉」們借狐狸精故事貶損佛教。有唐一代，皇室與老子攀親戚，崇道抑佛的時候多，狐狸精也被編排出來當臥底敗壞和尚名聲。大約是迫於政治形勢，崇佛的人似乎不太敢「以其人之道還治其人之身」，很少編造狐狸精變成道士而被僧人降服的故事來反擊，但對這種夾槍帶棒的挑釁也不能不回應。因此，這個模式的降狐故事有時就出現了偷梁換柱的改變。

《廣異記．長孫甲》前半部分是老套路：狐狸精變成菩薩到坊州中部縣令長孫甲家裡搗亂，其子不信佛信道，進京請來道士設壇作法。道士出手，狐狸精斃命。長孫家送道士馬一匹、錢五千為報酬。過了一陣子，又有菩薩乘雲而來，其子又請道士處理。禁咒十餘日，沒什麼動靜。菩薩問道士：「還有什麼法子嗎？」道士沮喪地說沒有了。菩薩又問：「汝讀道經，可知有狐剛子否？」道士說知道。菩薩告訴他自己就是大名鼎鼎的狐剛子，接著又教育他：「汝為道士，當修清靜，為何殺生？我子孫被你所殺，豈能饒你！」言罷，擊道士百杖，要他把收的馬和錢還給長孫家。狐剛子修理了道士，還向長孫甲道歉：「家教無方，孩子們冒犯貴處，實在慚愧！但我會保佑你家從此無災無禍，以為報答。」

接著，佛門中人就得親自出手了——慢說狐狸精是不是喜歡變成菩薩出來招搖撞騙，即便假冒偽劣菩薩是狐狸精變的，那也得由真和尚們清理門戶，犯不著道士越俎代庖！佛門高僧也能降狐驅妖，而且手段與道士大有不同，不用符籙這些形而下的勞什子，只憑經義妙理直指狐心，駁得狐妖精神崩潰，無地自容，只能服軟投降。

《廣異記．僧服禮》說唐代永徽年間，太原府出了個彌勒佛，身子能大能小，大時頭頂青天，小時只有五、六尺，如紅蓮花在葉中。他對信眾說：「你們知道佛有三身嗎？其大者為正身，你們都得參拜。」當時有個叫服禮的和尚，精通佛理，覺得這事兒不太靠譜，便對此彌勒佛說：「正法之後才入像法，像法之外還有末法，末法之法，至於無法。現在是像法時代，尚有數千年。經上說，佛教之後大劫才壞。大劫壞後，彌勒才現人世。今佛教遠未衰敗，不知彌勒為何這般急急忙忙現世？」這尊人間彌勒被服禮的連環三段論徹底繞暈，滾地變成老狐狸逃走了。

《廣異記》大安和尚鬥狐也有異曲同工之妙。有女子自稱聖菩薩，能知人心所在。武則天招其入宮測試，每次都能猜中，因此在宮中大受膜拜，奉為真菩薩。不久，高僧大安和尚入宮。武則天告訴他女菩薩之事，大安提出想會會，武則天於是安排他倆見面。和尚默坐良久，問道：「試觀我心安在？」女子隨口便答：「師心在塔頭相輪邊鈴中。」和尚一番運神，要她再猜。女子說：「現在兜率天彌勒宮中聽法。」大安再變，女子仍然準確地指出他心在非非想天。太后見女菩薩都說對了，很是高興。大安神情淡然，要女子猜最後一次。女子沉吟很久，猜不出大安和尚心之所在。大安喝道：「我心在阿羅漢之地，你就猜不著了。如放置菩薩諸佛之地，你更加不能猜著——這樣的水平配當菩薩嗎？」女子理屈詞窮，變成雌狐逃走。

高僧與狐狸精比拚心力，並不一定都像服禮、大安那樣喋喋不休，三言兩語直指狐心，也能讓其退去。

《閱微草堂筆記．如是我聞三》記載吳江一戶人家兒子被狐媚，雖然沒什麼病症，但一天到晚悵然若失。聽說一雲遊和尚能治狐，這家人便將他請進家門。和尚說：「這個狐狸精和你家公子有夙緣，並無相害之意。公子自己縱慾過度，才致精神勞損。此狐狸精雖不害人，公子卻會自害，我還是替你們將她打發走吧！」晚上，和尚獨坐廳中誦經，燭光裡見一繡衫女子冉冉而拜。和尚舉起拂子道：「留未盡緣，作來世歡，不亦可乎！」女子聽了這句禪語，倏然而滅。

還有一個十分獨特的故事表現狐狸精與佛門的關係，出自《五燈會元》。懷海禪師一次講法畢，眾人皆退，唯有一個老人不走。懷海問：「你是何人？」老人說自己不是人，是狐狸精，但五百年前也是禪師，駐此山講法，有學人問大修行人也落因果嗎，便隨口答了句不落因果，誰知就變成了野狐。如今五百年劫滿，想請教懷海禪師一個問題，以求解脫。懷海道：「你問。」狐翁就問：「大修行人也落因果嗎？」這一招可謂一箭三雕：懷海若能解答，自己便可脫野狐之身；若解答不對，則懷海難免也成野狐；若不答，懷海則枉有大禪師之名。懷海禪師答曰：「不昧因果。」狐狸精當下大悟。「不昧因果」之意，大約可理解為「不違背因果」。一字之差，天壤之別。其中的禪意，耐人尋味。而野狐的禪機也給人留下深刻印象，這就是「野狐禪」的出處。

狐魅考（二版）：從獸、妖到仙，狐狸精的千年演變

作　　者　呼延蘇
責任編輯　夏于翔
協力編輯　林美琪
校　　對　魏秋綢
內頁構成　李秀菊
封面插圖　鹿溟山
封面美術　陳文德

總 編 輯　蘇拾平
副總編輯　王辰元
資深主編　夏于翔
主　　編　李明瑾
業務發行　王綬晨、邱紹溢、劉文雅
行銷企劃　廖倚萱
出　　版　日出出版
地址：231030新北市新店區北新路三段207-3號5樓
電話：02-8913-1005　傳真：02-8913-1056
網址：www.sunrisepress.com.tw
E-mail信箱：sunrisepress@andbooks.com.tw

發　　行　大雁出版基地
地址：231030新北市新店區北新路三段207-3號5樓
電話：02-8913-1005　傳真：02-8913-1056
讀者服務信箱：andbooks@andbooks.com.tw
劃撥帳號：19983379　戶名：大雁文化事業股份有限公司

印　　刷　中原造像股份有限公司
二版一刷　2024年9月
定　　價　460元
I S B N　978-626-7568-05-7

原書名：《狐說：狐狸精的前世今生》
作者：呼延蘇

國家圖書館出版品預行編目（CIP）資料

狐魅考：從獸、妖到仙，狐狸精的千年演變／呼延蘇著. --
二版. -- 新北市：日出出版：大雁出版基地發行, 2024.09
320面；17×23公分
ISBN 978-626-7568-05-7（平裝）
1.中國小說　2.志怪小說　3.文化研究　4.狐
827.2　　113012145

圖書許可發行核准字號：文化部部版臺陸字第110137號
出版說明：本書由簡體版圖書《狐說：狐狸精的前世今生》以中文正體字在臺灣重製發行。